MARLIES GRÖTZINGER

Seebeben

PRICKELNDES WASSERGLÜCK Beschaulich, keinesfalls hektisch, so hatte sich Isabel Böhmer die Arbeit bei der Wasserschutzpolizei am Bodensee vorgestellt. Mit ihrem Freund Thomas von Harnsfeld war sie übereingekommen, dass sie vorerst allein an den Bodensee zieht und er in Tübingen seine Dissertation beendet. Doch kaum am Bodensee angekommen, spielt Isabel mit dem Feuer: Vom ersten Augenblick an fühlt sie sich von ihrem neuen Chef, Polizeidirektor Carl Dangelmann, magisch angezogen. Bald erliegt sie seinem Charme – abenteuerlicher Sex und Gefühlschaos inklusive.

Als Thomas eine Wohnung in Friedrichshafen aus dem Ärmel zaubert und dort wieder mit Isabel zusammenziehen möchte, ist das Wirrwarr perfekt, das ihr mehr zusetzt als die Polizeiarbeit. Hilfesuchend wendet sich die Polizistin an ihre Freundin Lena, die in Konstanz eine Praxis für Psychotherapie betreibt. Doch deren Rat kann und will Isabel nicht annehmen. Die Situation verschärft sich dramatisch, als einer der beiden Männer bei einem Unfall spurlos verschwindet …

Marlies Grötzinger lebt und arbeitet in Oberschwaben und am Bodensee. Landauf landab lieben Dialektfreunde ihre humorvollen Mundarttexte. Für herausragende Verdienste um die Heimat wurde sie 2013 von der baden-württembergischen Ministerin für Wissenschaft, Forschung und Kunst mit der Heimatmedaille des Landes ausgezeichnet. In »Seebeben« erzählt die Schriftstellerin mit Spannung und Humor vom Treiben am »Schwäbischen Meer«.

MARLIES GRÖTZINGER

Seebeben

Bodensee-Roman

GMEINER SPANNUNG

Personen und Handlung dieses Romans sind frei erfunden.
Ähnlichkeiten mit lebenden oder toten Personen
sind rein zufällig und nicht beabsichtigt.

Im Ehnried 5, 88605 Meßkirch
Telefon 07575/2095-0
info@gmeiner-verlag.de

1. Auflage 2019

Lektorat: Claudia Senghaas, Kirchardt
Herstellung: Mirjam Hecht
Umschlaggestaltung: U.O.R.G. Lutz Eberle, Stuttgart
unter Verwendung eines Fotos von: © VRD / stock.adobe.com
Druck: CPI books GmbH, Leck
Printed in Germany
ISBN 978-3-8392-2481-6

»Die reinste Form des Wahnsinns ist es,
alles beim Alten zu belassen
und gleichzeitig zu hoffen, dass sich etwas ändert.«

Albert Einstein

PROLOG

Wasser. Überall Wasser. Nur nicht nach unten schauen. Nicht in die Tiefe. Ignoriere das dunkle Loch da unten, hämmert er sich ein. Ich hab keinen Sauerstoff mehr, ganz schlecht, wenn man unten ist. Ich muss hoch zum Boot. Ruhig bleiben. Ganz ruhig bleiben. Oder an was anderes denken. Einfach an was anderes denken. An was Schönes. Für einen Moment schwindet die Panik, sein Gesicht hellt sich auf. Mein 911er Carrera S. Hab lange auf ihn gewartet … Kommende Woche wird er seinen neuen Porsche abholen, direkt am Werk. Er sieht ihn vor sich, seine Hand streicht über den glänzenden Lack. Die Tür öffnet sich und seine Finger gleiten über das weiche Leder in Yachtingblau. Wie in Zeitlupe neigt, hebt und senkt sich seine Hand, bewegt sich wie ein Fisch. Er blickt an sich hinab. Er ist nackt. Er wird in etwas Weiches gedrückt. Ist es der Fahrersitz mit den anatomischen Polsterungen? Die Polster passen sich den Rundungen seiner Oberschenkel, seines Gesäßes, seines Rückens an. Schmiegen sich an, zärtlich wie eine liebende Frau. Neues Leder. Jedes Mal, wenn er den Geruch von neuem Leder wahrnimmt, blähen sich lustvoll seine Nasenflügel. Auch jetzt. Aber jetzt riecht er nichts. Er will einatmen, unterdrückt den Reflex im letzten Augenblick. Wasser. Jemand glotzt durch ein Fenster, drückt die Nase platt an der Glasscheibe. Ist er das? Er selbst? Mit den Fingern einer Hand betastet er das Glas. Er spürt ein Kribbeln in den Fingerkuppen, als ob sie sich in einen Ameisenbau verirrt hätten. Das Kribbeln wird stärker, breitet sich aus, beide Hände jucken wie wahnsinnig. Er reißt die Augen auf und betrachtet staunend seine Arme. Beide beginnen zu flattern. Er holt sich die Hände vors Gesicht, starrt ungläubig auf seine Finger. Sie schweben. Fasziniert schaut er den Bewegungen zu, seine Hände verselbstständigen sich, sind schwerelos. Ein Geistesblitz signalisiert ihm plötzlich wieder: Er ist im Wasser, will zu Schwimmbewegungen ausholen. Die Muskeln der Arme gehorchen ihm nicht. Auch der Beinschlag will nicht gelingen. Jetzt registriert er einen fürchterlichen Druck im Kopf, in seiner Brust, in der Magengegend, überall. Unwillkürlich hält er die Luft an. Da ist sie wieder, die unbändige, mörderische, höllische Angst. Sein Brustkorb krampft sich zusammen. »Die Reaktionen Ihres Körpers sind richtig. Die Ausschüttung von Adrenalin und Kortisol versetzt ihn in erhöhte Alarmbereitschaft. Das hat der Menschheit das Überleben gesichert.« Die Worte des Therapeuten, den er nur ein einziges Mal konsultiert hat, dröhnen in seinem Schädel. Tiefenkrankheit, Angststörung! Er? Lächerlich, einfach lächerlich! Unfähiger Quacksalber, elender Laberer! Ein Schmerz am rechten Oberarm schneidet seine Erinnerungen ab.

Neben ihm bewegt sich etwas. Ein nackter Körper. Jemand haut eine Scheibe ein. Er sieht rot. Glas zerbirst lautlos. Finger fremder Hände krallen sich an seinen Armen fest. Schütteln ihn, wollen seinen Oberkörper umfassen, ihn in den Schwitzkasten nehmen. Wem gehören die? Will mich einer umbringen? Oder eine, eine Frau? Er wendet den Kopf. Helle Haare schweben ihm entgegen, verschwommen taucht ein Gesicht auf. Ist Ella zurückgekommen? Ihre Lippen zusammengekniffen, die Augen weit aufgerissen. Hass sieht er darin, abgrundtiefen Hass. Das ist kein Gesicht, ist eine Fratze. Sie verzerrt sich mehr und mehr. Jetzt nimmt sie Rache, das Biest. Jetzt zahlt sie mir zurück, dass ich sie ausgebootet habe bei der Scheidung. Dumme Kuh. Zwei Arme ziehen sich fester um seine Brust. Heben ihn hoch, zerren ihn durch ein Loch. Ein höllischer Schmerz an seinem Oberschenkel. Alles rot. Blut. Sein Blut. Blut hämmert auch von innen gegen seine Schädeldecke. Der Druck im Kopf steigert sich, wird unerträglich. Wo ist er? Alles dunkelgrau um ihn herum. Lass mich los, elendes Miststück. Seit wann hast du solche Kraft? Niemals kannst du solche Kraft besitzen. Du bist es gar nicht! Bella, bist du es? Sein Mund öffnet sich, spuckt eine graugrüne Wasserladung aus und die Worte: Lass mich los! Panische Angst durchzuckt seinen Körper, wild schlägt er um sich und diesmal gehorchen seine Muskeln. Er kann dem Angreifer, wer auch immer es ist, ein paar kräftige Schläge versetzen. Schließlich gelingt es ihm, sich ganz aus der Umklammerung zu lösen, die Fesseln abzuschütteln. Niemand wird ihm jemals Fesseln anlegen, ihm nicht, niemals! Wieder ein kurzes Signal aus seinem Gehirn: Flucht! Wegrennen, er ist ein guter Läufer. Laufen. Aber unter seinen Füßen spürt er keinen Grund, der ihm Halt geben könnte. Da ist nichts, kein Boden, nur ein schwarzes Loch. Er strampelt aus Leibeskräften. Kommt nicht von der Stelle. Ist er tatsächlich unter Wasser? Eine schreckliche Ahnung überkommt ihn. Da schwimmt etwas neben ihm. Blubbert, etwas Buntes. Fische? Ist er mitten unter seinen kleinen Freunden? Warum antwortet ihm sein Gehirn denn nicht? So schön ist das also, völlig entrückt zu sein. So ein gutes Gefühl ist die Schwerelosigkeit. Er hatte es beinahe vergessen. Plötzlich durchzuckt ihn doch ein Gedanke: Falls er wirklich unter Wasser ist, muss er auftauchen, sofort. Seine Lunge verlangt nach Sauerstoff. Reflexartig atmet er ein, inhaliert Wasser, verschluckt sich, keucht. Er atmet ein weiteres Mal, hustet. Wasser rinnt seine Luftröhre hinunter, er spürt ein heftiges Brennen in der Brust. Ungläubig reißt er wieder die Augen auf, erschrickt. Plötzlich fangen seine Arme erneut an zu zittern, zucken krampfartig. Verzweifelt versucht er, die Bewegungen seiner Muskeln zu kontrollieren, mit Armen und Beinen zu rudern. Entgeistert blickt er an sich hinunter. Seine Beine zucken auch, kommen ihm entgegen. So sehr er sich auch bemüht, sie gehorchen ihm nicht. Dann nimmt er erneut die Umrisse eines Gesichts wahr, umspielt von hellen Fäden. Es entfernt sich. Hau ab! Endlich. Unendlich langsam weicht auch die Angst. Ein Gefühl von Frieden, von nicht enden wollender Geborgenheit, breitet sich mit einem Mal in ihm aus. Arme und Beine kommen zur Ruhe. Dann trudelt sein Körper hinab in das trübe Dunkel des Bodensees.

KAPITEL 1

Isabels Zukunft verbarg sich hinter der blauen Metalltür. Mit jedem Schritt, mit dem sie sich dem Gebäude genähert hatte, verlangsamte sich ihr Gang und ihr Herz schlug schneller. Was würde sie erwarten im tiefen Süden? Mehr als einmal hatte sie sich gefragt, ob es richtig war, den Schritt zu wagen. »Wer zu neuen Ufern aufbrechen will, muss das Alte hinter sich lassen.« So las sie auf dem Foto, das Lena ihr am späten Abend über WhatsApp geschickt hatte, ein Emoticon mit hochgestrecktem Daumen folgte. Rasch steckte Isabel das Handy wieder in ihre Tasche. Kurz zuvor hatten die Freundinnen telefoniert. Lena hatte natürlich bemerkt, dass Isabel schwankte, und ihr für den ersten Arbeitstag alles Gute gewünscht. Noch beim Einschlafen hatte das Gespräch ein Lächeln auf ihr Gesicht gezaubert.

Nun stand Isabel vor der Tür. Im fast bodentiefen Glaseinsatz spiegelte sich ihre Gestalt. Das große Metallschild daneben glänzte neu, als wäre es extra für sie angebracht worden. »Wasserschutzpolizeistation Friedrichshafen«, las Isabel und blickte in die gläserne Halbkugel des Türspions. Bestimmt hatte man sie bereits gesehen. Direkt unterhalb des großen Schildes schimmerte ein kleines mit der Aufschrift »Klingel«. Isabel blickte auf ihre Uhr und zögerte. Zum Klingeln war es zu früh. »Wir erwarten Sie um 10.30 Uhr«, hatte ihr neuer Chef, Polizeidirektor Dangelmann, geschrieben. Ihr blieb noch Zeit, um Seeluft zu schnuppern. Sie trat aus dem Arkadenbogen und überquerte mit wenigen Schritten die Uferpromenade. Dabei glitt ihr Blick über die Wasserfläche. Wie ein Silberspiegel lag sie vor Isabel. Nur im Osten tänzelte ein leichter Wind über das Wasser der Friedrichshafener Bucht. Isabel kniff die Augen zusammen, das helle Rund der Sonne war bereits über die österreichischen Berge geklettert. Ihre Strahlen spielten auf dem dunklen Stahlgerippe des Moleturms an der Hafenausfahrt. Das Ufer gegenüber lag noch im Morgendunst und Isabel konnte die sanften Höhen der Schweiz nur erahnen. Ihr Blick wanderte zurück zum Graf-Zeppelin-Haus und den beiden Türmen der Schlosskirche. Über ihr bevölkerten Spatzen die noch kahlen Äste der Platanen, die wie Arme in die Höhe ragten, und zwitscherten munter ihren Frühlingsgruß. Sie hob den Kopf zum Himmel. Oben war der Dunst bereits einer lichten Bläue gewichen. Ein Flugzeug zog weiße Kondensstreifen hinter sich her. Tief sog Isabel die frische Morgenluft ein und wurde zunehmend ruhiger. Es roch nach Wasser und nach Fisch und ein Duft von Freiheit und Neubeginn lag in der Luft. Sie lehnte sich an das Geländer, und die Kühle des Metalls kroch in ihren Körper. Wie oft hatte sie sich gewünscht, hier am Bodensee zu leben. Lena hatte diesen Schritt schon vor zwei Jahren geschafft und war in Konstanz in eine Praxisgemeinschaft von Psychotherapeuten eingetreten. Im letzten Sommer, Isabel erinnerte sich genau an den Tag, als sie Lena besuchte und mit ihr auf der Mole picknickte, verließ ein großes Polizeiboot mit Blaulicht den Hafen. Fasziniert hatte Isabel der schäumenden Spur nachgeschaut und spontan ausgerufen: »Lena, ich bewerbe mich bei der Wasserschutzpolizei und komm an den Bodensee!«

»Eine super Idee!«, hatte Lena geantwortet. »Dann können wir uns wieder viel öfter sehen.«

»Und gemeinsam schwimmen und paddeln und surfen und segeln«, schwärmte Isabel und strahlte die Freundin an.

»Ja, alles das – vorausgesetzt, ich habe einen Babysitter für Ben!«

»Ich kann dann auch mal aufpassen, wenn du in Not bist. Und ich kann Beruf und Hobbys verbinden! Mensch, dass ich da nicht früher drauf gekommen bin«, sprudelte es aus Isabel heraus, bis Lena fragte: »Und was ist mit deinem Thomas? Will der überhaupt von Tübingen weg?«

Die Begeisterung auf Isabels Gesicht war mit einem Mal verflogen. Unsicher sagte sie: »Keine Ahnung, ich werde ihn fragen.«

»Wie lange braucht er denn eigentlich noch für seine Doktorarbeit?«

»Ach, da frag ich schon gar nicht mehr. Solange sein Vater zahlt, sieht er keinen Grund zur Eile.«

»Tja, man kann nicht vorsichtig genug in der Wahl seiner Eltern sein! Reiche Eltern sind nie von Nachteil – und reiche Schwiegereltern auch nicht, gell Frau von Harnsfeld in spe!«

Mit einem freundschaftlichen Klaps hatte Lena ihren Worten Nachdruck verliehen, doch schnell hatte sie ihre Hand zurückgezogen, als sie gesehen hatte, wie nachdenklich Isabel geworden war. Isabel hatte ihre Lippen aufeinandergepresst und Lena mit großen Augen schweigend angesehen.

»Nun sag schon, was los ist«, forderte die Freundin sie auf.

»Sagt Thomas doch das letzte Mal, als ich ihn auf seine Promotion angesprochen habe: Ja nun, wichtiger als von etwas zu leben ist mir, für etwas zu leben. Für etwas zu brennen, einen Sinn zu finden in dem, wie ich meine Zeit verbringe.«

»Da hat er vollkommen recht.«

»So sehe ich das ja auch. Ich liebe meinen Beruf auch! Trotzdem hat mich seine Art, wie er das gesagt hat, seine stoische Ruhe, auf die Palme gebracht. Thomas ist 32 Jahre alt, lässt sich wie selbstverständlich von seinen Eltern unterstützen, um sich die ganze Zeit seinen Studien widmen zu können. Ich halt ihm den Rücken frei und mach neben meinem Vollzeitjob den kompletten Haushalt. Das sieht er gar nicht, verstehst du! Das ist selbstverständlich für ihn. Meist hab ich nach einem anstrengenden Arbeitstag einfach nicht die Kraft, mich einem Disput zu stellen.«

Von ihrem Antrag auf Versetzung zur Wasserschutzpolizei hatte Isabel ihrem Partner erst erzählt, als dieser bewilligt war. Sie empfand es als glückliche Fügung des Schicksals, dass sie gleich an den Bodensee durfte und nicht zuvor in Mannheim beginnen musste. Ihrem Bekenntnis waren mehrere Diskussionen mit Thomas gefolgt. Thomas fühlte sich wohl in der Universitätsstadt, inmitten seiner Bücher und Geisteswissenschaftler und wollte Tübingen nicht verlassen. Jedenfalls war er nicht mit an den Bodensee gezogen. Er wohnte weiter in der schmucken Altbauwohnung, in der sie die vergangenen Jahre zusammengelebt hatten. Geäußert hatte er es zwar nie, doch insgeheim konnte er Isabels Alleingang nicht verstehen und hoffte, sie würde ihn bald bereuen und zu ihm zurückkommen. Ohnehin hatte er seinem biblischen Namen einmal mehr alle Ehre gemacht: Thomas, der Ungläubige. Denn erst als Isabel eine kleine Wohnung gefunden hatte, glaubte er, dass sie wirklich Ernst machte mit dem Wegzug.

Plötzlich riss ein Scheppern Isabel aus ihren Gedanken. Donnernd war die Metalltür ins Schloss gefallen. Ein Mann in Polizeiuniform stand davor, stampfte mit einem Bein auf, gestikulierte und schimpfte. Jetzt drehte er sich wieder zur Tür und drosch mit einer Hand auf die Klinke ein. Als sich die Tür öffnete, schrie er etwas ins Innere, was sich wie ein Fluch anhörte, und schlug sie erneut zu. Dann streckte sich sein Körper, sein Kopf schoss hoch und zwei blaue Augen blitzten Isabel erstaunt an. Der Blick traf sie ins Mark und ließ sie erschauern. Der Polizist zog seine Schirmmütze tiefer ins Gesicht, streifte mit beiden Händen die Uniformjacke glatt und stapfte mit großen Schritten davon, die Uferpromenade entlang. Nanu, welche Laus ist denn dem über die Leber gelaufen, fragte sich Isabel und sah dem Uniformierten nach. Ob das ein künftiger Kollege war?

Isabel besah sich das mehrstöckige Gebäude genauer. Die Fassade über den Arkaden war durchbrochen von mehreren identischen zweiflügeligen Fenstern. Nur eines unterbrach die Symmetrie: Es war viel größer als alle anderen, etwas weiter vorgezogen und sah aus, als sei es nachträglich eingebaut worden. Über den Dachgaupen im obersten Stock glitzerten von der Sonne angestrahlte Antennen und mehrere Windmesser drehten sich geschwind. Meine neue Dienststelle also. Hinter welchem Fenster steht wohl mein Schreibtisch?

Ein knatterndes Geräusch lenkte ihre Aufmerksamkeit zu einem Flaggenmast, der direkt vor ihr eingelassen war. Dort hatten die drei Flaggen von Deutschland, Österreich und der Schweiz begonnen, sich synchron im Wind zu bewegen. Isabel schmunzelte. Offensichtlich hielt die Wasserschutzpolizei etwas auf Traditionen. Wer hisst die jeden Morgen und holt sie abends wieder ein? Eine Szene aus ihrem Urlaub in Kuba kam ihr in den Sinn. Dort hatten Thomas und sie beobachtet, wie das tägliche Hissen und Einholen der Flagge zum Staatsakt geraten war: Polizisten sperrten die mehrspurige Fahrbahn, Fahrradfahrer mussten absteigen, Fußgänger warten. Vor diesem Publikum hatten dann Soldaten defiliert, salutiert und in einer Zeremonie, die selbst Thomas endlos vorgekommen war, die Staatsflagge eingeholt. Vielleicht gehört das hier zur täglichen Aufgabe einer stellvertretenden Dienstgruppenleiterin? Isabel schaute wieder auf ihr Handy und stellte es stumm. Noch wenige Minuten. Sie merkte, wie Nervosität sich in ihr ausbreitete. Wie werden die neuen Kollegen sein? Komme ich mit ihnen zurecht und sie mit mir? Was erwartet der neue Chef, fragte sie sich und beobachtete, während sie sich diese Gedanken machte, wie sich die Fußgängerzone allmählich belebte: Zwei Frauen in buntem Outfit joggten in Richtung Park, erste Touristen spazierten mit Rucksäcken gerüstet zur Schiffsanlegestelle. Die Türen der Eisdielen öffneten sich, Kellner nahmen Ketten ab und platzierten Tische und Stühle einladend. Ein erneuter Blick zur Uhr: 10.25. Isabel nahm einen kleinen Spiegel aus der Handtasche, zog ihre Lippen mit einem farblosen Stift nach und vergewisserte sich, dass das Make-up – heute hatte sie sich ausnahmsweise leicht geschminkt – nicht verwischt war. Dann strich sie sich eine Haarsträhne hinters Ohr, zog an ihrer Jacke, holte tief Luft und ging wieder zu der Tür hinüber. Sekundenbruchteile zögerte sie, bis sie die Klingel drückte. Eine Männerstimme fragte: »Ja bitte?« Sie klang etwas mürrisch. Nicht wegen mir, das kann nicht sein, ging es ihr durch den Sinn, als sie sagte: »Isabel Böhmer, ich …«

Ein leiser Summton unterbrach ihren Satz. Sie spähte durch den Glaseinsatz und drückte gegen den runden Metallknopf. Dann stand sie in einem kleinen Vorraum einem älteren Mann gegenüber. Als er die Brauen zusammenschob und Isabel aus wachen Augen musterte, zog die sonnengegerbte Haut tiefe Falten in seinem Gesicht. Sein Mund dehnte sich zu einem Grinsen, als er sagte: »Sie sind also der Nachfolger von Kurt, äh … die Nachfolgerin! Hab schon ghört, dass mir eine Frau kriegen.« Er seufzte. Mit den neumodischen Gepflogenheiten, die auch bei der uniformierten Polizei eingekehrt waren, konnte er sich nicht so recht anfreunden. Musste er auch nicht mehr. Es reichte vollkommen, diese zur Kenntnis zu nehmen, und ansonsten galt es, die wenigen Monate durchzuhalten bis zum Ruhestand.

»Ja, ich bin die Quotenfrau!«, gab Isabel lächelnd zurück. Normalerweise wäre ihre Antwort schärfer ausgefallen, aber sie wollte es sich nicht gleich am ersten Tag mit dem Kollegen verscherzen. Außerdem war ihr der Mann auf Anhieb sympathisch. Er sprach schwäbischen Dialekt und erinnerte sie an ihren Vater. Der wäre jetzt ungefähr im selben Alter, hätte der Hooligan damals nicht sein Messer gezückt und rasend vor Wut auf ihn eingestochen. Schnell schluckte sie die Erinnerung hinunter.

»Kommet Sie herein. Zuerscht hab ich dacht, da will wieder eine 'ne Anzeige erstatten. Die hätt mir grad noch gfehlt heut Morgen.«

»Nein, keine Anzeige …«

»Schon gut. Frieder Kahle. Willkommen«, brummte er augenzwinkernd und streckte Isabel eine Hand entgegen. »Mir brauchet dringendscht Verstärkung und freuet uns, dass Sie endlich da sind.«

Sein fester Händedruck zeigte Isabel, dass er es ehrlich meinte.

»Der alte Kahle ischt momentan Mädchen für alles – na ja, für fascht alles«, fügte er nach kurzem Innehalten hinzu, und seine Stimme klang weniger freundlich, als er sagte: »Unsere Sekretärin ischt heut mal wieder unpässlich. Diese jungen Dinger. Auf die ischt einfach kein Verlass! Melden sich krank wegen jedem krummen Furz! Tschuldigung, Frau Böhmer, aber so ischt es!«

Statt einer Antwort nickte Isabel nur mit dem Kopf und überlegte, ob Frieder Kahle sie auch noch zu diesen jungen Dingern zählte.

»Ich kann hier nicht lang weg, ich zeig Ihne nur kurz Ihr Büro. Kommet Sie mit.« Damit ging er Isabel voran die Treppe hoch. Oben angekommen, öffnete er eine Glastür, die den Blick auf einen langen Korridor mit vielen Türen freigab.

»Drittes Zimmer rechts, das sehet Sie.« Mit diesen Worten stapfte er bereits wieder die Treppe hinunter. Er drehte sich nochmals um und rief: »Ach übrigens: Ich bin dr Frieder! Mir sind hier alle per Du, bis auf den Chef.«

»Isabel«, stotterte Isabel, überrascht, dass das bei dem älteren Kollegen so schnell ging.

Frieder Kahle hatte ihr Zögern bemerkt: »Sie wisset doch: Im Team muss sich einer auf den andern verlasse könne. Das ›Du‹ ischt einfacher.« Schmunzelnd fügte er hinzu: »Und außerdem sagt man auch leichter ›du Seckel‹ als ›Sie Seckel‹!«

Bei diesen Worten nickte er Isabel zu und marschierte dann zurück zum Empfang. Isabel ging langsam den Flur entlang. Mehrere Uniformierte kamen ihr entgegen. Sie grüßten wortlos und schienen erstaunt, dass eine fremde

Frau in Zivil sich alleine in den Diensträumen bewegte. Keiner sprach sie an, jeder eilte nach kurzem Kopfnicken in sein Zimmer. Komische Kerle. Stimmt da was nicht? Die sehen irgendwie aus wie begossene Pudel, schoss es Isabel durch den Kopf, und ein Frösteln durchzog ihren Körper. Sie hatte zwar keinen Sektempfang mit Brezeln erwartet, aber ein bisschen freundlicher hatte sie sich ihre Ankunft hier schon vorgestellt. Jetzt schlenderte ein großer, schlaksiger Mann den Gang entlang. Auch er trug Uniform, Isabel schätzte ihn etwa so alt wie sie selbst. Er verschwand nicht gleich, sondern schaute sie an, lächelte und kam auf sie zu: »Hallo. Sie sind bestimmt die neue Kollegin. Ich bin Timo, Timo Fessele!«

»Ja, erraten. Isabel, Isabel Böhmer«, sagte Isabel erleichtert und drückte die ausgestreckte Hand.

»Willkommen im Irrenhaus«, sagte er, und Isabel erkannte keine Spur von Sarkasmus in seiner Stimme.

»Ihr Büro ist da vorne, der Schreibtisch links. Zimmerkollege Markus ist heut nicht da.«

Ob das der Mann ist, der vorher aus dem Gebäude gestürmt ist, überlegte Isabel, als sie hinter Timo Fessele den Flur entlang marschierte. Vor dem angezeigten Zimmer blieben sie stehen.

»Darf ich Ihnen, ah … dir erst mal einen Kaffee bringen?«

»Dir! Ja, sehr gerne.«

»Erster Polizeihauptkommissar Proll«, las Isabel auf dem Schild neben der Tür und öffnete sie. Ein Schwall abgestandener Heizungsluft schlug ihr entgegen. Das Dienstzimmer sah aus, wie Isabel Hunderte bei der Polizei kannte: Die Wände bis zur Decke tapeziert mit Aktenschränken, ein kleiner Besprechungstisch mit zwei Stühlen, in der Mitte zwei Schreibtische – einer davon blank bis auf einen Bildschirm. Das wird meiner sein. Immerhin ein Flachbildschirm, dachte Isabel und erinnerte sich an den wuchtigen Kasten, mit dem sie bisher hatte vorliebnehmen müssen. Sie trat einen Schritt näher und sah auf dem Standfuß des Bildschirms ein kleines, schwarzes Männchen sitzen: ein Schornsteinfeger, auf der Schulter eine Leiter, im Mund ein vierblättriges Kleeblatt und ein Täfelchen Schokolade zwischen den Händen, darauf stand: »Auf gute Zusammenarbeit!« Vor dem Kerlchen klebte ein gelbes Notizblatt, auf dem mit schwungvoller Handschrift: »Herzlich, Markus Proll« gekritzelt war. Isabel musste lächeln und dachte: Wird ja schon besser, und langsam verschwand ihre Beklemmung. Auch der Kollege schien nett zu sein. Isabel war gespannt, wann sie ihn kennenlernen würde.

Einen Unterschied zu den meisten anderen Dienstzimmern der Polizei, einen großen, entscheidenden, entdeckte Isabel, als sie ans Fenster trat: Büro mit Seeblick, wie cool ist das denn? »Phantastisch«, würde sie abends Thomas vorschwärmen. Jetzt stand sie nur staunend davor und unterdrückte einen Jauchzer, als sie einen Flügel aufriss. Unglaublich diese Weite! Diese Aussicht auf den Bodensee und die Berge war mit keinem Büro vergleichbar, was sie bisher gesehen hatte. Statt trostloser Hinterhofidylle mit einer Armee von Gelben Säcken und Mülltonnen in verschiedenen Farben konnte sie auf Wasserweite blicken. Konnte ihre Ängste und Bedenken einfach von Wind und Wellen wegtreiben lassen. Konnte ihren Ärger, der sicher nicht ausbleiben würde, gegen das Bergmassiv da drüben schmettern, das vom Schweizer Ufer herüber grüßte. Der obere Teil war noch schneebedeckt, und alles Ungemach würde mit der Schneeschmelze verschwinden, versickern auf Nimmerwiedersehen. Als den »Wächter des Bodensees« und »das schönste Gebirge der Welt« hatte ein Schriftsteller den Säntis einmal bezeichnet. Isabel wusste nicht mehr welcher, wahrscheinlich der berühmte Walser. Thomas wüsste den Namen, und wenn nicht, würde er sofort den Computer zu Rate ziehen. Ihr war er in diesem Moment vollkommen egal, aber sie gestand dem Mann zu: Er hatte absolut recht.

Eine Fähre steuerte gerade auf die Stadt mit den dunklen Türmen gegenüber von Friedrichshafen zu. Es musste die nach Romanshorn sein. Übermütig schwang Isabel ihren Oberkörper über die Fensterbrüstung. Unter ihr die Seepromenade, reine Fußgängerzone. Keine hupenden Autos und keine stinkenden LKWs mehr, jubilierte Isabel innerlich. Amüsiert beobachtete sie zwei Damen, die ihre Einkaufswägelchen hinter sich herzogen. Die bunten Bänder ihrer Hüte flatterten im Wind. Auf einmal dröhnte Technomusik an Isabels Ohr und sie drehte den Kopf. Ein schwarz gekleideter junger Mann in Schnürstiefeln und einem CD-Player unter dem Arm näherte sich. Er hob den Kopf mit den blauen Haaren und Isabel wollte sich schnell zurückziehen. Doch er hatte sie bereits gesehen, zog eine Grimasse und winkte ihr zu. Isabel nickte nur, wahrscheinlich war er den Kollegen bekannt.

Die beiden Frauen waren stehen geblieben und schüttelten die Köpfe, nachdem der Punker sie passiert hatte. Nun nahm Isabel die drei Flaggen ins Visier. Fast auf Augenhöhe wogten sie synchron im Wind. Höchstens Windstärke eins, dachte Isabel. Zu wenig, um zu surfen, für eine Jolle wär's genug. Ich brauch nur aus dem Fenster zu sehen und weiß, was ich nach Dienstschluss machen werde, sinnierte Isabel. Ihre Augen folgten einer Möwe, die gerade krächzend versuchte, mit ihren roten Beinchen auf der Spitze des Flaggenmasts zu landen. Es wollte ihr nicht gelingen. Lärmend und flügelschlagend flog sie weiter Richtung Friedrichshafener Bucht, wo im Flachwasser eine ganze Kolonie Station gemacht hatte. Mit bloßem Auge waren die kleinen weißen Pünktchen fast nicht auszumachen. Die größeren Punkte mussten Schwäne sein, die ihre langen Hälse im Gefieder versteckten.

Überwältigt sog Isabel noch einmal tief die Luft ein, ging zum Schreibtisch zurück und ließ sich in den Stuhl fallen. Dann hob sie ihre Arme über den Kopf, streckte den Oberkörper und ließ die Atemluft langsam und hörbar wieder austreten. Hier also. Hier werde ich zukünftig meine Arbeitstage verbringen. Angenehmer als in Tübingen. Endlich weg vom Streifendienst, von den immer gleichen Hausstreitigkeiten unter Eheleuten und Nachbarn, die Langeweile hatten. Den Beleidigungen, Ruhestörungen, sexuellen Belästigungen, Verkehrsunfällen und den Großeinsätzen bei Demos in der Universitätsstadt. Sie hatte die letzten Jahre genug Erfahrungen gesammelt, und Überdruss. Jetzt war sie – nach den spöttischen Worten der früheren Kollegen – bei der »Entenpolizei« in der tiefsten Provinz im tiefsten Süden des Landes angekommen. Natürlich würde sie weiterhin auf Streife gehen – nicht nur zu Fuß, mit dem Auto oder dem Fahrrad, sondern auch mit dem Boot. Streife fahren auf ihrem Element, dem Wasser, auf dem Wasser des Bodensees. Sie fröstelte nun doch, erhob sich wieder und schloss gerade das Fenster, als sich Timo durch die angelehnte Tür schlängelte, in den Händen zwei Kaffeebecher balancierend. »Das Lebenselixier von uns Wasserschützern.«

Mit diesen Worten stellte er eine Tasse vor Isabel auf den Schreibtisch und setzte sich ihr gegenüber.

»*Auch* von den Wasserschützern! Danke.«

Timos helle Augen fixierten Isabel, als er fortfuhr: »Ich freu mich, dass du endlich da bist. Obwohl ich zugeben muss, dass ich die Stelle auch gerne gehabt hätte. Eine Beförderung kann ich nun abschreiben.«

Erstaunt zog Isabel die Augenbrauen hoch. »Hast du dich denn auch beworben?«

»Nein«, gab er kleinlaut zu, »hab mich nicht getraut. Hätt den Job ja sowieso nicht gekriegt.«

»Warum bist du dir so sicher?«

»Du kannst nichts dafür. Schon gut, alles okay.« Timo blickte zum Fenster hinaus und wechselte das Thema: »Ich weiß nicht, wann Markus kommt. Soviel ich mitbekommen habe, wollte dich der Chef heute beim Jour fixe vorstellen, aber er ist … na ja«, Timo zuckte mit den Schultern, »momentan nicht im Haus.«

»Ach, ich werde ihn schon noch kennenlernen.«

»Mit Sicherheit wirst du das.«

Ein seltsamer Unterton in Timos Stimme ließ Isabel aufhorchen. Später würde sie nachfragen. Im Moment zog sie es vor, das Thema ruhen zu lassen. »Ist die IT bereits eingerichtet?«

Damit drückte sie den Startknopf ihres Computers.

»Probier's einfach. Wenn's nicht klappt, frag Scheysa. Keine kennt sich mit Technik besser aus als sie, die ist heute leider auch nicht da!«

»Scheysa? Ungewöhnlicher Name. Wer ist das?«

»Die derzeitige Gesp… die derzeitige Assistentin des Chefs.«

Wieder dieser seltsame Ton. Spöttisch, abwertend,

ängstlich? Oder eine Mischung aus allem? Vielleicht sprach Timo immer so, sie kannte ihn ja noch nicht. Isabel schaute ihrem Kollegen offen ins Gesicht. Grinsend saß er ihr gegenüber. Er machte keine Anstalten weiterzusprechen, sondern nippte an seinem Kaffeepott, den er mit beiden Händen zum Mund führte. Trotzdem sah Isabel, dass seine Mundwinkel zuckten. Das hörte sich nach Flurfunk an, und sie musste sich eingestehen, dass der sie doch nicht so unberührt ließ, wie sie es gern gehabt hätte. Aber sie verbot sich nachzuhaken und öffnete stattdessen die Schubladen ihres Schreibtischs. Sie waren nahezu leer. Nur ein paar Formulare lagen ungeordnet darin.

»Büromaterial bekomm ich wo?«

»Auch bei Scheysa. Sie verwaltet das Zeug«, bedauerte Timo. »Komm mit, dann zeig ich dir eben deinen Spind und die Dienststelle. Solange, bis ein Anruf reinkommt, hab ich Zeit.« Damit nahm er seinen Kaffee und erhob sich.

»Danke, echt nett von dir. Zeig mir bitte auch gleich, wo die Fettnäpfchen stehen!«

»Die wirst du schon noch selbst ausfindig machen«, antwortete Timo.

Isabel folgte ihm mehrere Treppen hinunter, während ihr Blick auf seinem langen Rücken und den noch längeren Beinen ruhte. Hemd und Hose schlackerten um seinen hageren Körper. An einer Türe musste er seinen Kopf einziehen, sonst hätten die blonden, nach oben stehenden Haarbüschel den Türrahmen gestreift. »Da sind unsere Zellen. Zum Ausnüchtern, für Randalierer oder wenn wir sonst jemanden kurzfristig in Gewahrsam nehmen müssen.«

»Oh, das kommt also auch hier vor«, scherzte Isabel und blickte durch die offene Tür in den Raum. Das Mobiliar: ein Stuhl, ein Tisch, eine Toilette ohne Deckel und ein schmales Bett mit dunkler Wolldecke, die allein beim Anblick kratzte. Im oberen Viertel der gegenüberliegenden Seite befand sich ein vergittertes Fenster ohne Tageslicht. »Schnucklig! Und die zwei reichen euch?«, fragte Isabel. Wenige Meter weiter blickte sie in einen Verschlag, der komplett weiß gekachelt und nur mit weißer Sanitärkeramik ausgestattet war.

»Meistens schon. Wenn nicht, haben wir ja noch unsere Juniorsuite hier«, scherzte Timo, »reserviert für die besonders heftigen Fälle.« Isabel ersparte sich einen Kommentar. Timos Humor gefiel ihr. Gerade öffnete er eine massive Metalltür und sie betraten einen langen Flur. »Hier kommst du auch von der anderen Seite des Gebäudes aus rein«, erklärte Timo, als er die Tür zu einem fensterlosen Raum aufstieß. Hier reihten sich Schränke aneinander, hellgrau und schmucklos. Bei einem Spind war die Tür nur angelehnt und der Schlüssel steckte. »Das ist deiner. Platz für Nerz und High Heels gibt's nicht!«

»Hauptsache, ich kann hier meine Schminke und meinen Alk deponieren«, fiel Isabel im Weitergehen in Timos Ton ein.

»Voilà! Der weiße Salon«, erklärte der Kollege, als sie vor einem Aufenthaltsraum mit Kaffeemaschine, Kühlschrank, einem Tisch mit weißer Kunststoffplatte und weißen Plastikstühlen Halt machten. »Zum Schichtende erwartet dich hier täglich ein Gourmetmenü vom Sternekoch«, alberte Timo und deutete auf eine einzelne Kochplatte, die auf einem weißen Schränkchen thronte. Im Spülbecken stapelten sich benützte Kaffeetassen. Sie gingen weiter. Vor einer Tür mit grünem Kreuz blieben sie stehen: »Kannst du noch? Wir sind gleich durch. Das ist der Sanitätsraum.«

»Kein Problem, Tübingen ist viel größer!«

Am Ende des Flurs steuerten sie auf eine weitere massive Metalltür zu, diesmal mit Fenster. Timo musste sich bücken, um hinaussehen zu können, und sagte: »Und hier geht's zum Fuhrpark.«

Isabel schaute in einen Hinterhof, auf dem einige silberblaue Dienstwagen parkten.

»Die Schlüssel und die Fahrtenbücher sind hier, griffbereit.«

Isabel nickte und folgte Timo wieder zur Treppe. Vor ihrem Zimmer angekommen, sagte er: »Bisschen viel auf einmal, ich weiß. Meld dich einfach, wenn ich was für dich tun kann. Ansonsten wünsche ich dir einen guten Start.«

Isabel wollte sich bedanken, doch Timo war bereits in das Büro zwei Türen weiter entschwunden.

Einige Stunden später drückte Isabel auf die linke Maustaste und lauschte dem Klicken, das das Abschalten des Computers signalisierte. Feierabend. Der erste Arbeitstag war ruhig verlaufen, etwas zu ruhig für ihren Geschmack. Sie hatte ihn mit Ausnahme der Führung fast ausschließlich am Schreibtisch verbracht. Am Nachmittag hatten weitere Kollegen die Köpfe hereingestreckt, sich kurz vorgestellt und mit Handschlag ihre Zusammenarbeit angeboten. Markus Proll war nicht aufgetaucht, und auch ihren Chef hatte sie nicht zu Gesicht bekommen.

Isabel betrat die Uferpromenade. Die bunten Tücher am Flaggenmast hingen schlaff herunter. Erst jetzt fielen Isabel neben dem Flaggenmast mehrere Windspiele auf. Sonnenstrahlen legten sich auf die blauen und grünen Metallflächen, die aussahen wie geblähte Segel. Auch sie standen still, kein Windhauch drehte sie um ihre Achse. Isabel setzte sich auf die Bank unter dem Flaggenmast und rieb sich verwundert die Augen. Die Wasserfläche vor ihr leuchtete nicht mehr silbern wie am Vormittag, auch nicht blaugrau wie nachmittags. Sie sah aus wie ein riesiger Topf, in dem orangegoldene Farbe waberte. Jeden Tag werde ich den schönsten aller Seen nun sehen können, zu jeder Tageszeit seine Befindlichkeit aufnehmen, ihn studieren können wie ein lieb gewonnenes Kind. Ab sofort sollte ich Tagebuch führen, Seetagebuch, dachte Isabel glücklich und gönnte sich einen weiteren Moment der Ruhe. Dann erhob sie sich und schlenderte zu einer Panoramatafel, die jeden Gipfel am österreichischen und Schweizer Ufer benannte. Bald werde ich alle kennen, dachte Isabel zuversichtlich. Als sie am Schaufenster der Buchhandlung vorbeischlenderte, lachte sie ihrem Spiegelbild zu. Sie freute sich auf ihr Zuhause und auf das Skypen mit Thomas. Bestimmt war er neugierig, wie ihr Tag verlaufen war. An der Bushaltestelle zog sie ihr Handy aus der Tasche. Keine Nachricht von ihm. Unspektakulär – bis auf die grandiose Aussicht aus meinem neuen Büro: Ich sehe den Bodensee vor mir und hab das Gefühl, mein ganzes Revier zu überblicken. Ansonsten völlig unspektakulär. Das war das Wort, mit dem Isabel ihren ersten Arbeitstag charakterisieren würde, wenn Thomas sie nachher fragen würde. Die ganze Nervosität war umsonst. Ja nun, das hab ich dir doch gesagt, würde er wahrscheinlich antworten. Und bei »Ja nun« würde er lächeln, seine rechte Hand heben und seine Hornbrille zurechtrücken.

Die Anspannung der vergangenen Tage fiel vollends ab, als Isabel in ihrer kleinen Wohnung ankam. Ganz kurzfristig hatte sie diese beziehen können. Die Suche nach einer bezahlbaren Unterkunft am Bodensee hatte sich schwierig gestaltet. Gleich nachdem ihre Versetzung bewilligt war, hatte sie die einschlägigen Foren im Internet und die Zeitungen durchstöbert, doch der Markt war leer gefegt. Die wenigen Male, die sie zu Besichtigungen gefahren war, hätte sie sich sparen können. Entweder schreckte sie bereits ein verdrecktes Treppenhaus, dessen Wände nach Wasser und Farbe lechzten, oder die muffige Enge einer feuchten Wohnung ab. Oder der für ihr Beamtengehalt astronomische Mietpreis. Einen Monat vor Dienstantritt hatte Lena angeboten, dass sie sich vorübergehend bei ihr einquartieren könne, um vor Ort in aller Ruhe weitersuchen zu können. Allerdings hätte Isabel mit der Katamaranfähre von Konstanz nach Friedrichshafen pendeln müssen. Dann schlug Lena vor, eine kleine Ferienwohnung anzumieten, die es im April am See auch noch zu günstigen Bedingungen geben würde. Mit beiden Lösungen hätte sich Isabel anfreunden können – und auch Thomas. Ihm schien es ohnehin nichts auszumachen, dass Isabel keine Bleibe fand. Kurz danach hatte Isabel in einem Internetportal diese Zweizimmerwohnung ausfindig gemacht – teilmöbliert und nicht weit entfernt von ihrer Dienststelle. Lenas Urteil nach einer Inaugenscheinnahme fiel positiv aus, und so hatte Isabel sofort zugesagt.

Ohne die Kartons mit restlichem Umzugsgut zu beachten, setzte sie sich erwartungsfroh an den Computer, um mit Thomas Kontakt aufzunehmen. Aber Thomas meldete sich nicht. Enttäuscht tippte sie seine Nummer auf dem Handy, doch auch mobil war er nicht zu erreichen. Das war ungewöhnlich. Wo war Thomas? Normalerweise verbrachte er die meiste Zeit zu Hause am Computer. Isabel überlegte, ob er zur Uni gefahren war. Vielleicht war er einkaufen. Immerhin war er nun Selbstversorger – eine ganz neue Erfahrung für ihn. Sie tippte ihm eine kurze

Nachricht auf WhatsApp. Dann versuchte sie, Lena anzurufen. Sie erreichte die Freundin ebenfalls nicht, Sekunden später kam die Nachricht: »Bin in Fobi, melde mich später.« Wie konnte Isabel das vergessen, gestern hatte Lena von ihrer Fortbildung erzählt.

Isabel lag schon mit einem Buch im Bett, als Lena anrief. Die beiden quatschten lange und vereinbarten ein Treffen fürs Wochenende. Erst danach sah Isabel die Nachricht von Thomas: »Dein Telefon ist ständig belegt. Bin jetzt in einer Videokonferenz mit Stanford. Wie war dein Tag? Vermisse dich.« Ein Kussemoticon folgte. Isabel legte das Handy auf den Nachttisch, kuschelte sich in ihre Decke und fing erneut an zu grübeln. Wahrscheinlich fühlte sich Thomas doch gekränkt, dass sie ihn allein zurückgelassen hatte. So sah er es nämlich: Isabel hatte ihn im Stich gelassen. Isabel wusste das, wenngleich sein männlicher Stolz dies niemals zugeben würde. Die Bewerbung bei der WaPo in Friedrichshafen war allein ihr Ding gewesen. Thomas hatte versucht, nachdem sie ihm gebeichtet hatte, ihr die Sache auszureden. Unruhig wälzte sie sich von einer Seite auf die andere. Hatte sie die richtige Entscheidung getroffen? Oder war sie zu egoistisch gewesen, als sie sich unbedingt beruflich neu orientieren wollte? Sie selbst hatte sich schnell mit dem Gedanken angefreundet, dass sie allein an den Bodensee ziehen und Thomas in nächster Zeit nur an dienstfreien Tagen sehen würde. Wenn sie in sich hineinhorchte, kam es ihr sogar ganz gelegen. Das Alleinsein gab ihr die Chance, über ihre Beziehung, ihr Leben und ihre Wünsche an die Zukunft nachzudenken. Und sie freute sich, wieder mehr mit Lena unternehmen zu können. Endlich fiel sie in einen unruhigen Schlaf.

KAPITEL 2

Als Isabel am nächsten Tag die Türe zu ihrem Büro öffnen wollte, bemerkte sie das neue Namensschild. »Polizeihauptkommissarin Böhmer« und darunter »Erster Polizeihauptkommissar Proll«. So stand es in dunklen Lettern. Jemand musste es ausgetauscht haben.

Kollege Proll war noch nicht da. Deshalb drehte sie als erste Amtshandlung die Heizung zurück und riss das Fenster auf. Sie blieb für einen Moment stehen, und wieder streifte ihr Blick die Flaggen. Zwischen den wogenden bunten Tüchern funkelte der See nahezu unberührt. Nur ein einsames Fischerboot steuerte gerade den Hafen an. Ein gleichmäßiges Brummen über ihr veranlasste Isabel, zum Himmel hochzuschauen. Ein Zeppelin flog über die Stadt. Ist bestimmt ein tolles Erlebnis, alles aus der Vogelperspektive zu erleben, dachte sie und blickte dem ellenlangen Flugkörper sehnsüchtig nach. Auf den Schweizer Bergen reflektierte der Schnee so hell die Morgensonne, dass sie die Augen zukneifen musste. Ein Lächeln huschte über ihr Gesicht. War das wirklich ihr neuer Arbeitsplatz? Immer noch nicht konnte sie ihr Glück so recht fassen und sog die Atemluft so tief ein, als wolle sie jede einzelne Zelle ihres Körpers befüllen. Ob sie sich jemals an diesen Blick gewöhnen könnte? Ob sie ihm jemals überdrüssig werden würde? Sie wusste von früheren Besuchen: Der Bodensee konnte auch ein anderes Gesicht zeigen. Sie drehte sich ihrem Schreibtisch zu, auf dem sich Büromaterial türmte. Als sie sämtlichen Utensilien ihren Platz zugewiesen hatte –

Isabel liebte es, wenn alles seinen festen Platz hatte und sie nicht unnötig Zeit mit Suchen verschwenden musste –, drückte sie den Einschaltknopf ihres Computers. Sie tippte ihr Passwort ein. Während das Gerät hochfuhr, vertiefte sich Isabel in den kleinen Schornsteinfeger auf dem Fuß des Bildschirms. Die nette Geste hob ihre Laune zusätzlich. Heute würde sie hoffentlich den aufmerksamen Kollegen zu Gesicht bekommen. Dann checkte sie erst mal den Posteingang. Plötzlich klingelte das Telefon. Isabel zuckte zusammen. Den hohen, markerschütternden Ton würde sie sofort ändern. Sie nahm den Hörer, während ihr Gehirn bereits ein »Polizeirevier Tübingen« formte, als sie innehielt und überlegte, wie sie sich hier korrekt zu melden hatte. Bestimmt gab es auch dafür eine Dienstanweisung. Ein Blick auf das Display verriet ihr, dass der Anruf intern war. »Böhmer.«

»Gute Morge, Frau Böhmer. Sie sollet gleich zum Chef kommen«, forderte eine weibliche Stimme.

Der vertraute schwäbische Dialekt half Isabel, gelassen zu bleiben, doch sie merkte, wie ihr Herz schneller schlug. Was würde Polizeidirektor Dangelmann fragen? Was könnte ihn interessieren, was nicht schon ihren Bewerbungsunterlagen zu entnehmen war? In Gedanken ging sie noch mal die Sätze durch, die sie sich bereits für den Vortag zurechtgelegt hatte. Von ihrem zukünftigen Chef wusste sie nur, dass er seit gut fünf Jahren die Wasserschutzpolizeistation leitete, nach Aussagen der früheren Kolleginnen sehr gut aussah und exzellente Beziehungen zum Polizeipräsidenten pflegte. Dieser Ruf war ihm nach Tübingen vorausgeeilt. Es wäre ein Leichtes gewesen, mehr über ihn zu erfahren, aber Isabel mied soziale Netzwerke. Und es interessierte sie auch nicht, was die Kolleginnen und Kollegen ansonsten wussten oder zu wissen meinten. Lieber wollte sie sich ihr eigenes Bild machen. Wenn sie ihren Dienst gewissenhaft ausüben würde – und dazu war sie hoch motiviert –, hatte sie ohnehin mit dem Dienstgruppenleiter und den Kollegen häufiger zu tun als mit dem Leiter der Dienststelle.

Sie blickte an ihrer Uniform hinunter, die sie wie üblich bei Dienstbeginn angezogen hatte. Schob die neue hellblaue Bluse straffer in den Hosenbund, überprüfte mit ein paar Handgriffen den Sitz von Gürtelschnalle und Krawatte und schlüpfte in ihre Uniformjacke. Mit den Innenflächen ihrer Hände strich sie rechts und links am Kopf entlang, um die Haare zu ordnen. Gleichzeitig trafen sich beide am Hinterkopf und fingerten am Pferdeschwanz herum, mit dem Isabel ihre hellbraunen Locken im Dienst bändigte. Sie zog den Haargummi fester in Richtung Haaransatz. Vielleicht hätt ich heut doch besser wieder etwas Make-up auftragen sollen, schoss es ihr durch den Kopf. Eigentlich will ich damit im Dienst erst gar nicht anfangen. Aufrecht und flotten Schrittes marschierte sie den Korridor entlang und klopfte beim Zimmer mit der Aufschrift »Vorzimmer Frau Schwämmle«. Nichts rührte sich, Isabel klopfte ein zweites Mal. Aus dem Büro nebenan kam ihr eine Frau entgegen. Isabel schätzte sie auf Ende 50. Ob das Frau Schwämmle war? Der Name würde gut zu ihr passen. Statt sich vorzustellen, sagte sie: »Grüß Gott, Frau Böhmer. Kommet Se mit, ich bring Sie zum Herrn Dangelmann.«

Es war die Stimme vom Telefon. Als ob sie ihre Worte verstärken wollte, nickte sie mit dem Kopf, wobei ihre rötlichen Locken um das runde Gesicht tanzten. In der Hand hielt sie ein Tuch, öffnete mit diesem die Türe zum

Vorzimmer und schritt zielstrebig auf eine breite Türe zu. Isabel heftete den Blick auf das Zopfmuster im Rücken ihrer Strickjacke und folgte ihr. Energisch klopfte sie kurz, öffnete sofort einen Spaltbreit die Tür, streckte ihren Kopf ins Zimmer und meldete: »Herr Polizeidirektor, Polizeihauptkommissarin Böhmer wäre jetzt da.«

Wenige Sekunden später öffnete sie die Türe ganz, nickte und warf Isabel aus graugrünen Augen einen aufmunternden Blick zu. Dann zog sie die Türe hinter sich zu.

Wie alle Besucher, die zum ersten Mal das Zimmer von Dienststellenleiter Carl W. Dangelmann betraten, war Isabel vollkommen perplex. Bisher hatte sie nicht einmal geahnt, dass es in der Landesverwaltung, geschweige bei der Polizei in Baden-Württemberg dergestaltige Dienstzimmer überhaupt gibt – zumindest nicht für rangniedrigere Personen als den Ministerpräsidenten. Das helle Licht der Morgensonne blendete Isabel. Ungehindert fluteten die Strahlen den Raum dank einer Glasfront, die sich über die komplette Seite des Büros erstreckte, die dem See zugewandt war. Davor lag – aufgespannt wie eine Fototapete – der Bodensee. Welch eine Stimmung, dachte Isabel beeindruckt. Da konnte der Blick aus ihrem Büro nicht mithalten. Jetzt erst erblickte sie auf der rechten Seite des Raumes einen modernen Schreibtisch, hinter dem Polizeidirektor Dangelmann saß und in einer Akte blätterte. Das ist der Mann, der gestern aus der Tür der Polizeistation gestürmt war, schoss es Isabel durch den Kopf. Sie erkannte ihn, obwohl er keine Mütze trug. Es war eindeutig derselbe Mann, für den es offensichtlich momentan nichts Wichtigeres gab als sein Aktenstudium. Zumindest machte er keine Anstalten, seine Lektüre zu unterbrechen oder aufzustehen, um die Besucherin zu begrüßen. Noch immer stand Isabel nahe der Türe, unschlüssig, ob sie einfach weitergehen durfte bis zum Stuhl vor dem Schreibtisch oder ob sie hier warten sollte. Sie räusperte sich, hatte aber irgendwie das Gefühl, als sei durch das Sonnenlicht und die Anwesenheit des Polizeidirektors bereits der ganze Raum ausgefüllt und in dem riesigen Zimmer gar kein Platz mehr für eine weitere Person.

Mit jeder Sekunde, die Isabel länger unbeweglich stand, spürte sie, wie sie unsicherer wurde. Ihr Herzschlag beschleunigte sich nochmals. Die Poren ihrer Haut öffneten sich und begannen, Schweiß abzusondern. Auch ihre Hände wurden feucht. Isabel spreizte die Finger und drückte ihre Handflächen fest gegen die Hosenbeine. Durch den Stoff bemerkte sie die Anspannung auch in den Muskeln ihrer Oberschenkel. Ihr ganzer Körper schien mit einem Mal aufs Äußerste gespannt. Nervös trat sie von einem Bein auf das andere. Wie viele Sekunden, Minuten waren inzwischen vergangen? Der Mann hinter dem Schreibtisch blätterte noch immer in seinen Unterlagen. Isabel heftete ihre Augen auf den grau melierten Haarschopf ihres neuen Vorgesetzten. In diesem Moment hob Carl W. Dangelmann seinen Arm und deutete, ohne den Blick von seiner Lektüre zu heben, auf den Besucherstuhl: »Nehmen Sie doch Platz, Frau Böhmer!«

Diese Stimme! Die Laute klangen wie eine Melodie, einnehmend und betörend, drangen durch Isabels Gehörgang und schlichen direkt in ihr Herz. Als Isabel ihren Namen hörte, setzte sie einen Fuß vor den anderen. Sie waren wie Federn so leicht. Den Blick fest auf den lockigen Oberkopf geheftet, hatte sie schon den gesamten Weg zurückgelegt und sich bereits lautlos auf den Stuhl geschoben, als Carl W. Dangelmann langsam sein Haupt erhob. Dieser

Kopf war ein Haupt! Jede andere Bezeichnung hätte Isabel als unpassend empfunden. Zwei Augen, so hell wie dieser Frühlingsmorgen, stachen aus einem braun gebrannten Gesicht.

Isabel war noch nie einem Mann begegnet, der so hellblaue Augen hatte. Sie leuchteten, als ob sich darin der Bodensee eines ganzen Sonnentages spiegelte. Dieses Blau. War es echt? Konnte es echt sein? Trug er Kontaktlinsen? Himmelblaue Kontaktlinsen wie osteuropäische Frauen? Zwei Lichtblitze trafen Isabels Augen und durchbohrten sie wie Speere bis ins tiefste Innere. Isabel war gebannt und unfähig, sich zu bewegen oder gar ein Wort zu sagen. Wie ein hypnotisiertes Kaninchen starrte sie ihr Gegenüber an, und je länger die Verbindung bestehen blieb, desto mehr verschwand die Anspannung, wich einer weichen, wohligen Wärme. Und doch weckte etwas ihren inneren Widerstand, etwas fühlte sich nicht richtig an. Mit Mühe gelang es Isabel, sich aus dem Blickgefängnis zu befreien. Sie kam nicht weit: Ihre Augen blieben nun am Kinn ihres Gegenübers haften, wurden angezogen von einem Grübchen, fast schwarz, zwischen zwei Hügeln, die sich nun bewegten. Wahrscheinlich hatte der Mund etwas gesprochen. Er musste etwas gesagt haben, denn da war wieder die Stimme. Die dunkle Stimme, weich wie eine Wolldecke, in die sich Isabel am liebsten kuscheln würde. Tatsächlich: Die dunklen Lippen lösten sich langsam voneinander, gaben ein schwarzes Loch frei und schürzten sich dann wie zu einem Kuss: »Frau Böhmer, wie schön, Sie zu sehn!«

Die Worte kamen gedehnt. Als die Lippen wieder aufeinander lagen, zuckten kurz die Mundwinkel. Dangelmanns Augen hatten Isabel nicht losgelassen. Es schien, als scannten sie jeden Millimeter ihres Gesichts, als sogen sie

Zentimeter für Zentimeter in sich auf. Dangelmann gefiel, was er sah. »Die neue Vorzeigefrau der WaPo Bodensee ist ja tatsächlich eine Vorzeigefrau!«

Jetzt klang die Stimme harmonisch leicht und unbeschwert.

»Manchmal stimmen die Fotos in den Bewerbungsunterlagen mit der Realität wenig überein. Das kann man bei Ihnen nicht sagen, Frau Böhmer.«

Die letzten Worte flogen davon, als würden sie von Luftballons gezogen. Isabel flog mit.

»Bei Ihnen ist es umgekehrt! Bei Ihnen übertrifft die Realität die Fotokunst. Bei Weitem! Sie sollten diesen Fotografen nie mehr beauftragen.«

Beim Wort »Fotografen« kam Isabel zur Besinnung. Thomas hatte diese Fotos gemacht und zwar mit seinem Smartphone. In der Toilette ihrer Tübinger Wohnung, weil die Toilette der einzige Raum ist, in dem es eine weiße Wand gibt. Isabel war wieder in der Gegenwart angekommen. Im ersten Moment wollte sie die Worte hinausschreien, schnell besann sie sich eines Besseren. Eher hätte sie sich die Zunge abgebissen, als diesem Mann das zu sagen. Was war denn da gerade passiert? Mir ist immer noch ganz flau im Magen, dachte sie. Was sag ich denn jetzt? Ich sollte etwas sagen. Irgendetwas Schlaues. Ihr fiel einfach nichts ein.

Carl W. Dangelmann hatte die Veränderung in Isabels Gesicht während der letzten Sekunden aufmerksam beobachtet. Es bestand kein Zweifel: Er hatte sie geködert. Schließlich war er sich seiner Wirkung auf Frauen bewusst. Die Zeit würde für ihn arbeiten. Er setzte sein bewährtes Lächeln auf und sprach weiter: »Ihr schönes Gesicht und Ihr gewinnendes Auftreten werden nicht ausreichen, liebe

Frau Böhmer, vor allem den Kollegen nicht. Wir brauchen auch fachliches Know-how.«

Isabel wollte mit fester Stimme sagen: »Sie kennen meine Papiere.« Was ihrem Mund entströmte, war allerdings eher ein leises Stammeln. Deshalb ging ihr Vorgesetzter nicht darauf ein, sondern musterte sie unverwandt weiter. Seine Stimme hatte jedoch die Klangfarbe gewechselt. Er hüstelte kurz und sagte dann: »Frau Böhmer, Sie vertreten den Ersten Polizeihauptkommissar Proll. Der führt zwei Dienstgruppen mit zurzeit je zwölf Vollzugsbeamten sowie den Ermittlungsdienst mit sieben Mann. Der Posten in Langenargen mit derzeit fünf Männern gehört auch zu uns. Dazu zwei Tarifangestellte, Facharbeiter für Motoren und so weiter – das Übliche. Sie werden ganz schön gefordert sein.«

Jetzt streckte er eine Hand über den Schreibtisch. Um seine Mundwinkel lag ein seltsames Lächeln. Zu gern hätte Isabel gewusst, was hinter der braun gebrannten Stirn vor sich ging.

»Ich werde Ihnen beweisen, was ich drauf habe«, sagte Isabel bestimmt.

Das Haupt ihres Chefs nickte unmerklich. Auch Isabel brachte ein Lächeln zustande, als sie zögernd die Hand ergriff. Sie zuckte, denn im selben Moment sprangen elektrisch geladene Teilchen über – wie damals, als die kleine Isabel einen Weidezaun berührt hatte. Auf einmal war er wieder präsent, dieser Strahl und ließ sie erneut erzittern. Damals war er schmerzhafter gewesen als heute. Heute empfand ihn Isabel eher als wohliges Prickeln. Sie spürte, wie sich ihre Brustwarzen zusammenzogen und aufrichteten, ahnte, wie sie sich selbst unter ihrer Uniformjacke abzeichneten. Als hätte er genau das erwartet, wanderten

Carl W. Dangelmanns Augen auf Isabels Brust. Wieder zeigte sich ein Lächeln in seinem Gesicht. Immer noch hielt er ihre Hand. Verlegen wollte Isabel sie zurückziehen, doch der Polizeidirektor verstärkte den ohnehin kräftigen Druck. Als er sie schließlich freigab, vernahm Isabel ein Seufzen, das sich wie leises Stöhnen anhörte. Dangelmann gab sich einen Ruck und wandte sich wieder seinen Akten zu. Isabel drückte ihre Hand gegen ihren Oberschenkel und merkte, wie die Hitze durch den festen Stoff ihrer Hose drang.

»Warum wollten Sie denn nach acht Jahren Streifendienst in Tübingen zu mir an den Bodensee wechseln?«

Dangelmann betonte die Worte *zu mir*. Das missfiel Isabel und ihr Verstand meldete sich endgültig zurück. Ebenfalls bewusst betont sagte sie: »Ich wollte zur *Wasserschutzpolizei* wechseln. Ich habe die Hoffnung, dass es bei der WaPo mehr darauf ankommt, den Menschen zu helfen, als sie zu bestrafen. Und ich wollte an den Bodensee. Ich bin sehr froh, dass das so schnell geklappt hat.«

Der Ton in Isabels Stimme ließ Dangelmann aufhorchen. Solche Sätze aus dem Mund einer Frau erstaunten ihn. Erneut suchte er ihre Augen und fuhr dann fort: »Wenn ich nicht dringend um eine Frau gebeten hätte, wären Sie sicher am Neckar, in Karlsruhe oder in Mannheim eingesetzt worden.« Isabel Böhmer brauchte ja nicht zu wissen, dass ihn ihr Foto neugierig gemacht hatte.

Dangelmann hatte diesmal die Worte *ich* und *eine Frau* in die Länge gezogen und Isabel sagte freundlich, jedoch mit Nachdruck: »Ich danke Ihnen für Ihren Einsatz, Herr Polizeidirektor.«

»Liebe Frau Böhmer, ich werde darauf zurückkommen. Ihre Stelle war lange unbesetzt. Nur durch meine Beziehungen zum Polizeipräsidenten hat das jetzt vor Beginn der neuen Wassersportsaison geklappt.«

»Ich danke Ihnen wirklich sehr und werde Sie nicht enttäuschen«, sagte Isabel erneut und blickte Dangelmann nun offen ins Gesicht.

»Davon bin ich überzeugt, wenn ich Sie mir so anschaue! Auf gute Kooperation also, Frau Polizeihauptkommissarin!«, süffisant lächelnd kamen die Worte über Dangelmanns Lippen, während er sich nochmals in Isabels Augen vertiefte. Er streckte seine Hand in Richtung Türe aus und bedeutete, dass das Gespräch für ihn damit beendet war. Das musste fürs Erste genügen.

Isabel erhob sich, schlich zur Türe und zog diese hinter sich zu. Draußen nahm sie einen tiefen Atemzug und war froh, dass niemand im Vorzimmer anwesend war. Was war denn das gerade gewesen? So etwas war ihr in ihrem ganzen Leben noch nie untergekommen. Sie kannte sich selbst nicht mehr. Langsam ließ sie die Luft entströmen und trocknete ihre feuchten Hände an den Hosenbeinen. Dabei fiel ihr Blick auf den Schreibtisch. Erst jetzt fiel ihr auf: Hier türmten sich nicht etwa Akten, fein säuberlich zu Bergen gestapelt. Auf diesem Schreibtisch lagen die Akten kreuz und quer aufeinander und nebeneinander, waren garniert mit blauen Tabaktüten, weißen Kaffeetassen und roten Plastikbechern der großen amerikanischen Colamarke. Auf dem Bildschirm, der wie ein Fels aus dem Chaos ragte, thronte ein kleines gelbes Monster und glotzte Isabel mit riesigen Glubschaugen an. Du kannst wohl auch nicht fassen, was gerade los war mit mir, dachte Isabel und verließ hastig den Raum. Auf dem Korridor wäre sie beinahe mit der Frau zusammengestoßen, die sie hergebracht hatte.

»Gell, des isch einer!«, flüsterte sie Isabel verschwörerisch zu. Isabel war viel zu überrascht, um zu antworten, und die Frau fuhr fort: »Bei dem müsset Sie fei aufpasse!«

»Wie, wie meinen Sie das?«, brachte Isabel nun zögernd hervor.

»Ach nix, Sie sind ja jung und schön. Übrigens, ich heiß Elisabeth Kluge. Saget sie einfach Lisbeth zu mir. Ich komm jeden Morgen und mach Ordnung hier.«

Also ist sie nicht die Frau Schwämmle, die hier arbeiten sollte, und als ob Elisabeth Kluge ihre Gedanken erraten hätte, fügte sie hinzu: »Ich bin momentan sozusage Mädchen für alles und immer, wenn die junge Schwämmle ausfällt, spring ich halt ein.«

Aha, noch so ein Mädchen für alles, dachte Isabel belustigt. Diese Rolle ist also doppelt besetzt hier. Allerdings scheinen die Mädchen für alles die Teenagerzeit lange hinter sich gelassen zu haben. Isabel nickte ihr zu, sagte nur: »Danke, Frau Kluge«, und ging in ihr Büro. Nach dem Gespräch mit dem Polizeidirektor war sie zu sehr mit sich beschäftigt, als dass sie Lust gehabt hätte, sich auf eine längere Konversation einzulassen. Sie verspürte momentan lediglich den Wunsch, alleine zu sein.

KAPITEL 3

Isabel stellte sich vor das Fenster und blickte auf die Wasserfläche hinaus. Sie lag fast genauso ruhig da wie vor einer halben Stunde. Oder hatte das Gespräch beim Dienststellenleiter länger gedauert? Oder nur zehn Minuten? Isabel konnte es weder zeitlich fassen noch inhaltlich. Fassungslos im wahrsten Sinne des Wortes stand sie einfach nur da und wiegte sich mit den Wellenbewegungen. Von fern trug der Wind die Klänge eines Drehorgelspielers heran. Ihr war, als hätte sie kurz in ein Traumland hineingespickelt, zu dem ihr bisher der Zugang verwehrt war. Regungslos stand sie da, als aus der Fußgängerzone plötzlich Stimmen zu ihr heraufdrangen. Dann ein Pfiff und noch einer. Ein Punker trommelte seine Hunde zusammen. Isabel schüttelte sich kurz und schaute nach unten, atmete tief ein und hielt die Luft an, zählte: fünf, sechs, sieben, acht, neun, zehn, bis sie es nicht mehr aushielt. Ihr ganzer Körper bis hinunter zu den Fußspitzen war in Aufruhr. Jeder Muskel und jede Sehne vibrierte und schien ihr zuzurufen: Du lebst! Juchhu! Sie schloss das Fenster und ließ sich auf den Schreibtischstuhl fallen. Etwas war mit ihr geschehen, was sie nicht einordnen konnte. Etwas, das ihrem Wunsch nach Ordnung widersprach. Ihr Verstand versuchte es trotzdem. Carl Dangelmann war zweifellos ein schöner Mann. Genauso wie Thomas. Das konnte es also nicht sein, nicht allein. Er war charmant. Auch das machte ihn anziehend, ohne Frage. Aber das war es auch nicht. Was dann? Isabel legte ihre Hände auf ihren Bauch und schloss die Augen.

Sofort spürte sie wieder den Blick aus den eisklaren Augen, der sie durchdrungen hatte. Sie schauderte. Da lauert etwas hinter der Fassade. Etwas Seltsames, Berechnendes. Isabel öffnete die Augen und betrachtete die Hand, die vorher Carl Dangelmanns Finger berührt hatte. Sie war nicht glühend heiß und feuerrot, wie sie vermutet hatte, doch Isabel meinte, jetzt wieder die Wärme des Händedrucks zu spüren. Spontan schloss sie die Finger und führte die Hand langsam an ihre Brust, damit das Vibrieren nachlassen sollte.

Lena. Am liebsten würde sie sofort Lena anrufen. Vielleicht hatte sie eine Erklärung parat. Sie verwarf den Gedanken, als ihr einfiel, dass Lena in der Praxis war. Bestimmt führte sie ein therapeutisches Gespräch und könnte gar nicht ans Telefon gehen. Gedankenversunken saß Isabel am Schreibtisch. Als plötzlich die Türe aufgerissen wurde, zuckte sie unwillkürlich zusammen. Ein Mann in Uniform betrat den Raum. Hinter einem Dreitagebart versteckte sich nur unzureichend ein braun gebranntes Gesicht. Neugierig blickte er Isabel aus dunklen, wachen Augen an und schleuderte seine Schirmmütze auf den Schreibtisch. Wenige, millimeterkurz geschnittene Haare kamen zum Vorschein, ein breites Lachen umspielte seinen Mund, als er sagte: »Sorry, ich wollte Sie nicht erschrecken. Markus Proll. Wenn Sie Frau Böhmer sind, müssen Sie zukünftig mit mir dieses Zimmer teilen.« Dabei streckte er Isabel seine Hand entgegen.

»Oh! Denke es gibt Schlimmeres. Isabel Böhmer.« Mehr brachte sie im Moment nicht über die Lippen. Markus Proll setzte sich auf den Stuhl am Schreibtisch gegenüber und schaltete den Computer ein.

»Danke für die Schokolade und den netten Gruß. Der Schornsteinfeger hat mich richtig gefreut.«

»Nicht der Rede wert. Ich hab gestern bei einem Großeinsatz auf dem Neckar Dienst geschoben.«

»Auf dem Neckar? Sind wir da auch zuständig?«

»Nur ausnahmsweise. Die haben für einen Gefahrentransport Wasserschützer aus ganz Baden-Württemberg eingesetzt.«

Isabel musterte den Kollegen. Er war ihr auf Anhieb sympathisch. Sie schätzte ihn auf zirka 50 Jahre. Auf jeden Fall war er älter als Dangelmann. »Warum sind eigentlich alle Wasserschutzpolizisten im April schon so braun gebrannt?«, fragte sie spontan.

»Solarium! Täglich eine halbe Stunde. Gehört bei uns zum Dienst, wussten Sie das nicht?« Sein Lachen gab eine Reihe makelloser Zähne frei. »Ich bin Markus.«

»Isabel. Nein! Muss eine Spezialität der WaPo sein. Was ist, wenn ich diesen Dienst verweigere?«

»Spaß beiseite. Wir sind viel an der frischen Luft und konnten während des Winters Überstunden abfeiern und endlich den Jahresurlaub nehmen. Bis in den Spätherbst hinein ist das fast nicht möglich.« Während sich Markus auf den Bildschirm konzentrierte, fügte er hinzu: »Im Sommerhalbjahr lässt sich's ja auch hier am Bodensee gut aushalten!«

»Bin echt gespannt, was da auf mich zukommt.«

»Da kommst du ganz schnell rein. Jetzt im Frühjahr ist es auf dem See noch ruhig. Im Sommer geht's oft drunter und drüber.«

»Schlimmer als im Schichtdienst in Tübingen kann's gar nicht sein.«

»Na ja, wart's ab. Meistens werden wir Wasserschützer nicht so gnadenlos mit den Abgründen der menschlichen Seele konfrontiert. Aber glaub mir: Es gibt auch bei uns nichts, was es nicht gibt!«

»Ich geb mein Bestes, aber habt bitte Geduld mit mir.«

»Kannst mich alles fragen, jederzeit.«

»Danke, das wird sicher nötig sein, wahrscheinlich mehr, als dir lieb ist«, sagte Isabel und wollte sich ebenfalls dem Bildschirm zuwenden.

»Hast du den Antrittsbesuch beim Chef schon hinter dich gebracht?«, fragte nun Markus Proll unbefangen. »An deinem ersten Arbeitstag war er ja kaum da, wie ich von den Kollegen erfahren habe.«

»Ja, gerade eben. Gerade bin ich zurückgekommen.« Sofort kehrte auch die Erregung zurück. Isabel merkte, wie Röte ihren Hals emporkroch, und fügte zögernd hinzu: »Er hat ja ein fantastisches Büro.«

»Und sonst? Wie war er drauf heute?« Markus Proll schaute sie erwartungsvoll an. Was wollte er hören? Isabel überlegte, und bevor sie antworten konnte, klingelte sein Telefon. »Proll. Ja. Alles klar. Bin schon unterwegs«, rief er in den Hörer und griff im Aufstehen bereits nach seiner Mütze. Unschlüssig drehte er sie in den Händen und fragte: »Bist du denn bereit für einen Einsatz auf dem Boot?«

»Ja, … wenn du mir sagst, wo ich hinlangen muss.«

»Klar, komm mit.«

KAPITEL 4

Im Hinausgehen schnappte Isabel ihren Anorak und befestigte den Obergürtel. Auch Markus griff nach Schirmmütze und Jacke, die er lässig über die Stuhllehne geworfen hatte.

»Du hast doch das Bodenseeschifferpatent, oder?«

»Ja, schon lange.«

»Okay, dann hast du wenigstens ein bisschen Ahnung. Und warst du mal auf einem Polizeiboot?«, fragte Markus Proll, als Isabel neben ihm zum Gondelhafen marschierte.

»Nein, noch nie! Hab die Kolosse immer nur von Weitem bewundert.«

Keine Hundert Schritte weiter waren sie bereits am Ziel. Markus Proll schloss eine Gittertüre auf, eilte die wenigen Treppenstufen hinunter zu einem dunkelgrauen Schlauchboot, das dort vertäut lag.

»Ist das etwa unser Polizeiboot?«, fragte Isabel enttäuscht. Sie kannte nur die großen blauen Schiffe der Polizeiflotte. Dieses hier war viel kleiner, nur ein Schlauchboot, und überhaupt nicht als Polizeiboot zu erkennen.

»Ja, das leichte. Das große liegt vorne im Fährhafen«, erklärte der Kollege, während er Isabel an Bord half. Mit geübten Handgriffen nahm er die Abdeckhaube vom Steuerstand und kontrollierte die Instrumente.

»Manchmal ist das kleine praktischer, zum Beispiel, wenn wir eine Person aufnehmen müssen. Oder eben jetzt.« Damit drehte er bereits den Zündschlüssel und der

Motor heulte auf. Gleichzeitig schleuderte er Isabel etwas entgegen und rief: »Zieh die über und mach die Achterleine steuerbord los.«

Isabel schnappte die Rettungsweste und überlegte kurz, wo die Festmacherleinen hingehörten. Kaum zwei Minuten später verließ das Boot den kleinen Hafen. Markus Proll steuerte am Glockenschlag vorbei, beschleunigte und nahm Kurs Langenargen. Der See lag glatt und ruhig da, und sie kamen schnell voran. Kühl strich der Fahrtwind über Isabels Körper. Sie zog die Mütze tiefer in die Stirn und schob den Reißverschluss ihres Anoraks hoch. Ich bin im Dienst, auf einem Boot, herrlich, dachte sie glücklich und strahlte übers ganze Gesicht. Dann wandte sie sich Markus zu: »Sag mir bitte mal, was wir hier machen! Warum sind wir raus?« Um das Motorengeräusch zu übertönen, musste Isabel schreien.

»Im Hafen von Langenargen ist Öl ausgelaufen. Es hat sich bereits ein großer Ölteppich gebildet.«

»Öl? Ist da nicht die Feuerwehr zuständig?«

»Doch, die Kollegen sind alarmiert. Aber wir haben ablandigen Wind und müssen überprüfen, ob auf dem See draußen auch schon was schwimmt.«

Außer einigen Fischerbooten waren fast keine Schiffe auf dem Wasser. Bei Flaute lohnte sich für Segler ein Ausflug nicht und zum Baden war das Wasser noch zu kalt. Isabel nahm das Fernglas zur Hand und suchte die Wasserfläche ab.

»Kannst du was erkennen?«, fragte Markus. »Auf der glatten Wasserfläche müsste der Dreck gut zu sehen sein – wenn denn schon was da ist.«

»Da vorne in der Bucht, ein gelblicher Teppich, riesig!« Isabel erschrak und deutete dem Kollegen die Richtung.

Als sie näher kamen, lachte Markus: »Das ist kein Öl, Isabel, das ist harmloser Blütenstaub!«

»Blütenstaub?« Isabel schüttelte ungläubig den Kopf.

»Ja. Wenn die vielen Kirsch- und Apfelbäume, die Löwenzahnwiesen und die Frühlingsblumen blühen, weht der Wind den Staub auch aufs Wasser. Hier sammelt er sich zu schwimmenden Teppichen. Wir sagen dann: Der See blüht!«

»Toll, bloß baden möchte ich da nicht.« Isabel schauderte und hob erneut das Fernglas. Das Boot querte die Bucht, und bald näherten sie sich Langenargen mit dem Schloss Montfort, das in exponierter Lage hellbeige in der Sonne leuchtete. Sie passierten die Schiffsanlegestelle mit dem Gemeindehafen. Als sie den Strand der Malerecke erreicht hatten, drosselte Markus die Geschwindigkeit. »Siehst du was? Ölschlieren schimmern bunt.«

Isabel suchte Meter für Meter ab und sagte dann: »Also ich seh nichts!«

»Gutes Zeichen. Ich auch nicht. Die Ölsperre im Hafen ist offensichtlich erfolgreich.«

Markus gab telefonisch Entwarnung und fuhr langsam weiter. Isabel betrachtete den Uferbereich mit den großen Bäumen. Die jungen Blätter leuchteten in hellem Grün und flirrten im Wind.

»Letzten Sommer hab ich mal an der Malerecke gebadet. Da war richtig viel los.«

»Ach ja, grillen, chillen, Kasten killen! Das ist angesagt dort drüben.«

»Den Strand hab ich viel breiter in Erinnerung.«

»Der Wasserstand ändert sich enorm. Jetzt schmilzt in den Bergen der Schnee, die nächsten Wochen steigt er um bis zu zwei Meter!«

»Echt! So viel?«

»Ja. Dann wird der Strand immer kleiner. Wenn's richtig heiß wird und trocken bleibt, nimmt der Pegel jeden Tag ab und mehr Steine zeigen sich. Siehst du das viele Treibholz? Das hat alles der Rhein reingeschoben.«

»Da drüben sorgt einer schon für den nächsten Winter vor«, sagte Isabel und zeigte auf einen Mann am Strand, der Schwemmholz auf einen Handkarren wuchtete.

»Hier draußen ist heut nicht viel los. Wir können umkehren und uns aufwärmen.«

»Ich freu mich so auf den Sommer am See. Auf den Dienst hier natürlich auch«, fügte Isabel an. Sie steuerten bereits wieder durch die Friedrichshafener Bucht auf die Hafeneinfahrt zu. Als sie das Boot sicher vertäut hatten, erklärte Markus Isabel ein paar Besonderheiten dieses Polizeiboots und beantwortete geduldig ihre Fragen.

»Puh, für heute reicht's. Auf das große Boot bin ich ja echt neugierig«, sagte Isabel, als sie bereits wieder nebeneinander zur Dienststelle gingen. Jetzt schon war sie sicher: Sie beide würden ein gutes Team werden.

Nach Dienstschluss betrat sie ihre Wohnung und kochte sich erst mal Tee. Sie setzte sich an den Tisch, sog den würzigen Duft ein, nippte, lehnte sich zurück und genoss die Ruhe. Ach, ist das schön, ich kann tun und lassen, was ich will, ging es ihr durch den Kopf. Keiner erwartet, dass ich zuhöre. Keiner sitzt hungrig da und erwartet, dass ich sofort Essen koche. Sie nahm sich einen Apfel aus der Obstschale und biss herzhaft hinein. Dann fiel ihr Blick auf ihre Joggingschuhe. Sie lagen so einladend da, dass sie spontan entschied, eine Runde durch das Eriskircher Ried zu drehen. Das Naturschutzgebiet hatte beste Aussichten, ihre Lieblingsstrecke zu werden. Nur ein Graureiher erhob sich aus den Feuchtwiesen, und ein paar Enten flüchteten lärmend, als Isabel die Flachwasserzone passierte. Begleitet von einem Vogelkonzert erreichte sie blühende Apfelplantagen. Wie ein riesiges Heer von weiß gewandeten Soldaten standen die Bäume in Reih und Glied und ihr lieblicher Duft kitzelte Isabels Nase. Allein in der Natur konnte sie ihren Gedanken freien Lauf lassen; sofort war das Gespräch mit ihrem Chef wieder präsent. Noch immer schwirrten die Gedanken haltlos umher. Doch es gelang ihr nicht, ihre Gefühle und die Reaktionen ihres Körpers auch nur halbwegs einzuordnen. Meist sah sie nach einem langen Lauf klarer, diesmal half die körperliche Bewegung rein gar nichts. Wieder zu Hause angekommen, stellte sie sich unter die Dusche und zog sich mit einem Buch ins Bett zurück. Sie verspürte keine Lust, mit Thomas Kontakt aufzunehmen. Schließlich kann er sich ja auch melden, dachte sie trotzig. Kurze Zeit später meldete er sich tatsächlich und erzählte von seinen Schwierigkeiten mit dem Backofen.

Die nächsten Tage vergingen, ohne dass Isabel Polizeidirektor Dangelmann nochmals begegnete. Jedes Mal, wenn sie an seinem Büro vorbeiging, begann ihr Herz schneller zu schlagen. Sie nützte die Zeit, um sich mit den Besonderheiten der Dienststelle und der Wasserschutzpolizei an sich vertraut zu machen. Auch verschaffte sie sich einen Überblick über die rechtlichen Vorschriften, die für den Bodensee als internationales Gewässer galten, und nahm die Gelegenheit wahr, die Kollegen ihrer Schicht sowie einige der Schutz- und Kriminalpolizei von nebenan kennenzulernen.

KAPITEL 5

»Lena und Ben Wohlfahrt. Natalia und Pia Schnell«, Isabel drückte die Klingel und stieg die Treppe hoch. Lena empfing die Freundin in Jogginghose und Kapuzenshirt, die Arme weit ausgebreitet.

»Endlich, du treulose Tomate«, scherzte Lena, »wolltest du nicht jeden Tag bei mir auf der Matte stehen?«

»Schon«, seufzte Isabel und drückte Lena an sich. »In den ersten Tagen kam so viel Neues auf mich zu, das musste ich erst mal verdauen. Ich gelobe Besserung.« Ein paar Jahre lang hatten Lena und Isabel zusammen gewohnt. Es waren gute Jahre gewesen, wilde Jahre, geprägt von einem Ziel: Anders zu leben als ihre Mütter! Das hatte sie zusammengeschweißt. Viele Tage und Nächte hatten sie sich gemeinsam um die Ohren geschlagen. Als Isabel dann mit Sack und Pack ausgezogen und zu Thomas gegangen war, schworen sie sich: Kontakt halten, Verbindung pflegen, komme, wer oder was wolle! Seither hatten sie vor allem Nachrichten übers Handy ausgetauscht.

Bei Lena war kurz danach der Mann eingezogen, mit dem sie seinerzeit eine lose Beziehung pflegte. Ohne schwanger zu sein, heirateten die beiden, Isabel fungierte als Trauzeugin. Die Ehe hielt nicht lange. Als der gemeinsame Sohn Ben zwei Jahre alt war, trennte sich Lena und zog nach Konstanz. Hier lebte sie seither in einer Wohngemeinschaft mit Natalia, einer ebenfalls alleinerziehenden Mutter unweit ihrer Praxis.

»Erzähl endlich, ich platz' vor Neugier!« Lena schenkte

heißen Tee in die Tasse mit dem Schriftzug »Freunde fürs Leben« und schob sie Isabel hin.

»Hey, das ist deine«, lachte Isabel. Bei ihrem Auszug hatte sie diese Lena geschenkt. Sie tauschten Blicke, die jedes weitere Wort überflüssig machten. Dann setzte sich Lena mit ihrem Pott Isabel gegenüber an den Küchentisch. »Leg los!«

»Ach Lena«, begann Isabel. »Es ist fantastisch, wenn du vom Schreibtisch auf den Bodensee hinaus blicken kannst. Allein aus diesem Grund war mein Wechsel richtig. Du weißt, wie ich Wasser liebe. Der See sieht jeden Tag anders aus.«

»Das brauchst du mir nicht zu sagen. Wenn ich auch ein paar Schritte laufen muss, um das Wasser zu sehen. Und wie sind die Kollegen?«

»Ganz okay. Manche tun sich ein bisschen schwer mit einer Frau als Chefin, obwohl ich ja nur die Stellvertreterin des Dienstgruppenleiters bin.«

»Wundert mich nicht. Aber mittlerweile gibt's doch auch bei der Polizei viele Frauen.«

»Bei den Uniformierten immer noch viel weniger als Männer. Und die Frauen sind meist auf den niedrigen Rängen präsent, weniger in den oberen Etagen.«

»Also wie überall!«, stellte Lena sarkastisch fest. »Wird Zeit, dass du da frischen Wind reinbringst.«

»Mit meinem Zimmerkollegen versteh ich mich prächtig. Ist ein echt klasse Typ. Weist mich mit Engelsgeduld in die ganzen Interna ein.«

»Und dein Chef?«

»Mein Chef? Der ist … unglaublich!« Isabel stockte. »Ich werd noch nicht so richtig schlau aus ihm. Das heißt aus mir … Hab ihn auch erst einmal zu Gesicht bekommen. Wie der mich behandelt hat, also … wie das bei mir angekommen ist, ich kann's gar nicht beschreiben.«

Isabel machte eine Pause, suchte nach Worten. Bei dem Gedanken an Polizeidirektor Dangelmann begann ihr Körper zu ventilieren, ihr Herz pochte gegen den Brustkorb. Lena schaute sie erwartungsvoll an, weshalb Isabel hastig hinzufügte: »Mit Frauen jedenfalls scheint der keine Probleme zu haben.«

»Wie meinst denn das? Mit Frauen allgemein oder mit Frauen in Uniform?«

Isabel stutzte, überlegte kurz und sagte schnell: »In Uniform! Mit Frauen in Führungspositionen! Alles andere kann ich nicht beurteilen.« Und doch begannen sich in Isabels Kopf die Gedanken zu drehen. »Der ist nicht gegenüber allen so … so verständnisvoll, mein ich. Die Männer bläfft er wohl manchmal ganz schön an. Aber mir gegenüber war der so was von … wie soll ich sagen … charmant!«

»Nun sei mal nicht so bescheiden! Es war doch schon immer so: Wenn du einen Raum betrittst, ziehen die Männer unwillkürlich den Bauch ein und werden zehn Zentimeter größer!«

Beide lachten und Isabel nahm sich einen Keks. Während sie knabberte, sagte sie: »Lena, ich bin noch nie einem derart gut aussehenden Mann begegnet!«

»Hey, was ist mit deinem Thomas? Du kannst dich wahrlich nicht beklagen.«

Isabel winkte ab. »Der ist ganz anders. Der hat was total Männliches, der ist nicht einfach nur so … so klassisch schön … und doch richtig schön.«

»Hääh? Also ein richtiger Schönling?«

»Ja. Nein«, rief Isabel mit gespielter Empörung, »einfach total attraktiv, total charismatisch. Ach, ich weiß auch nicht, mir fehlen die Worte. Der Dangelmann hat was wahnsinnig Anziehendes.«

»Wie heißt der noch mal?« Lena wurde hellhörig.

»Carl We Punkt Dangelmann. Carl mit C, nicht mit ordinärem K! Da legt er anscheinend Wert drauf, sagen die Kollegen.« Isabel musste lächeln.

»Ach du grüne Neune, auch das noch«, stöhnte Lena theatralisch. »Spricht nicht gerade für ihn, würd ich mal sagen. Aber ohne von, oder?«

»Hey du!«, drohte Isabel lachend. Sie nahm den Seitenhieb der Freundin nicht krumm. Schließlich hatte sie Thomas von Harnsfeld nicht wegen seines Namens gewählt. »Thomas von Harnsfeld, nicht ganz verarmter Landadel. Weil zu etepetete allerdings vom Aussterben bedroht«, wie Lena manchmal zu spotten pflegte. Ein leises Wimmern ertönte aus dem Zimmer nebenan, Lena erhob sich. »Ich muss kurz zu Ben«, entschuldigte sie sich. Als sie zurückkam, stand Isabel bereits im Flur.

»Du, höchste Zeit, ich muss gehen, sonst erreich ich den letzten Katamaran nicht mehr. Bis bald in Friedrichshafen.«

KAPITEL 6

Einheitliches Wolkengrau und starker Wind erwarteten Isabel, als sie mit Rucksack und Fahrradhelm vor die Haustür trat. Kurz überlegte sie, ob sie anstelle des Fahrrads den Bus zur Dienststelle nehmen sollte. Es tröpfelte nur leicht, schließlich trat sie doch in die Pedale. Die Bewegung tat ihr gut, sie fühlte sich fit und munter, als sie ankam. Gerade hatte sie ihren Fahrraddress gegen die Uniform getauscht und noch während sie den Gürtel einrasten ließ, kam Timo schon den Flur entlang und rief ihr aufgeregt entgegen: »Los, komm! Ein Fischer ist über Bord gegangen. Er wollte sein Netz einholen, als eine Welle sein Boot erfasst hat und ihn rauskatapultierte. Der Kapitän der Fähre hat den Unfall beobachtet und uns gerade informiert.«

Timo drückte seine Polizeimütze auf seine Stoppelhaare, Isabel musste unwillkürlich lächeln.

»Was ist? Kommst du nun mit?«

»Ein Basecap würde irgendwie cooler aussehen«, scherzte sie, nickte und griff nach ihrem Anorak. Die ausladende Polizeimütze passte einfach nicht zu Timos schmalem Kopf. Timos Augen leuchteten, als er sagte: »Ist … ist egal jetzt. Wir müssen uns beeilen, das Wasser ist noch kalt.« Bei diesen Worten zupfte er Isabel am Ärmel, im Laufschritt eilten sie gemeinsam zum Gondelhafen. Dort wartete das Schlauchboot auslaufbereit. Eugen, der Bootstechniker, war gerade mit seiner Kontrolle fertig, als ihn der Anruf des Diensthabenden erreicht hatte.

So konnten sie, nachdem sie die Rettungswesten über ihre Anoraks gestreift hatten, sofort ablegen.

»Heute geht's zur Sache, Frau Kollegin!«, rief Timo ungewöhnlich keck. Er freute sich, dass Isabel ohne Zögern mitgekommen war. Gleich nach der Ausbildung hatte er sich für die Wasserschützer entschieden und in den vergangenen Jahren einige Einsätze hervorragend gemeistert. Nicht zuletzt deshalb hatte er sich Hoffnungen auf eine Beförderung gemacht. Aber ohne die Unterstützung seines Dienststellenleiters hatte er von vornherein keine Chance. Die Stelle hatte nun Isabel bekommen und sie konnte nichts dafür. Sie sollte seine Enttäuschung nicht zu spüren bekommen. Er mochte sie. Außerdem hatte sie sich in den ersten Tagen schon ganz passabel angestellt. Alles, was für eine gute Wasserschutzpolizistin nötig war, würde sie genauso schnell lernen wie er damals. Er war glücklich, ihr dabei helfen zu können.

Isabel fröstelte, als sie auf das Wasser blickte, und schloss den Reißverschluss ihres Anoraks. Heute zeigte der Bodensee sein anderes, gar nicht freundliches Gesicht: Die dunkle, braungraue Masse glich einer brodelnden Suppe mit weißen Flöckchen drauf. Die Wellenkämme schlugen gegeneinander wie kämpfende Hähne, von denen keiner weichen wollte. Kaum eine Minute später passierten sie die Hafeneinfahrt, wo ihnen sofort dic hohen Wellen entgegenschlugen. Das kleine Boot schaukelte gewaltig, die Wasserfontänen stoben rechts und links meterhoch, als Timo beschleunigte. Der Fahrtwind trieb Isabel Tränen in die Augen. Timo umklammerte das Steuer und schrie ihr zu: »Nimm das Fernglas.«

Isabel stand breitbeinig und lehnte sich gegen eine Metallstütze, trotzdem gelang es ihr nur mit Mühe, aufrecht im Boot stehen zu bleiben. Sie formte mit beiden Händen einen Trichter vor ihrem Mund und rief: »Warum nehmen wir nicht das große Boot bei dem Wetter?«

»Das kleine ist mir lieber. Falls wir den Fischer aufnehmen müssen, ist das große ungünstig«, brüllte Timo und konzentrierte sich ganz auf seinen Kurs. Die ankommenden Wellen trieben ihr Spiel mit dem leichten Boot, hoben es einer Nussschale gleich gefährlich in die Höhe und ließen es im nächsten Moment hart auf die tosende Wasserfläche klatschen. Isabel konnte sich nicht mit den Händen festhalten, da sie das Fernglas vor die Augen hielt. Um nicht über Bord zu gehen, stemmte sie sich mit den Knien gegen die Außenhaut.

Kurze Zeit später entdeckte sie weit vorne in der Bucht ein herrenloses Boot. »Dort!« Mit einer Hand deutete sie dem Kollegen die Richtung.

Timo drückte den Gashebel und das Boot kämpfte noch mehr gegen die Wellen an. An den Seiten spritzte Gischt hoch, bald hatten sie das Fischerboot erreicht. »Dahinten! Da ist er.«

Nun entdeckte auch Isabel den dunklen Schopf. Der Fischer klammerte sich ans Heck seines Bootes. Timo löste den Rettungsring, warf ihn hinüber und rief: »Alles klar?« Der Mann griff sofort nach ihm. Statt einer Antwort klapperte er nur mit den Zähnen und nickte heftig keuchend.

»Sollen wir Sie aufnehmen?« Der Mann klammerte sich an den Ring und reagierte nicht. Isabel sah Timo fragend an. Was sollte sie tun? Wie konnte sie helfen?

»Kommen Sie zu uns rauf?« Timo schrie lauter. Diesmal schüttelte der Mann seinen Kopf, nahm eine Hand vom Ring und deutete auf sein Boot.

»Sie wollen in Ihr Boot?« Augenblicklich bewegte der Mann seinen Kopf rauf und runter.

»Also gut. Versuchen wir's.« Im Sekundentakt schlugen die Wellen dagegen, doch Timo gelang es, das Polizeiboot längsseits an das Boot des Fischers zu bugsieren, sodass dieses nicht ausweichen konnte. Isabel beugte sich hinaus, rutschte ab und wäre beinahe selbst über Bord gegangen. Beim nächsten Versuch war sie vorsichtiger und erreichte das Holz des Fischerbootes. Mit klammen Fingern versuchte sie, die Boote zusammenzuhalten. Dank dieser Hilfen konnte sich der Fischer hochziehen und es gelang ihm tatsächlich, wieder in sein Boot zu klettern. Entkräftet sackte er auf der Holzbank zusammen, sein Körper bebte.

»Ziehen Sie die nassen Klamotten aus!«, schrie Timo und wollte ihm eine isolierende Decke hinüberwerfen. Der Fischer hob den Kopf und deutete auf einen dicken grünen Parka, der in seinem Boot lag. Er benötigte einige Minuten, bis er sich mit zitternden Händen Pullover und Hose vom Leib gezerrt hatte. Er war jung, soweit die Polizisten das dem Körperbau nach beurteilen konnten. Dann hüllte er sich in den Parka und streckte den beiden – immer noch bibbernd – eine Thermosflasche entgegen, als Zeichen, dass er nun allein zurechtkommen würde. Er setzte sich auf die Holzbank und nahm einen Schluck. Timo und Isabel warteten, dann rief Timo: »Bist du wirklich fahrtüchtig?«

Noch immer kam kein Ton über die blauen Lippen des Fischers. Endlich hob er die rechte Hand zum Gruß und zog am Startseil des Motors. Er brauchte mehrere Anläufe, zog wieder und wieder. Als endlich der Motor aufheulte, reckte er den Daumen, lächelte und schrie den Polizisten entgegen: »Kurs Hafen LA!«

Schon drehte er das Boot und fuhr Richtung Langenargen. Timo nahm sein Handy: »Alles in Ordnung«, meldete er den Wachhabenden in der Dienststelle.

Zur Sicherheit begleiteten sie das Fischerboot in einigem Abstand. Vor der Hafeneinfahrt winkte der Fischer ihnen ein »Danke« zu und Timo drehte ab.

Inzwischen hatte der Wind nachgelassen, auch der See hatte sich einigermaßen beruhigt.

»Noch mal gut gegangen. Hast du prima hingekriegt«, sagte Isabel und klopfte Timo anerkennend auf die Schulter.

Timo strahlte übers ganze Gesicht und wiegelte ab: »Lass mal gut sein. Jetzt hast du einen Vorgeschmack gekriegt. So was kann hier jederzeit auf dich zukommen!«

»Oh ja! Aber bis ich selbst ans Steuer muss, dauert's. Da kann ich noch üben.«

»Mit mir? Sollen wir gleich anfangen? Willst du noch draußen bleiben?«

»Nein! Fürs Erste reicht's«, gab Isabel zurück und fügte fröstelnd hinzu: »Ganz schön frisch auf dem Wasser. Wie kalt muss das erst mit nassen Klamotten am Leib sein?«

Während Timo den Hafen ansteuerte, schweifte Isabels Blick über das Wasser. »Ist es nicht unglaublich, wie schnell die riesige Wassermasse wieder friedlicher geworden ist?«

Später, als sie mit heißem Kaffee im Aufenthaltsraum saßen, berichteten sie Markus und den anderen.

»Isabel hat sich tapfer geschlagen. Die Frau ist absolut seetauglich! So was wie Angst kennt sie offensichtlich überhaupt nicht«, sagte Timo und warf Isabel einen anerkennenden Blick zu. Dabei schoss eine leichte Röte in sein blasses Gesicht. Gesprächiger, als ihn die Kollegen kannten, schloss er mit den Worten: »Da haben wir echt 'nen guten Fang gemacht mit der neuen Kollegin.«

»Ach, die muss noch viel lerne, bis sie mal in mein Alter kommt! Da wird sie noch öfters ein nasses Ärschle kriegen!« Es war Frieder, der das sagte, aber es klang wohlwollend, augenzwinkernd fügte er an: »Weiß die junge Wasserschutzpolizistin denn schon, weshalb die meischte Unfäll auf See passieren?«

»Neeeiiin.« Isabel dehnte das Wort, um nachdenken zu können. »Ich tipp mal auf Fehler beim Navigieren.«

»Nee, falsch geraten! Kannsch du gar nicht wisse, Mädle!« Frieders Mundwinkel hoben sich vor Schadenfreude. Auch die anderen hörten nun interessiert zu.

Isabel überlegte wieder. Durfte sie zu Frieder sagen, was ihr auf der Zunge lag? Sie schaute erst zu Markus, dann zu Timo. Zögernd kamen dann doch die Worte über ihre Lippen: »Die meisten Kapitäne sind ja männlich. Vielleicht überschätzen sie einfach ihre nautischen Fähigkeiten.«

Frieder grinste und warf seinen Kollegen einen vielsagenden Blick zu. »Männer ischt schon mal ganz gut! Und in gewisser Weise liegscht du auch sonscht nicht ganz falsch.«

»Jetzt mach's nicht so spannend, das interessiert mich auch.« Markus fing an, neugierig zu werden.

»Ja sag bloß, du als alter Hase weischt das gar nicht? Gibt's das? Aber du bischt ja auch kein Freizeitkapitän nicht. Timo, du weischt das bestimmt, oder?«

Timo schüttelte den Kopf, nahm einen Schluck des heißen Getränks und blickte Frieder erwartungsvoll an. Dieser tönte: »Na, die meischte Männer gehn beim Pinkeln über Bord und versaufen!«

Alle lachten schallend und riefen durcheinander: »Waaas? Beim Pinkeln?«

»Nee! Echt?«

»Jaa, und zwar weltweit. Weltweit passieren so die meisten Schiffsunfälle.«

»Gib zu, du nimmst uns gerade auf den Arm!«

»Nein, glaubt's mir.« Frieder erhob sich, schob seine Hüften nach vorne, legte eine Hand an den Hosenladen und formte eine eindeutige Geste. »Die Männer stehen an der Reling und wollen keinen Tropfen auf ihr heiligs Böötle bringen, und da hängen sie einfach zu weit raus. Zack, schon kommt eine Welle und sie sind weg!« Lachend setzte er sich wieder.

»Hey, du machst Witze!« Timo tat sich ein bisschen schwer, in den lockeren Ton einzusteigen. Entgegen seinen sonstigen Gewohnheiten beteiligte er sich heute an der Unterhaltung. Mit Blick auf Isabel sagte er: »Ich hätte auch auf Navigationsfehler getippt.«

»Tja, er ist eben doch kürzer als Mann denkt«, scherzte auch Markus.

»Ah was? Da wär ich nicht drauf gekommen«, witzelte Isabel und erhob sich. »Liebe Kollegen, nichtsdestotrotz ruft mich jetzt die Arbeit!«

Als sich Isabel und Markus im Büro gegenüber saßen, sagte er: »Also wenn der Fessele dich lobt, wie du das Boot still gehalten hast, will das was heißen. Dem macht so schnell keiner was vor. Timo ist Wasserschützer und Wassersportler mit Leib und Seele!«

»Ich ebenfalls, hatte bisher nur zu wenige Gelegenheiten. Und das kleine Polizeiboot ist ja nicht viel anders als gewöhnliche Sportboote. So was ist ja auch bei Tauchgängen gefragt.«

»Du tauchst auch?«, rief Markus begeistert. »Passt zu dir. Hab schon gemerkt, du gehst auch gern den Dingen auf den Grund! Tauchen ist doch das geilste Hobby, oder?«

»Fast!« Isabel nickte und schmunzelte.

»Allerdings nicht hier am Bodensee. Wo bist du denn bereits unten gewesen?«, fragte Markus. Seine Stellvertreterin wurde ihm immer sympathischer.

»Hab mal den Tauchschein gemacht im Urlaub in Ägypten. Ist ein paar Jahre her«, bekannte sie. Thomas, vielmehr seine Eltern, hatten ihnen zu ihrem Fünfjährigen den Urlaub geschenkt. Beide hatten sie damals eine Tauchschule besucht. Isabel war sofort begeistert gewesen von der Unterwasserwelt, Thomas hingegen hatte dem Ganzen nicht viel abgewinnen können. So stand das Tauchen die letzten Jahre nicht mehr auf dem Urlaubsprogramm.

»Die Sinai-Halbinsel ist überhaupt das Tauchrevier!« Markus' Augen sprühten nun vor Begeisterung. »Kennst du an der Ostküste den Platz in der Nähe vom Blue Hole, wo der Felsen am Küstensaumriff viele Meter steil abfällt?«

»Nein, leider nicht.«

»Gigantisch, sag ich dir! Absolut gigantisch, du musst da unbedingt mal hin!«

»Na ja, vielleicht ist das mit meinem neuen Gehalt ja drin. Doch mein Freund hat andere Prioritäten.« Thomas wollte im Urlaub lieber historische Stätten, Friedhöfe und Museen besuchen, als ans Meer zu fahren.

»Hab mir schon gedacht, dass du liiert bist.«

»Warum?«

»Wenn man so aussieht wie du!« Markus merkte, dass Isabel Privates lieber für sich behielt: »Aber Tauchen im Bodensee ist nicht wirklich spaßig. Viel zu kalt, zu dunkel und zu wenig Fische. Warst du hier mal unten?«

»Einmal ja, ist schon 'ne Weile her.« Sie schmunzelte. »Hab nicht viel gesehen, aber gestaunt, wie viele verschiedene Brauntöne Wasser haben kann. Wir waren da an einem alten VW-Käfer, der vor Überlingen untergegangen ist.«

»Ja, den kenn ich! Und am Wrack der Jura? Warst du da mal?«

»Nein, das hab ich mir für den Sommer vorgenommen. Ist wohl die Attraktion am Bodensee.«

»Ja, da muss man mal unten gewesen sein, wenn man was auf sich hält.«

»Bist du eigentlich Polizeitaucher?«

»Ja. Kampfmitteltaucher und Tauchrettungsassistent auch.«

»Krass!«

»Im Dienst tauchst du ganz anders als privat. Das kannst du überhaupt nicht vergleichen.«

»Aber wenigstens bist du unter Wasser.«

»Bewirb dich doch, wenn dich das reizt! Bei den Polizeitauchern gibt's nur ganz wenige Frauen, das ist eine absolute Männerdomäne.«

»Na, jetzt sind erst mal die Fortbildungen hier angesagt. Da kommt einiges auf mich zu, dann sehen wir weiter. Reizen würd's mich schon«, sagte Isabel und blickte zum Fenster hinaus. Eine Grenze von Horizont und Wasser war nicht auszumachen. Sie sah nur ein einziges graues Regenloch, in dem sich die Wasserfläche wie flüssiges Blei ausgebreitet hatte.

KAPITEL 7

Mit einem kräftigen Ruck öffnete Isabel die Türe zum ersten leeren Abteil. Mit leichter Verspätung setzte sich der Zug in Bewegung. Sie wollte allein sein, um ihren Gedanken nachhängen zu können. Sie ließ sich in einen Sitz fallen und vertiefte sich in die Landschaft von Oberschwaben und der schwäbischen Alb, die vorüberglitt. Wie wenig ich in den letzten Tagen an Thomas gedacht habe, resümierte sie erstaunt. Ob es ihm anders ergangen war? Zumindest hatte er nicht viel von sich hören lassen. Wie er wohl alleine zurechtkam?

Kennengelernt hatten sie sich, als Isabel zu Besuch bei einer Schulfreundin war, die in Freiburg studierte. Isabel dachte gern zurück an diesen warmen Sommerabend: Sie saßen mit vielen jungen Leuten auf der Treppe am Augustinerplatz und feierten. Drei Studenten gesellten sich dazu und Isabel fiel sofort der Junge mit den tiefliegenden dunklen Augen und dem schmalen Gesicht auf. Er trug nicht wie die anderen Birkenstockschuhe und Schlabbershirt. Ein weißes Hemd spannte sich um den Oberkörper und Isabels Blick verfing sich augenblicklich in den Brusthaaren, die sich aus dem geöffneten Kragen kringelten. Über den Schultern lag lässig ein Pullover aus feiner Wolle. Bevor er sich zu den anderen auf die Stufen setzte, begutachtete er den Stein, als wolle er vermeiden, seine Jeanshose zu beschmutzen. An den Füßen trug er Schuhe aus feinem Leder. Als er dann einen Platz auserkoren hatte, nippte er beinahe verlegen an seiner Bierflasche. Er wirkte ernsthaft, beteiligte sich fast gar nicht an den Albernheiten, das gefiel Isabel. Sie beobachtete ihn eine Weile, erhob sich schließlich und setzte sich neben ihn.

»Säule der Toleranz. Weißt du, was das bedeutet?«, las sie von einem schwarz-weißen Objekt aus Metall, das vor der Treppe stand. Erstaunt schaute er die Frau an, die ihn einfach angesprochen hatte, und stammelte: »Die … die soll für Ruhe sorgen. Hier wohnen ja Menschen, die abends schlafen wollen. Wenn die Säule rot wird, heißt das für uns: leiser sein.«

Bald unterhielten sie sich so gut, dass sie die anderen um sich herum vergaßen. An das Gespräch erinnerte sich Isabel, als sei es gestern gewesen. Sie erzählte Thomas, dass sie an der Hochschule der Polizei studierte und Polizistin wird. Seine samtschwarzen Augen weiteten sich und er sinnierte: »Dann praktizierst du exakt das, womit ich mich theoretisch auseinandersetze.«

»Wie das?«, fragte Isabel neugierig und sah ihn von der Seite an. Die fast schwarzen Locken trug er so lang, dass er sie hinter die Ohren schieben konnte. Sein Gesicht war glattrasiert, aus den Poren der hellen Haut blitzten dunkle Haarspitzen. Die Koteletten reichten fast bis zum Kieferknochen.

»Ich studiere Philosophie und beschäftige mich gerade mit den zwei wichtigsten Theorien der Moral, die Philosophen schon seit Jahrhunderten umtreiben.«

»Aha. Und was hat das mit meinem Beruf zu tun?« Während Isabel das sagte, dachte sie: Ein verkopfter Geisteswissenschaftler, der hat mir gerade noch gefehlt. Aber das passt zu dem edlen Antlitz. Eigentlich hatte sie einen lockeren letzten Abend in Freiburg verbringen wollen und verspürte wenig Lust auf ein tiefschürfendes Gespräch.

Und doch fühlte sie sich angezogen von der Ernsthaftigkeit des jungen Schönen und war bereit, ihm zuzuhören.

»Ich widme meine Zeit gerade dem Utilitarismus, der beeindruckt mich.« Bei diesen Worten sah Thomas Isabel direkt ins Gesicht und sie errötete. Du beeindruckst mich, schoss es Isabel in den Sinn. Sie hielt seinem Blick stand und sagte verlegen: »Den Begriff hab ich im Gymi mal gehört, allerdings weiß ich so gut wie nichts mehr. Kannst du mir auf die Sprünge helfen?« Sie wollte diesen Thomas näher kennenlernen, wollte ergründen, was sie faszinierte, und hing an seinen Lippen.

»Die Utilitaristen, das sind die Nutzenethiker. Für die ist eine Handlung moralisch dann gut, wenn ihre Folgen das Glück der Menschen vermehren und das Leid reduzieren.« Da Isabel stumm blieb, erklärte er: »Du sollst also so agieren, dass das Glück für die Menschheit maximiert wird.«

Wie würdest du reagieren, wenn ich sanft die Haarsträhne aus deiner hohen Stirn schieben würde, dachte Isabel, riss sich jedoch zusammen und fragte: »Das Unglück eines Einzelnen zählt für sie also weniger als das Glück von mehreren?« Es fiel ihr unendlich schwer, sich auf seine Worte zu konzentrieren, viel zu sehr war sie damit beschäftigt, diesen Thomas zu studieren.

»Genau! Das wird gegeneinander aufgewogen, Philosophen sprechen vom hedonistischen Kalkül. Hast du davon schon mal gehört oder gelesen?«

»Ah, nein. Lass uns doch mal anstoßen. Cheers.«

Seine schmale Hand mit den gepflegten Nägeln griff nach seiner Flasche. Als er Isabel zuprostete, blickten sie sich tief in die Augen. Für beide schien die Zeit einen Moment lang stillzustehen, bis Isabel sagte: »Aber was hat das mit dem Polizeidienst zu tun? Meinst du etwa, der Polizeialltag ist pures Glück?«

Thomas grinste: »Als Polizistin bist du mit der Nutzenethik direkt konfrontiert! Du musst immer wieder abwägen.«

»Kannst du mir das bitte so erklären, dass ich es verstehe?« Isabel schenkte ihm ihr gewinnendstes Lächeln.

»Denk an ein Szenario, sagen wir mal an ein Gewaltverbrechen: Ein Mann hat fünf Menschen in seine Gewalt gebracht. Er hat sich verschanzt. Und du, Frau Polizistin, du siehst den Geiselnehmer und legst auf ihn an. Wenn du abdrückst, handelst du utilitaristisch.«

»Das muss ich tun, um die fünf Menschen zu retten!« Jetzt kapierte Isabel und ihr Interesse war geweckt.

»Sag ich doch. Du opferst einen Menschen für fünf. Du handelst nach den Grundsätzen der Nutzenethik. Du wägst ab, du überlegst …«

»Sorry, lange überlegen ist in so einer Situation nicht drin!«

»Ja nun, da hast du recht. Aber du rechnest, du kalkulierst: Was ist besser? Was ist das größere Glück? So werdet ihr eben ausgebildet und so funktioniert unsere Gesellschaft.«

»Wir lernen das auf der Polizeihochschule. Das ist unsere Pflicht! So sind unsere Gesetze.«

Sie redeten und redeten, und Isabel begriff, dass Philosophie im täglichen Leben relevant war und nicht nur eine abgehobene Sache weniger Intellektueller. Auch genoss sie, dass dieser kluge Student sie für so wertvoll befand, seine Zeit mit ihr zu teilen. Thomas wiederum schätzte, dass ihm eine Frau Gehör schenkte und er sie mit seinen Gedanken vertraut machen konnte. Zufrieden erhob er seine Flasche, wieder vertieften sich seine fast schwarzen Augen in Isabels. Er nahm einen Schluck, behielt die Flüssigkeit für einen Moment im Mund und sah in den Sternenhimmel. Isabel folgte seinem Blick und lehnte sich dabei an seine Seite. Beide empfanden die Berührung als sehr angenehm. Ein heller Streifen Licht zeigte sich kurz am Firmament und bevor er verglühte, formulierte Isabel in Gedanken einen Wunsch. Als Isabel zu frösteln begann, legte Thomas ganz selbstverständlich seinen Pullover um ihre Schultern. Dabei kam er ihr noch näher und sie konnte seinen Körper riechen. Sie schloss die Augen und sog seinen Duft ein. Seine Hand berührte ihr Gesicht, und sie hatte das Gefühl, dass er sich mehr Zeit ließ, als notwendig gewesen wäre.

Die »Säule der Toleranz« war inzwischen dunkelrot und signalisierte, dass es an der Zeit war aufzubrechen. Beim Abschied sagte Thomas etwas umständlich, er würde sich freuen, wenn sie das Gespräch vertiefen könnten – vorausgesetzt, Isabel wünsche dies auch. Sie bejahte und sie tauschten die Adressen aus. Spätestens jetzt wusste Isabel, dass sie sich verknallt hatte.

Das Vertiefen geschah früher als gedacht bereits am folgenden Tag: Isabel wollte Thomas seinen Pullover zurückgeben, bevor sie zurück nach Villingen-Schwenningen fuhr. Auf dem Weg zum Bahnhof klingelte sie an der angegebenen Adresse. Thomas bat sie in sein Appartement. Verlegen fragte er Isabel, ob er sie am Abend zuvor gelangweilt hatte, und wollte sich entschuldigen. Sie schüttelte entschieden den Kopf: »Im Gegenteil. Du hast mir eine Tür in eine für mich total fremde Welt geöffnet.«

»Das freut mich.« Er zögerte. »Ich hab gerade Kaffee gemacht. Willst du auch einen?«

Isabel schaute auf die Uhr. Sie hatte wie immer reichlich Zeit eingeplant, für einen Kaffee würde es allemal reichen. »Ja gern.«

Ihr Herz schlug schneller. Auch bei Licht sah Thomas umwerfend gut aus. Seine Haare klebten noch feucht am Kopf. Wahrscheinlich kam er gerade aus der Dusche. Statt des Hemds trug er nun ein dunkelgrünes Polohemd mit einem aufgestickten Golfspieler auf der linken Brust und eine Jeanshose. Die Lederhalbschuhe hatte er mit Lederslippern getauscht.

Als jeder sein dampfendes Getränk in Händen hielt, blickte Isabel ihn aufmunternd an und sagte: »Unser Gespräch hat mich heute Nacht noch ganz schön beschäftigt. Ich wüsste gern mehr.«

»Wirklich?« Thomas' Augen leuchteten glücklich. Endlich hatte er eine Frau getroffen, mit der richtige Konversation möglich war. Die meisten Mädchen, die ihm bisher begegnet waren – sie waren ihm quasi über den Weg gelaufen, denn aktiv bemüht oder etwa gesucht hatte er nie. Die Mädchen also, denen er bisher begegnet war, hatten gelangweilt zu gähnen begonnen, bevor er überhaupt richtig loslegen konnte. Meistens hatten sie mit einem kurzen »Tschuldigung, ich muss …« bald das Weite gesucht. Isabel war offensichtlich jemand, der sich ebenfalls Gedanken über das Leben machte – und das imponierte Thomas.

»Ja, du hast doch gestern erzählt, dass es zwei große Strömungen oder Theorien gibt in der Philosophie. Den Utilitarismus und wie heißt die andere?«

»Interessiert dich das auch wirklich?« Thomas konnte sein Glück kaum fassen.

»Voll. Aber bitte erklär sie mir so, dass ich sie kapiere.«

»Also …« Thomas wusste nicht recht, wie er beginnen sollte, denn diese Person gefiel ihm auch als Frau: Wie sie ihm lächelnd gegenüber saß, ihn offen, ja sogar ein wenig keck anblickte und ihn geradezu aufforderte, in seine Lieblingsmaterie einzusteigen. Er räusperte sich: »Ja nun, es gibt dann noch die Pflichtethik. Wir Philosophen sagen: Die Deontologie.«

Isabel hörte das Wort zum ersten Mal, es erinnerte sie an Zahnmedizin, obwohl Dentologie mit Philosophie so wenig gemein hat wie eine Waffe mit einem Honigbrot. Noch heute konnte sie sich das Wort dank dieser Eselsbrücke merken. Zögernd und Isabel nicht aus den Augen lassend, fuhr Thomas fort: »Die Pflichtethik bewertet eine Handlung nicht nur nach ihren Folgen. Manche Handlungen sind moralisch schlecht, die darf man einfach nicht tun – stehlen oder töten zum Beispiel. Der Deontologie zufolge ist der Mensch ein Vernunftwesen und hat moralische Pflichten. Die müssen auf dem Grundsatz basieren, dass sie zum allgemeinen Gesetz werden könnten.« Fragend hob er die Augenbrauen. Hatte Isabel ihn wirklich verstanden? Doch sie sagte, in seine Augen vertieft: »Was du nicht willst, was man dir tu', das füg auch keinem andern zu! Die Grundlage von jedem Rechtssystem.«

Thomas war begeistert und dozierte weiter: »Exakt! Fast so wie die goldene Regel. Es ist nichts anderes als der Versuch, einen Maßstab für gerechtes Handeln zu finden. Das nennt man den kategorischen Imperativ. Aber er geht noch weiter und versucht, sich von egoistischen Motiven zu lösen. Bei der goldenen Regel, wie sie im Christentum in der Bergpredigt verkündet wird, kann einer ja auch sagen: Mir macht es nichts aus, wenn ich beklaut werde.«

Isabel nickte nur, um seinen Redefluss nicht zu unterbrechen. Sie hing weiter an seinen Lippen, die sorgfältig jedes Wort formten:

»Die Pflichtethiker berufen sich übrigens auf Kant, Immanuel Kant. Den Namen hast du bestimmt schon gehört.«

Eine Weile philosophierte Thomas weiter. Isabel spürte, wie ihr Blut aufwallte – auch, weil ihr nicht einleuchtete, warum die Positionen so unterschiedlich sein sollten, und hakte nach: »Kannst du mir mal an einem Beispiel den Unterschied erklären?«

»Ja nun. Das Dilemma wird am deutlichsten, wenn du an Bahngleise denkst.«

Bahngleise. Als Isabel dieses Wort hörte, erschrak sie und schaute auf ihre Uhr: Zu spät. Thomas bemerkte Isabels Blick und fragte besorgt: »Langweile ich dich?«

»Nein, im Gegenteil. Ich hab nur, als du gerade von Bahngleisen gesprochen hast, gemerkt, dass mein Zug längst abgefahren ist.«

»Ja nun, dann nehmen wir statt des Zugs eben eine Straßenbahn.« Er lächelte Isabel an und ließ sich nicht aus der Ruhe bringen. Ihr wurde heiß und kalt zugleich.

»Stell dir vor, du bedienst das Stellwerk einer Straßenbahn. Doch heute versagen die Bremsen und der Wagen rast auf eine Gruppe von fünf Menschen zu, die dort arbeiten. Du siehst das und dir wird schlagartig bewusst: Wenn du nicht handelst, werden die fünf getötet. Du kannst die Weiche stellen, aber auf dem anderen Gleis steht auch ein Arbeiter. Was machst du?«

Isabel zuckte mit den Schultern.

»Wenn du nichts tust, sterben die fünf. Wenn du den Hebel umlegst, tötest du ihn, rettest damit aber die fünf anderen.«

»Hm, schwierige Entscheidung.«

»Die Utilitaristen beurteilen die Folgen der Tat und sagen ganz klar: Du musst den einen opfern! Stichwort:

Größtmöglicher Nutzen für alle.« Thomas bemerkte, dass Isabel ihn beäugte und offensichtlich nicht ganz bei der Sache war. »Kannst du mir denn folgen?«

Isabel nickte und widerstand dem Wunsch, mit ihrem Finger Thomas' Lippen nachzufahren, über seinen Hals in den Ausschnitt zu gleiten und die Härchen um ihren Finger zu wickeln. Sie bemühte sich nun, konzentriert Thomas' Worten zu folgen.

»Die Deontologen haben vor der Tat schon gesetzlich festgelegt: Du sollst nicht töten. Sie würden strikt nach ihrem obersten Prinzip entscheiden – ungeachtet der Konsequenzen.«

Isabel überlegte laut und sagte nachdenklich: »Du sollst nicht töten. Schön und gut. Wenn der eine nun aber mein Freund oder mein Vater wäre?«

Thomas strich über Isabels Hand und umschloss sie fest: »Du hast es erfasst! Du bist die tollste, intelligenteste Frau, die mir je begegnet ist«, rief er in einem Anflug von Begeisterung. Isabel mochte die Berührung auf Anhieb. Sie schaute überrascht in seine Augen und wäre am liebsten in dem samtigen Glanz versunken. Ihr Mund näherte sich seinem, doch er ließ sich nicht ablenken und löste sich von ihr: »Die beiden Positionen sind, wie gesagt, nicht neu. Philosophen streiten sich seit Jahrhunderten, ob es gerechtfertigt ist, jemanden zu schädigen, um dadurch mehreren anderen zu helfen.«

»Vor diesem Dilemma stehen wir Polizisten oftmals«, stellte Isabel ernüchtert fest.

»Genau das wollte ich dir gestern klarmachen. Dieses Abwägen, das du vorhin gleich gemacht hast, wenn der eine ein Freund von dir wäre, das ist nutzenorientiert, das ist die Folgenethik. Wir sind uns also einig.« Thomas legte wie zur Bekräftigung eine Hand auf Isabels Arm. Isabel beugte ihren Kopf nach vorne, um wieder in seine Augen eintauchen zu können. Einer spontanen Eingebung folgend sagte sie: »Und was wäre, wenn ich gar nicht zum Täter würde! Wenn ich mich selbst auf die Gleise stürzen und damit die Bahn stoppen würde?«

Thomas riss nun seine Augen auf und sagte bewundernd: »Dann wärst du eine Heldin! Du stehst ein für deine Prinzipien, stirbst sogar dafür.« Ihre Gesichter waren nun wieder sehr nahe, Isabel schürzte ihre Lippen für einen Kuss. Doch Thomas war in seinem Element und fuhr unbeirrt fort: »Allerdings geht auch den Prinzipien eine Entscheidung voraus: Du musst dich dafür entscheiden! Gut handeln ist sehr schwer.« Isabel nickte und überlegte, wie weit sie tatsächlich gehen, was sie letztendlich tun würde, um eine geliebte Person zu retten. Nachdenklich sagte sie: »Ich stell mir oft die Frage: Ist das Recht, das ich als Polizistin vertreten muss, tatsächlich gerecht?« Dabei dachte sie an ihren Vater. Für ihn waren Pflicht, Recht und Ordnung immer oberste Handlungsmaxime gewesen. Letztendlich hatte er sein Leben dafür gelassen.

»Mir imponiert, wie reflektiert du bist!« In Thomas' Stimme lag ein Anflug von Zärtlichkeit. Isabels Herz machte einen Sprung. Wer eine Sache so leidenschaftlich vertreten konnte, musste auch auf anderem Gebiet leidenschaftlich sein … Ihren Gedanken wuchsen Flügel, während Thomas begeistert fortfuhr: »Eben das beschäftigt mich gerade auch. Wir erleben heute mehr und mehr eine utilitaristische Gesellschaft. Dominiert von wirtschaftlichen Interessen, der es nur um Maximierung von Gewinn geht.«

Isabel riss sich zusammen und versuchte, sich wieder mehr auf das Gespräch zu konzentrieren: »Hä? Hast du nicht gesagt, dass du eher mit der Theorie sympathisierst, die den größten Nutzen bringt?«

»Ich kritisiere sie aber auch. Denn wenn du den Utilitarismus konsequent weiterdenkst, würde das heißen: Es kommt ein junger Radfahrer mit gebrochenem Arm ins Krankenhaus. Im selben Haus liegt gerade ein wichtiger Politiker und wartet auf neue Spenderorgane. Dann würde der Radler für ihn geopfert.«

»Ein krasses Beispiel! Das wäre sogar nur eins zu eins«, sagte Isabel mit unüberhörbarem Sarkasmus in der Stimme. Es zeigte Thomas: Diese Frau konnte mithalten und die Erkenntnis übertraf alles, was er erwartete. Ironisch fügte er hinzu: »Und dabei steht schon in der Bibel: Du sollst nicht töten. Steht übrigens auch so in der Thora und im Koran.«

»Heutzutage wird alles so anders ausgelegt«, sinnierte Isabel, »auch das Christentum ist da nicht besser.«

»Absolut nicht. Darum muss jeder Mensch selbst abwägen, muss für sich entscheiden ...«

»Also wenn ich mich jetzt entscheiden müsste, würde ich mich für ein Bett entscheiden«, sagte Isabel spontan. Von Philosophie und den großen Themen der Menschheit hatte sie heute genug gehört. Nun verlangte ihr Körper nach seinem Recht. Sie setzte sich vor Thomas, legte einen Finger auf seinen Mund, erlaubte sich jetzt, die Konturen seiner Lippen nachzuziehen. Mit der anderen Hand strich sie ihm zärtlich über Haare und Rücken. Freudig überrascht nahm Thomas sie an der Hand und führte sie ins Schlafzimmer.

Isabel war bis zum Morgen geblieben und hatte dann den ersten Zug genommen. Rundum glücklich war sie zurückgefahren. Noch am selben Abend hatte Thomas angerufen und sie um ein Wiedersehen gebeten. Nie habe er sich mit einer Frau so gut verstanden wie mit ihr.

Das war acht Jahre her. Zu Beginn ihrer Partnerschaft konnte Isabel kaum begreifen, dass sich ein Mann wie Thomas für sie interessierte. Dass er sie mit seinen klugen Gedanken vertraut machte. Dass er sie als Gesprächspartnerin ernst nahm. Anfangs fühlte sie sich beachtet und wertgeschätzt. Stundenlang konnte sie an seinen Lippen hängen, wenn er von weisen Männern und ihren Theorien erzählte und sie sich dabei streichelten. Manches Mal war der folgende Tag anstrengend, weil sie kaum Schlaf gefunden hatte. Es machte ihr nichts aus, denn Thomas hob ihren geistigen Horizont auf ein Niveau, wie sie es sich nie erträumt hatte. Und Thomas, der trotz seines ansehnlichen Körpers unerfahren in sexuellen Dingen war, weil er sich mehr in der Welt der Intellektuellen zu Hause fühlte als beim anderen Geschlecht, genoss es, wie sie ihn körperlich verwöhnte. Im Gegensatz zu Thomas war Isabels Liebesleben bis dahin unstet verlaufen. Sie hatte gerade eine Beziehung mit einem überaktiven Mechaniker beendet und sehnte sich nach mehr Ruhe und Beständigkeit. Da kam Thomas gerade zum richtigen Zeitpunkt. Er wurde zum verlässlichen Pol in Isabels Leben.

Nach Abschluss ihres Studiums hatte Isabel eine Stelle bei der Polizei in Tübingen angenommen. Gewohnt hatte sie zu der Zeit in einer Wohngemeinschaft mit Lena. Trotzdem Lena ein paar Jahre älter war, war es für beide eine gute Verbindung. Beide wollten selbstständig und unabhängig sein. Ihr Haushalt funktionierte ohne festgelegte Pläne und Pflichten: Jede erledigte das Notwendige, wann immer sie Zeit dazu hatte. Und wenn einmal keine von beiden Lust auf Einkaufen und Kochen hatte, holten sie

Essen beim Thailänder um die Ecke oder es gab eben mal nichts. Sie joggten gemeinsam am Neckar entlang, besuchten Popkonzerte oder verbrachten auch mal einen Abend lesend oder redend. Vollkommen zusammengeschweißt hatte sie die Zeit, als Isabels Vater sein Leben lassen musste. Ihr Papa war Isabels großes Vorbild gewesen. Sie bewunderte seinen Sinn für Gerechtigkeit. Nie hatte er Karolina bevorzugt, immer war er auf Ausgleich zwischen den Schwestern bedacht. Sie wollte werden wie er. Sie wollte Menschen helfen und sich für Recht und Gerechtigkeit einsetzen. Nicht wie ihre Mutter, die sich für ihre Familie aufopferte, doch mit ihrer Rolle unzufrieden war. Isabel wollte Richterin werden oder Staatsanwältin oder Rechtsanwältin, sie wollte eigenes Geld verdienen und von niemandem abhängig sein. Papas Gehalt reichte gerade für den Unterhalt der Familie. Extravaganzen waren nicht drin, aber da keiner von ihnen Luxus gewöhnt war, vermissten sie auch nichts. Trotzdem war ihr Vater froh, dass sie sich nach dem Abitur nicht für ein Studium entschied, das Geld kosten würde, sondern wie er den Polizeidienst wählte. Vom ersten Tag an würde sie zwar nicht viel, immerhin so viel verdienen, dass sie ihm nicht weiter auf der Tasche lag. Und Isabel genoss die finanzielle Unabhängigkeit vom ersten Tag an. Als er dann bei einem polizeilichen Einsatz getötet wurde, brach für sie eine Welt zusammen. Nur Lena hatte ihre ganze Verzweiflung verstehen können. Lena war – mehr als Thomas – für sie dagewesen und hatte ihr geholfen, die existentielle Krise zu meistern. Ihre Mutter hatte den Schock nie überwinden können, sich auch geweigert, professionelle Hilfe in Anspruch zu nehmen, und war schließlich an ihrem Kummer zerbrochen.

Ihre jüngere Schwester Karolina konnte sich nach dem Abitur für keine Ausbildung entscheiden. Karolina war anders als Isabel, die immer erst den Verstand einschaltete und sich informierte, bevor sie etwas anging. Karolina wollte immer alles sofort ausprobieren, musste Erfahrungen machen und alles tun, was ihr gerade in den Sinn kam. So schrieb sie sich für einen Studiengang ein, der sie überhaupt nicht interessierte. Es dauerte nicht lange, dann schmiss sie ihr Studium. Was sie inzwischen machte, wusste Isabel nicht einmal genau. Wahrscheinlich jobbte sie irgendwas. Seit Isabel versucht hatte, ihr ins Gewissen zu reden, hatten sie so gut wie keinen Kontakt mehr. Isabel bedauerte dies und hoffte, dass Karolina sich melden würde, wenn sie die Hilfe der großen Schwester brauchte.

Dann hatte Thomas seinen Studienort wegen eines Professors nach Tübingen verlegt und zog in eine geräumige Wohnung nahe der Eberhard Karls Universität. Eines Tages eröffnete Isabel Lena, sie werde zu Thomas ziehen. Lena reagierte sehr verwundert: »Hast du dir das auch gut überlegt?«, fragte sie mehrmals eindringlich und Isabel bejahte. Thomas hatte zwar diesen Wunsch geäußert, doch irgendwie war es auch für sie in Ordnung gewesen.

Obwohl sich Lena und Isabel geschworen hatten, nie so zu werden wie ihre Mütter, erledigte Isabel seit ihrem Einzug bei Thomas neben ihrer Vollbeschäftigung wie selbstverständlich den Haushalt. So konnte sich Thomas von Anfang an voll auf sein Studium konzentrieren. Isabel träumte damals schon von einer richtigen Familie mit Kindern. Nun arbeitete Thomas seit Jahren an seiner Promotion. Immer wenn sie ihn in letzter Zeit darauf ansprach, wie lange er noch brauche, wich er aus und sagte Sätze wie »ein Dr. phil. fällt einem nicht einfach zu«.

Vor dem Fenster zockelte gemächlich die Landschaft vorbei. In wenigen Stunden wüsste Isabel, wie Thomas die Tage ohne sie empfunden hatte. Sie jedenfalls hatte sich bereits gut eingelebt in ihrer neuen Umgebung. Sie verstand sich mit den neuen Kollegen und dem Chef. Als sie an Carl Dangelmann dachte, sah sie ihn, sah sie seine hellblauen Augen vor sich und merkte, wie etwas in ihr zu flattern begann. In der Scheibe des Zuges spiegelte sich ihr Gesicht und sie sah das Lächeln. Warum denke ich jetzt gerade an ihn, wo ich doch zu Thomas fahre, fragte sie sich plötzlich. »Wir brauchen Sie hier dringend«, hatte er ihr versichert. Und auch sie brauchte die neue Umgebung, den Bodensee. Sie hatte das Gefühl, dass sie richtig auflebte mit den neuen Aufgaben. Und sie hatte fest vor, in der Freizeit wieder mehr Sport zu treiben, vor allem Wassersport.

Gerade fuhr der Zug wieder an, nur noch wenige Stationen bis Tübingen. Ob Thomas sich wohl die Zeit nehmen und sie abholen würde? Sie hatte ihm eine Nachricht geschickt, damit er wusste, wann sie eintreffen würde. Vereinbart hatten sie nichts, aber sie würde sich gern überraschen lassen. Sie kramte das Handy aus ihrer Tasche. Keine neue Nachricht. Als sie ausgestiegen war, schaute sie sich suchend um, konnte ihn auf dem Bahnsteig allerdings nirgends ausmachen. Vielleicht konnte er keinen Parkplatz finden und wartete vor dem Bahnhof im Auto. Auch vor dem Gebäude suchte sie vergeblich. Sie schaute nochmals aufs Handy. Nichts. Es gab ihr einen Stich ins Herz. Schließlich schulterte sie ihre Reisetasche und nahm den Stadtbus zur Wohnung.

Wie vertraut mir hier alles ist, dachte Isabel, als sie die letzten Meter zu Fuß zurücklegte und in die Gasse einbog, in der ihre Wohnung lag. Thomas' alter Daimler, den sein Vater ihm überlassen hatte, als er sich ein neueres Modell zugelegt hatte, stand vor dem Haus. Sie schloss die Tür auf und der vertraute Geruch schlug ihr entgegen. Frau Eble im ersten Stock hatte wieder Zwiebeln angeröstet für ihre Kässpätzle. Im Flur vor Familie Theurers Wohnung standen die Schuhe in Reih und Glied, exakt nach Größen geordnet. Isabel nahm die Treppe und drehte den Schlüssel in der Wohnungstür. »Hallo, Tom, bin wieder da«, rief sie erwartungsvoll und ließ ihre Tasche neben einem Stapel alter Zeitungen zu Boden fallen.

»Was, schon?« Thomas' Stimme klang erstaunt, als er in seiner braunen Strickjacke, seiner Lieblingshose und den Lederpantoffeln aus dem Wohnzimmer schlappte.

Isabel traute ihren Augen nicht, als sie sein Gesicht sah, vielmehr das, was vom Gesicht sichtbar geblieben war: »Du hast dir also tatsächlich einen Bart wachsen lassen!« Im Chat hatte sie es bereits vermutet, aber Thomas nicht darauf ansprechen wollen.

»Ja. Und ich wollte dich eigentlich abholen. Hab am PC völlig die Zeit vergessen.«

»Schade. Und du hast auch keine Zeit gehabt, dich zu rasieren?«

»Hab gedacht, ich lass das einfach mal eine Zeit lang. Stört ja niemanden. Gefällt dir nicht, was?« Er bemerkte ihren Blick und bemühte sich zu sagen: »Schön dich zu sehen, Isa.«

Isabel fand den Bart scheußlich. Ohne darauf einzugehen, sagte sie: »Lieber zerstreuter Herr Professor in spe. Ich hab dir die Ankunftszeit geschrieben, du hast meine Nachricht gar nicht gelesen.« Damit schlang sie ihre Arme um seinen Körper.

»Tut mir echt leid. Jetzt bist du ja da.« Er drückte einen Kuss auf ihren Mund.

»Hey, das kratzt! Hat Annerose dich schon so gesehen?« Isabel strich mit der Hand über die ungewohnte Behaarung und war erstaunt, wie weich sie sich anfühlte.

»Nein, meine Eltern sind derzeit im Allgäu bei ihrer jährlichen Schrotkur.«

Isabel war überzeugt, dass Thomas' Mutter Annerose sein Bart ebenso wenig gefallen würde wie ihr. Wenn sie ihn bat, das Gestrüpp wegzumachen, würde er es tun. Das konnte Isabel ihm natürlich nicht sagen. »Hast du mich denn gar nicht vermisst? Ich dachte, du fällst vor Sehnsucht in tiefe Depression!«

»Ja nun, natürlich hab ich dich vermisst! Bis wann hast du frei? Wie lange kannst du bleiben?«

»Zweieinhalb Tage und drei Nächte!«, sagte Isabel, fuhr mit der Hand durch seinen Haarschopf und spitzte ihren Mund für einen weiteren Kuss. Hastig küsste Thomas sie, bevor er sagte: »Warte mal kurz, ich bin gerade in einem Chat. Komme gleich zurück.« Damit löste er sich aus ihrer Umarmung und schlappte wieder ins Wohnzimmer.

Isabel seufzte und ließ ihren Blick durch die Wohnung gleiten. Eigentlich ein schönes Zuhause. Manche Möbel trafen zwar nicht ganz ihren Geschmack, aber im Laufe der Zeit hatten sich zu den Antiquitäten aus dem Haushalt der von Harnsfelds einige moderne Stücke gesellt. Isabel hatte sie zum Teil auf dem Secondhandmarkt ergattert, doch das durften Thomas' Eltern nicht erfahren. In der Bleikristallvase von Annerose streckten verdorrte Tulpen ihre Stängel und leeren Fruchtstände hoch. Die Blütenblätter lagen farblos auf dem Tisch verstreut. Isabel hatte sie vor ihrer Abreise auf dem Markt erstanden und zu ihrem letzten gemeinsamen Frühstück auf den Tisch gestellt.

Sie betrat die Küche. Offensichtlich hatte Thomas seine Mahlzeiten hier am kleinen Tischchen eingenommen. Mehrere Tassen und eine halb volle Flasche Mineralwasser ohne Deckel bildeten ein Stillleben mit einem Teller, auf dem ein Rest eines Brötchens und ein bereits angedunkelter Apfelrest lagen. Dass er nicht mal sein Geschirr wegräumen kann, ärgerte sich Isabel. In Sachen Aufräumen ist er also nachlässig wie eh und je. Isabel konnte ihm deswegen nicht einmal böse sein. Seine Mutter Annerose hatte es versäumt, ihrem Sohn ein Mindestmaß an Ordnung beizubringen. Sie war der Ansicht, als Spross einer Adelsfamilie würde er es – wie sein Vater – nicht nötig haben, sich um die alltäglichen Pflichten kümmern zu müssen. Als Annerose schwanger war, war es für Hubertus ganz selbstverständlich gewesen, seine Geliebte sofort zu ehelichen. Ebenso selbstverständlich hatte Annerose, noch bevor Thomas auf der Welt war, ihr Studium aufgegeben, um ihre ganze Liebe und Aufmerksamkeit ihrem Kind und ihrem Ehemann schenken zu können. Und das war all die Jahre so geblieben. Thomas wuchs wohlbehütet als einziges Kind des Rechtsanwalts Hubertus von Harnsfeld und seiner Frau Annerose auf. Die komfortable elterliche Villa hatte er erst verlassen, als er mit seinem Studium begann.

Auch in der Spüle standen benutzte Teller. Auf einem trocknete der Rest einer Pizza. Mücken saugten die letzten Tropfen Tomatensoße aus einem leeren Karton, der auf der Arbeitsplatte neben verschiedenen Styroporverpackungen stand.

»Heute gibt's was Besseres«, sagte Thomas, der hinter sie getreten war und seine Arme um ihre Taille legte.

»Oh, du willst mit dem Nachtisch anfangen?«

»Warum nicht?«

»Dann komm«, und damit zog sie ihn ins Schlafzimmer.

Eine halbe Stunde später klingelte das Telefon. Thomas sprang aus dem Bett und eilte aus dem Zimmer mit den Worten: »Das ist bestimmt Mama.«

Isabel räkelte sich. Die Arme hinter dem Kopf verschränkt, lag sie und beobachtete eine Fliege, die an der Decke ihre Runden zog. Es hatte sich also nichts geändert. Der tägliche Anruf von Annerose, alles beim Alten. Sie ging ins Bad und duschte. Nach 20 Minuten kam Thomas zurück und verkündete: »Liebe Grüße von Mama. Und jetzt gehen wir zu unserem Lieblingsitaliener!«

»Zu Antonio! Au ja!«

Als sie vor Trüffeltortellini und Bistecca alla fiorentina saßen, hob Thomas sein Weinglas und sagte mit leisem Vorwurf in der Stimme: »Es war viel schöner, als du noch hier bei mir warst.«

Isabel ging nicht darauf ein und hob ihr Glas: »Cin cin.«

Am nächsten Abend saßen sie im Wohnzimmer und Thomas fing erneut an: »Ich vermisse dich.« Als er Isabels Blick bemerkte, mit dem sie das Durcheinander in der Wohnung musterte, fügte er hinzu: »Nicht wegen dem hier. Es ist niemand da, mit dem ich reden kann.«

»Du kannst auch mal an den Bodensee kommen. Und wenn du da bist, müssen wir unbedingt Lena besuchen.«

»Ja nun, ich will schon lange mal wieder an die Uni in Konstanz! Aber das ist nicht, was ich meine.«

»Lieber Thomas«, begann Isabel, strich mit den Fingern über seinen Bart und vergrub sie in seinen Haaren. »Mir gefällt meine neue Stelle. Weißt du, die Wasserschützer sind nicht die Bullen in dem Sinn.«

»Sondern?« Thomas' Erstaunen war echt.

»Die Arbeit der Wasserschutzpolizei ist anders. Eher ausgerichtet an »Die Polizei, dein Freund und Helfer« als an Sanktionen. Wir bekommen nicht den ganzen sozialen Sumpf ab. Bei uns werden zwar Klienten auch mal giftig, wenn sie Strafe zahlen sollen. Insgesamt ist die Arbeit wesentlich angenehmer. Ich hab den Streifendienst hier satt, versteh das bitte.«

Die freien Tage vergingen im Flug. Eigentlich hatte Isabel eine frühere Kollegin besuchen wollen, doch Thomas und sie verbrachten die meiste Zeit in der Wohnung. Draußen nieselte es, sodass Thomas sich nicht einmal zu einem langen Spaziergang animieren ließ. So hatte Isabel, während Thomas sich mit Lektüre beschäftigte, wie selbstverständlich seinen Haushalt in Ordnung gebracht. Jetzt schaute sie auf die Uhr. Erschrocken schaltete sie das Bügeleisen aus und rief: »Thomas, kannst du mich bitte zum Bahnhof fahren? Mit dem Bus erreiche ich meinen Zug nicht mehr.« Mit geübten Griffen drapierte sie das Hemd auf einen Kleiderbügel. Die restlichen würde Thomas selbst bügeln müssen.

KAPITEL 8

»Ups! Muss ja noch gar nicht aussteigen«, rief die junge Frau, blickte nur kurz von ihrem Handy auf, drehte sich um und stieg wieder die Stufe empor. Dann ließ sie sich auf die vorderste Sitzbank des Busses plumpsen. Beinahe wäre sie mit Isabel zusammengestoßen, als diese hastig den Linienbus besteigen wollte, um Wind und Regen zu entkommen. Sie stand auf der untersten Stufe und kämpfte mit beiden Händen mit dem nassen Regenschirm, der sich einfach nicht zusammenklappen lassen wollte. Sie bezahlte den Fahrpreis und setzte sich eine Sitzreihe hinter der jungen Frau auf die andere Seite. Sie klopfte die Regentropfen vom Ärmel ihrer Windjacke und blickte zum Fenster hinaus. Als Isabel eine nasse Haarsträhne hinters Ohr strich, bemerkte sie, wie kalt ihr Ohr war. Hätte meine Mütze doch nicht in der untersten Schublade verstauen sollen. Hier am Bodensee war man den Kapriolen des Wetters mehr ausgesetzt als in Tübingen. Die Nähe zu den Alpen und die große Wasserfläche machten es oft unberechenbar, das hatte sie bereits zu spüren bekommen. Der Frühling hatte sich nochmals in den Krallen des Winters verfangen. Es hatte mächtig abgekühlt. Zum Start der neuen Arbeitswoche hatte sich Isabel deshalb gegen das Fahrrad entschieden. Mit dem Bus brauchte sie für die kurze Strecke fast genauso lange. Sie putzte sich die Nase und beobachtete, wie die Regentropfen an die Scheiben peitschten und lange Spuren zogen – Fahrrinnen einer Autobahn, eine neben der anderen, wie mit dem Lineal gezogen. Gedankenverloren wanderte Isabels Blick zu der jungen Frau hinüber. Die Beine des Mädchens steckten in einer völlig durchnässten Röhrenjeans und vibrierten in schnellen Bewegungen auf und ab. Vielleicht um der Kälte zu trotzen, vielleicht zum Rhythmus der Musik, die selbst für Isabel hörbar aus den Stöpseln in ihren Ohren dröhnte. Nasse, bronzeblonde Haarsträhnen kringelten sich auf dem dünnen Stoff ihres Blousons und hinterließen dunkle Flecken. Ihre Fingerkuppen trommelten mit beachtenswerter Geschwindigkeit auf das Display eines Smartphones. Jetzt legte sie das Gerät auf die Oberschenkel, schnappte die über und über mit Nieten besetzte schwarze Fransentasche, entnahm dieser ein Päckchen Tabak und Papers, drehte sich trotz langer, künstlicher Fingernägel geschickt eine Zigarette und steckte sie sich zwischen die Lippen. Dann erhob sie sich, lockerte mit einer Hand ihr nasses Haar und stellte sich vor die Türe. Als der Bus zum Stehen kam, stiegen beide Frauen aus. Der Regen hatte nachgelassen. Grauschwarze dicke Wolken bedeckten den Himmel. Als Isabel hochblickte, ahnte sie, dass die Regenpause nur von kurzer Dauer sein würde. Sie ging schneller und überholte das Mädchen, das gerade stehen geblieben war, dem Wind den Rücken zudrehte und versuchte, mit Streichhölzern ihre Zigarette anzuzünden. Als Isabel um die letzte Ecke in die Fußgängerzone bog und einen Blick auf den tobenden See warf, zog sie unwillkürlich ihre Jacke fester um ihre Brust. Das »Schwäbische Meer« zeigte sich von einer äußerst unwirtlichen Seite: Kein Horizont war auszumachen, grau in den verschiedensten Stufen von hell bis fast schwarz lag es wie eine undurchdringliche Wand vor ihr. Die Blütendolden und -kelche der Petunien im Trog vor einem Souvenirladen neigten sich regenschwer. Trocken betrat Isabel die Dienststelle. Als sie sich umgezogen hatte und die Treppe hochstieg, bemerkte sie helle Aufregung bei den Kollegen. Die Tür zu ihrem Zimmer stand offen, und Markus war gerade dabei, sich den schweren Gürtel um die Hüfte zu binden. »Gut, dass du kommst!«

»Was ist denn los?«

»Kannst gleich mit raus. Ich erzähl's dir später.«

»Okay.«

»Nimm die dicke Jacke, die wasserdichte.«

Schon rannte sie hinter Markus her die Treppe hinunter und stieß erneut beinahe mit der Frau zusammen, die mit ihr den Bus verlassen hatte. Isabel wollte ihr zurufen: »Anzeigen? Erster Stock«, aber Markus hielt ihr ungeduldig die Türe auf. Markus nickte der Frau ein freundschaftliches Hallo zu, als ob er sie gut kennen würde. Ohne Worte drückte sich Isabel an ihm vorbei ins Freie. Die würde sich zurechtfinden, machte ja einen unerschrockenen Eindruck.

Markus wandte sich nach links. Als sie die Arkaden verließen, schlugen ihnen Regentropfen wie kleine Eiskristalle entgegen. Beide zogen ihre Mützen tiefer ins Gesicht. Nur wenige Passanten waren auf der Uferpromenade unterwegs. Mühelos bahnten sie sich einen Weg durch die bunten Regenschirme Richtung Fährhafen.

»Heute Einsatz auf der 21, dem großen Polizeiboot«, rief ihr Markus zu.

»Gut, haben wir wenigstens eine trockene Kabine«, gab Isabel zurück. Sie wusste immer noch nicht, was der Grund ihres Einsatzes war, doch es war nicht leicht, überhaupt mit Markus Schritt zu halten. Eugen, der Kollege von der Technik, erwartete sie bereits und löste die Leinen, als sie den Einstieg passiert hatten. Markus startete den Motor. Keine Minute später verließ das Boot mit Blaulicht den

Hafen in Richtung Fischbach. Trotz der zwei Motoren pflügte sich die 21 nur mühsam voran. Die Wellen tobten, die Schaumkronen auf ihren Spitzen tanzten wie ein Schwarm wild gewordener Schwäne. Vor Immenstaad stand Christoph 45, der Rettungshubschrauber, einige Meter über der Wasserfläche, und diese Stelle peilte Markus an. Auf den Wellen unter dem Helikopter bewegte sich ein kleines dunkles Etwas.

»Da sind zwei Leute im Wasser.«

Isabel schnappte sich das Fernglas und war froh, dass sie im Steuerhaus stand und einigermaßen geschützt Ausschau halten konnte. »Ich seh niemanden. Nur ein kleines Boot.«

»Das hat ihnen der Rettungshubschrauber abgeworfen. Mit zwei Rettungswesten. Aber die Leute kommen nicht rein ins Boot.«

»Kein Wunder. Der Hubschrauber macht ja zusätzlich richtig kräftige Wellen. Und das Wasser ist saukalt.«

»Das Rettungsboot von Christoph 45 kannst eigentlich vergessen. Ist mehr wie eine Luftmatratze, eine schlecht aufgeblasene.«

»Wenigstens halten sich die zwei daran fest. Ich hab sie im Visier!«

»Gut. Richte schon mal die Decken her und zieh die Regenhose an, du musst mir helfen.« Zu Eugen gewandt, rief er: »Übernimm du das Steuerrad. Ich mach mich bereit zum Aufnehmen.«

Dank des Hubschraubers, der die Position exakt hielt, konnte Eugen direkt auf das Ziel zusteuern, sodass sie bald die Stelle erreicht hatten. Markus hatte in aller Eile das Ölzeug übergezogen. Als er jetzt das Steuerhaus verlassen wollte, riss ein Windstoß ihm den Griff aus der Hand. Die Tür schlug zurück und direkt gegen Isabels Schulter.

»Aua«, schrie sie, rieb sich die Stelle, beachtete dann den Schmerz nicht weiter. Vielmehr hangelte sie sich an der Reling entlang zum Heck des Schiffes. Wind peitschte ihr ins Gesicht, der Regen war in einen Graupelschauer übergegangen. Isabel spürte die kleinen Stiche auf der Haut und strich mit kalten Fingern eine nasse Haarsträhne zurück. Kaltes Nass lief ihr in den Nacken.

Markus war inzwischen über die kurze Leiter zur Bergeplattform am Heck hinuntergestiegen. Er gab Eugen ein Zeichen, dass er bereit war. Eugen drehte das Boot mit dem Heck zu den Personen. Es war ein gefährliches Manöver. Vom Steuerstand aus konnte er die Menschen im Wasser gar nicht sehen. Das Boot schaukelte mit jeder Welle auf und ab und mit ihm die Bergeplattform. Leicht konnte es passieren, dass jemand erschlagen würde. Das Schlauchboot trieb keine zwei Meter vom Heck des Polizeibootes entfernt. Ein Mann und eine Frau klammerten daran. Graue Haare klebten an den Köpfen, Panik stand in ihren Gesichtern. Der Mann war dem Polizeiboot am nächsten. Markus rief ihm zu: »Hierher!«

Der Mann schwamm, kam wegen der Wellen allerdings kaum voran. Schließlich war er so nah, dass Markus sich vornüberbeugen und seine Schwimmweste packen konnte. Ein Wellental half, ihn bis zur Hüfte aus dem Wasser zu ziehen, und mit dem nächsten zog ihn Markus vollends auf die Plattform. Der Mann war erschöpft, jedoch ansprechbar und keuchte: »Die Frau, holt die Frau!«

»Ja«, sagte Markus und gab Isabel, die oben an der Leiter stand, ein Zeichen. »Gehen Sie schon mal hoch, die Kollegin hilft Ihnen.«

Isabel erwartete den Verunglückten und führte ihn in das Steuerhaus. Dann eilte sie zum Heck zurück. Durch das Manöver und den starken Wellengang war selbst das schwere Polizeiboot abgedriftet. Eugen steuerte nun die zweite Person an und drehte wieder das Heck zum Schlauchboot. Es tanzte mit der Frau auf und ab. Markus hielt sich währenddessen am Holm der Leiter fest. Er war unten geblieben und hatte die Frau nicht aus den Augen gelassen. Nun schrie er nach oben zu Isabel: »Die Frau ist total entkräftet, die schafft das nicht!« Ihm war klar, dass sie aus eigener Kraft nicht auf die Plattform hochkommen würde. Er kniete sich auf den Metallrost, um nach ihr greifen zu können.

Isabel wusste nicht, was sie zu tun hatte. Sollte sie runter, um Markus zu helfen? Sie warf einen Hilfe suchenden Blick ins Führerhaus. Eugen reagierte nicht, er war mit dem Steuerrad und seinem Passagier beschäftigt. Schließlich wagte sie es und stellte einen Fuß auf die oberste Stufe der Leiter. Sie rutschte sofort ab. Mist, die Schuhe mit dem dicken Profil wären jetzt besser, dachte sie. Sie umklammerte mit einer Hand den Eisenholm der Leiter und betrat die Sprosse erneut. Diesmal rutschte sie komplett ab und knallte mit dem Körper seitlich gegen die Wand des Schiffes. Ein Schrei entfuhr ihren Lippen, und Markus drehte den Kopf: »Spinnst du? Geh sofort wieder rauf«, befahl er.

Sich mit einer Hand haltend, baumelte sie vor der Leiter. Es gelang ihr, einen Fuß so zu stellen, dass sie Halt fand, um wieder hochzuklettern. Ihr Herz klopfte wie wild gegen die Rippen, als sie endlich oben stand.

Die Frau schwamm nun dicht am Heck. Markus hatte sich inzwischen nach vorne gebeugt und versuchte, ihre Rettungsweste zu fassen. Doch die Entfernung war zu groß und mit dem Boot noch näher heranzufahren, zu gefährlich. Er griff mit einer Hand den Holm fester, beugte sich weiter vor und schrie: »Die Hand, geben Sie mir Ihre Hand!« Die Frau löste einen Arm von der Schwimmhilfe und streckte ihn Markus entgegen. Er zitterte. Nach mehreren erfolglosen Versuchen konnte Markus ihn ergreifen und zu sich herziehen. Um die Frau jedoch aus dem Wasser zu heben, musste er seinen zweiten Arm von der Leiter lösen. Er wartete die nächste Welle ab, setzte sich dann auf die Fersen und hob mit Schwung die Frau aus dem Wasser. Bewegungslos und keuchend blieb sie auf der Bergeplattform liegen. Markus gab dem schlotternden Körper einen Moment Zeit, bis er sagte: »Sie müssen da hoch, ins Warme. Sie schaffen das, ich helfe Ihnen. Kommen Sie!«

Die Frau hob ihren Kopf, ihre blauen Lippen bewegten sich zwar, aber kein Laut kam heraus. Sie nickte. Markus griff ihr unter die Arme, um ihr aufzuhelfen. 60 Kilo maximal, schätzte er, kein Wunder, ist sie so fertig. Er schob sie, nur mit dieser Unterstützung gelang es der Frau, die wenigen Stufen hochzusteigen. Oben übernahm Isabel und führte sie zum Steuerhaus. Drinnen wartete ihr Mann und schloss sie überglücklich in die Arme. Während sich die Frau weinend an ihn drückte, warf er Isabel und Markus Blicke zu, aus denen Erleichterung und Dankbarkeit sprachen. Eugen gab dem Piloten des Rettungshubschraubers ein Zeichen. Sekunden später drehte er ab, zurück nach Friedrichshafen. Markus verständigte auch die Rettungsleitstelle, und die 21 steuerte nun den Hafen in Immenstaad an.

Der Schock steckte Isabel noch in den Gliedern. Sie blickte unschlüssig von einem Kollegen zum anderen und machte sich Vorwürfe: Ich hätte wissen müssen, dass ich nicht nach unten gehen darf. Hätte ich mich nicht auffangen können, wäre ich womöglich auch über Bord gegangen. Nicht auszudenken, was hätte passieren können. Im Nachhinein kam ihr ihr Verhalten selbst mehr als leichtsinnig vor.

»Sie müssen die nassen Sachen ausziehen«, hörte sie Markus sagen. Schnell griff Isabel nach dem Stapel Wolldecken, froh etwas tun zu können. Doch die beiden Schiffbrüchigen rührten sich nicht und klammerten weiterhin aneinander.

»Jacken ausziehen, Hosen runter«, befahl Isabel lächelnd. Offenbar wirkte sie vertrauensvoll, denn beide gehorchten. Isabel half der Frau, die Jacke vom Leib zu ziehen. Der Mann kniete sich vor sie, entfernte erst ihre Schuhe und half danach bei der Hose. Isabel breitete eine Decke aus, wickelte ihren bibbernden Körper hinein und führte sie zur Sitzbank im hinteren Teil des Steuerhauses. Dort breitete Isabel eine weitere Decke über die Beine der Frau, der nun ein Lächeln gelang. Der Mann hatte sich inzwischen selbst seiner nassen Klamotten entledigt, nahm ebenfalls die angebotenen Decken und setzte sich daneben. Langsam ließ bei allen die Anspannung nach. Die Frau schlotterte zwar noch erbärmlich, doch jetzt brachte sie ein paar Worte über ihre Lippen: »Kalt. Mir ist so … schrecklich … kalt.«

»Wir sind bald an Land, dann bekommen Sie etwas Warmes zu trinken«, versuchte Isabel sie zu trösten und half ihr, sich fester einzuwickeln. Markus streifte sein nasses Ölzeug ab und schaute dabei Isabel an. Wortlos stellte er sich neben den Steuermann. Isabel fragte sich, was in ihm vorging. Bestimmt würde er ihre Achtlosigkeit kritisieren und das zu Recht. Sie schämte sich.

Nach kurzer Fahrt erreichten sie Immenstaad. Dort wartete bereits der Notarzt. Im dichten Schneetreiben – der

April machte seinem Namen noch mal alle Ehre – übergaben sie das stark unterkühlte Paar den Rettungssanitätern. Erst auf der Fahrt zurück nach Friedrichshafen sagte Markus: »Ich glaub, du hast selbst gemerkt, wie leichtsinnig dein Verhalten war. Mach das nie mehr!«

Isabel presste die Lippen aufeinander und nickte.

»Wir müssen uns bei solchen Aktionen aufeinander verlassen können. Jeder auf jeden, klar?«

Wieder nickte Isabel.

»Davon abgesehen, hast du dich für deinen ersten Einsatz auf diesem Boot gut geschlagen. Das hab ich gesehen!« Seine Augen lächelten.

»Danke«, gab Isabel verlegen zurück, »ich hätte ihn gern etwas gemütlicher gehabt!«

»Echt? Ich dachte, du brauchst Action.« Der Scherz entspannte die Situation und Markus fügte an: »Die beiden haben bloß Glück gehabt, dass eine Frau in Immenstaad so aufmerksam war.«

»Wie meinst du das?«

»Eine Frau hat, kurz bevor du gekommen bist, angerufen und erzählt, dass sie beim Staub saugen zufällig zum Fenster hinausgeguckt und gesehen habe, wie ein Wasserflugzeug in der Bucht landet. Zuerst habe sie sich zwar gewundert, sich nichts dabei gedacht und weiter gearbeitet.«

»Und dann?«

»Als sie das nächste Mal aufgeblickt hat, war das Flugzeug weg und sie hat nur noch zwei Punkte auf der Wasserfläche gesehen.«

»Dann hat sie sofort richtig reagiert und uns alarmiert. Das hat den beiden das Leben gerettet«, mischte sich nun Eugen ein, der gerade in den Hafen einfuhr.

»Und das Flugzeug? Wo ist das geblieben? Ist das abgesoffen?«, fragte Isabel erstaunt.

»Wahrscheinlich. Hab nur ein paar Sachen rumschwimmen sehn«, antwortete Markus.

»Echt? Krass! Und wie geht das jetzt weiter?«

»Weiß nicht, ob das Flugzeug aus dem Wasser geholt wird. Ich werde mich hüten, das anzuordnen. Das ist jedes Mal ein Wahnsinnsakt!«

»Ich dachte, Wracks sollen möglichst geborgen werden?«

»Schon, aber das soll die Versicherung veranlassen. An der Stelle ist der See sehr tief, da kommen keine Taucher hin. Man bräuchte dazu ein U-Boot.«

»Und was ist mit dem Treibstoff?«

»Der ist wahrscheinlich durch den hohen Druck beim Sinken schon ausgelaufen und hat sich längst verteilt«, antwortete Markus, schob die Türe auf, und beide machten sich bereit zum Anlegemanöver.

»Da bin ich mal gespannt.«

»Darf ich dir einen Kaffee mitbringen, ich spendier ihn auch«, fragte Isabel, als sie wieder im warmen Dienstzimmer angekommen waren.

Markus nickte: »Schwarz und ohne Zucker bitte!«

Sie verschwand. Als sie zwei Tassen mit duftendem Kaffee den Flur entlang balancierte, hörte sie Stimmen. Die Tür zum Vorzimmer stand einen Spaltbreit offen. Eine identifizierte sie sofort als diejenige von Carl Dangelmann – Isabel hätte sie unter Tausenden herausgehört. Ihr Herz schlug schneller. Die andere gehörte einer Frau. Im Vorbeigehen warf Isabel einen Blick in das Zimmer: Ihr fiel ein rotblonder Lockenkopf auf. Sie ging einen Schritt zurück und erkannte das Mädchen, das vor ihr den Bus verlassen hatte. Gerade setzte sie sich auf den Stuhl hinter dem vollen Schreibtisch. Frau Schwämmle? War das etwa Cheysa Schwämmle, die Assistentin von Dangelmann, die bisher krank gewesen war? Ungläubig hob Isabel eine Augenbraue. Sollte sie diesmal ihre Menschenkenntnis im Stich gelassen haben? Nach dem ersten Eindruck am Morgen hätte Isabel das Mädchen eher hinter einem Tresen vermutet, um ein Studium zu finanzieren, als in einer Behörde.

»Bisher habe ich fast alle Kollegen kennengelernt, außer Frau Schwämmle«, sagte sie deshalb zu Markus, als sie ihm den Kaffeebecher auf den Schreibtisch stellte.

»Was, du kennst unseren Paradiesvogel noch gar nicht?«, grinste Markus. »Die ist doch gekommen, als wir gerade zum Einsatz geeilt sind.«

»Also ist sie es«, entfuhr es Isabel.

»Du wirst sie bestimmt noch kennenlernen.«

Etwas in Markus' Stimme ließ Isabel aufhorchen. »Was meinst du damit?«

»Wirst sehen. Ist ein verrücktes Huhn, aber sie hat was auf dem Kasten, unsere Cheysa!«

Damit wandte er sich seinem Computer zu. Isabel blieb nichts anderes übrig, als sich ebenfalls an die Schreibarbeit zu machen. »Na dann mach ich mich mal an den Pressebericht, die Kollegen von Ö warten bestimmt schon.«

Markus hatte sie gebeten, den Pressebericht über ihren Einsatz für die Kollegen der Öffentlichkeitsarbeit zu verfassen. Als sie damit fertig war, fragte sie ihn: »Wie geht's jetzt weiter? Wohin damit? Zum Chef oder gleich zu Ö?«

»Hmmh.« Markus überlegte. Meist überließ Dangelmann seiner Abteilung Öffentlichkeitsarbeit die Entscheidungen, welche Informationen über die Polizeiberichte an die Medien gingen. »Diesmal lieber erst zum Chef, wenn er da ist«, entschied er. »Es waren immerhin Menschen in Gefahr. Da haken die Pressefuzzis eventuell nach. Wenn die Chance auf ein Interview besteht, will er selber ran.«

»In Papierform, nehm ich an.« Schon drückte Isabel die entsprechende Taste und der Drucker schnurrte. Sie nahm das Blatt und ging zur Tür.

»Ein Tipp: Langweile den Boss bloß nicht mit Details. Das mag er gar nicht!«

Mit einem kurzen »Danke« war Isabel bereits aus dem Zimmer. Als sie den Flur entlang ging, fiel ihr auf, dass ihre Hände leicht zitterten und ihr Herz wieder schneller schlug. Sie klopfte an die Tür »Vorzimmer Frau Schwämmle«. Nach einem lang gezogenen »Jaaa« trat sie ein. Hinter dem Schreibtisch, kaum sichtbar hinter Aktenbergen und Bildschirm, saß die junge Frau aus dem Bus und kratzte sich mit einem Bleistift am Dekolleté.

»Frau Schwämmle?«, fragte Isabel, und als der Paradiesvogel nickte, fuhr sie fort: »Isabel Böhmer. Ich bin die neue Kollegin. Wir haben uns noch gar nicht gesehen.«

Die Frau musterte Isabel und sagte: »Hier drin nicht, aber heute Morgen sind Sie doch mit demselben Bus hergefahren. Das waren doch Sie in Zivil, oder?« Isabel war erstaunt, sie hatte nicht gedacht, dass das Mädchen, während es mit Handy und Zigarette beschäftigt war, von ihr Notiz genommen hatte.

»Ja, und hier ging's dann heut ja gleich rund. Ich bin Isabel.« Isabel blickte in ein ovales Gesicht, aus dem zwei graublaue Augen kokett mit einem kleinen Diamanten im linken Nasenflügel um die Wette blitzten.

»An das werden Sie sich gewöhnen. Wir sind hier nicht auf Pflegegruppe 5. Cheyenne.«

»Wie bitte?«

»Cheyenne Savannah Schwämmle«, sagte sie und streckte Isabel ihre Hand entgegen. »So heiße ich wirklich, verdanke ich meinem Vater.« Halb bedauernd, halb schmunzelnd zog sie ihre tätowierten Augenbrauen hoch.

»Ach so.« Isabel wusste nicht, was sie antworten sollte. Außerdem haderte sie noch immer mit ihrer mangelnden Menschenkenntnis.

»Sag Cheyenne oder Cheysa, so nennen mich hier die meisten. Aber bitte sprich meinen Namen – er ist schlimm genug – nicht schwäbisch aus, so wie Frieder!«

Isabel lächelte und sagte ausnahmsweise im Dialekt: »Ich bin au Schwäbin, deshalb lieber Cheyenne«, reichte ihr das Papier und fuhr fort: »Ich hab hier etwas für Herrn Dangelmann. Bericht vom Einsatz heute …«

»Gib her. Der Chef will gerade nicht gestört werden. Ich leg's ihm später rein.«

Sie streckte Isabel eine Hand mit kunstvoll verzierten Fingernägeln in leuchtendem Pink entgegen und nahm das Blatt.

»Bingo, deine Bezeichnung Paradiesvogel für unser Vorzimmer trifft's voll. Sie scheint ganz schön pfiffig zu sein«, stellte Isabel fest, als sie wieder ihr Zimmer betrat.

»Ist sie, zweifellos. Wenn du was recherchierst und absolut nicht weiterkommst, frag Cheysa. Sie hat mir schon Internetseiten hergezaubert, die seit Jahren gelöscht waren«, sagte Markus beeindruckt.

»Echt?«

»Echt! Was die IT betrifft, kann keiner von uns mithalten, nicht mal Timo.« Nach einer kurzen Pause fügte er hinzu: »Und sie kann gut mit Dangelmann.«

Isabel zog eine Augenbraue hoch und wollte gerade nachhaken, da klingelte ihr Telefon. Cheyenne sagte: »Der Chef will dich sprechen!«

»Okay. Ich komme!« Die Worte verließen stockend Isabels Mund, denn sie merkte, wie ihr plötzlich warm und flau im Magen wurde. Rasch erhob sie sich und ging mit klopfendem Herzen erneut den Flur entlang.

KAPITEL 9

»Geh gleich rein, der Chef erwartet dich.« Cheyennes Mundwinkel umspielte ein Lächeln, als sie mit dem Bleistift, mit dem sie bei Isabels Eintreten über ihren Brustansatz gestrichen hatte, zur Türe des Chefzimmers deutete und sich wieder ihrem Bildschirm zuwandte.

Isabel zögerte kurz, klopfte, was energischer klang, als sie beabsichtigt hatte. Sollte sie warten oder durfte sie die Tür gleich öffnen? Da hörte sie auch schon die Stimme des Polizeidirektors und trat ein. Im Gegensatz zur ersten Begegnung hob Dangelmann bei Isabels Erscheinen augenblicklich den Kopf und deutete mit der Hand auf den freien Stuhl vor seinem Schreibtisch.

»Frau Böhmer, setzen Sie sich doch. Es tut mir gut, Sie zu sehen.« Er ließ den Blick nicht von ihr, als sie das Zimmer durchquerte. Richtig gute Schnecke, dachte er, meinem Tübinger Kollegen hätt ich gar nicht so viel Geschmack zugetraut. Dann lächelte er Isabel an und fragte: »Haben Sie sich schon ein wenig eingelebt?«

Der Blick, der eisblaue, er traf Isabel mit voller Wucht. Stach ihr in die Augen, die sie unwillkürlich weit geöffnet hielt, drang in ihren Kopf ein, fand Widerstand an ihrer Gehirnwand, durchdrang sie mühelos, wanderte weiter in ihren Brustraum und nistete sich ein, irgendwo zwischen Herz und Bauch, ohne dass Isabel sich wehren konnte. Ja, sie wusste nicht einmal, ob sie sich wehren wollte. Sie wusste nicht einmal, ob sie wusste, dass sie sich wehren sollte. Ihre Sinne wirbelten durcheinander. Und erst die Stimme: so dunkel, so kehlig und doch so flauschig weich. Sie hüllt mich ein. Die Stimme hatte etwas gefragt, was?

»Wie bitte?« Ihre eigene Stimme kam ihr mit einem Mal hölzern vor.

»Ich habe mich erkundigt, ob Sie sich bereits eingelebt haben«, wiederholte Carl Dangelmann und musterte seine Mitarbeiterin zufrieden. Er würde es versuchen, es schien, als könnte es sich lohnen. Ihm war nicht entgangen, dass sich auf Isabels fast ungeschminktem Gesicht eine leichte Röte zeigte.

»Na, viel Zeit hatte ich nicht.« Erleichtert, dass sie doch noch Worte gefunden hatte, deutete Isabel auf das Blatt Papier, das sie Cheyenne übergeben hatte und das nun vor ihrem Chef auf dem Schreibtisch lag. »Es ging gleich los!«

»Sind Sie denn auch persönlich schon richtig angekommen?«

Eine kleine Ecke in ihrem Gehirn schien allmählich wieder zu funktionieren. Warum interessierte ihren Chef, wie es ihr persönlich ging? Das tat eigentlich nichts zur Sache. »Ja, schon«, sagte sie zögernd und hob wieder den Kopf. Da waren sie abermals. Diese Augen, dieses Blau, so unwirklich …

Carl Dangelmann genoss seine Anziehungskraft, dehnte seine Brust und lehnte sich dann zufrieden in seinem Sessel zurück. Er entließ Isabel aus seinem Blick, wandte sich dem See zu und begann: »Der Bodensee hat etwas ganz Besonderes. Wer einmal hier lebt, lässt sich nicht mehr versetzen. Der bleibt.«

Erleichtert, weil sie wieder frei atmen konnte, folgte Isabel seinem Blick: »Das kann ich gut verstehen, meine …«

Doch Dangelmann wollte nicht unterbrochen werden: »Jeden Tag sieht der See anders aus. Ihm werde ich nie überdrüssig.« Mit diesen Worten drehte er ruckartig seinen Kopf und bohrte seine Blicke wieder direkt in Isabels Gesicht. Dabei war ihm eine graue Locke in die Stirn gefallen. Langsam hob er seine Hand und strich sie zurück.

Isabels Nasenflügel bewegten sich unmerklich, als sie einen herben Geruch nach Holz und Moos aufspürten. Sie leiteten ihn ungehindert weiter zu Isabels Gehirn, und sie merkte, wie Hitze ihre Brust und ihren Hals hochkletterte. Dangelmanns Blick hielt sie immer noch fest und was er sah, gefiel ihm immer mehr. »Verstehen Sie, Frau Böhmer, der Bodensee langweilt mich nie!«

Es fiel ihr schwer, dem Blick dieser Augen länger standzuhalten. Verunsichert senkte sie den ihren und deutete erneut auf das Papier. »Herr Dangelmann, konnten Sie meinen Entwurf denn schon lesen?«

Er schien ihre Worte nicht gehört zu haben. »Langeweile ist nicht gut, nie. Lassen Sie nicht zu, Frau Böhmer, dass etwas langweilig wird in Ihrem Leben.«

Isabel nickte und wusste nicht, was sie hätte antworten können. Ihr Chef hatte ja recht.

»Bevor man etwas überdrüssig wird, muss man die Reißleine ziehen. Einen Schlussstrich ziehen, sei es beruflich, privat, im Freundeskreis, in einer Beziehung … überhaupt … immer!«

Hatte dieser Mann den siebten Sinn? Wusste er, was in ihr vorging, bevor sie sich selbst darüber im Klaren war, dachte Isabel irritiert. Dangelmann sprach nicht mehr weiter, sein Kopf war wieder Richtung Fensterfront gewandert. Isabel überlegte, ob die Worte überhaupt an sie gerichtet waren oder an ihn selbst. Unschlüssig folgte sie seinem Blick und strich mit den Händen ihre Oberschenkel entlang. Als sie über den Stoff glitten, merkte sie, dass sie sich feucht anfühlten. War es Unsicherheit oder einfach die Überraschung, sich unvermittelt in einem privaten Gespräch wiederzufinden? Irgendwie fühlte sie sich geschmeichelt. Aber sie wollte mit ihrem Chef doch den Inhalt der Pressemitteilung durchgehen, deshalb war sie hier. »Sind Sie einverstanden mit dem Pressetext?«

Sie hatte das Gefühl, als ob sie ihn aus seiner eigenen, nur für ihn zugänglichen Gedankenwelt zurückholen würde. Wirkte ihre Frage deplatziert? Unangebracht? Unbeholfen? Noch war Isabel in ihre Selbstzweifel verstrickt, als Dangelmann kaum merklich nickte, das Papier nahm und es Isabel mit den Worten entgegenstreckte:

»Kann raus!« Seine Stimme klang vollkommen verändert. Das Gespräch war beendet.

KAPITEL 10

Beschwingt und gut gelaunt verließ Isabel nach Dienstschluss ihr Zimmer. Seit dem Termin mit dem Chef jagten sich die Gedanken in ihrem Kopf. Wie er mit ihr geredet hatte, so ungewohnt, beinahe vertraut. Als ob sie sich lange kennen würden. Sogar Privates hatte er ihr erzählt. Sie fühlte sich geschmeichelt, blieb vor einem Schaufenster stehen und lächelte sich selbst zu. Ja Isabel, das bist du! Du lebst wieder. Sie löste den Haargummi, ihre Locken breiteten sich über ihren Schultern aus. Übermütig schüttelte sie den Kopf und lockerte ihre Haare mit den Händen. Sie ging schneller. Ihr Körper fühlte sich jung an, leicht und lebendig wie seit Langem nicht mehr. Oh wie gut, dass ich hierher gewechselt habe. Offensichtlich war auch ihr Chef auf der Höhe der Zeit. Er akzeptierte Frauen in Uniform voll und betrachtete sie nicht als unvermeidliches Übel. Sie freute sich auf ihr Zuhause, das zwar klein, aber ihr eigenes Reich war. Und sie freute sich auf Thomas, der sie bald besuchen würde. Sie freute sich auch auf ein paar gemeinsame Tage mit ihm am See. Sie würden reden, ausgehen und miteinander die neue Umgebung erkunden. Sie würden sich irgendwo ans Ufer setzen, eine heiße Schokolade oder ein Glas Wein trinken, einen neuen Lieblingsitaliener suchen. Und sie würde ihm von ihren neuen Aufgaben, den Kollegen und von ihrem Leben am Bodensee erzählen.

Es kam dann anders. Thomas war mit seinem alten Mercedes angereist und hatte Sachen aus Tübingen mitgebracht, um die sie ihn gebeten hatte. Während sie damit beschäftigt war, diese einzuräumen, blickte er etwas unschlüssig im Zimmer umher und sagte: »Es gibt nur diesen Tisch. Soll ich hier mit dem Laptop arbeiten?«

Isabel nickte und lächelte. Thomas kam nicht auf die Idee, sich mit dem Gerät einfach auf das Bett zu legen. Das entsprach nicht seiner Arbeitshaltung. Für Thomas von Harnsfeld war ein Bett zum Schlafen da. Umständlich packte er sein Laptop aus, stellte es auf den Holztisch und klappte es auf. Da es auch keinen Bürosessel wie in Tübingen gab, setzte er sich auf einen von zwei einfachen Stühlen.

Als Isabel fertig war, stellte sie sich hinter ihn, strich über seine Locken und drückte einen Kuss darauf. Er hob seinen Kopf, schmiegte ihn an Isabels Busen und genoss für einen Moment ihre Liebkosung. Schließlich sagte er: »Ich vermisse Mademoiselle.«

Isabel schlang ihre Arme um seinen Oberkörper, beugte sich zu ihm und atmete seinen Duft ein. Vermisste er sie als Liebespartnerin oder eher als Haushälterin, fragte sie sich, doch sofort verscheuchte sie diese Gedanken und sagte: »Ich dich auch. Kommst du denn voran mit deiner Arbeit?«

»Ja nun. Ich lese mich nochmal intensiv ein, bevor ich mich an meine endgültige Analyse wage. Es gibt unendlich viel Literatur zu Bentham und Mill.«

»Wir könnten heute mal die Stadt erkunden. Was hältst du davon?«

»Grundsätzlich ist das eine gute Idee. Ich kann mich hier ohnehin schlecht konzentrieren.«

Isabel löste sich, ihre gute Laune war mit einem Mal verflogen. Sie sagte:

»Dann geh ich einkaufen, damit du Ruhe hast.«

»Mach das, ich habe jetzt schon Hunger. Bist du so lieb und kaufst Roastbeef und den französischen Weichkäse. Und hast du meinen Earl Grey da?«

Als sie mit ihrem Einkaufskorb zurückkehrte, saß Thomas noch immer am Computer. Während sie das Abendessen richtete, fragte sie sich, wie sich Thomas wohl in Tübingen ernährte.

Drei Tage auf so engem Raum zusammenleben können ganz schön anstrengend sein, dachte Isabel, als sie sich aus dem Fenster beugte, um Thomas zum Abschied zuzuwinken. Erleichtert schloss sie das Fenster und räumte erst mal auf. Sie fläzte sich auf das Bett, atmete den Duft von Thomas' Aftershave ein und rief Lena an.

KAPITEL 11

»Geschirr, Bücher, Klamotten! Respekt, du hast wirklich für alles Platz gefunden hier!« Endlich hatte es Lena geschafft, Isabel in ihrer Bleibe zu besuchen. Die beiden Frauen standen im Türrahmen zum Schlafzimmer. Ben drängte sich zwischen ihren Beinen hindurch und kletterte auf das Bett in dem winzigen Raum, der mit der Schlafstelle komplett ausgefüllt war. Den Kleiderschrank hatte Isabel im Eingangsbereich zwischen Küchenzeile und Badezimmertüre deponiert. Badezimmer war eigentlich auch nicht das passende Wort für den kleinen fensterlosen Raum mit Dusche, Toilette und einem Waschbecken, das ausschließlich zum Zähneputzen und Händewaschen taugte.

»Yeah! Yeah! Trampolin, Mama Trampolin!« Übermütig hüpfte Ben im Takt seiner Worte im Bett auf und ab.

»Wenigstens kann er nicht runterfallen«, scherzte Lena. »Sag mal, hast du im Ernst geglaubt, dass Thomas sich hier wohlfühlen könnte?«

»Nein, hab ich nicht«, sagte Isabel augenzwinkernd und schüttelte ihre goldbraunen Locken.

»Aha!« Lena dehnte das Wort, setzte sich neben die Freundin auf das schmale Sofa und sah sie erwartungsvoll an.

»Niemals könnte er hier leben. Wo sollte er mit seinem Schreibtisch und seinen Büchern hin? Er bräuchte auf jeden Fall ein eigenes Zimmer für sich allein.« Isabel wollte gerade zu einer weiteren Erklärung ansetzen, als Ben mit seinen Schuhen in der Hand hereinkam. Er ließ sich auf den Boden fallen, zog sie an, schnappte seine Mütze und setzte sie auf. Sie rutschte ihm über die Augen, und Isabel musste unwillkürlich lächeln. Mit einer Hand schob er sie aus dem Gesicht, mit der anderen suchte er Lenas Hand. »Mama, mir ist langweilig. Ich mag gehen.«

»Ja, Ben, gleich. Mama möchte noch mit Isabel reden.« Wenig begeistert zog Ben seinen Mund zu einer Schnute und trottete davon. Ins Gespräch versunken, beachteten die Freundinnen ihn nicht weiter. Mucksmäuschenstill schnappte er sich einen Bilderrahmen, setzte sich in eine Ecke und begann, ihn in seine Einzelteile zu zerlegen.

»Und was ist eigentlich mit Carl dem Schönen?«

»Carl!«, begann Isabel zu schwärmen, »wenn der einen ansieht mit seinen wasserblauen Augen, dann möchtest du darin schwimmen, eintauchen und sogar untergehen …«

»Du sprichst von deinem Chef!«

»Manchmal streicht er mit einer Hand seine Haare glatt, einer Hand, die …«

»Hä, mit was denn sonst? Bist du meschugge?« Lena legte eine Hand auf Isabelles Stirn, um die Temperatur zu prüfen, und zog belustigt eine Augenbraue hoch. Sie erinnerte sich nicht, solche Töne von der Freundin schon mal gehört zu haben.

»Du solltest sie sehen, die Hände …«, schmachtete Isabel weiter, aber in diesem Moment schreckte ein Klirren die beiden auf. Glas fiel zu Boden und zerschellte.

Lena sprang auf und hob ihren Sohn hoch. »Ben! Was machst du denn?« Besorgt vergewisserte sie sich, dass er sich nicht verletzt hatte.

»Ich will nach Hause! Mir ist langweilig.«

»Also gut, wir gehen! Bringst du das in Ordnung?«, fragte Lena. Isabel nickte. Als sie allein war, nahm sie das zerknitterte Foto vom Boden. Es zeigte Thomas und sie eng umschlungen in ihrem ersten gemeinsamen Urlaub. Thomas' Eltern hatten ihm den Trip zum Geburtstag geschenkt, in der Hoffnung, dass er alleine reisen und auf andere Gedanken kommen, sich vielleicht sogar eine neue Freundschaft anbahnen würde. Sie würden es zwar nie zugeben, aber Isabel spürte, dass sie sich für ihren einzigen Sohn eine standesgemäße Partnerin wünschten. Thomas hatte sie gefragt, ob sie ihn begleiten wolle. Und da sie damals bereits eigenes Geld verdiente, sagte sie zu. Hand in Hand hatten sie Ausgrabungsstätten und Friedhöfe besucht, auf denen berühmte Männer begraben lagen. Sie grinste, als sie sich an den Eifer erinnerte, mit dem Thomas die Gelehrten zitierte. Damals träumte Isabel von einer gemeinsamen Zukunft in intensivstem Rosarot. Ein schönes Haus mit großem Garten wollte sie bewohnen und drei Kinder erziehen. Eine verlässliche Partnerin wollte sie sein, eine Polizistin mit herausragendem Sinn für Recht und Gerechtigkeit. Dank ihrer Disziplin würde es ihr gelingen, alles unter einen Hut zu bringen. Ein Seufzer kam über ihre Lippen. Sie bewunderte Lena, wie die ihr Leben meisterte – zwar ohne Mann, doch immerhin mit Kind. Sie strich das Papier glatt und betrachtete die zwei glücklichen Gesichter. Wehmütig bemerkte sie, dass inzwischen zwar Jahre verstrichen waren, aber Thomas immer noch an seiner Dissertation arbeitete. Sie hatte ihm bei ihrem letzten Geburtstag angedeutet, dass ihre biologische Uhr tickte.

»Wer große Pläne hat, nehme sich Zeit«, hatte er damals Sophokles zitiert, und damit war für ihn das Thema erledigt. Immerhin hatte sie jetzt die Karriereleiter bestiegen und das fühlte sich sehr gut an. Isabel griff ein dickes Buch, legte das Foto zwischen zwei Seiten, um die beschädigten Stellen zu kitten. Gepresst in einen neuen Rahmen würde Thomas das Missgeschick nicht einmal bemerken. Dann fegte sie die Scherben zusammen, packte ihre Jogging-schuhe und rannte zum See hinunter.

KAPITEL 12

Dienstage sind besondere Tage bei der Wasserschutzpolizei in Friedrichshafen. Den Dienstagen sehen die Beschäftigten mit gemischten Gefühlen entgegen. Kurz vor 10 Uhr lauschen sie gespannt dem Zufallen der Eingangstüre. Fällt sie laut und scheppernd ins Schloss, malträtieren die Schuhsohlen anschließend hart die Treppenstufen, lässt das wenig Gutes erahnen. Gleitet die Türe dagegen leise, fast unhörbar zu und ist statt der Schritte ein leises Pfeifen zu vernehmen, atmen sie auf und können hoffen. Bald darauf gibt es Gewissheit: Um 10 Uhr entscheidet sich recht schnell, wie der Rest des Tages, manchmal wie der Rest der Woche verlaufen wird. Dienstags um 10 Uhr lädt der Dienststellenleiter zum Jour fixe, sofern er nicht wichtigere Termine außerhalb der Dienststelle wahrnimmt.

Es war Dienstag kurz vor 10 Uhr. Isabel und Markus saßen sich an ihren Schreibtischen gegenüber, studierten und sortierten die eingegangenen E-Mails. Markus trommelte mit den Fingern einer Hand auf den Schreibtisch. Das Geräusch zeigte Isabel, dass er angespannt war. Vor dem Fenster bewegten sich gemächlich die Flaggen. Der Morgenwind tänzelte über das blassblaue Wasser und trieb wärmende Sonnenstrahlen ins Dienstzimmer herauf. Gerade war die Eingangstüre ins Schloss gefallen. Leise. Markus blickte zu Isabel herüber und spitzte die Ohren. Ein feines Summen zauberte ihm ein Lächeln ins Gesicht. Polizeidirektor Carl W. Dangelmann nahm leichtfüßig die Treppen und summte vor sich hin.

»Alles gut heute, verspricht eine entspannte Besprechung zu werden«, sagte Markus, »obwohl, kann man im Voraus nie wissen!« Isabel blickte ihren Kollegen fragend an, aber Markus war bereits wieder in seinen Bildschirm vertieft und Isabel wollte nicht stören. Kurze Zeit später erreichte den gesamten Verteiler eine E-Mail mit dem Inhalt: »Bitte alle ins Büro von Polizeidirektor Dangelmann. Gruß Schwämmle.«

Markus blickte auf die Uhr, stand auf und griff nach seiner Jacke. »Komm, es geht los«, sagte er grinsend und warf seine Jacke über.

Isabel tat es ihm gleich und erhob sich ebenfalls. Im Flur begegneten ihnen die diensthabenden Kollegen. Mit freundlichen Hallos und hochgereckten Daumen strebten alle zum Zimmer des Chefs. Der Dienststellenleiter thronte hinter seinem Schreibtisch und las in einem Stapel Papiere. Am großen Tisch saßen schon ein paar Uniformierte, mit denen Isabel bisher noch nicht zu tun gehabt hatte. Sie grüßte in die Runde. Markus deutete auf den freien Stuhl neben sich und Isabel nahm Platz.

»Darf ich?«, fragte Timo Fessele und ließ sich, ohne Isabels Antwort abzuwarten, auf den Stuhl an ihrer Seite plumpsen.

Welch gigantischer Ausblick, schoss es ihr wieder durch den Kopf, als sie zur Glasfront blickte: Das Blau des Wassers war durch den höheren Stand der Sonne intensiver geworden und der morgendliche Dunstschleier einer überirdischen Klarheit gewichen. Am Schweizer Ufer zeichnete sich gestochen scharf die Silhouette von Romanshorn mit dem spitzen dunklen Kirchturm ab. Da erhob sich Polizeidirektor Carl W. Dangelmann von seinem Schreibtisch, schritt zum Tisch und setzte sich an das Tischende. Nach kurzem Räuspern ergriff er das Wort: »Ich begrüße Sie zur heutigen Dienstbesprechung. Meine Herren, Sie sehen ein neues – ein hübsches – Gesicht unter uns.«

Bei diesen Worten wandte er sich Isabel zu und ließ seinen Blick ein paar Sekunden lang auf ihr ruhen. Ein paar Sekunden, in denen Isabel abwechselnd heiß und kalt wurde. »Polizeihauptkommissarin Isabel Böhmer verstärkt seit ein paar Wochen unser Führungsteam. Die meisten von Ihnen haben die neue Kollegin ja bereits kennengelernt.«

Isabels Körper streckte sich, sie rutschte auf ihrem Stuhl hin und her. Sollte sie aufstehen und etwas sagen? Unschlüssig schaute sie ihren Chef an. Dangelmann schien das nicht zu erwarten, denn er wandte sich bereits wieder seinen Unterlagen zu. Sie entschied sich für sitzenbleiben, nickte kurz mit dem Kopf und schaute in die Runde. Sie spürte den Kloß in ihrem Hals. Um sich zu beschäftigen, ordnete sie die Papiere, die sie mitgebracht hatte. Ihre Hände zitterten. Leise räusperte sich Markus Proll neben ihr. Der Dienststellenleiter griff nun ein Blatt Papier von dem Stapel vor sich und berichtete: »Liebe Mitarbeiter, Sie wissen, wir haben uns vor Kurzem wieder an der Aktion Schwan beteiligt.« Zu Isabel sagte er erklärend: »Frau Böhmer, das ist die jährliche Großkontrolle aller See- und Wasserschutzpolizeien rund um den Bodensee.«

Wieder vertieften sich seine Augen blitzartig in die ihrigen und Isabel spürte Feuer in sich aufsteigen, bis er sich abwandte und weiterlas: »Der Bericht liegt nun vor. Insgesamt wurden von allen acht See- und Wasserschutzpolizeien 174 Wasserfahrzeuge kontrolliert. Wegen des Wetters waren diesmal nur wenige Boote auf dem See. Wir haben neben den Patenten auch Vollständigkeit und Zulässigkeit von Rettungsmitteln überprüft. Wie üblich ergaben sich die meisten Verstöße durch falsches Verhalten in Uferzonen und durch Mängel bei der Ausrüstung.«

Isabel musste sämtliche Kräfte aufbieten, um sich konzentrieren zu können. Die Stimme ihres Chefs betörte sie, nistete sich ein in Regionen, wo sie nicht hingehörte. Nahm sie hinter dem Klang einen Unterton wahr, verbarg sich da etwas Berechnendes, Falsches? Etwas irritierte sie jedenfalls, doch sie wusste nicht, was es war.

»Falsches Verhalten in Uferzonen«, sagte er in diesem Moment. Verstohlen blickte sie ihn an. Spürte sie hinter der freundlichen Fassade Kälte? Konnte sie ihren Sinnen noch trauen? Da verschwand das beklemmende Bauchgefühl von einer Silbe auf die nächste.

Frieder Kahle hatte sich erlaubt, die Ausführungen seines Chefs zu unterbrechen: »Ach ischt doch immer dasselbe. Da fahren die jungen Leut mit Vaters Jacht raus ohne Übung und ohne ausreichend Rettungsmittel an Bord. Dann kommt Sturm und wir müsset die Kerle retten!«

Allgemeines Kopfnicken, keiner traute sich ein weiteres Wort zu sagen. Alle blickten auf Carl W. Dangelmann, der seinen Kopf gesenkt hatte und seine Unterlagen zu studieren schien. Unter der braunen Haut färbten sich seine Wangen gräulich. Frieder Kahle machte seinem Unmut weiter Luft: »Oder die düsen mit 40 Sachen so nah am Ufer entlang, dass sie ja auch gesehen werden von den Bikinimädchen am Strand …«

»Die schauen Sie sich doch auch immer gerne an, oder täusche ich mich, Herr Kahle?«

Isabel fuhr zusammen. Sie hatte sich nicht getäuscht. Messerscharf klang nun Dangelmann, als er den Redefluss seines dienstältesten Mitarbeiters stoppte. Da ist irgendwas. Irgendetwas verbarg sich hinter der Fassade in diesem Mann. Isabel rätselte weiter und musterte ihren Chef.

»Kommen wir wieder zum Wesentlichen«, sagte er, erhob sich, zog seine Uniformjacke aus und hängte sie über die Lehne seines Stuhls. Isabel registrierte jede seiner Bewegungen. Bestimmt hat er die 40 schon auf dem Buckel, aber er sieht jünger aus. Scheint das zu wissen, pflegt sich bestimmt entsprechend. Nicht mal der Ansatz eines Bauches zeichnet sich ab unter seinem Hemd. Nun nahm Dangelmann wieder Platz, öffnete die Knöpfe an seinen Hemdsärmeln und begann, sie langsam hochzukrempeln. Keiner der Kollegen traute sich, es ihm gleichzutun.

Seine Hände sind extrem schön. Gepflegte, braune Haut umspannte die langen Finger und den Handrücken. Gleich oberhalb des Knöchels lockten sich einzelne dunkle Haare. Je näher sie dem Hemdansatz kamen, desto dichter wurden sie. Isabel stellte sich vor, wie sie sich aufrichteten, wenn man sie mit dem Finger gegen den Strich kämmte. Sie erschrak über ihre eigene Fantasie – noch mehr, als sie bemerkte, wie die feinen Härchen an ihren Armen nun auf einmal den Stoff der Bluse berührten, als ob allein die Vorstellung sie elektrisiert hätte. Dieses Gefühl, sie hatte es früher öfters gehabt, als Thomas sie gestreichelt hatte. Es war schon eine Weile her.

Dangelmann kam jetzt auf das erfolgreiche Rettungsmanöver zu sprechen und schaute Isabel und Markus direkt an: Isabel merkte, wie eine weitere warme Welle ihren Körper durchzog. »Die Journalisten von Südkurier und Schwäbischer Zeitung wollen ein Interview. Ich habe für 11.30 Uhr ein Pressegespräch anberaumt. Deshalb mache ich es heute kurz. Proll, von Ihnen erwarte ich zuvor detaillierte Informationen.«

»Jawoll, Herr Polizeidirektor, die hab ich bereits bei mir«, antwortete Markus Proll und hob kurz die Heftmappe hoch, die vor ihm lag. Isabel blickte ihren Zimmerkollegen erstaunt an. Auch seine Stimme klang anders, als wenn er mit ihr oder Timo sprach, bestimmter.

»Prima. Dann wünsche ich angenehmes Arbeiten allerseits. Proll, Sie bleiben gleich hier zum Briefing!«

»Jawoll!« Markus antwortete klar und unmissverständlich. Das plötzliche Stühlerücken riss Isabel aus ihren Gedanken. Das Meeting war beendet. Carl W. Dangelmann schritt an seinen Schreibtisch zurück, die Kollegen – bis auf Markus – erhoben sich und Isabel verließ mit ihnen das Chefzimmer.

Warum nehme ich an diesem Mann Sachen wahr, die mir noch bei keinem Chef aufgefallen sind, fragte sich Isabel und setzte sich an ihren Computer. Kaum hatte sie mit ihrer Arbeit begonnen, streckte Timo seinen Kopf herein: »Trinkst 'nen Kaffee mit? Ich hol grad einen.«

»Überredet! Gern!«

Als er gleich darauf zwei volle Becher auf Isabels Schreibtisch platzierte, zog er sich den Besucherstuhl heran und fragte leise: »Darf ich?« Dann umklammerte er mit seinen knochigen Händen seine Tasse und hielt den Kopf gesenkt. Er machte keine Anstalten, ein Gespräch zu beginnen. Gerade als Isabel loslegen wollte, fing er an: »Kommst du klar hier? Mit allem?«

»Ja. Ein Teil der Arbeit ist ja nicht ganz neu für mich. Und ansonsten beweist Markus Eselsgeduld.«

»Du … du kannst … ich helf dir auch gerne, sehr gerne«, stammelte Timo verlegen. Er hob sein Gesicht, rosig nun, und schaute Isabel an. »Und ich wollt dich was fragen …«

»Du mich? Leg los!«

»Du hast mir doch bei unserem ersten Einsatz erzählt, dass du gerne segelst.«

»Oh jaaa!«

»Ich wollte dich … dich einladen. Einladen auf das Boot meiner Eltern. Mal einen kleinen Schlag machen, nach Dienstschluss mal.«

»Genial! Da hätte ich voll Lust drauf. Das würde mich sehr freuen.«

»Also … dann machen wir das spontan, wenn das Wetter passt.« Timos Hände umklammerten immer noch den Kaffeebecher. Erleichtert, dass er es geschafft hatte, die Einladung auszusprechen und Isabel zugesagt hatte, gelang ihm ein Lächeln. »Ich … ich mich auch, danke. Wird der Kahn mal wieder bewegt! Also, bis dann.« Damit stand er auf und verließ hastig das Büro.

Einige Stunden später wechselte Isabel die Dienstkleidung mit ihrem Fahrraddress. Sie spürte unbändige Lust, sich zu bewegen, setzte sich auf ihr Fahrrad und strampelte durch das Eriskircher Ried Richtung Lindau.

KAPITEL 13

Gerade hatte Isabel die Brücke der Argen überquert, als plötzlich aus einem Gebüsch ein Mann heraustrat und sich ihr in den Weg stellte. Er trug nichts außer einem Mantel, den er geöffnet hatte, und zeigte sein entblößtes Geschlechtsteil. Wieder so ein perverses Schwein, durchzuckte sie ein erster Gedanke. Sowohl privat als auch dienstlich hatte sie bereits mit solchen Strolchen zu tun. Diesmal würde sie nicht verängstigt und schockiert reagieren wie damals, als ihr das als Zehnjährige passiert war. Damals erregte sich der Mann während ihrer Schockstarre und befriedigte sich vor ihr, als sie zu weinen anfing. Das Erlebnis hatte Isabel jahrelang nicht nur in ihren Träumen verfolgt. Erst als sie sich Lena anvertrauen konnte, belastete es sie nicht länger. Sie hatte sich geschworen, sich nie mehr psychisch so verletzen zu lassen. Nicht zuletzt deshalb und um andere Mädchen davor schützen zu können, hatte sie ihre Berufswahl getroffen. Na warte Bürschchen. Sofort und nicht erst nach einer – für Polizistinnen oft entscheidenden – Schrecksekunde umklammerten Isabels Hände mit aller Kraft beide Bremsen. Ihr Fahrrad kam abrupt zum Stehen. Sie merkte, wie ihr Blut pulsierte und sie nervös wurde. Schnell sprach sie sich Mut zu: Du versaust mir den Tag nicht! Dir werde ich das Handwerk legen. Dem schütteren Haar, der bereits erschlafften Körpermuskulatur und seinem stattlichen Bauchumfang nach schätzte sie den Mann auf mindestens 60 Jahre. Höchstens fünf Meter stand er von ihr entfernt, hechelte hörbar und bearbeitete sein erigiertes Geschlechtsteil. Da fiel ihr ein: Sie war nicht im Dienst, war nicht als Polizistin zu erkennen und allein. Blitzartig rief sie dem Mann ein kurzes »Lass dich nicht stören« zu, griff in ihre Tasche, zog ihr Handy heraus, legte den Finger auf den Touchknopf, öffnete die Kamera und schoss ein Foto nach dem anderen. Den Alten schien das nicht zu stören, im Gegenteil, er intensivierte seine Bemühungen. Diese Typen hatten keine Ahnung, was sie anrichten mit ihrem Tun.

»Hör schon auf, das kurze Ding lohnt die Arbeit nicht. Oder machst du gerade einen Knoten rein?« Isabel kochte innerlich, ließ sich aber äußerlich nichts anmerken. Auch widerstand sie dem Wunsch, dem Unhold in die Eier zu treten. Angewidert drehte sie sich ab, und ihre Blicke wanderten hinter das Buschwerk, bis sie entdeckte, was sie suchte. Wieder hob sie ihr Handy, zoomte, sodass sie das Auto des Verrückten mitsamt der Autonummer ins Bild bekam. Sie drückte erneut den Knopf, packte dann ihr Handy ein und stieg auf ihr Fahrrad. Inzwischen war die Zunge des Mannes in seinem geöffneten Mund zur Ruhe gekommen, der Unterkiefer hing schlaff auf dem Doppelkinn. Isabel trat wieder in die Pedale und rief: »Bald bekommst du Post.«

Nachdem sie genügend Distanz zwischen ihn und sich gebracht hatte, stieg sie vom Fahrrad, blickte zurück und ließ sich erleichtert, doch fix und fertig, ins Gras fallen. Ihr ganzer Körper zitterte. Das Erlebte hatte ihr mehr Kraft abverlangt, als sie sich eingestand. Ginge es nach ihr, würde diesen Kreaturen gleich nach der ersten Strafe eine Therapie aufgebrummt und nicht erst nach mehrmaligen Vergehen. Sie rief Lena an und war dankbar, dass sich die Freundin sofort meldete.

KAPITEL 14

»Lasst mich los, Bastarde! Killer, dreckige! Ihr habt Esmeralda umgebracht!« Die Worte hallten durch das Treppenhaus, gefolgt von einem markerschütternden Kreischen. Isabel setzte ihren Bürostuhl zurück, um nachzuschauen, woher der Lärm kam. Sie sah, wie zwei Kollegen eine junge Frau mit pinkfarbener Frisur und schwarzem Mantel den

Gang entlang zerrten. Mit ihren schweren Schnürstiefeln trat sie gegen die Kollegen und schlug wild um sich. Das ist die Kleine, die ich schon im Stadtgarten bei den Punks gesehen habe, schoss es Isabel durch den Kopf. Die war doch bisher immer ganz friedlich.

»Mörder, elende! Gebt mir Esmeralda zurück!« Das Mädchen tobte weiter, bis sich die Tür zum Vernehmungszimmer geschlossen hatte. Froh, diesmal nicht eingreifen zu müssen, machte sich Isabel wieder an die Arbeit.

Kurze Zeit später stürmte Frieder Kahle in ihr Büro. Nicht nur seine Stimme, sein ganzer Körper bebte, als er sagte: »Böhmer, du muscht uns helfen. Mir hend grad eine Punkerin, ich sag dir, das ischt so ein Rotzlöffel. Und Ausdrück hat die!« Mit hochrotem Kopf nahm er seine Mütze in eine Hand, strich sich mit der anderen den Schweiß von der Stirn und setzte sie wieder auf. Dabei hatte er sich die letzten Monate vor dem Ruhestand nicht mehr aus der Ruhe bringen lassen wollen.

»Ja, ich hab's gehört. Warum habt ihr sie hergebracht?«

»Verdacht auf Rauschgift und massiver Widerstand. Des mach ich nicht mehr mit! Kommsch du bitte dazu. Mir brauchet eine Frau!« Entnervt schob er seine Mütze zurück und holte sie gleich wieder nach vorne in die Stirn. Dabei wechselte er vor Isabels Schreibtisch von einem Fuß so lange auf den anderen, bis sie sich erhob.

Also doch schon wieder, seufzte sie. Viele vergleichbare Situationen hatte sie beim Streifendienst in Tübingen erlebt. Ihr graute, denn sie wusste, welche Kräfte Menschen in Wut mobilisieren konnten. Während sie mit Frieder zum Vernehmungszimmer ging, ermahnte sie sich zur Ruhe und fragte: »Was war denn genau los?«

»Mir wurdet alarmiert wegen Ruhestörung. Die Punks

habet Passanten beläschtigt und randaliert, vorne in der Fußgängerzone. Mir musstet dazwischen. Es hat ein Gerangel gegeben, dabei wurde die Ratte der Kleinen getötet.«

»Oh Mist! Wie das?«

»Keine Ahnung! Mir auch egal. Vielleicht ischt einer von uns auf das Vieh draufgetreten. Auf jeden Fall dreht die Göre grad am Rad. Steht wahrscheinlich unter Drogen.«

Als Frieder mit Isabel den Raum betrat, tobte die Frau immer noch. Sie zerrte an den Armen der zwei Polizisten, die das rasende Bündel festhielten und auf einen Stuhl zu drücken versuchten. Das ist ja noch ein Kind. Höchstens 16, schoss es Isabel durch den Kopf, als sie die Person taxierte: Pinke Haare, linke Seite glatt rasiert. Teint fast weiß, mehrere Piercings in Gesicht und Ohren. Unter dem geöffneten Mantel Tätowierungen. Schwarze Bluse über der Brust zerrissen, kurzer Rock, schwarze Leggings mit diversen Löchern, die in schweren schwarzen Stiefeln endeten. Kein Zweifel, es war das Mädchen mit den Hunden. Isabel tauschte einen Blick mit den Kollegen. Sie sahen ratlos aus und genervt. Dann nahm sie das Mädchen ins Visier und sagte: »Beruhigen Sie sich bitte und setzen Sie sich.«

»Du hast mir überhaupt nichts zu sagen, Polizeischlampe! Ich will meine Ratte wieder!«, schleuderte sie Isabel entgegen.

Die beiden Kollegen – Isabel hatte sie bisher nur einmal kurz gesehen – verstärkten ihren Griff sofort. Ein Grinsen huschte über ihre Gesichter. Neugierig blickten sie ihre junge Kollegin an. Jetzt kann die Neue mal zeigen, was sie drauf hat. Sie ist auch eine Frau, mal sehen, wie sie mit der anderen klarkommt. Es fiel Isabel nicht schwer, die Gedanken zu lesen. Ruhig und sachlich bleiben, egal, was passiert, hämmerte sie sich ein, so hatte sie es gelernt und schon oft praktizieren müssen.

»Nehmt eure Pfoten weg, Bullenschweine! Ihr tut mir weh!«

»Hören Sie auf, sonst bekommen Sie noch mehr Ärger«, versuchte Isabel, das aufgebrachte Mädchen zu beruhigen.

»Die Wichser, die haben meine Esmeralda umgebracht!« Ihr verächtlicher Blick streifte die Polizisten. Sie schäumte vor Wut und trat mit einem Fuß gegen das Stuhlbein. Der Stuhl fiel krachend um und rutschte weg.

»Wenn Sie aufhören, lassen die Kollegen Sie los!«

»Die elenden Seelenkrüppel haben meine Esmeralda auf dem Gewissen!« In Richtung der Männer spie sie: »Motherfucker!«

Isabel sah, wie die Mundwinkel der Kollegen zuckten und sich die Knochen an den Händen weiß abzeichneten. Ein untrügliches Zeihen, dass sie ihre Griffe nochmals verstärkt hatten. »Wenn es so ist, war's ein Versehen. Nun beruhigen Sie sich schon.«

Isabel stand dem Mädchen genau gegenüber. Es war kleiner als sie. Isabels Blick bohrte sich in seine Augen und hielt diese fest. Die Pupillen waren weit geöffnet, vom Grün umschloss nur eine schmale Linie das schwarze Loch. Drogen, kein Wunder dreht die so durch, registrierte Isabel schnell und intensivierte ihren Blick. Langsam wich die Spannung aus dem schmächtigen Körper. Frieder war während der Szene in der Nähe der Tür stehen geblieben. Nun bedeutete Isabel ihm, ihr den Stuhl zu geben. Zögernd kam er näher. Als sich ihre Blicke trafen, nahm Isabel seine Erleichterung wahr. Sie nickte ihm zu, griff den Stuhl und signalisierte den Kollegen, das Mädchen loszulassen. Dann sagte sie nachdrücklich: »Setzen Sie sich!«

Als die Kollegen die Arme des Mädchens freigaben, ließ es sich tatsächlich auf den Stuhl gleiten. Erleichtert fügte Isabel hinzu: »Gleich kommt ein Arzt, wir brauchen eine Blutprobe von Ihnen.«

Das hätte sie nicht sagen sollen, denn das Mädchen schnellte augenblicklich hoch und setzte zum Sprung auf Isabel an. Es sah aus, als wolle es mit seinen Fingernägeln Isabels Gesicht zerkratzen. Erschrocken wich sie zurück, schnell nahmen die Kollegen das tobende Mädchen wieder in den Schwitzkasten.

»Dreckige Fotze. Ich werde …!«

»Sei still! Du wirst jetzt aufhören mit den Beleidigungen und der Randale und zwar sofort!« Isabels Stimme klang so scharf, dass selbst die Kollegen sie erstaunt musterten.

»Eh, die alten Schweine haben meine …«

»Halt die Schnauze!« Diesen Ton hatte Isabel zwar nicht in ihren Seminaren gelernt, jedoch war es der, den die Kleine verstand. Erstaunt riss sie die Augen auf, gleichzeitig fiel ihr Körper regelrecht in sich zusammen. Wie ein nasser Sack hing er in den Armen der Polizisten. Eine Welle von Mitleid überkam Isabel, und doch fuhr sie unberührt fort: »Du setzt dich jetzt daher und bleibst da, bis der Arzt kommt. Kapiert!«

Nur ein Nicken des Kopfes zeigte an, dass die junge Frau fürs Erste keinen Widerstand mehr leisten würde. Isabel bedeutete den Kollegen, dass sie das Mädchen auf den Stuhl setzen sollten. Sie drückten den Körper, der keinen Widerstand mehr leistete, auf die Sitzfläche, blieben aber links und rechts daneben stehen.

Auch in Isabel löste sich die Anspannung. Sie ging ein paar Schritte zur Seite, wo Frieder hinter einem Tisch stand.

Er hatte gerade seine Mütze abgenommen, strich sich über den Kopf und setzte sie wieder auf. Mit großen Augen sah er Isabel an. Das hatte er der jungen Kollegin nicht zugetraut. Isabel zuckte nur kurz mit den Schultern und atmete tief aus. Dann nickte sie den Männern neben dem Mädchen zu, die sich beide den Schweiß von Stirn und Hals wischten. Auf einmal hörten sie die Punkerin leise wimmern, ansonsten blieb es still im Raum.

Endlich kam der Arzt. Als das Mädchen den weißen Kittel sah, schoss es hoch wie von der Tarantel gestochen und sprang auf ihn zu – zu schnell, als dass die beiden Kollegen hätten zugreifen können. Mit beiden Fäusten drosch sie auf den Mediziner ein und schrie: »Du holst kein Blut von mir, du Sohn einer Hure …«

Reflexartig hatte der Arzt seinen Koffer fallen lassen und die Hände schützend vor Gesicht und Körper gehoben. Da griffen die Polizisten auch schon wieder zu und zogen das Mädchen zurück auf den Stuhl. Dort hielten sie es fest. Doch erst als das Mädchen unbeweglich im Schwitzkasten steckte, gelang es dem Arzt, die Nadel für die Blutentnahme zu setzen. Der Widerstand schien ungebrochen, und Frieder, der in sicherer Entfernung geblieben war, fragte sich, woher sie diese Kraft nahm.

Während sich der Arzt abmühte, trat die Kleine mit ihren Stiefeln gegen seine Schienbeine und beschimpfte ihn wüst weiter. Schweißperlen traten auf die Stirn des Mediziners und zeigten, wie sehr auch er sich zusammenreißen musste. Da griff er in den Koffer, entnahm ihm eine weitere Spritze, hob diese hoch und schaute Isabel fragend an. Ein Beruhigungsmittel. Die Polizistin nickte.

Nachdem der Arzt sich am Tisch noch ein paar Notizen gemacht hatte, verließ er hastig das Zimmer. Kurze

Zeit später zeigte die Spritze ihre Wirkung. Die Polizisten konnten ihre Griffe lockern und das Mädchen schließlich loslassen. Es blieb sitzen und starrte geistesabwesend ins Leere.

»Sind die Personalien bekannt?«, fragte Isabel ihren älteren Kollegen.

»Ja, ja, sind da«, antwortete Frieder und hob einen kleinen weißen Becher hoch. Isabel kapierte sofort. »Wir brauchen noch Urin«, befahl Isabel dem Mädchen. »Kommen Sie mit. Wir gehen auf die Toilette!«

Ihre Worte lösten bei der Punkerin einen erneuten Adrenalinschub aus. Sie versuchte aufzuspringen, doch diesmal waren die Polizisten schneller.

»Neeeiiin«, kreischte sie, »das ist das Allerletzte! Eine Polizeischlampe geht nicht mit mir aufs Klo!«

»Es wird dir nichts anderes übrig bleiben!«, unterbrach Isabel die Tobende, so ruhig es ihr möglich war. Sich nicht provozieren lassen, unter keinen Umständen, hämmerte sie sich ein.

»Eher schiff ich in den Papierkorb«, schrie das Mädchen erneut. Die drei Polizisten schnauften hörbar.

Isabel war zuerst sprachlos und atmete sie tief ein und aus, um ruhig bleiben zu können. Äußerlich vollkommen gelassen, sagte sie schließlich: »Mir egal, dann pinkelst du eben hier rein.«

Jetzt riss sich das Mädchen los und erhob sich, bevor die überraschten Kollegen es festhalten konnten, schnappte sich den Plastikkorb und schüttelte das Papier heraus, sodass sich die Fetzen im ganzen Zimmer verteilten. Isabel hielt die Kollegen mit einer Handbewegung zurück und flüsterte: »Lasst sie, so haben wir wenigstens unsere Urinprobe!«

Tatsächlich zog sie ihre Leggings nach unten und setzte sich auf den Plastikrand. Die Männer verharrten starr vor Erstaunen und blickten sich entgeistert an. Aus Frieders Ecke war ein leises »Oh!« zu hören. So etwas war ihm in über 40 Jahren Dienstzeit noch nicht vorgekommen.

Die Blicke der Männer schienen die Frau nicht im Geringsten zu stören. Sie entleerte ihre Blase und zog ihre Hosen hoch, als das Plätschern aufgehört hatte. Da wich auch die Schockstarre aus den Polizisten und sie ergriffen sie wieder.

»Nehmt eure dreckigen Pfoten weg, sonst zeig ich euch an wegen sexueller Belästigung.« Der erneute Ausbruch beeindruckte die Polizisten nicht.

»Wenn du meine Tochter wärscht …«, zischte Frieder zwischen den Zähnen hervor.

»Pratzen weg, Arschficker! Ihr habt zu viel Scheiße gefressen!«

Die Kollegen verstärkten ihre Griffe, aber plötzlich weigerte sich die Punkerin, auf ihren eigenen Beinen zu stehen. Die Polizisten mussten sie regelrecht aus dem Zimmer schleifen. Isabel und Frieder folgten dem Trio. Im Treppenhaus fing sie erneut an zu toben und die Uniformierten mit unflätigen Ausdrücken zu beschimpfen. Sie waren froh, als sie schließlich das Sanitätsauto erreicht hatten. Der Fahrer und zwei Sanitäter warteten bereits, um die Tobende in ein psychiatrisches Krankenhaus zu bringen. In diesem Zustand durften sie das Mädchen keinesfalls freilassen.

Als das Auto mit Blaulicht und Martinshorn davonfuhr, atmeten die Polizisten erleichtert auf. Frieder schnaubte: »Entenpolizei! So betiteln die Kollegen uns Wasserschützer! Von wegen, die habet doch keine Ahnung, wie's bei uns zugeht! Ich bin froh, dass ich das alles hier bald hinter mir hab!«

Nach Dienstschluss dachte Isabel immer noch an das Mädchen. Szenen aus ihrer Zeit in Tübingen kamen wieder hoch. In der Regel meisterte sie belastende Situationen alleine. Früher hatte sie bei ihrem Vater manches abladen können. Ach Papa, du fehlst mir, seufzte sie. Heute musste sie versuchen, alles laufend zu verarbeiten. Deshalb zog sie ihre Joggingsachen an und lief einfach los. Gelegentlich redete sie sich bei Lena von der Seele, was sie bedrückte, aber das musste dann schon Schwerwiegendes sein. Thomas wollte von ihrem Alltag am liebsten unbehelligt bleiben. Von Anfang an hatte sie ihn mit ihren Problemen verschont. Vielleicht war das ein Fehler, dachte Isabel nun, als sie den Uferweg entlangkeuchte und versuchte, möglichst viel in sich aufzunehmen von dem Grün der Bäume und Sträucher, die sich im Abendwind wiegten. Vögel zwitscherten in den Kronen, im Schilf quiekten Blesshühner und Haubentaucher. Ein Entenpaar watschelte schnatternd vor ihr her. Als Isabel näherkam, bewegten sich die kurzen Füßchen immer schneller, das Schnattern wurde lauter. Erst als sie dicht hinter ihnen lief, flogen sie gemeinsam auf und davon.

Schweißgebadet und ausgepowert, doch innerlich ausgeglichen, dehnte Isabel eine gute Stunde später ihre Beinmuskulatur an einem großen Stein. Sie blickte über einen Zaun und sah ein paar Jollen stehen. Segeln. Nach dem Dienst aufs Wasser raus, sich nur auf Wind und Wellen konzentrieren, den Blick schweifen lassen: Das wäre auch eine tolle Möglichkeit, um runterzukommen, dachte sie. Es brauchte keine Jacht zu sein wie die von Timos Eltern. So ein kleines Boot ist bestimmt erschwinglich. Ich werde mich erkundigen. Dann setzte sie sich auf einen Stein und ließ ihren Blick über die Wasserfläche gleiten. Die wenigen Motorboote schaukelten gemächlich. Die meisten Segler hatten ihre Tücher bereits eingezogen. Isabel beobachtete einen Mann, der auf einem Vorschiff balancierte und versuchte, das bunte Stück Stoff eines Spinnakers zu bändigen. Als er es geschafft hatte, setzte er sich ins Cockpit und prostete mit zwei weiteren Personen dem Feuerball der untergehenden Sonne zu. Da wäre ich auch gern dabei, ging es Isabel durch den Sinn. Hoffentlich löst Timo sein Versprechen bald mal ein. Aber ich bin ja schon zufrieden, dass ich hier sein kann. Ich muss nicht pausenlos funktionieren, bin frei, kann tun und lassen, was mir Freude macht, kann meine Pflichten erfüllen, wann es mir passt. Niemand erwartet, dass ich nach dem Dienst gleich Essen koche oder zuhöre. Mit neuem Schwung reckte sie ihre Arme in die Höhe, als wolle sie die Welt umarmen, und kehrte zufrieden zurück in ihr Zuhause.

KAPITEL 15

»Ich habe gehört, wie souverän Sie agiert haben, als die Punkerin Sie provozieren wollte. Gratuliere. Die ganze Dienststelle spricht davon. Fulminanter Einsatz muss ich schon sagen.« Mit diesen Worten empfing Polizeidirektor Carl W. Dangelmann seine Mitarbeiterin. Auch Isabel war zu Ohren gekommen, dass der Besuch der jungen Dame in Windeseile durchs Haus gegangen war. Selbst ihr bis dahin unbekannte Kollegen aus dem Polizeirevier und der Kriminalpolizeidirektion aus dem Gebäude nebenan hatten sie angesprochen.

»Ach ja, das haben wir ja alles mal gelernt«, schwächte Isabel verlegen ab, doch ihr Herz hüpfte vor Freude. »Solche Früchtchen haben uns in Tübingen regelmäßig auf Trab gehalten.«

Unschlüssig, ob sie sich einfach auf den Stuhl vor dem Schreibtisch setzen durfte, blieb sie stehen und strich mit den Fingern über die Lehne.

»So was lernt man nicht auf der Hochschule, Polizeihauptkommissarin Böhmer. Das kann nicht jeder, äh, jede! Da gehört eine gehörige Portion Standvermögen dazu.«

Das Lob rieselte von Isabels Ohren ins Gehirn, dann in ihre Brust und erfüllte schon ihren ganzen Körper, als der Dienststellenleiter seine Hand ausstreckte und Isabel Platz anbot.

»Das müssen Sie richtig gut gemacht haben. Ich wäre sehr gerne dabei gewesen.« Carl Dangelmanns Blicke bohrten sich in Isabels Augen. Eine wohlige Wärme breitete sich in ihrem Körper aus. Ihr Mund öffnete sich, doch kein Wort kam über ihre Lippen.

»Von Ihnen könnte selbst ein alter Hase wie ich etwas lernen.«

Isabel lächelte selig, wollte im nächsten Moment widersprechen, dann glaubte sie wieder einen Unterton in der schmeichelnden Stimme wahrzunehmen. Einen Unterton, eitel und selbstgefällig, der ihr signalisierte: Dieser Mann erwartete jetzt Widerspruch. Genau das hielt sie davon ab und verhalf ihr darüber hinaus zu Distanz. Doch unerklärlicherweise spürte sie, wie die Wärme ihren Körper herauf wanderte, heißer und heißer wurde und schließlich ihren Hals flutete. Sah er es? Die Bluse, hatte sie ihre Bluse geschlossen? Trug sie die Krawatte? Jedenfalls spürte sie eine Enge, griff mit einer Hand nach ihrem Kragen und vergewisserte sich. Immer noch konnte sie dem Blick nicht ausweichen. Carl W. Dangelmann hatte bemerkt, was in seiner Mitarbeiterin vorging, und lächelte in sich hinein. Er würde die Böhmer kriegen. Nun hielt er es für angebracht, sich erst einmal dem Papier vor sich zuzuwenden. Isabel fragte sich, ob ihr Chef sie nur zu sich gerufen hatte, um sie zu loben. Da begann er auch schon: »Frau Böhmer, nächste Woche beginnt das erste Modul Ihrer Fortbildung in Hamburg. Ich habe dort einen Platz für Sie bekommen.«

Isabel wusste wohl, dass sie die Fortbildungsmodule so schnell wie möglich besuchen sollte, mit einem so frühen Termin hatte sie allerdings nicht gerechnet. »Oh, so schnell geht das«, sagte sie deshalb erstaunt.

»Ja. Kaum am Bodensee heimisch und schon müssen Sie uns wieder verlassen. Nur für ein paar Wochen. Wird das ein Problem? Haben Sie Familie?«

Seine Augen, die blauen, blickten sie mitfühlend, neugierig oder lauernd? Isabel wurde nicht schlau aus diesem Mann. »Nein, nein«, begann sie, »das bekomm ich hin und mein Freund …«

Isabel fehlten die Worte. Sie dachte an Thomas. Heilige Maria, Annerose hatte nächste Woche Geburtstag. Weil sie wusste, wie wichtig es ihm war, hatte sie versprochen mitzukommen. Sicher würde er enttäuscht sein und seine Familie auch. Seine Mutter würde seinem Vater einen vielsagenden Blick zuwerfen und dann mitleidig ihren Sohn ansehen. Sie würden ihr Fernbleiben akzeptieren müssen.

Carl W. Dangelmann merkte, dass etwas hinter Isabels Stirn arbeitete. Zu gern hätte er gewusst, was sie beschäftigte. »Ich … wir werden Sie vermissen hier – nicht nur wegen der dünnen Personaldecke.«

Der Schmelz in seiner Stimme ließ Isabel aufhorchen, ihr Herzschlag verdoppelte sich. Sie schaute Dangelmann direkt ins Gesicht. Sondern wegen? Wollte sie fragen, doch sie beherrschte sich.

»Sie sind wirklich eine bemerkenswerte Frau!« Wenn Blicke töten können, können sie auch lebendig machen, schoss es Isabel durch den Sinn. Dieser Blick aus diesen unglaublich blauen Augen, unfassbar, was er mit mir macht. Tatsächlich berührte er ihr Innerstes. Er erweckte das Leben, er erweckte die Frau in ihr. Eine Zeit lang hielt Isabel diesem Blick stand, sie wusste nicht, waren es Sekunden, Minuten oder länger. Schließlich schlug sie ihre Augen nieder.

»Es ist besser, Sie beginnen gleich, bevor es …« Dangelmann klang erst sanft, dann sachlicher. »Bevor der Sommer beginnt und damit die Hochsaison für uns Wasserschützer.«

»Ja.« Kurz hellte sich Isabels Gesicht auf, ihr Blick verkroch sich in das Grübchen in Dangelmanns Kinn.

»Also dann darf Frau Schwämmle durchgeben, dass Sie teilnehmen?«

»Ja.«

Ich werde den See vermissen, ich werde meine kleine Wohnung vermissen, meine Freundin, meine Kollegen, alles hier. Und ich werde Sie vermissen, all das hätte Isabel sagen wollen, aber sie war zu verwirrt und stand abrupt auf. Dangelmann erhob sich ebenfalls und streckte ihr seine Hand entgegen. Als Isabel nach ihr griff und den Druck erwiderte, dachte sie: Er lädt mich auf, versorgt mich mit Energie wie ein Akku …

»Auf Wiedersehen, Frau Böhmer.«

»Auf Wiedersehen Herr Da … Herr Polizeidirektor.«

Während Isabel zur Türe ging, starrte Carl W. Dangelmann ihr nach. Ein zufriedenes Lächeln umspielte seinen Mund. Er ließ sich in den Bürosessel fallen, drehte ihn zur Fensterfront, lehnte sich zurück, schlug die Beine übereinander, verschränkte die Hände an seinem Hinterkopf und genoss das Panorama, das ihm zu Füßen lag. Bald würde ihm auch die Böhmer zu Füßen liegen. Bei ihr würde er kein leichtes Spiel haben, doch genau das reizte ihn. Und ihr Verhalten signalisierte ihm, dem Erfahrenen, dass sie bereits an seiner Angelschnur zappelte.

»Was ist denn mit dir los?« Erstaunt hob Markus den Kopf, als Isabel das gemeinsame Büro betrat und sofort das Fenster aufriss. »Hat CaWe dir eingeheizt?«

»CaWe?«, fragte sie, obwohl sie wusste, dass die Kollegen hinter vorgehaltener Hand Carl W. Dangelmann so nannten.

»Warum? Was will ich denn mit noch mehr Kohle?« Die

Worte waren ihr einfach rausgerutscht. Markus machte man nichts vor, das merkte sie. Sie konnte sich ihre Aufgewühltheit ja selbst nicht erklären. Sie ahnte nur, dass es nicht allein die Fortbildung war, die ihr zusetzte. Schließlich hatte sie gewusst, dass diese anstand. »Am Montag beginnt meine Weiterbildung.«

»Hey, das ging ja flott. Hat der Alte seine Beziehungen spielen lassen?«

»Weiß nicht, ist doch prima. Dann bin ich wieder hier, wenn die Bootlesfahrer anrücken«, versuchte Isabel zu scherzen.

Markus musterte sie: »Hast recht. Du, ich habe mich schon so an dich gewöhnt, ich werd dich vermissen.«

Dasselbe hatte Dangelmann gerade gesagt. Seine Worte hatten jedoch eine andere Qualität. »Na komm, ihr seid so lange ohne mich klargekommen.« Isabel überlegte kurz. »Darf ich dich anrufen, wenn ich Fragen habe? Und wenn die Sehnsucht nach dem See übermächtig wird, musst du mir beschreiben, wie er gerade aussieht.«

»Klar. Und wenn du wiederkommst, hast du den Sommer am See ja vor dir. Pack für die Nordlichter die Bodenseeschifffahrtsordnung ein.«

Die restlichen Tage vergingen im Fluge. Ein kurzer Besuch bei Lena, dann hatte Isabel ihre Wohnung versorgt und das Wochenende mit Thomas in Tübingen verbracht. Am Sonntagnachmittag fuhr Thomas sie an den Bahnhof, und nach kurzem Abschied saß sie im Zug nach Hamburg.

Das Lernen fiel ihr leicht, schnell hatte Isabel sich die theoretischen Grundlagen angeeignet, wenngleich ihre Gedanken immer wieder abschweiften. Immer wieder rief sie sich das Gespräch mit ihrem Dienststellenleiter in Erinnerung. An die Worte konnte sie sich nicht mehr genau erinnern, aber seine Blicke und seine Berührungen wurden mit jedem Tag präsenter. Vor allem, wenn sie schlaflos in ihrem Bett lag, meinte sie, die Hand auf ihrem Arm wieder zu spüren. Sie rief sich zur Ordnung, sagte sich, dass es töricht war und sie schließlich Thomas hatte. Nachts schreckte sie hoch aus wilden Träumen. Sie ermahnte sich zur Besinnung und verbot sich die Gedanken an Carl Dangelmann. Es nutzte nichts, sie überfielen Isabel ungefragt.

Als ein paar unterrichtsfreie Tage anstanden, reiste Isabel nach Süddeutschland. Thomas hatte sie via Skype überzeugt, dass es nicht gut war, wenn sie sich so lange nicht sahen. Sie hatte ihn zwar nach Norddeutschland eingeladen und ihm angeboten, gemeinsam die Hansestadt zu durchstreifen, doch er wollte nicht. Schließlich sei ihr ja auch wichtig, dass er vorankomme, das habe sie ihm mehrmals gesagt. Er zweifelte auch, ob sein altes Auto die lange Strecke durchhalten würde. So setzte sie sich in den Zug nach Tübingen. Am zweiten Tag eröffnete ihr Thomas, er wolle einige Stunden mit einem Chat am Computer verbringen. Statt sich um seine Wohnung zu kümmern, entschloss sich Isabel kurzfristig, nach der ihrigen zu sehen, und fuhr nach Friedrichshafen. Sie schrieb Markus eine Nachricht, und bald kam die Antwort. »Ja, hab Dienst.« Während vor dem Fenster des Zuges die vertraute Landschaft vorbeizog, malte sich Isabel aus, wie sie vorgehen wollte: Zuerst melde ich mich bei Cheyenne. Dann bittet mich hoffentlich mein Chef zu sich, anschließend werde ich Markus besuchen.

Mindestens fünf Grad wärmer als im Norden, stellte Isabel fest, als sie den Stadtbahnhof verließ und in die Sonne blinzelte. Sofort zog sie ihre Jacke aus und genoss den warmen Wind, der die Bluse an ihren Körper drückte. Wenig später sah sie den See und hielt unwillkürlich den Atem an. Vor einem sattblauen Himmel zeichneten sich die Umrisse der Schweizer Berge genauestens ab. Starke Kontraste dank klarer Luft. Um jede Baumgruppe, die sich dunkel vom helleren Grün der Wiesen abhebt, könnte ich einen Kreis ziehen. Jedes Tal, jede einzelne Zacke der österreichischen Alpen könnte ich mit dem Finger nachfahren, dachte sie fasziniert. Und die Schneefelder sind nur noch halb so groß wie vor zwei Wochen. Auch das Farbenspiel auf dem See spiegelt die gesamte Palette vom intensivsten Blau bis zum leuchtendsten Türkis wieder. Die weißen Schaumkronen sind das Tüpfelchen auf dem I. Wie sehr habe ich alles vermisst, realisierte Isabel schmerzhaft und freute sich auf den Tag, an dem sie wieder hier arbeiten durfte.

Mit klopfendem Herzen stand sie kurz darauf in der Dienststelle. Die Tür von Cheyennes Büro war nur angelehnt. Als sie den Kopf hineinstreckte, glotzte das kleine gelbe Monster vom Bildschirm. Cheyenne war nicht da und auch Dangelmann nicht. Im ersten Moment wusste Isabel nicht, ob sie mehr erleichtert als enttäuscht sein sollte. Denn sie hätte damit rechnen müssen, dass ihr Körper beim Wiedersehen unberechenbar reagiert hätte. Markus freute sich über ihren Besuch. Beiläufig erwähnte er, der Chef sei bei einer Versammlung für Dienststellenleiter – und offensichtlich erfordere die auch die Anwesenheit der Assistentinnen. Mehr sagte er nicht, doch sein Grinsen verursachte Isabel einen Stich im Herz. Bald darauf verabschiedete sie sich mit dem Hinweis, dass sie in ihrer Wohnung nach dem Rechten sehen wolle.

KAPITEL 16

Die Sommersaison am See hat begonnen, dachte Isabel, als sie nach absolvierter Fortbildung wieder die Friedrichshafener Uferpromenade entlang schlenderte. In den Pflanztrögen blühten die Petunien in allen Farben. Sie hob ihren Blick. Die Blätter der Platanen bildeten ein schützendes Sonnendach. Offensichtlich war der Wasserstand bereits so gestiegen, dass die Seefontäne eingesetzt werden konnte. Zu sehen, wie sie vor dem Hafen des Württembergischen Yacht-Clubs Wasser bis zu 30 Meter hoch spritzt, wertete Isabel als weiteres Zeichen für den Sommer. Froh, dem kühlen Norden fürs Erste entronnen zu sein, wurden ihre Schritte beschwingter, je mehr sie sich der Dienststelle näherte. Doch es war nicht nur die mediterrane Umgebung, der Isabel ihr Hochgefühl verdankte: Sie freute sich auf ihre Arbeit, die Einsätze auf dem Wasser, auf ihre Kollegen und – sie gestand es sich ein – besonders auf ihren Chef. Als sie die wehenden Fahnen am Flaggenmast sah, hüpfte ihr Herz. Leichtfüßig nahm sie die Treppe.

»Gut, dass du wieder da bist«, begrüßte Markus sie mit einem freundschaftlichen Klaps auf die Schulter, »es geht rund hier!«

Auch für die Wasserschutzpolizisten hatte die Saison begonnen. Wie von Isabel insgeheim erhofft, klingelte, kaum dass sie ihren Computer hochgefahren hatte, das Telefon. Cheyenne. Carl Dangelmann bat sie zu sich, gleich am ersten Tag. Isabel erhob sich, zog ihre Bluse glatt, löste eine Locke aus ihrem Pferdeschwanz und ging mit klopfendem Herzen den Flur entlang.

»Setzen Sie sich doch, liebe Frau Böhmer! Ich habe Sie sehnsüchtig erwartet.«

Da war sie wieder, diese Stimme, die sich in ihren Gehörgang schlich und sich ausbreitete, um ihre Sinne zu fesseln. Carl W. Dangelmann erhob sich sofort aus seinem Sessel, als Isabel sein Reich betrat, und eilte ihr mit strahlendem Lächeln entgegen.

»Zu Ihren Diensten«, sprudelte es überschwänglich aus Isabel heraus, und sie erschrak selbst über ihre Worte. Dangelmann nahm ihre Hand in seine und hielt sie länger, als es für die Begrüßung einer Mitarbeiterin nötig gewesen wäre. Diese Augen. Was war mit diesen Augen geschehen? In das Blau, das einzigartige, hatte sich ein Schimmer von Grün gemischt. Hexengrün. Hexengrün hat magische Kräfte, kann mich aufsaugen, bis nichts mehr übrig bleibt. Isabel blinzelte, wandte abrupt ihren Kopf und nahm die glitzernde Wasserfläche ins Visier. Dangelmann musterte sie weiter.

»Oh«, entfuhr es Isabel. Weder sie selbst noch Carl Dangelmann erfassten, ob die Berührung ihrer Schulter durch seine Hand den Ausruf verursachte oder das, was sie vor dem Fenster sah. Beide fuhren auseinander und setzten sich. Isabel starrte weiterhin zum Fenster hinaus.

Etwas anderes als meine Person scheint sie zu faszinieren, ihre Augen werden immer größer, dachte Dangelmann, der nun ihrem Blick folgte. Plötzlich sagte er lächelnd: »Dieses smaragdgrüne Meer hab ich extra für Sie bestellt. Kommt direkt aus der Karibik.« So intensiv wie jetzt hatte er die ungewöhnliche Farbe des Wassers selbst noch gar nicht wahrgenommen.

»Oh, danke. So weit reicht Ihr Einfluss!«, lachte Isabel und merkte, wie sie errötete. »Das sieht echt fantastisch aus. Von hier oben leuchtet das Wasser buchstäblich.« Ungläubig schüttelte sie den Kopf, sodass ihr Pferdeschwanz hin und her wippte. »Dieses Türkis! So stell ich mir die Südsee vor.«

»So ist sie auch, die Südsee«, sagte Carl W. Dangelmann belustigt. »Waren Sie nie dort? Da müssen Sie unbedingt mal hin.«

»Ja, irgendwann.« Sehnsuchtsvoll blickte Isabel wieder auf das Wasser.

Dangelmann beobachtete seine Mitarbeiterin weiter: »Derzeit können wir sie ja am ›Schwäbischen Meer‹ genießen!«

»Ist das die Algenblüte, hab einen Bericht im Radio gehört?«

»Richtig. Die grüne Farbe ist auf die Kieselalge und ihre Blüte zurückzuführen.«

Dann spiegelt sich die Farbe in seinen Augen, kombinierte Isabel und fragte interessiert: »Und wie kommt das Phänomen zustande?«

»Ein Freund hat es mir und der Presse vor Kurzem erklärt. Er arbeitet am Institut für Seenforschung in Langenargen und muss es ja wissen: Im See gibt es Kieselalgen en masse. Die betreiben zurzeit fleißig Fotosynthese. Dafür ist die Wassertemperatur ideal. So wachsen und vermehren sie sich.«

Sein intensiver Blick ruhte auf Isabel. Sie fühlte sich geschmeichelt, dass Carl W. Dangelmann sich Zeit für ein Gespräch mit ihr nahm, und fragte weiter: »Also ist das eine natürliche chemische Reaktion?«

»Ja. Die Algen verbrauchen bei der Fotosynthese Kohlenstoffdioxid. Das entziehen sie dem Wasser. Damit verändert sich das Gleichgewicht von Kalk und Kohlensäure. Es bilden sich Kalkkristalle, die das Wasser wie einen Gebirgssee so milchig-grün färben.«

Bei den letzten Worten war Dangelmann aufgestanden und hatte sich vor die Fensterfront gestellt. »Kommen Sie her, sehen Sie sich das Naturschauspiel genauer an.«

Isabel erhob sich, ging zögernd die wenigen Schritte, stellte sich neben ihn, und auch ihre Augen leuchteten mit der hellgrünen Fläche um die Wette: »Unfassbar schön.«

»Die Kieselalgen sind harmlos. Sie sind sogar ein Indiz für die gute Qualität des Wassers.« Carl Dangelmann stellte sich dicht hinter sie. Isabel spürte seinen Atem in ihrem Nacken, merkte, wie sich die feinen Härchen erhoben. Sie fühlte seine Wärme. Atmete seinen Duft ein, betörend und männlich. Er wanderte durch ihre Nase direkt in die rechte Gehirnhälfte und von dort in ihren Bauch. Isabel bemerkte, wie alle Zellen ihres Körpers zu vibrieren begannen. Ihr Herz schlug schnell und hart gegen die Rippen. Sie befürchtete, er könne es hören. Kleine Schweißperlen rannen ihren Rücken hinunter. Da setzte ihr Verstand ein: Durfte das sein? Nein! Ernüchtert wollte Isabel sich umdrehen, doch da stand er. Sie machte einen Schritt nach vorne, war jetzt dicht an der Scheibe. Wenn Dangelmann ihr folgte, würde sie nicht weiter nach vorne flüchten können. Sie tappte zur Seite, damit es aussah, als betrachte sie die Wasserfläche aus einem anderen Blickwinkel. Dann schaffte sie es, sich umzudrehen und zu sprechen: »Richtig unwirklich.«

Genauso unwirklich kam ihr die Situation plötzlich vor. Die Distanz, die sie geschaffen hatte, ließ sie wieder freier atmen. Nun drehte Carl W. Dangelmann neben ihr seinen

Kopf. In seinen Augen spiegelte sich das Wasser, und Isabel versank erneut in der türkisblauen Tiefe.

»Ich freu mich, dass ich wieder hier sein kann«, sagte Isabel ehrlich und zutiefst berührt. Hier bei Ihnen, so nah bei Ihnen, formte sich in ihr ein weiterer Satz, der allerdings nicht den Weg aus ihrem Mund fand, weil das Schwert des Verstandes ihn geblockt hatte. Was war das bloß, das dieser Mann in ihr zum Schwingen brachte? Das sie fast schwindelig machte?

»Sie müssen mir erzählen, wie es Ihnen in Hamburg ergangen ist.« Dangelmanns Worte brachen den Bann. Wie zufällig streifte sein Arm Isabels Bluse, als er auf den Besucherstuhl deutete und Isabel sich wieder setzte. Sie zuckte wie elektrisiert zusammen, ihr Busen begann zu spannen und die Brustwarzen stellten sich gegen den Stoff des Büstenhalters. Carl W. Dangelmann beobachtete Isabel aufmerksam und war mit der Reaktion mehr als zufrieden. Sie hatte angebissen. Schließlich kannte er sich aus bei Frauen. Ihm konnte auch eine Isabel Böhmer ihre Befindlichkeit nicht verheimlichen. Er strich sich mit einer Hand durch die Haare und fragte leise: »Darf ich Ihnen einen Kaffee anbieten? Einen, der den Namen wirklich verdient.«

Ohne Isabels Antwort abzuwarten, schritt er auf eine Wand zu, und eine Tür, die Isabel bisher nicht bemerkt hatte, öffnete sich. Auf einem Regal stand derselbe Kaffeeautomat wie in der Küche ihrer Tübinger Wohnung. Thomas hatte sich das sündhaft teure Stück von seinen Eltern zum Einzug gewünscht. Schon surrte sie und ein unwiderstehlicher Duft erfüllte den Raum. Nun saßen sie sich gegenüber und Isabel erzählte, während Carl Dangelmann seine Mitarbeiterin unverblümt musterte. Sein Interesse an dem, was sie sagte, konnte so groß nicht sein, denn bereits nach wenigen Sätzen zog er das Gespräch wieder an sich: »Liebe Frau Böhmer, ich habe einen Spezialauftrag«, begann er feierlich. »In der Landesverwaltung und bei der Polizei wird ja gerade das Thema Gender und Gleichstellung rauf und runter diskutiert. Ich kann das schon nicht mehr hören!«

»Na ja, in dem Bereich gibt es unbestreitbar Aufholbedarf. Obwohl wir auf einem guten Weg sind, seit es die BfCs gibt.«

Überrascht schaute Dangelmann Isabel an. »Sie meinen die Beauftragten für Chancengleichheit?« Isabel nickte, und er redete weiter: »Auch die Schweizer und die österreichischen Kollegen interessieren sich für das Thema. Nun hat der Polizeipräsident gebeten, eine Expertise zu erstellen. Sie wissen vielleicht, ich bin mit ihm befreundet«, sagte Dangelmann und schaute Isabel vielsagend an.

Isabel nickte erneut und rührte in ihrer Tasse, damit ihre Hände beschäftigt waren. Dank des Flurfunks hatte sie gleich in den ersten Arbeitstagen mitbekommen, dass die beiden Männer sich regelmäßig auf dem Golfplatz trafen und dieselbe Vorliebe für Single Malt Whisky teilten. Die Seilschaften funktionierten auch am Bodensee. Warum sollten hier andere Gesetze gelten als anderswo?

»Wir haben bei der Polizei keine Frauenquote, aber das brauch ich Ihnen ja nicht zu erzählen. Der Polizeipräsident möchte nun detaillierte Zahlen, wie die Frauenförderpläne und Genderrichtlinien umgesetzt werden.«

»Darf ich annehmen, Herr Polizeidirektor, Sie erzählen mir das aus einem bestimmten Grund?«, fragte Isabel freundlich und blickte ihrem Chef aufmerksam ins Gesicht, froh wieder ganz sie selbst sein zu können. Es gelang ihr solange, bis eine graue Locke sich aus dem Haarschopf ihres Gegenübers löste und langsam in die Stirn rutschte. Isabel schaute gebannt zu, wie sie sich kringelte. Ihr Verstand riet ihr, sich auf das Gespräch zu konzentrieren.

»Verehrte Frau Böhmer, Sie verstehen sicher, das ist eine große Herausforderung. Diese Aufgabe kann ich nur einer klugen und erfahrenen Frau übertragen.« Unvermittelt streckte Dangelmann seine Hand über den Schreibtisch und legte sie auf Isabels Unterarm. »Ich habe dabei an Sie gedacht«, sagte er, wobei seine wasserblauen Augen wieder Isabel durchbohrten.

Isabel spürte ein Kribbeln im ganzen Körper, das heftiger und heftiger wurde. Eine heiße Welle flutete sie bis unter die Haarspitzen. Isabel, meist um keine Antwort verlegen, war zu überrascht und nicht fähig zu sprechen. Die Stelle, auf der Dangelmanns Hand immer noch rastete, brannte wie Feuer. Auch sein Blick hielt sie noch immer in Bann. Ohnmächtig, einen klaren Gedanken zu fassen, würgte sie mühsam die Worte hervor: »Das … Ihr Vertrauen ehrt mich, nur …«, stammelte sie und merkte, wie feucht die Innenflächen ihrer Hände waren. Sie hob den freien Arm und rieb die Hand an den Hosenbeinen.

Dangelmann rettete die Situation, indem er sachlich fortfuhr, Isabel aber weiterhin mit den Augen fixierte: »Sie müssten das Projekt zusätzlich zu Ihren Diensten übernehmen. Ich kann Sie dafür nicht freistellen.« Seine Hand versengte weiter ihren Unterarm. Das Feuer breitete sich aus, wanderte über die Brust direkt in ihren Bauch. Nimm doch endlich die Hand da weg, flehte sie tonlos, und unvermittelt ließ Carl W. Dangelmann Isabels Arm los. Sie war sich sicher, dass sich sämtliche Härchen, soweit sie nicht verglüht waren, ihm entgegenstreckten und die Stelle, auf der seine Hand gerade noch geruht hatte, feuerrot und glühend heiß war. Sie traute sich nicht, darauf zu blicken, hob den anderen Arm und strich über die Stelle. Erstaunlicherweise verbrannte sie sich nicht.

»Werden Sie das schaffen? Für mich?« Dangelmanns Augen hingen jetzt an ihrem Mund. Seine Stimme klang seltsam rau und gleichzeitig weich.

Isabel war wie vulkanisiert, ihr Herz schlug mächtig gegen die Rippen. Erst als Dangelmann sich räusperte, meldete sich ihr Verstand, der sich im Lavastrom irgendwie verflüssigt hatte, zurück. Sie schluckte und sagte: »Bitte beauftragen Sie die BfC im Präsidium. Ich befürchte, das wird mir momentan zu viel.«

Nun schaffte sie es auch, die Augen abzuwenden und einen versteinerten Fisch zu fixieren, der auf dem Schreibtisch lag und Dangelmann offensichtlich als Briefbeschwerer diente. Sie musste sich erst mal hier richtig einarbeiten. Dann wollte sie sich mehr Zeit für sich und Lena nehmen. Und da war ja auch noch ihre Fernbeziehung. Thomas knabberte schließlich auch an ihrem Zeitkuchen. Wann und wie sollte sie da zusätzliche Aufgaben bewältigen?

»Papperlapapp! Zweifel will ich gar nicht hören. Sie schaffen das, Frau Böhmer.« Seine Stimme klang gekränkt.

Widerspruch ist der Herr wohl nicht gewohnt, schoss es Isabel durch den Kopf. Ich will ihn ja nicht verärgern, will ihm vielmehr zeigen, was ich drauf hab. Vielleicht ist es zu schaffen. Zögernd sagte sie: »Hört sich schon interessant an. Darf ich mir die Sache überlegen und wieder auf Sie zukommen?«

»Aber gerne doch, liebe Frau Böhmer, wann immer Sie wünschen.«

Seine Augen bohrten sich erneut in die ihrigen und Isabel glaubte erneut, aufgesogen zu werden. Ich darf ihn nicht enttäuschen. Ich muss kompetent wirken, malträtierte sie ihr Gehirn: »Wenn ich Fakten brauche … finde ich die im Intranet?«, sagte sie, um sich selbst zu vergewissern, dass ihr Verstand noch vorhanden war. Dabei strich sie erneut mit der Hand über den Unterarm und vergegenwärtigte sich nochmals den Druck und die Glut der fremden Hand.

»Wahrscheinlich. Fragen Sie Cheysa. Sie soll Ihnen assistieren.«

Der Klang seiner Stimme verriet Isabel, dass er das Gespräch damit als beendet ansah, und sie erhob sich. Aha, seine Assistentin nennt er beim Vornamen. Mit einem Mal hatte sie das Gefühl, unverzüglich das Zimmer verlassen zu müssen. Sofort stand auch Dangelmann auf, eilte um den Schreibtisch herum und öffnete Isabel die Tür. »Ich gebe Ihnen ein paar Tage Zeit.«

»Danke und auf Wiedersehen«, hörte sich Isabel sagen, als die Türe hinter ihr bereits ins Schloss gefallen war.

KAPITEL 17

Markus war nicht da, als sie ihr Zimmer betrat. Jetzt brauchte sie erst mal eine Pause und frische Luft. Sie rief ins Nebenzimmer: »Ich geh mal raus, Innenstadt erkunden!«

Als sie die Fußgängerzone überquerte, schien ihr, als leuchteten die Petunien besonders intensiv. Sie lächelte einem Pärchen zu, das eisschleckend und verliebt beinahe mit ihr zusammengestoßen wäre. Ich fühle mich so leicht und beschwingt, als wäre ich verliebt wie die beiden, dachte Isabel und hielt plötzlich inne, denn sie erschrak selbst über ihre Gedanken. Bin ich denn verliebt, fragte sie sich, als sie auf das türkisfarbene Wasser blickte. Die Symptome sind vergleichbar, mit einer üblichen Verliebtheit hat das, was mit mir gerade passiert, allerdings nicht das Geringste zu tun. Ich kann mir zwar nicht erklären, warum mein Körper so empfindsam reagiert, ausgerechnet auf diesen Mann, wo ich doch Thomas habe. Vielleicht, weil alles so neu ist, so aufregend, mein Leben hier, meine wiedergewonnene Unabhängigkeit, meine Eigenständigkeit. Sie bewunderte die vielen Segelboote, die sich in der Bucht und auf dem See tummelten. Hoffentlich erinnert sich Timo bald an sein Angebot. Eine Motorjacht zog ihr schäumendes V zur Seemitte. Majestätisch grüßte das Säntismassiv aus der Schweiz herüber. Wie weiße Adern schlängelten sich die letzten Schneereste in den Alpen die Berghänge hinunter. Mit jedem Sonnentag werden sie sich mehr zurückziehen, und ich werde es verfolgen können. Übermütig reckte sie ihre Arme in die Höhe, als wolle sie die Sonnenstrahlen einfangen. Jeden Tag werde ich die Veränderungen aufnehmen, werde sie aufsaugen können wie ein trockener Schwamm. Ein Geräusch schreckte Isabel aus ihren Gedanken. Sie drehte sich zur Seite und verfolgte mit ihrem Blick zwei Seeschwalben, die vor dem Blau des Himmels kreischten und ihre Machtkämpfe austrugen. Während sie sich durch die Menschenmenge in der Fußgängerzone schlängelte, dachte sie an Thomas. Mal sehn, wie er reagiert, wenn ich ihm von meinem Auftrag erzähle. Gleich heute Abend würde sie versuchen, mit ihm zu skypen. Sie grinste, als sie sich ausmalte, wie sich seine ebenmäßigen Gesichtszüge auf dem Bildschirm verformen würden. Mit den Fingern seiner rechten Hand würde er zuerst über seine rechte Kopfhälfte streichen und dann in Zeitlupe seine Brille zurechtrücken. Seine Lippen würden sich nach vorne wölben – wahrscheinlich ebenfalls verzerrt –, wenn er anerkennend nicken würde. In seinen dunklen Augen würde endlich wieder dieser Glanz aufblitzen, so wie er sie vor Jahren angesehen hatte. Vielleicht würde er sogar sagen: Ja nun, ich bin stolz auf dich.

Gerade als Isabel am Buchhornplatz den ersten Biss ihrer Vollkornpizza nehmen wollte, klingelte ihr Handy. Es war Lena: »Na, wie ist dein Tag bisher verlaufen?«, fragte die Freundin.

»Ganz okay, jede Menge Arbeit wartet, und ich hab einen Spezialauftrag vom Chef«, fasste sie kurz zusammen. Sollte sie Lena von dem Gespräch berichten? Sollte sie ihr erzählen, wie vollkommen blöd sich ihr Körper aufführte? Die Wechseljahre konnten es ja nicht sein, Hitzewallungen, über die ihre Mutter immer geklagt hatte. Sollte sie erst lernen, sich selbst zu verstehen, verwirrt, wie sie war? Andererseits musste sie es jemandem erzählen und wem, wenn nicht Lena? Jemanden musste sie ins Vertrauen ziehen. Thomas schied aus. Sie musste loswerden, was sie so sehr beschäftigte. Doch wie beginnen am Telefon?

Glücklicherweise erlöste sie Lena mit der Frage: »Kommst du demnächst mal nach Konstanz? Wir könnten zum Baden gehen ans Hörnle!«

»Au ja, das machen wir. Gleich morgen nach dem Dienst. Ich muss dir nämlich unbedingt was erzählen.«

»Passt mir auch. Bin gespannt, freu mich!« Lenas Staccatoton und die Kinderstimme im Hintergrund verrieten Isabel, dass Ben seine Mutter beanspruchen wollte – wie immer, wenn die telefonierte. Lena hat auch viel zu meistern, trotzdem schafft sie es, alles unter einen Hut zu bringen, ging es Isabel durch den Kopf, als sie bereits wieder die Dienststelle betrat. Ein Kind wünsche ich mir schon auch, aber momentan würde es gar nicht reinpassen. Voller Energie setzte sie sich an den Schreibtisch und arbeitete eine Aufgabe nach der anderen ab.

Auch zu Hause wollte sich kein Feierabendmodus einstellen. Während sie aufräumte, überlegte sie, wie sie das ihr übertragene Projekt am besten angehen könnte. Am nächsten Morgen begann sie schon, im Internet zu recherchieren. Arbeit war eine gute Möglichkeit, sich abzulenken.

KAPITEL 18

»Schön, dass du wieder da bist, und Glückwunsch. Die erste Hürde der Weiterbildung hast du erfolgreich genommen!« Lena umarmte die Freundin überschwänglich. Die beiden hatten sich in Konstanz am Eingang zum Strandbad Horn verabredet. Ein wolkenloser Himmel und sommerliche Temperaturen luden ein, den Spätnachmittag im Freibad zu verbringen. Nur wenige Familien, meist Frauen mit Kindern, bevölkerten die Liegewiese.

»Mama aussteigen«, tönte Ben und wollte aus seinem Fahrradanhänger klettern. Lena half ihrem Sohn aus seinem Gefährt. Isabel breitete eine Decke auf dem Rasen unter einem ausladenden Baum aus, Ben hopste darauf, legte sich sofort quer und strahlte die beiden Frauen an. Isabel lachte, ließ sich zu ihm auf die Decke fallen und begann, ihn zu kitzeln. »Na, du kleiner Schlingel? Hast du heute wieder die Kita-Tante geärgert?«

»Ist … keine … Tante … ist Frau Doll … die Boll!«, brachte er zwischen glucksenden Juchzern hervor.

»Und du warst lieb zu ihr, ha?«

»Neee«, schrie der Knirps, befreite sich aus Isabels Armen und hüpfte auf den Schoß von Lena, die bereits im Badeanzug auf der Decke saß. »Los, baden!«, sagte Ben und schlang seine Ärmchen um den Hals seiner Mama.

»Nein, ist mir zu kalt!«

»Ich geh mit dir!«, entschied Isabel. Schon packte Ben ihre Hand und versuchte, Isabel hochzuzerren. Als Isabel den Druck der weichen Kinderhand spürte, überfiel sie eine Woge von Zärtlichkeit. Wie erfüllend müsste es sein, ein eigenes Kind zu haben. Hand in Hand lief sie neben Ben zum Ufer. Übermütig tollten sie im flachen Wasser und schubsten sich gegenseitig. Bens helles Kinderlachen ließ Isabel alles vergessen, was sie die ganze Zeit über so sehr beschäftigte.

Lena wiederum genoss einen Moment der Ruhe. Sie streckte sich auf der Decke aus, legte ihren Hinterkopf auf die verschränkten Arme und blinzelte in das Blätterdach über ihr. Ein paar freche Sonnenstrahlen drangen durch die Äste und wärmten ihren Körper. Ihr Arbeitstag hatte heute früh begonnen, und mehrere Sitzungen mit schwierigen Patienten hatten Kraft gekostet.

»Ahhh«, schrie sie plötzlich erschrocken auf. Sie musste eingedöst sein, Ben und Isabel waren unbemerkt zurückgekommen, und ihr Sohn hatte seinen nassen, kalten Körper schwungvoll auf den ihren plumpsen lassen.

»Hey, das kannst du doch nicht machen«, schimpfte sie und Ben rückte beleidigt ab.

Noch während sich Isabel abtrocknete, sprang er erneut auf, drehte ein paar übermütige Runden auf dem Rasen und lief in Richtung Sandkasten davon. Isabel ließ sich neben der Freundin nieder. Sie holte zwei Flaschen Saftschorle aus ihrem Rucksack und reichte Lena eine. Gestützt auf die Ellbogen lagen beide und tratschten, während sie Ben beim Spielen zusahen. Der Frieden währte nicht lange, denn der Kleine kam bald darauf wieder angetrottet. »Mama, schau, ein Regenwurm. Darf ich den schwimmen lassen?« In Bens Hand zappelte ein Prachtexemplar von einem Wurm.

»Ja, aber bleib am Ufer. Der mag Schlamm!«

»Mag ich auch!«, rief Ben und war schon wieder weg.

Isabel sah ihm gedankenversunken nach und bekannte: »Puh, ich weiß gar nicht, ob ein Wurm schwimmen kann.«

»Ich auch nicht, ist doch auch völlig egal«, sagte Lena lachend und gab der Freundin einen Klaps. Solche Fragen ihres Sohnes konnten sie längst nicht mehr aus der Fassung bringen. »Mein Wurm Ben kann es auf jeden Fall nicht!«

Sie richtete sich auf und beobachtete ihren Sohn. Erst als sich Ben wieder in den Sandkasten setzte, lehnte sie sich zurück. Kurze Zeit hing jede ihren Gedanken nach. Isabel überlegte, wie sie beginnen konnte, und erzählte dann von dem Gespräch mit ihrem Chef. »Sein Auftrag kommt mir ungelegen, aber ich hab's einfach nicht geschafft, Nein zu sagen. Wieder mal nicht. Ist ja auch eine Auszeichnung.«

»Und Frau Hauptkommissarin wird wieder mal alles dransetzen und eine hervorragende Arbeit abliefern.«

»Klar, was denn sonst?«

»Dann können Ben und ich dich wieder mal abschreiben!«

»Nein, so schlimm wird's nicht!«, protestierte Isabel, und während sie das Blätterwerk über sich fixierte, gestand sie: »Du, ich hab irgendwie das Gefühl, der Dangelmann ergreift Besitz von mir. Nicht so langsam, wie die Natur Besitz ergreift von einem verlassenen Garten. Er krallt mich und ich zapple in seinen Fängen. Ganz komisch, echt.« Erneut spürte sie ein Ziehen und Flattern in ihrem Bauch. Instinktiv legte sie ihre Hand darauf und schloss mit den Worten: »Ach Lena, wenn ich nur wüsste, was los ist mit mir.«

Lena beobachtete die Freundin amüsiert von der Seite. Die Symptome waren eindeutig: Isabel hatte sich verliebt und das mit Haut und Haaren. Offensichtlich wollte Isabel das noch nicht wahrhaben. Vielleicht erlaubte sie es sich einfach nicht, dank der erzkatholischen Erziehung, die ihr verweigerte, sich der Tatsache zu stellen. Lena legte sich Worte zurecht, doch bevor sie sprechen konnte, sprang Isabel wie von der Tarantel gestochen auf und spurtete zum Wasser. Lena erschrak, ihr erster Gedanke galt Ben. Sie schaute zum Sandkasten, ihr Sohn saß dort seelenruhig und schüttete gerade Sand über seine Haare. Ihr Blick folgte Isabel. Die hatte inzwischen das Ufer erreicht, warf sich ins Wasser und kraulte mit kraftvollen Zügen zu einem dunklen Punkt weit draußen.

Der Punkt musste ein Kopf sein, denn jetzt erblickte Lena einen Arm. Der Kopf tauchte unter und erschien nach kurzer Zeit wieder an der Wasseroberfläche. Lena hielt es nicht mehr am Boden, sie sprang auf und beobachtete die Szene im Stehen. Bald hatte Isabel die Stelle erreicht. Lena wusste, dass die Freundin eine geübte Schwimmerin war. Sie nahm die Person in den Achselschleppgriff und schwamm mit ihr zurück. Mittlerweile waren auch der Bademeister und mehrere Badegäste aufmerksam geworden. Als Isabel das Ufer erreicht hatte, halfen sie ihr, die Person vollends an Land zu bringen. Es war ein älterer Mann, der völlig entkräftet ausgestreckt auf dem Rasen liegen blieb. Der Bademeister leistete Erste Hilfe. Als der Senior sich einigermaßen erholt hatte, sagte er zu Isabel: »Da hat jemand offensichtlich seine Kräfte überschätzt. Das Wasser ist noch recht kalt da draußen. Danke.«

Isabel nickte, wrang ihr nassen Haare aus und marschierte zu Lena zurück.

»Der hatte Glück, dass du so geistesgegenwärtig warst«, lobte auch Lena. Ben quengelte, sie drückte ihn an sich. Der Bub war müde, und so packten sie ihre Sachen zusammen. Ohne nochmals das Gespräch von zuvor aufzugreifen, verabschiedeten sie sich.

KAPITEL 19

Als Isabel einige Tage später von einem Einsatz zurückkam – sie hatte mit mehreren Kollegen mit Auto und Schlauchboot nach Dieben gefahndet, die in der Nacht zuvor in verschiedenen Häfen Bootsmotoren geklaut hatten –, rief Cheyenne: »Da bist du ja endlich! Carl … äh, der Chef möchte dich sprechen! Geh bitte gleich rein«, und dabei sah sie nur kurz von ihrem Bildschirm auf. Sofort begann Isabels Herz aufgeregt zu pochen. Was wollte der Dienststellenleiter ihr persönlich sagen, das die Assistentin nicht in eine E-Mail packen konnte?

»Ich, … kann ich noch den Obergürtel ablegen und kurz aufs Klo?«

»Na, ob du das *kannst*, weiß ich nicht«, sagte Cheyenne mit leicht spöttischem Unterton, »ich würde es jedenfalls nicht tun. Der Polizeidirektor ist schon sehr ungeduldig. Eigentlich wollte er vor einer Stunde gehen.«

»Na gut, dann eben später! Wie seh ich aus?«, fragte sie Cheyenne lächelnd, zog geschwind ihren Haargummi enger und drückte mit den Fingern ein paar lose Haarsträhnen an die Kopfhaut. Der Wind hatte trotz Pferdeschwanz in ihren Haaren gewütet. Cheyenne reckte den Daumen in die Höhe und statt aufzustehen, zeigte sie nur zum Chefzimmer. Isabel atmete tief durch, klopfte und drückte die Türklinke, ohne eine Antwort abzuwarten.

»Verdammt noch mal, wer will denn *noch* was …?«, donnerte Carl W. Dangelmann hinter seinem Schreibtisch los. Als er Isabel sah, änderten sich seine Miene und Stimme schlagartig: »Ach, *Sie* sind es, Frau Böhmer! Endlich! Warum lassen Sie mich so lange warten?« Der letzte Satz hörte sich vorwurfsvoll an, und das sollte er auch.

»Wir haben … ich«, stotterte Isabel irritiert.

»Schon gut. Ich wollte nur hören, wie weit Ihr Projekt gediehen ist.« Und bei diesen Worten nahm Carl W. Dangelmanns Stimme endgültig den Isabel bekannten, sanften Klang an. Er lehnte sich in seinem Sessel zurück, lockerte mit einer Hand seine Krawatte – das Hemd über seinem kräftigen Brustkorb spannte sich dabei –, verschränkte dann beide Hände hinter dem Kopf und blitzte Isabel erwartungsvoll an.

Isabel stand vor dem Schreibtisch und konnte nicht anders, als sich reglos in den Anblick ihres Chefs zu vertiefen. Dieser Blick, diese Stimme … sie nehmen mich gefangen und ich lasse es einfach zu, dachte sie und merkte, wie etwas in ihr dahinschmolz. Ein paar Sekunden später gelang ihr eine Antwort: »Meine Recherchen habe ich fast abgeschlossen.«

Sie kämpfte mit sich und ihrem Gehirn, um Worte zu finden – um *die für ihn passenden* Worte zu finden: »Manche Kollegen und auch Kolleginnen waren am Anfang nicht sonderlich bereit zu kooperieren. Erst *Ihre* Gespräche mit den Vorgesetzten haben mir die Türen geöffnet. Danke für Ihren Einsatz.«

Der Polizeidirektor hatte sich inzwischen seiner Krawatte entledigt und öffnete nun den obersten Knopf an seinem Hemd. Eine Hand nestelte an der Knopfleiste herum. Isabel verfolgte gebannt seine Bewegungen. Unendlich langsam, fast zärtlich bewegten sich seine Fingerkuppen über die braune Haut seiner Brust. Knisternde Stille. Sekundenlang sprach keiner ein Wort. Isabels Hals war staubtrocken. Sie schluckte.

»Ich gebe Ihnen gerne ein paar Tipps. Sie sollten ja auch meine Vorstellungen kennen. Schließlich halte ich ja meinen Kopf für die Arbeit hin.«

Isabel versuchte, ihren Blick abzuwenden. Vergebens. Ihre Augen weiteten sich, als Dangelmann sagte: »Ich muss dringend weg. Lassen Sie uns die Sache doch heute nach Dienstschluss besprechen. Ich hol Sie ab zum Essen, dann haben wir die nötige Ruhe. Einverstanden?«

Das Angebot kam überraschend, und Isabel war zu verwirrt, um sofort antworten zu können. »Ja … wenn Sie meinen«, druckste sie unschlüssig herum. Endlich bekam ihr Verstand wieder die Oberhand. Der Gedanke, diese große Sache in aller Ruhe außerhalb der Dienststelle zu bereden und durchzudiskutieren, hatte einen besonderen Reiz.

»Ich hole Sie um 19 Uhr ab. Wo wohnen Sie denn?«

Isabel zögerte: »Ich warte am Parkplatz des Berufsschulzentrums.«

»Gut.« Und mit Blick auf seine Uhr fügte er hinzu: »Oh, ich muss gehen, meine kleinen Lieblinge warten. Also bis später, Frau Böhmer.«

Schon beim Hinausgehen grübelte Isabel. Hatte Carl Dangelmann also doch Familie? Wer waren seine kleinen Lieblinge? Sie würde es noch erfahren. Nun brauchte sie erst mal einen Kaffee. Sie ging in den Aufenthaltsraum und betrat anschließend mit einer Tasse ihr Zimmer. Markus saß am PC, hob erstaunt den Kopf und fragte: »Was ist los? Wo warst du denn noch?«

Sie waren gemeinsam vom Außendienst gekommen, und Markus war entgangen, dass Cheyenne sie abgefangen und ins Chefbüro gebeten hatte. Isabel konnte ihre Erregung kaum verbergen und versuchte, möglichst unbefangen zu klingen: »Beim Chef. Hab ich dir nicht von meinem Spezialauftrag erzählt? Er will mir bei einem Arbeitsessen erläutern, wie er sich die Ausarbeitung vorstellt.«

Irgendwie hörte sich das seltsam an, doch ihr Gesichtsausdruck ließ keinen Zweifel daran, dass sie sich freute. Über den Rand ihrer Kaffeetasse lächelte sie ihren Kollegen an.

»Ein Arbeitsessen mit CaWe?« Markus schmunzelte: »Der Schwerenöter. Hat er es also schon geschafft?«

»Was?«

Markus schaute Isabel eindringlich an: »Du solltest auf der Hut sein.«

»Wie meinst du das?«

»Wie ich's gesagt hab, pass auf dich auf.«

»Danke für deinen Tipp, ganz blöd und unerfahren bin ich nicht«, gab sie schnippisch zurück. Auch wenn sie Markus in der kurzen Zeit ihrer Zusammenarbeit schätzen gelernt hatte, wollte sie sich ihre gute Laune nicht verderben lassen. Sie freute sich unbändig auf den Abend.

»Das weiß ich, gerade deshalb bist du mir wichtig«, schob Markus nach und wandte sich nun seinem Bildschirm zu.

Isabel checkte kurz die Post und verabschiedete sich dann rasch in den Feierabend. Obwohl sie kraftvoll in die Pedale trat, kam ihr der Heimweg heute länger vor als sonst. In Gedanken überlegte sie bereits, was sie anziehen sollte. Mein Chef kennt mich ja nur in Uniform, ging es ihr durch den Kopf, da will ich in Zivil schon punkten. Zu Hause angekommen, tippte sie rasch eine Nachricht an Lena ins Handy: »Geh heute Abend essen« und dazu mehrere positive Emoticons. Lena würde sich wundern, wenn sie wüsste, mit wem.

Bald danach stand sie frisch geduscht vor dem Kleiderschrank, probierte sämtliche in Frage kommenden Stücke und verwarf den Minirock genauso schnell wie ihr Ausgehkleid. Schließlich entschied sie sich für eine modische Jeans, ein Spitzenshirt und eine leichte, taillierte Jacke. Die unterstrich ihre Figur vorteilhaft und war doch nicht zu sexy. Dann ging sie ins Bad, legte wenig Lippenstift auf und betonte ihre Augen. Die große Handtasche baumelte bereits an ihrem Arm, als sie in ihre Pumps schlüpfte und zum vereinbarten Treffpunkt marschierte. Nur wenige Minuten später fuhr ein elegantes Auto auf den Parkplatz. Isabel erkannte den Polizeidirektor erst, als er neben ihr anhielt und die Wagentür öffnete. Hatte sie denn erwartet, dass Dangelmann mit dem Streifenwagen kommen würde?

Er sieht fantastisch aus, schoss es Isabel durch den Kopf. Sein weißes Hemd brachte seine braune Haut noch wirkungsvoller zur Geltung, dunkle Jeans umspannten muskulöse Oberschenkel. Seine nackten Füße steckten in Bootsschuhen aus braunem Leder. Die ganze schöne Erscheinung könnte einem Hollywood-Klassiker entsprungen sein, dachte Isabel und ließ sich in das weiche Leder des Beifahrersitzes gleiten.

Carl W. Dangelmann fuhr nur eine kurze Strecke zu einem Lokal, dessen Speisekarte Isabel bisher nur von außen überflogen hatte. Bereits beim Lesen war ihr das Wasser im Mund zusammengelaufen. Ihr Chef schien hier bekannt zu sein, denn die Kellnerin begrüßte ihn freundlich und führte sie an einen Tisch mit blütenweißem Tuch und ebensolchen Servietten. Alles hier strahlte gediegene Eleganz aus. Dangelmann schob Isabel einen gepolsterten Stuhl heran und setzte sich ihr gegenüber. Von seinem Platz aus konnte er das ganze Lokal überblicken. Schon kam die Kellnerin zurück mit zwei Speisekarten in der Hand, schenkte Carl W. Dangelmann ein gewinnendes Lächeln und sagte: »Heute können wir Ihnen fangfrische Felchen empfehlen, Herr Dangelmann.«

Dangelmann bedankte sich höflich und stellte daraufhin für beide ein exklusives Fischmenü zusammen. Während sie auf die Vorspeise warteten – Dangelmann hatte Carpaccio vom Thunfisch mit Salatgarnitur gewählt – prostete er ihr mit einem Glas Weißburgunder vom Bodensee zu. Carl W. Dangelmann gefiel sich als vollendeter und charmanter Gastgeber. Solange sie das Essen genossen, fragte er nach ihren Hobbys. Sein Interesse an ihrer Person schmeichelte Isabel. Bereitwillig erzählte sie aus ihrem Leben. Vergebens versuchte sie immer wieder das Gespräch auf ihre Projektarbeit zu bringen. Ihr Gegenüber verstand es allerdings, ausweichend zu antworten, und so blieb ihre Akte zu. Es war schon spät, als Isabel ihr Weinglas leerte und bat, nach Hause gehen zu können.

»Ich würde gerne die paar Schritte zu Fuß gehen. Die frische Luft wird mir guttun«, sagte sie, denn vieles schwirrte in ihrem Kopf herum. Doch Carl Dangelmann bestand darauf, sie nach Hause zu bringen – wenigstens wieder bis zum Parkplatz.

Wenig später lag Isabel im Bett und war viel zu aufgedreht, um schlafen zu können. Der Abend mit ihrem Chef war vollkommen anders verlaufen, als sie ihn sich vorgestellt hatte. Der Polizeidirektor hatte sich sehr aufmerksam und zuvorkommend benommen, hatte ihr Komplimente gemacht und ihr immer wieder aufmunternd zugeprostet, während sie freimütig erzählte. Von sich hatte Carl W. Dangelmann nicht viel preisgegeben. Außer dass er gerne Golf spielte, vernarrt war in schnelle Autos und die Unterwasserwelt der Tropen liebte. Von Familie hatte er nicht gesprochen. Isabel rätselte, wer seine kleinen Lieblinge waren. Immer wieder hatte er betont, für wie fähig er sie halte. Deshalb habe er sie und nicht – was naheliegend gewesen wäre – die Beauftragte für Chancengleichheit mit der Spezialaufgabe betraut. Doch auf deren Inhalt wollte er nicht näher eingehen. Isabel gestand sich ein, dass ihr der Abend gutgetan hatte. Er hatte sie umgarnt und war sehr geschickt vorgegangen. Schlaflos drehte sie sich von einer Seite auf die andere. Nun meldete sich ihr Gewissen: Was war denn bloß in mich gefahren? Warum habe ich ihm so viel erzählt über mich? Meine Kindheit? Meine Studienzeit? Meine Liebe zum Wasser und zum Wassersport, auch noch, dass ich am liebsten nackt schwimme? Bedenken machten sich breit in Isabel. Wie kann ich meinem Chef nur so was erzählen? Ich dumme Kuh könnte mich ohrfeigen. Hätte mich mehr zurückhalten müssen. Woher kam bloß diese Lust in mir, es immer weiter zu treiben bis auf die Spitze? Ich hab seine Blicke bemerkt. Sie fühlte sich ertappt, wälzte sich weiter unruhig hin und her. Warum hat er mich auch so raffiniert gefragt, versuchte sie sich zu rechtfertigen. Warum interessierte ihn das? Warum hat er mich überhaupt eingeladen, wenn er doch gar nicht über mein Projekt sprechen wollte? Was will er von mir? Wie wird es weitergehen? Soll ich Thomas von dem Abend erzählen? Wird er eifersüchtig sein und denken, da sei mehr? Einige Stunden lang plagten sie noch Selbstzweifel und Gewissensbisse, bis schließlich der Morgen graute.

Übermüdet und mit klopfendem Herzen betrat sie am nächsten Tag die Dienststelle. Sicher würde der Polizeidirektor sie gleich zu sich bitten. Dann wollte sie sich zuallererst entschuldigen für ihre Offenheit und dafür, dass sie ihn mit ihren privaten Dingen gelangweilt habe. Auch das Frauenprojekt müssten sie besprechen. Unter dem Vorwand, sie müsse heute dringende Büroarbeiten erledigen, bat sie Markus, statt ihr einen Kollegen mit auf Streife zu nehmen. In Wahrheit wollte sie alleine sein und sofort bereit, wenn Cheyenne sie zum Chef bitten würde.

Isabel wartete vergeblich. Den ganzen Tag und auch den folgenden kam keine Reaktion des Polizeidirektors. Isabel war noch mehr verunsichert und zermarterte ihr Gehirn. Sollte sie Carl Dangelmann eine E-Mail schicken? Was sollte sie reinschreiben? Was sie ihm erklären wollte, konnte sie ihm nur von Angesicht zu Angesicht sagen. Von Auge zu Auge. Azurblaue Tiefseeaugen würde sie um Verzeihung bitten. Und sie würde sich zusammenreißen, um nicht darin zu versinken. Das nahm sie sich ganz fest vor, doch allein bei dem Gedanken klopfte ihr Herz schon wieder, als wolle es zerspringen.

Zu gerne hätte sie sich mit Lena getroffen. Aber wenn Isabel dienstfrei hatte, arbeitete Lena und umgekehrt. So blieb vorerst nur das Handy: Doch wie sollte sie, was sie bewegte, der Freundin am Telefon erklären? Was sollte sie schreiben? Alles, was sie eintippte, löschte sie wieder, bevor sie es abschickte. Das Handy war ein unzureichender Ersatz für eine persönliche Begegnung. Isabel musste Lena sehen.

Zwei Tage später ergab sich eine Gelegenheit. Lena legte auf dem Rückweg von ihrem Kongress in Lindau einen Zwischenstopp in Friedrichshafen ein. Sie trafen sich in einem Café in der Nähe des Fährhafens.

»Mensch Mädchen! Minirock, Make-up und Löwenmähne: Du siehst ja völlig verändert aus«, begrüßte Lena die Freundin, und Isabel sprudelte gleich los. Lena ließ sie reden, zog nur gelegentlich eine Augenbraue hoch und sagte, als Isabel geendet hatte: »Jetzt bin ich mir ganz sicher: Dich hat's voll erwischt. Du bist verliebt!«

Isabel schüttelte vehement den Kopf. Doch sie spürte ja selbst die Kraft und Freude, über die sie in letzter Zeit verfügte. Wie manchmal die Lust zu leben sie einfach übermannte und sie jeden umarmen könnte, der ihr über den Weg lief. Wenn da nicht immer wieder die Gewissensbisse wären …

»Klar, was denn sonst? Ich freu mich ja für dich, wenngleich …«, Lena schaute die Freundin durchdringend an: »Denk dran, er ist dein Chef.«

Isabel hielt dem Blick stand. Das war es nicht, was sie aus dem Mund der Freundin hören wollte. Sie wusste schließlich selbst, wie pikant die Sache war. Pikiert erwiderte sie: »Und du bist nicht meine Mutter, sondern meine Freundin! Versteh bitte, du bist die wichtigste Person, meine einzige Vertraute. Mit Thomas kann ich darüber nicht reden.«

KAPITEL 20

»Alle ins Besprechungszimmer. Dringend!« Als Cheyennes Worte ertönten, ließen alle Diensthabenden sofort ihre Arbeit ruhen und strömten zum Besprechungszimmer. Dort erwartete sie bereits Polizeidirektor Dangelmann. Isabel hatte ihn seit dem gemeinsamen Abend nicht gesehen.

»Die Schweizer Kollegen haben internationalen Seenotruf ausgelöst. Explosion auf einem Motorboot, zirka Seemitte. Das Boot ist gesunken, die Besatzung wird vermisst. Wir machen eine Suchkette, Treffpunkt Planquadrat 3272. Christoph 45 ist alarmiert, der Schweizer Hubschrauber bereits gestartet. Böhmer und Proll nehmen die 21, der Techniker wartet schon.«

Nur ein kurzer Blick streifte Isabel. Trotzdem brachte er ihr Innerstes in Aufruhr.

»Kahle und Fessele suchen mit dem leichten Boot. Zwei Kollegen in Langenargen sind mit dem 20er draußen. Ich halte hier die Stellung.«

Selbstgefällig fuhr sich Carl W. Dangelmann durch die Haare. Präzise Befehle und Anordnungen zu erteilen, war seine Stärke, eine seiner Stärken. Das wusste er, das wussten seine Mitarbeiter und inzwischen auch die Sesselfurzer in den obersten Etagen des Innenministeriums. Er rechnete fest damit, in den nächsten Jahren einen Ruf ins Präsidium zu erhalten und aus diesem Kaff abberufen zu werden. Er hatte Zeit, noch war er ja jung genug, und manchmal gefiel ihm die Arbeit hier sogar. Besonders seit er Isabel Böhmer im Team hatte. Die war schlau und ganz ansehnlich, aber offenbar wusste sie das gar nicht – im Gegensatz zu seiner kleinen Cheysa. Ich werde mich mehr um sie kümmern. Hab das ja schon eingefädelt und beinahe vergessen. Aber wenn ich sie mir so ansehe: nicht schlecht, gar nicht mal so schlecht für eine Beamtin. Dann fuhr er fort: »Ich erwarte, dass Sie mich ständig auf dem Laufenden halten. Noch Fragen?«

Die Umstehenden verneinten. Keiner meldete sich. Genaue Ansagen schätzte selbst Timo an seinem Chef.

»Worauf warten Sie? Los geht's!«

Bevor Isabel das Zimmer verließ, warf sie Dangelmann einen anerkennenden Blick zu. Toll, wie er seine Truppe führte. Klare Anweisungen hatte sie bei ihrem früheren Boss immer vermisst, aber er hatte das drauf. Als ob er ihre Gedanken erraten hätte, schenkte er ihr ein Lächeln. Ihr wuchsen Flügel.

Während sie Obergürtel, Anorak und Mütze anlegten, rief Isabel Markus zu: »Suchkette? Sag mir noch mal: Wer ist da alles dabei?«

»Sämtliche Polizeiboote rund um den See.«

»Also auch die Kollegen aus der Schweiz und aus Österreich?«

»Ja, und DLRG, Feuerwehr, Zoll und Lindauer Wasserwacht. Ich sag dir, das wird ein richtiges Blaulichtballett!«

Keine zwei Minuten später rannten sie Richtung Fährhafen und bestiegen die 21. Eugen hatte das Boot startklar gemacht. Mit Blaulicht verließen sie den Hafen. Der See war nahezu glatt, sie kamen gut voran. Bald konnten sie die weiteren Boote ausmachen, auch die aus den anderen Häfen. Alle düsten Richtung Einsatzstelle.

Systematisch suchten sie nun den See ab. Als Isabel das

Fernglas an die Augen setzte, sagte sie beiläufig zu Markus, der neben ihr stand: »Sag mal, warum geht eigentlich der Chef so selten mit an Bord? Ist doch viel interessanter als im Büro zu hocken.«

»Das weiß keiner so recht. Früher war das anders. Da war der ständig draußen, und wir munkelten schon, dass er sich so seine Bräune holt.«

»Früher? Wann war das?«

»Na am Anfang, als er hier herkam.« Markus sprach nicht gerne über diese Zeit. Dann wurde er daran erinnert, dass die erste Zeit mit dem neuen Chef schwierig für ihn war. Als der frühere Dienststellenleiter, mit dem er ein sehr gutes Verhältnis pflegte – sie trafen sich heute noch gelegentlich zum Stammtisch –, in Ruhestand ging, hatte Markus sich ebenfalls auf die freie Stelle beworben und sich gute Chancen auf den Chefposten ausgerechnet. Damals hatte er gerade mit Frau und zwei Kindern ein eigenes Häuschen bezogen und das höhere Gehalt dringend brauchen können. Dank der guten Beziehungen von Carl W. Dangelmann war er damals nicht zum Zug gekommen.

»Seit ein paar Jahren ist das anders. Da war er im Winter mit seiner Frau auf Urlaub in der Karibik. Schau mal weiter rechts!«

»Ist nur ein Boot der DLRG. Wusste gar nicht, dass er verheiratet ist!« Isabel versuchte, nicht allzu interessiert zu klingen.

»Geschieden, zweimal, soviel ich weiß. Jedenfalls hat er nach dem Urlaub nur noch selten ein Boot betreten. Da muss irgendwas vorgefallen sein.«

»Eugen, fahr mal mehr nach Steuerbord! Da schwimmt was!« Ein länglicher Gegenstand hatte Isabels Aufmerksamkeit erhascht.

»Hast recht. Ein Polster oder so.« Auch Markus hatte jetzt das dunkle Etwas im Visier, plötzlich sagte er: »Und daneben bewegt sich was.«

»Ja, da winkt jemand.«

Ohne das Fernglas zu senken, rief Markus dem Bootsführer zu: »Steuerbord 25 Grad.«

»Okay, kein Problem bei so wenig Seegang. Weiß gar nicht, warum die Eidgenossen gleich so panisch geworden sind«, antwortete Eugen und steuerte 21 mit Vollgas zu der Stelle. Zwei Menschen klammerten sich an einen Sitzpolster, das offensichtlich von einem Boot stammte. Teile von Plastikgeschirr und halb volle Flaschen trieben auf dem Wasser. Vom Boot selbst war nichts zu sehen. Geschickt manövrierte Eugen mit Markus' Hilfe das Heck des Polizeibootes zu den Schiffsbrüchigen.

»Das Wasser hat noch keine 20 Grad, da hält man unter Umständen nicht lange durch«, sagte Markus, bevor er die Kabine verließ und auf die Plattform hinunterstieg.

»Kommen Sie hierher«, rief er dem Mann und der Frau zu, die keine Schwimmwesten trugen. Trotzdem ließen sie ihre provisorische Schwimmhilfe los.

»Vorsicht. Die Wellen können gefährlich werden«, schrie Markus und streckte der Frau seine Hand entgegen. Sie kroch als Erste auf die Plattform, geschoben von dem Mann. Dann hievte dieser sich selbst hoch. Die nackten Körper der beiden bibberten zwar, sie waren jedoch in der Lage, aus eigener Kraft die Leiter hochzuklettern. Offensichtlich waren sie beim Sonnenbaden von der Explosion überrascht worden. Isabel hielt die Tür des Steuerhauses auf, und nacheinander betraten sie die Kabine. Sie warf ihnen Handtücher zu und sagte: »Trocknen Sie sich erst mal ab.«

»Sind Sie verletzt?«, fragte Markus.

»Nein. Geht schon«, sagte der Mann und blickte zu der Frau, die nur den Kopf schüttelte.

»Waren noch mehr Menschen an Bord?«

»Wir zwei waren allein«, antwortete die Frau leise und zog das Handtuch vor die Brust.

»Hier sind Decken. Setzen Sie sich dahinten auf die Bank. Wir bringen Sie zu den Kollegen vom DRK. Die warten schon an Land.« Damit gelang es Isabel, die beiden zu beruhigen.

Markus griff nach dem Funkgerät: »Zwei Personen unverletzt an Bord genommen. Bitte entlassen Sie alle eingesetzten Kräfte aus dem Einsatz.« Er gab Eugen ein Zeichen, sodass das Polizeiboot in Richtung Hafen abdrehte.

Als Markus und Isabel in die Dienststelle zurückkehrten, kam ihnen Carl W. Dangelmann auf dem Flur entgegen. »Gute Arbeit. Die Schweizer Kollegen sind voll des Lobes.«

»Danke«, sagte Markus überrascht und fügte an, »ob die wohl das Boot heben lassen – oder besser die Reste davon?«

»Eher nicht, höchstens die Versicherung, um die Ursache der Explosion zu klären.« Mit Blick auf Isabel, die gerade ihren Obergürtel löste, fügte der Polizeidirektor hinzu: »Sie, Frau Böhmer, erwarte ich noch in meinem Büro!«

»Ja, okay.« Endlich hätte Isabel am liebsten hinzugefügt und ihr Herz begann heftig zu klopfen. Endlich konnte sie sich für ihre Geschwätzigkeit entschuldigen. Endlich konnte sie ihm ihre Vorarbeiten am Projekt unterbreiten. Sie brauchte endlich sein Einverständnis, um weitermachen und die Kolleginnen der anderen Dienststellen kontaktieren zu können.

Keine halbe Stunde später stand sie mit ihren Unterlagen vor Cheyenne, die sie erstaunt anblickte: »Hey, willst du zu mir oder zum Chef? Wir machen gleich Feierabend!«

»Er will mich sprechen, zumindest war das sein Wunsch vor wenigen Minuten.«

»Echt? Wieso denn das? Na, dann geh rein.« Cheyenne deutete wenig begeistert mit dem Kopf zur Tür.

Polizeidirektor Dangelmann saß nicht wie erwartet hinter seinem gläsernen Schreibtisch, sondern stand an der Glasfront und blickte auf den See hinaus.

»Sie haben so ein wunderschönes Büro. Ich bin jedes Mal aufs Neue fasziniert, wenn ich den Ausblick sehe. Der See liegt Ihnen zu Füßen«, entfuhr es Isabel.

»Stimmt. Dank Ihnen, liebe Frau Böhmer, nehme ich das erst wieder selbst wahr«, sagte Carl W. Dangelmann, ohne sich umzudrehen: »Ja. Das ›Schwäbische Meer‹ und damit fast mein ganzes Einsatzgebiet liegt zu meinen Füßen. Noch wunderbarer wäre es allerdings, wenn Sie mir zu Füßen liegen würden.«

Jetzt erst drehte er sich langsam um, um die Wirkung seiner Worte zu erleben. Mit wenigen Schritten schritt er auf Isabel zu und sah ihr direkt in die Augen. Sie widerstand ihrem ersten Reflex, die Augen niederzuschlagen, wollte diesem Blick unbedingt standhalten. Hatte sie richtig gehört? Wer solche Worte von sich gab, musste mit überragendem Selbstwertgefühl ausgestattet sein. Da empfing sie erneut die Blitze, ihr wurde fast schwindelig von der warmen Welle, die ihren Körper flutete. Sekundenlang standen sie sich gegenüber. Isabel wurde des Knisterns von vielen elektrisch geladenen Teilchen gewahr, die von einem zum anderen flogen. Hunderttausende mussten es sein.

Dann gewann ihr Verstand wieder die Oberhand. Ihr Chef sollte spüren, dass sie sich nicht so behandeln ließe. Tagelang hatte sie auf eine Gelegenheit gewartet und sich gegrämt, dass er sich nicht gemeldet hatte. Das Abendessen mit ihm hatte sie genossen, das gestand sie sich ein. Dass er sich dafür eine Spesenrechnung hat geben lassen, ging sie nichts an. Aber sie war mit ihrem Projekt keinen Schritt weitergekommen. Seine Wünsche und Vorstellungen kannte sie immer noch nicht. Mit einem Mal verspürte sie auch kein Bedürfnis mehr, sich für ihre Offenheit zu rechtfertigen oder gar zu entschuldigen. Dafür war es schlichtweg zu spät. Sie nahm ihren ganzen Mut zusammen und streckte ihre Unterlagen mit beiden Händen ihrem Chef entgegen: »Hier, das ist mein Entwurf und …«

»Doch nicht jetzt, Frau Böhmer«, sagte Carl W. Dangelmann mit einer Stimme, die sanfter nicht hätte klingen können, und seine Augen schienen Isabel förmlich aufzusaugen. Er war ihr ganz nahe, sie roch seinen Körper, als er seine Arme hob und die Mappe zurückschob. Dabei berührten seine Finger wie unabsichtlich Isabels Hände, und ihre gerade zur Schau gestellte Standfestigkeit schmolz durch den Körperkontakt dahin wie Schlagsahne in der Sonne.

»Morgen treffen sich die Leiter der Wasserschutzpolizeien aus Deutschland, die Leiter der Schweizer Seepolizeien und die Kollegen aus Österreich zu einer Tagung in Konstanz. Sie wissen ja, wir arbeiten länderübergreifend zusammen. Ein Punkt auf der Tagesordnung wird die Frauenförderung sein. Deshalb werden Sie mich begleiten, liebe Frau Böhmer.«

Seine Hände lagen immer noch auf Isabels, die ihren Chef anstarrte. Diesem Mann konnte frau nichts übel nehmen, zumindest Isabel nicht. Sie fühlte sich sogar geschmeichelt. »Dann …«

»Dann können Sie mich auf der Fahrt alles fragen, was Ihnen am Herzen liegt«, unterbrach Dangelmann.

Sie kapitulierte. Egal, was morgen auf ihrem Plan stehen würde, sie würde mitfahren. Entschlossen antwortete sie: »Das kommt etwas überraschend! Die Recherchen habe ich inzwischen abgeschlossen, aber ich muss wissen, worin Sie den Schwerpunkt setzen wollen.«

»Den erkläre ich Ihnen morgen. Da haben wir Zeit und Ruhe.«

»Gut, ich bin dabei.« Ich kann den ganzen Tag mit ihm zusammen sein, kann ihn besser kennenlernen. Vielleicht ist er mir danach nicht mehr ganz so rätselhaft. Isabel jubilierte innerlich. Dann erschrak sie über sich selbst. Was erhoffte sie sich? Versprach sie sich mehr, als an der ihr übertragenen Aufgabe endlich weiterarbeiten zu können?

»Sie müssen mich jetzt entschuldigen, ich werde erwartet.« Offensichtlich betrachtete er das Gespräch als beendet. Er nahm Isabels Arm und führte sie zur Tür: »Bis morgen, Frau Böhmer«, sagte er und warf gleichzeitig seiner Assistentin einen vielsagenden Blick zu.

Cheyenne hob triumphierend den Kopf, als Isabel den Raum durchquerte. »Was wollte er denn von dir?«, fragte sie lauernd, als sie die rosafarbenen Wangen der Kollegin bemerkte.

Isabel schwenkte nur ihre Unterlagen und nickte ihr zu. Zum Sprechen war ihr nicht zumute, wie auf Wolken schwebte sie aus dem Vorzimmer. Auf dem Flur atmete sie erst einmal tief durch und holte sich einen Kaffee aus dem Automaten.

Markus saß an seinem Schreibtisch und hob fragend den Kopf, als sie das Zimmer betrat. An Isabels leuchtenden Augen merkte er, dass etwas Besonderes geschehen sein musste. »Hast du eine Gehaltszulage?«

»Gibt's die bei der WaPo? Nein, der Chef nimmt mich morgen mit nach Konstanz!«

Befremdet bemerkte Markus: »Das war ja noch nie da! CaWe lässt sich immer was Neues einfallen. Hut ab.«

»Spar dir deine Witze. Ich soll wegen des Punkts ›Gender‹ mit zur Tagung. Und das ist meine Projektaufgabe, falls du das vergessen hast!« Isabel reagierte heftiger als gewollt.

»Darf Cheysa auch mit?« Markus bohrte weiter.

»Keine Ahnung, lieber Kollege, ist mir auch egal.«

»Dir vielleicht, ihr nicht!«

»Sag mal, was soll denn das jetzt?«

»Ach nichts. Ich möchte nur nicht, dass du unglücklich wirst. Weißt du, ich mag dich, aber CaWe hat einen enormen Verschleiß an schönen Frauen.«

»Erster Polizeihauptkommissar Proll, ich bin erwachsen und kein Mäuschen.« Als sie schon am Computer saß, fügte sie hinzu: »Wär klasse, wenn du mit jemand anderem auf Streife gehen würdest, dann kann ich an meiner Arbeit bleiben.«

Wenn sie heute eine Nachtschicht einlegte, würde sie morgen einen Entwurf mitnehmen können. Sie arbeitete konzentriert und vergaß alles um sich herum. Als sie auf die Uhr sah, war es schon spät. Sie verließ das Büro. Bevor sie den Helm aufsetzte und sich auf ihr Fahrrad schwang, holte sie ihr Handy und setzte eine Nachricht an Lena ab.

Sie musste die Freundin unbedingt noch informieren. Vielleicht könnten sie sich sogar morgen in Konstanz treffen.

KAPITEL 21

Schlaflos wälzte sich Isabel von einer Seite auf die andere. Sie hatte gehofft, Ruhe zu finden, doch als sie in ihrem Bett lag, jagten wieder die Gedanken durch ihren Kopf. Wie sollte es bloß weitergehen? Wenn Isabel den Tag und den Abend Revue passieren ließ, kam ihr die Geschichte immer irrealer vor. Wie ein Abenteuer aus einem Hollywoodfilm. Hatte sie alles nur geträumt? Hatte sie wirklich mit Carl W. Dangelmann geschlafen? Wenn ja, war es ungeheuerlich, unbegreiflich, unerklärlich, triebhaft und maßlos. Sie hatte mit Carl, ihrem Chef, Sex gehabt. Es war der aufregendste Sex ihres Lebens.

Sorgfältiger als üblich, wenn Isabel zum Dienst ging, hatte sie sich in der Frühe zurechtgemacht. Die Sonne versprach einen außergewöhnlich warmen Tag. Trotzdem hatte Isabel ihr Fahrrad stehen lassen und den Bus genommen. Sie wollte vermeiden, dass ihre Haare und ihr

Make-up, für das sie sich Zeit genommen hatte, schon am Morgen Schaden nehmen würden. Pünktlich wie immer war Isabel in der Dienststelle. Da der Polizeidirektor auf sich warten ließ, vertiefte sie sich in die Seiten, die sie am Vorabend noch ausgedruckt hatte. Immer wieder warf sie einen Blick auf die Uhr.

Das heutige Treffen war auf 9 Uhr angesetzt. Kurz vor 9 Uhr hörte sie Carl W. Dangelmann kommen. Er ließ sich von Cheyenne einen Kaffee servieren, dann erst fuhren sie in Friedrichshafen los. Er bestand darauf, dass er den Dienstwagen steuerte, Isabel nahm auf dem Beifahrersitz Platz. Selbst wenn die Autofähre in Meersburg gleich ablegte, würden sie sich erheblich verspäten. Dangelmann schien das nichts auszumachen. Darüber verlor er kein Wort. Vielmehr schwärmte er während der Fahrt von seinem privaten Fuhrpark: »Alle meine Autos sind wesentlich schneller als diese lahme Kiste hier«, schimpfte er und schlug dabei mit der Hand gegen das Lenkrad.

Jeden anderen Fahrer hätte Isabel zurechtgewiesen wegen des Zornausbruchs – bei Thomas wäre sowas ohnehin undenkbar –, jetzt ging sie einfach darüber weg. Sie verfolgte gebannt die Bewegungen der langen, schmalen Finger, die das Steuer traktierten. Seine ungewöhnlich dunkle Stimme drang erneut in Isabels Gehörgang. Sie drehte ihren Kopf weiter, und da Dangelmann sich auf den Straßenverkehr konzentrierte, konnte sie das schöne Profil studieren. Fast nach jedem Wort machte er eine kleine Pause, schleuderte die Worte einzeln aus vollen, fast braunen Lippen. Die Mütze hatte er abgelegt, seine grau melierten Haare schmiegten sich um sein braun gebranntes Gesicht und kräuselten sich in seinem Nacken. Um die Augen bildeten sich erste Fältchen, wenn er diese zusammenkniff. Die schmale Nase erinnerte Isabel an Thomas. Thomas! Sie hatte ganz vergessen, ihm Bescheid zu geben. Sie umfasste ihr Handy. Egal, wenn er sich meldete, könnte sie ihn aufklären. In diesem Augenblick drückte Dangelmann auf die Hupe und Isabel wandte ihre Aufmerksamkeit ebenfalls der Straße zu.

»Oh Frau Böhmer, habe ich Ihnen eigentlich gesagt, dass Sie heute das Input-Referat halten werden?«

Der Satz holte Isabel aus ihren Gedanken. »Was haben Sie gerade gesagt, Entschuldigung, ich habe nicht richtig zugehört.«

»Das macht doch nichts, Frau Böhmer. Ottokar, äh, der Präsident erwartet zum Thema Gender einen Einstiegsvortrag von Ihnen. Nur zehn Minuten, maximal.«

»Waaas? Schei…« Isabel merkte, wie ihr Magen krampfte. Auf solche Überraschungen konnte sie verzichten. Sie war gewohnt, sich sehr gewissenhaft auf die ihr übertragenen Aufgaben vorzubereiten. »Scherz. Sie erlauben sich gerade einen schlechten Scherz, Herr Polizeidirektor!«

Das konnte nicht ernst gemeint sein. Er konnte sie doch nicht unvorbereitet und ohne Manuskript vor der versammelten Polizeiprominenz auftreten lassen.

Er konnte.

»Ich beliebe nicht zu scherzen. Habe ich Ihnen das gestern wirklich nicht gesagt? Dann entschuldige ich mich hiermit.« Er wandte seinen Kopf seiner Beifahrerin zu. Isabel blickte stur nach vorne, spürte seinen Blick von der Seite, fühlte sich sogar jetzt angezogen. Schließlich drehte sie ihren Oberkörper. Seine Blicke erfüllten sie mit Zuversicht. Ihre Wut schmolz dahin, fiel in sich zusammen und war plötzlich gänzlich verschwunden. »Ich denke, ich krieg das hin. Das meiste habe ich ohnehin im Kopf und die aktuellen Zahlen hab ich dabei«, sagte Isabel gefasst und begrüßte erfreut eine bis dahin unbekannte Seite an sich selbst. Sie würde das schaffen, ihm zuliebe und sich selbst zuliebe.

»Ich habe längst bemerkt, dass in Ihrem schönen Kopf ein wacher Verstand steckt. Ich traue Ihnen zu, dass Sie mich nicht enttäuschen.«

Der letzte Satz verblüffte Isabel nun doch. Das Selbstvertrauen dieses Mannes war offensichtlich unerschütterlich. Doch ihr Ehrgeiz war entfacht. Ich werde dich nicht enttäuschen. Dich nicht und deine Kollegen auch nicht. Das dachte sie nur, denn anstelle einer Antwort zog sie ihren Schreibblock aus der Tasche. Schnell notierte sie ein paar Stichworte. Als sie den Einstieg und den Schlusssatz formuliert hatte, waren sie auch schon angekommen.

Wie nicht anders zu erwarten, waren sämtliche Parkplätze bereits belegt und Carl W. Dangelmann steuerte den Dienstwagen wie selbstverständlich auf einen von zwei freien Plätzen direkt vor dem Eingang. Er war für Notfälle reserviert, es schien ihn nicht zu stören. Er ärgerte sich vielmehr wortreich, dass die Bürokratie ihm einen Fahrer versagte. Auch das würde sich ab der nächsten Beförderung hoffentlich ändern.

Isabel fragte: »Soll ich den Dienstwagen versorgen? Dann können Sie schon reingehen, Herr Dangelmann.« Isabel hasste Unpünktlichkeit. Sie waren fast eine Stunde zu spät.

»Nicht nötig. Kommen Sie«, sagte Carl W. Dangelmann, berührte mit einer Hand Isabels Schulter und dirigierte sie vor sich her. Bereitwillig ließ sie es geschehen.

Als sie das Foyer betraten, standen viele Uniformierte mit Kaffeetassen und Butterbrezeln an Stehtischen und unterhielten sich. Für Sekunden verebbten die Gespräche, aber bald drang wieder Lachen an Isabels Ohr. Offensichtlich hatten es die Teilnehmer nicht eilig anzufangen. Polizeidirektor Dangelmann grüßte allenthalben und wurde von allen Seiten gegrüßt. Die Blicke, die seine Kollegen der jungen Frau an seiner Seite zuwarfen, bemerkte er wohl. Sie schienen ihn mehr zu freuen als zu stören.

»Lassen Sie uns einen Kaffee trinken. Ich hab noch nicht gefrühstückt«, flüsterte Carl W. Dangelmann Isabel zu, als sie das Büfett passierten. Er ließ sich zwei Tassen einschenken und ihre Hände berührten sich, als er eine davon Isabel reichte. Sie erwiderte seinen Blick und lehnte dankend ab, als er ihr einen Teller mit einer Brezel anbot. Isabel war viel zu aufgeregt, um essen zu können. Sie folgte ihm mit klopfendem Herzen an ein Tischchen, als auch schon ein Mann auf Dangelmann zustürmte und ihn sofort in ein Gespräch verwickelte.

Isabel schaute sich um. Die Farbe grau-blau dominierte. Bei den Uniformen und auch bei den Köpfen. Männer in der zweiten Hälfte ihres Lebens. Graue Wölfe, die hier ihre Territorien verteidigten. Wo waren Isabels Kolleginnen? Das Thema Gleichberechtigung im Polizeidienst des Landes Baden-Württemberg stand auf der Tagesordnung und offensichtlich war sie die einzige Frau! Isabel konnte ihre Überraschung kaum verbergen, bis ihr bewusst wurde: Hier treffen sich die Chefs! In den oberen Etagen sind die Herren unter sich! Es gibt noch viel zu tun in Sachen Gleichstellung, dachte sie und ihr Körper streckte sich.

Kurz vor halb elf Uhr bat der Polizeipräsident in den Konferenzraum. Isabel kam es vor, als ob er sämtliche Herren namentlich begrüßen würde, zumindest vergingen weitere 15 Minuten, bis er das Wort an »meinen langjährigen Freund und Weggefährten Polizeidirektor Carl W. Dangelmann« weitergab. Dangelmanns Kopf senkte sich geschmeichelt, er erhob sich, schloss einen Knopf seiner Uniformjacke, schritt zum Rednerpult, räusperte sich, schaute sekundenlang in den Saal und begann erst, als sich die volle Aufmerksamkeit aller Anwesenden auf ihn konzentrierte.

Aha, so macht man das. Rhetorik in Vollendung, schoss es durch Isabels Kopf. Sie nahm sich fest vor, später ebenso souverän aufzutreten. Der Auftritt imponierte ihr derart, dass sie seinen einführenden Worten kaum folgen konnte. Schon hörte sie ihren Namen aus seinem Mund. Er bat sie zu sich ans Mikrofon. Ein Raunen erfüllte den Raum und die Gesichter wandten sich Isabel zu, als sie sich erhob und unter Beifall langsam nach vorne schritt. Ihr Herz klopfte heftig gegen die Rippen, doch ein Strahl aus den Augen ihres Chefs geleitete sie magisch. Als sie das Mikrofon erreicht hatte, streckte ihr Dangelmann die Hand entgegen, schenkte ihr ein aufmunterndes Lächeln und ging erst dann zu seinem Platz zurück.

Der Händedruck hatte Isabel zwar Kraft geschenkt, doch kostete es sie Mühe, ihre Nervosität zu beherrschen. Äußerlich gelassen stand sie, beide Beine fest auf dem Boden, hinter dem Rednerpult und wartete. Zählte eins, zwei, drei … Als endlich Ruhe eingekehrt war, begann sie und wurde nach den ersten Sätzen ruhiger. Obwohl sie aus keinem Manuskript vortragen konnte, flossen die Sätze aus ihrem Mund – vielleicht gerade deshalb. Sie konnte sich auf ihr Gedächtnis verlassen, schließlich hatte sie sich alles selbst erarbeitet. Sie stellte der Führungsmannschaft ihre Erkenntnisse vor und benannte notwendige Veränderungen genauso klar wie ihre Visionen. Nach knapp zehn

Minuten hoffte sie, genügend Impulse gegeben zu haben, und bat die Anwesenden um ihre Meinungen. Alle Augen blieben auf sie gerichtet, aber der Gedankenaustausch blieb aus. Da erhob ein Uniformierter seine Hand und wollte wissen, wie lange sie schon bei der WaPo in Friedrichshafen Dienst tue. Niemand stellte eine fachliche Frage. Noch während Isabel überlegte, ob sie einfach an ihren Platz zurückgehen sollte, kam der Polizeipräsident und bedankte sich persönlich bei ihr, bevor er den nächsten Punkt aufrief. Ein Leiter der Schweizer Seepolizei berichtete, wie sich die internationale Zusammenarbeit bei Seenotfällen seit der letzten Zusammenkunft verbessert hat.

Als Isabel sich wieder gesetzt hatte, fing sie einen Blick von Carl W. Dangelmann auf. Anerkennung? War er zufrieden mit ihrer Leistung? Machte er sich lustig über sie? Sie konnte sein Schmunzeln nicht einschätzen, hielt dem Blick jedoch stand. Auf jeden Fall werde ich ihm sagen, dass ich nicht so mit mir umspringen lasse. Das nächste Mal will ich mich vorbereiten können. Das nahm sie sich fest vor.

Nachdem der Vortragende geendet hatte, lud der Polizeipräsident ein zum Aperitif auf die Seeterrasse. Mit dieser Ansage erntete er weniger verhaltenen Applaus als seine Vorredner. Offensichtlich sind es nicht nur die Themen der Tagung, die die Herren zusammengeführt haben, erkannte Isabel, sondern auch die Gelegenheit, einen unbeschwerten Tag verbringen zu können – und das im maritimen Ambiente der traditionsreichen Gaststätte. Na, dann mach ich eben auch das Beste draus, dachte Isabel und betrat ebenfalls die Terrasse. Das Panorama, das sich ihr bot, überwältigte sie. Vor ihr lag der Stadtpark mit seinen großen, schattenspendenden Bäumen. Schwärme von Spatzen pfiffen ihre Melodien und drehten ihre Runden knapp über den Köpfen der Fußgänger. Neben Touristen, Spaziergängern und Familien mit Kinderwagen nutzten Berufstätige den Park für ihre Mittagspause. Auf der leicht gekräuselten Wasserfläche des Konstanzer Trichters tummelten sich Motorjachten und Tretboote. Ein großes Fahrgastschiff bahnte sich gerade seinen Weg zur Hafeneinfahrt. Isabel ging ein paar Schritte weiter. Bisher hatte sie bei Spaziergängen mit Lena im Stadtpark neugierig nach oben auf diese Terrasse geschaut und die kunstvoll eingedeckten Tische sowie die Kellnerinnen und Kellner in ihren Uniformen bewundert. Und jetzt durfte sie hier Gast sein, ihr Chef ermöglichte es ihr. Wo war er eigentlich abgeblieben? Sie konnte ihn zwischen all den Uniformierten nicht ausmachen. Da ertönte ein Hupsignal des Fahrgastschiffes und Isabels Blick glitt wieder zur Hafeneinfahrt. Offensichtlich hatte der Freizeitkapitän eines Tretbootes die Vorfahrt nicht beachtet, denn nach der Schrecksekunde trat er heftig in die Pedale. Isabel schmunzelte. In der Hafeneinfahrt drehte sich die Imperia langsam um ihre eigene Achse. Leicht bekleidet stand die Schöne auf ihrem Sockel und präsentierte gerade ihren stattlichen Busen den Betrachtern auf der Landseite. Das bis zur Hüfte geschlitzte Kleid ließ die Kringel der Schamhaare erkennen. Als Isabel das erste Mal mit Thomas in Konstanz war, hatte er ihr das neue Wahrzeichen der Stadt nüchtern erklärt – offensichtlich unbeeindruckt von ihren Reizen:

»Die weibliche Figur mit der Narrenkappe auf dem Kopf ist eine Kurtisane. Soll eine satirische Anspielung auf das Konstanzer Konzil vor 600 Jahren sein.«

»Ach, deshalb steht sie so aufreizend da.« Interessiert nahm Isabel die Gestalt damals genau ins Visier: »Und die zwei nackten Figuren, die sie auf ihren Händen trägt? Sollen das Papst und Kaiser sein?«, fragte sie, denn einer der Winzlinge trug die Papsttiara, der andere die Kaiserkrone.

»Ja, hast du gut kombiniert. Als die Imperia Anfang der 90er-Jahre aufgestellt wurde, war sie sehr umstritten. Die Veräppelung der weltlichen und kirchlichen Elite Europas ist manchem Ratsherrn zu weit gegangen.«

»Das glaub ich sofort.« Isabel griente. »Wer hat die Vollbusige denn geschaffen?«

»Der Künstler heißt Peter Lenk, ist recht bekannt hier in der Region.« Thomas wäre nicht Thomas gewesen, wenn er nicht auch noch gewusst hätte, dass der Bildhauer die knapp zehn Meter hohe Statue nach einem literarischen Vorbild seines Lieblingsdichters Balzac geschaffen hatte. Dessen Roman »La belle Impéria« erzählt von einer Kurtisane, die während des Konzils als mächtige Geliebte triebgesteuerte Würdenträger um den Finger gewickelt und zu lächerlichen Witzfiguren degradiert habe. Das hatte Isabel so beeindruckt, dass sie es sich eingeprägt und auch Lena erzählt hatte. Köstlich amüsiert hatten sie sich damals. Später war es Isabel, die den beiden berichten konnte, dass der Sockel, auf dem sich die Edelprostituierte dreht, die älteste Pegelmessstation Baden-Württembergs ist und dort bis heute der Konstanzer Pegel gemessen wird.

»Das perfekte Weib«, stöhnte jetzt eine männliche Stimme hinter Isabel. Die Blicke zweier Kollegen ruhten ebenfalls auf der Imperia.

»Na ja, ein bisschen schwer ist die Puppe schon, wiegt 18 Tonnen. Unter ihr wärst du platter als 'ne Flunder«, scherzte der andere und warf Isabel einen frivolen Blick zu. Sie wandte sich der Terrasse zu und entdeckte ihren Dienststellenleiter. Dangelmann saß an einem Tisch nahe der Brüstung und winkte ihr zu. Isabel strich sich eine Haarsträhne hinters Ohr und näherte sich zögernd.

»Bitte setzen Sie sich doch mir gegenüber. Ich würde mich freuen, die schönste Frau an meinem Tisch zu haben«, rief ihr Carl W. Dangelmann entgegen und erhob sich galant.

»Das ist nicht schwer, Herr Polizeidirektor. Ich bin die Einzige«, erwiderte Isabel sarkastisch.

»Ich wollte Ihnen ein Kompliment machen.«

»Danke. Noch wichtiger wäre mir, dass Sie mir das nächste Mal früher sagen, wenn ich vor alle Chefs treten soll, und mich nicht einfach ins kalte Wasser werfen!« Sollte er ruhig hören, dass sie sein Verhalten nicht billigte.

»Ich dachte, Sie lieben Wasser. Aber ich gelobe Besserung.« Bei diesen Worten sah er Isabel durchdringend an, und sie merkte, wie ihr Ärger abermals verflog.

»Carl, mein Freund! Du hast untertrieben. Deine Frau Böhmer ist noch viel attraktiver, als du sie beschrieben hast!« Mit diesen Worten setzte sich der Polizeipräsident neben Isabel.

»Sie gestatten doch.« Es war keine Frage, deshalb erwartete der Präsident auch keine Antwort. Isabel nickte, sah dann ihrem Chef ins Gesicht und spürte die Röte, die über ihren Hals ins Gesicht stieg. Die beiden Männer hatten also über sie gesprochen. Zu gerne hätte sie gewusst, was Dangelmann dem Polizeipräsidenten erzählt hatte. Bestimmt hatten die fachlichen Qualitäten im Vordergrund gestanden.

Bis das Essen serviert wurde, unterhielten sich die Männer über ihr gemeinsames Hobby, das Golfen. Außerdem schwärmte der Präsident von einem 280 SL Pagode, den er habe günstig ergattern können und der nun seine

Oldtimersammlung komplettierte. Nur hin und wieder richteten die beiden höflich eine Frage an die Frau am Tisch. Isabel tat, als verfolge sie das Gespräch interessiert, in Wirklichkeit studierte sie Carl W. Dangelmann. Er legte gerade lässig sein Jackett über die Lehne des Stuhls. Bei jeder Bewegung spannte sich das Hemd und ließ seinen muskulösen Oberkörper erahnen. Mit einer Hand lockerte er seine Krawatte, dabei blitzten seine Augen Isabel an. Das Blau des Himmels spiegelt sich, fuhr es Isabel durch den Kopf. Dann wurden ihre Fantasien unterbrochen durch die Kellnerin, die den Hauptgang servierte: Bodensee-Saibling auf Kartoffelschaum mit Gemüsejulienne. Der Präsident bestellte eine Flasche Weißwein mit drei Gläsern. Isabel wusste, dass Alkohol in der Sonne ihr sofort in den Kopf steigen würde, doch sie prostete ihren Tischherren zu.

Nach dem Dessert beschloss man, die für den Nachmittag angesetzten Workshops auf der sonnigen Terrasse durchzuziehen: »Wir müssen uns heute mit sehr sperrigen Themen beschäftigen. Sie sind sicher mit mir der Meinung, dass wir die Workshops hier abhalten können«, verkündete der Tagungsleiter.

Irgendwann im Laufe des Nachmittags hatte Isabel beschlossen, nicht die Spaßbremse abzugeben, sondern es den Herren gleichzutun und den herrlichen Tag einfach zu genießen. Sie saß auf dieser herrlichen Terrasse, genoss die herrliche Aussicht und ließ freundlich lächelnd über sich ergehen, wenn ihr einer der älteren Herren ein mehr oder weniger dämliches Kompliment aussprach.

Zum Abschlussgespräch traf man sich wieder im Konferenzraum. Schnell war man sich einig, dass ein einziger Tag nicht ausreicht, um konkrete Ergebnisse präsentieren zu können, und ging zum gemütlichen Teil über. Isabel kam sich recht überflüssig vor. Als Dangelmann dies bemerkte, kam er zu ihr und sagte leise: »Sie sind eine intelligente Person, liebe Frau Böhmer. Sie haben sicher gemerkt, dass es für etliche Kollegen Wichtigeres als das Thema Gender gibt. Manche interessiert es schlichtweg gar nicht.«

Isabel nickte. Dich etwa? Die scharfen Worte lagen ihr auf der Zunge, was sie dem Alkoholkonsum in der Mittagspause zuschrieb, aber sie kamen nicht über ihre Lippen. Stattdessen sagte sie: »Ein paar der Herren sind Väter von Töchtern. Vielleicht konnten die Fakten wenigstens die zum Nachdenken bringen.«

»Bestimmt.«

»Immerhin beträgt der Frauenanteil bei den Einstellungen im mittleren und gehobenen Polizeidienst mittlerweile rund 30 Prozent. Wir sind genauso qualifiziert wie unsere männlichen Kollegen! Frauen streben genauso Führungspositionen an, und über kurz oder lang wird sich etwas ändern – auch in den oberen Etagen. Da liegen wir Frauen übrigens bei gerade mal acht Prozent. Es wird sich etwas ändern müssen! Davor können auch die Herrschaften nicht länger ihre Äuglein verschließen. Die jungen Kolleginnen werden auf die im Grundgesetz verankerte Gleichberechtigung pochen.« Isabel hatte sich vollkommen ereifert.

»Sie haben recht, Frau Böhmer. Es ist an der Zeit, dass wir Männer uns vorsehen.«

War es Spott? Sarkasmus? Langeweile? Isabel konnte sich nicht entscheiden, welchen Unterton sie aus Dangelmanns Worten herausgehört hatte. Sie überlegte und sagte spöttisch: »Ja, richtig. Doch erst einmal müssen Männer lernen, dass wir weder Püppchen noch Muttis sind.«

Nun näherte sich der Präsident, um sich von seinem Freund Carl zu verabschieden. Das Gespräch war beendet.

Isabel versuchte, nachdem sie nun schon in Konstanz war, sich kurzfristig mit Lena zu verabreden. Sie würde dann den letzten Katamaran direkt nach Friedrichshafen nehmen, anstatt mit ihrem Chef heimzufahren. Lenas Nachricht lautete: »Bin beim Müttertreff. Schönen Abend!« Dazu zwei Kussemoticons.

»Schade, dass das SEA LIFE bereits geschlossen hat. Ich würde gern mal wieder das Aquarium der Oktopoden besichtigen«, schwärmte Dangelmann. Einmal hatte Isabel mit Lena und Ben das Aquarium besucht und war sich im Unterwassertunnel zwischen den exotischen Tieren vorgekommen wie bei einem Tauchgang im Ozean. Fasziniert hatte Ben Näschen und Hände an den Glasscheiben plattgedrückt und war nicht zurückgewichen, als ein Hai auf ihn zuschwamm.

»Ja, schade«, sagte Isabel. Wie selbstverständlich setzte sich Carl W. Dangelmann wieder hinters Steuer und fuhr vom Konzilgebäude zum Fährhafen nach Staad. Er erzählte von Tintenfischen und ihrer überragenden Intelligenz. Als Isabel nicht antwortete, begann er leise eine Melodie zu summen. Sie wischte sich über die Stirn, lehnte ihren Kopf an die Fensterscheibe und schloss die Augen. Froh, auf der Fähre der drückenden Enge entfliehen zu können, stieg sie sofort aus. Eine sanfte Brise strich über ihren Körper und kühlte ihn angenehm. An der Reling stehend, beobachtete sie, wie die tief stehende Sonne einen silbern funkelnden Sternenteppich über den See breitete. Auch die Ufer erstrahlten in klarem Licht. Isabel reckte ihr Gesicht der Sonne entgegen, atmete tief. Nachher würde sie schwimmen gehen und dann mit Thomas skypen. Plötzlich roch sie den Duft eines bekannten Parfüms und fühlte die Wärme einer Hand auf ihrem Arm. Carl W. Dangelmann. Der Arm begann zu vibrieren. Isabel wandte den Kopf und lächelte ihrem Chef zu.

»Meersburg im Prachtkleid«, sagte Carl W. Dangelmann und sah ihr unvermittelt in die Augen. Dieses Blau. Im Abendlicht dunkler, mehr Azurblau als Eisblau. Wieder sprangen elektrisch geladene Teilchen knisternd von einem zum anderen.

»Faszinierend, wie sich die Strahlen der Abendsonne in Ihrem Haar spiegeln, wunderschön.«

Isabels Herz hüpfte und begann schneller zu schlagen, sie schluckte. »Wir müssen runter zum Auto, die Fähre hat schon angelegt!« Sie war froh, dass ihr dieser Satz trotz inneren Aufruhrs einfiel, und sie gingen zum Auto zurück.

Als sie die Fähre verließen, sagte Dangelmann: »Wir haben uns den Tag über kaum bewegt. Dieses lange Sitzen tut Ihnen doch genauso wenig gut wie mir. Lassen Sie uns noch einen Spaziergang machen. Der Abend ist so schön!«

Ohne ihre Antwort abzuwarten, steuerte er einen Parkplatz an und stieg aus. Isabel verspürte ebenfalls Lust, sich Meersburg anzuschauen. Kurz dachte sie an Thomas. Sollte sie ihm eine Nachricht senden? Schnell verscheuchte sie den Gedanken und stieg ebenfalls aus.

Nebeneinander schlenderten sie die Seepromenade entlang. Die Wärme hatte viele Menschen ins Freie gelockt. Wie meist, wenn zwei Polizisten in Uniform durch eine Fußgängerzone schreiten, teilten sich die Menschenmassen vor ihnen. Es sah aus, als würden die beiden gewöhnlichen Streifendienst schieben. In der Tat mussten sie einen Betrunkenen zur Ordnung rufen, der sich in einem Straßencafé mit einer Kellnerin anlegte. Es war lange her, dass

Carl W. Dangelmann das letzte Mal auf Streife war, und er war dankbar, dass Isabel wie selbstverständlich übernahm. Einerseits belustigt und doch bewundernd beobachtete er, wie Isabel die Amtshandlung ausführte. Ihre natürliche Autorität, ihre Bestimmtheit und feste Freundlichkeit, sie imponiert mir, ging es ihm durch den Sinn. Diese Frau kann mit Menschen umgehen, sie gefällt mir. Wie sie sich wohl anfühlt? Diese festen Brüste, diese kernigen Hüften, diese muskulösen Schenkel …

»Wir können weitergehen!« Isabels Stimme riss ihn aus seinen Gedanken. Sie spazierten auf die Mole hinaus. Schon von Weitem hatte eine große Skulptur Isabels Aufmerksamkeit geweckt. »Sieht aus, als ob das da vorne auch der Satire-Bildhauer geschaffen hat«, sagte sie, als sie die verschiedenen Gestalten betrachtete.

»Ach ja. ›Magische Säule‹ heißt das Ding, soviel ich weiß. Der Lenk hat sich da mal wieder ausgetobt. Hat die Persönlichkeiten der Stadt aufs Korn genommen. Gefällt Ihnen so was?«

Seine Sache scheint es nicht zu sein, dachte Isabel. Sie betrachtete die kleinen Menschen aus beigefarbenem Zement. Dank Thomas' Schule antwortete sie: »Das ist eben Kunst, Lenk'sche Kunst. Die hat ihre eigenen Gesetzmäßigkeiten. Entweder sie spricht einen an oder eben nicht.« Sie blickte Dangelmann an und fügte nach einer kleinen Pause hinzu: »Ich glaube, man sollte die nur mit dem Gefühl bewerten.«

Carl W. Dangelmann hob eine Augenbraue. Diese Frau erstaunte ihn schon wieder. Länger als für ihre Worte nötig, ruhten Isabels Blicke auf seinem Gesicht. Sie bemerkte, wie seine Nasenflügel bebten, und nahm bei sich selbst eine wundersame Stimmung wahr.

Während sie zurückgingen, heftete Isabel ihre Augen auf die imposante Silhouette mit Neuem Schloss und Staatsweingut. Da zeigte Dangelmann auf riesige gelbe Sonnenschirme und sagte: »Kennen Sie schon den schönsten Blick über den See? Kommen Sie, ich zeig Ihnen den Logenplatz.« Sie ließen Grethaus und Eisdiele links liegen, überquerten die Unterstadtstraße und standen vor einer Treppe.

»Die Rieschentreppe, die müssen wir hoch. Sind nur 176 Stufen! Danach sind wir wieder fit«, rief Dangelmann und schritt bereits voraus. Isabel holte schnell auf, nebeneinander nahmen sie die Stufen im Eiltempo. Um mithalten zu können und nicht zu stolpern, traute sich Isabel kaum einen Blick auf die Rebhänge und auf den See hinunter zu werfen. Außerdem wurde die Treppe immer schmaler. Deutlich spürte sie ihren Chef an ihrer Seite, von Zeit zu Zeit berührten sich ihre Arme.

»Geschafft!«, rief Dangelmann atemlos, als sie oben ankamen.

»Hey, Sie sind ja topfit!« Auch Isabel japste nach Luft.

»Hätten Sie dem grauen Bürohengst gar nicht zugetraut, was?«, keuchte er. Beide schnauften noch mächtig, als sie sich zulächelten. Dann drehte sich Isabel um, bekam große Augen und rief: »Wow! Die Aussicht hier oben ist ja fantastisch!« Der See glänzte nun in allen Rottönen, die überhaupt nur möglich waren, vom zartesten Lila bis zum intensivsten Purpur, ebenso die schroffen Felsen der Schweizer Berge.

»Sagte ich doch.«

»Das sieht so unwirklich aus. Gleich werde ich zur Philosophin«, lachte Isabel und dachte an Thomas. Er würde jetzt sehr wahrscheinlich Annette von Droste-Hülshoff, die bekannte Meersburger Dichterin, zitieren.

»Nur zu. Philosophieren funktioniert am besten bei einem Glas Wein. Ich hab nämlich Durst.« Dangelmann deutete auf die Terrasse des Lokals nebenan. Sie war gut gefüllt, und die Gäste schauten neugierig auf, als die Uniformierten eintraten. Sofort steuerte eine rundliche Frau auf sie zu und strahlte Dangelmann an.

»Guten Abend, Herr Polizeidirektor. Ja wie, heute noch im Dienst?«, fragte sie erstaunt.

»Eigentlich nicht mehr, liebe Frau Brändle, aber wir hatten keine Gelegenheit zum Umziehen. Sie verraten uns ja nicht, oder?«

»Ich ruf sofort an beim obersten Chef«, scherzte sie.

»Ich bin sicher, Sie haben ein ruhiges Plätzchen für uns.«

Energisch warf Frau Brändle den Kopf in den Nacken, ließ ihre Blicke über sämtliche Tische gleiten und sah ein Paar, das sich gerade anschickte zu gehen. »Hab ich, Herr Polizeidirektor! Kommen Sie!« Hüftschwingend ging sie voraus.

»Frau Brändle, Sie sind ein Engel, ich wusste es ja schon immer«, flirtete Carl W. Dangelmann. Kies knirschte unter ihren Füßen, als sie zu dritt die Terrasse durchschritten.

»Was darf's denn sein? Den ›Jungfernstieg‹ wie immer?«

»Ja bitte, und Wasser.«

Wenige Minuten später brachte Frau Brändle persönlich das Gewünschte. Während sie einschenkte, musterte sie Isabel. Nach einem: »Zum Wohl und genießen Sie den schönen Abend«, wandte sie sich zum Gehen.

»Auf Ihre sehr gute Arbeit bei der WaPo Bodensee, Frau Böhmer«, sagte Carl W. Dangelmann, nahm sein Glas in die Hand und fügte nach einer Pause hinzu: »Sie haben mit

Ihrer Rede heute nicht nur mich beeindruckt. Ich hoffe, Sie vergeben mir meinen Fauxpas.«

Isabel fühlte sich geschmeichelt. Als sich ihre Augen trafen, flutete ein Energiestrom ihren Körper bis hinunter zu den Zehenspitzen. Verlegen nippte sie an ihrem Weinglas und sagte: »Erstmal brauch ich Wasser, sonst verdurste ich.«

Nachdem sie ein ganzes Glas getrunken hatte, wusste sie immer noch nicht, ob und was sie antworten sollte. Sie entschied, sich auf das überwältigende Panorama zu konzentrieren, saß einfach da, genoss und versuchte, so viel wie möglich in sich aufzunehmen.

Carl W. Dangelmann beobachtete seine Mitarbeiterin amüsiert. Es machte ihm Freude, sie so gelöst zu sehen. »Na, hab ich Ihnen zu viel versprochen?«

»Nein! Ich kann gar nicht genug bekommen. Es ist so schön hier oben, dass es fast wehtut.«

»Lassen Sie uns darauf gleich erneut anstoßen.«

Isabel versuchte, eine Haarsträhne, die sich aus dem Gummiband gelöst hatte, zurückzuschieben, aber entschied sich dann, ihre Haare zu lösen. Sie schüttelte ihre Mähne, fühlte sich frei und eins mit sich und der Welt und dachte: Wie gut, dass ich mich für die WaPo entschieden hab und den Mut hatte, meinen Traum auch durchzusetzen. Wie viel besser lässt es sich hier am Bodensee leben. Sie hing ihren Gedanken nach, als der Dienststellenleiter eine weitere Karaffe mit Wein orderte.

»Wir hätten doch den Katamaran nehmen sollen. So müssen Sie noch hinters Steuer.«

»Da zerbrechen Sie sich mal nicht Ihr wunderschönes Köpfchen, liebste Frau Böhmer, und lassen das ganz meine Sorge sein. Prost.« Dangelmann beugte sich nach vorne, dabei war sein Gesicht Isabel ganz nah. Sein heißer Atem streifte sie. Ihr Herz raste, im Bauch krabbelten Ameisen. Die Farbe seiner Augen konnte sie im fahlen Licht kaum erkennen, und doch nagelten sie die ihren fest. Schließlich gelang es ihr, ihren Kopf wieder der Weite des Sees zuzuwenden. Ein kurzes Räuspern, dann folgte Dangelmann ihrem Blick.

Inzwischen prangte der Teller des Mondes über den österreichischen Bergen. Er stand so hoch, dass er die Wasserfläche silbern färbte. Am Schweizer Ufer entlang flirrten die Lichter und schimmerten wie Perlen an einem Collier. Selbst die Berge, allen voran die Zacken von Altmann und Säntis, ragten weniger dunkel als sonst zum Himmel. Isabel saß staunend und sog das übernatürliche Schauspiel förmlich in sich auf.

Belustigt registrierte dies der Polizeidirektor. Als er schließlich bezahlte, glänzten seine Augen vor Freude. Die wenigen Gäste, die die Terrasse bevölkerten, beachteten die beiden Polizisten nicht, als sie die Terrasse verließen.

»Wir nehmen einen anderen Weg zurück, nicht die Treppen«, sagte Carl Dangelmann und dirigierte Isabel über grobes Kopfsteinpflaster durch die jetzt menschenleere Innenstadt.

Nachdem sie eine Unterführung passiert hatten, erreichten sie bald einen schmalen Schotterweg, gesäumt von einer Ligusterhecke. Die weißen Blütentrauben verströmten einen betörenden Duft. Wieder bot sich ihnen ein ungehinderter Blick über das Land und den See. Am Eingang zum Überlinger See strahlte das Schloss der Mainau in leuchtendem Gelb. Schweigend gingen sie zwischen Weinreben, begleitet nur vom Mond. Die Luft in den Rebhängen war noch aufgeladen von der Wärme des Tages.

Alles kam Isabel unwirklich vor. Je länger sie gingen, desto mehr spürte sie eine Erregung in ihrem Körper. Mit jedem Schritt wurde sie stärker und mächtiger. War es der ungewohnte Alkoholgenuss? Obwohl ihr heiß war, beschlich sie eine Gänsehaut, und sie nestelte an ihrer Bluse herum. In diesem Augenblick drehte sich Carl W. Dangelmann zu ihr, nahm sie einfach in die Arme, zog sie an sich und küsste Isabel auf den Mund. Sie schloss die Augen, erwiderte seinen Kuss erst behutsam, wurde drängender. In diesem Augenblick bemächtigte Leidenschaft ihre beiden Körper und wie zwei ausgehungerte wilde Tiere fielen sie übereinander her.

Während der Fahrt von Meersburg nach Friedrichshafen wechselten sie kein Wort. Schweigend bewegten sich Carls Finger am Lenkrad im Takt der Musik, die aus dem Autoradio dudelte. Leise summte er die Melodie mit. Isabel schielte zum Fahrersitz hinüber und musterte Carl von der Seite. Seinen Mund umspielte ein zufriedenes Lächeln. Er musste ihre Blicke gespürt haben, denn er wandte seinen Kopf und lächelte ihr zu. Dann legte er seine Hand auf Isabels Schenkel, drückte ihn und nahm sie wortlos wieder ans Steuer. Ein tiefer Seufzer entfuhr seiner Kehle, als er wieder auf die dunkle Straße blickte. Isabel stellte sich vor, wie ihre Finger seine Haare durchwühlten. Ihre Hand zuckte, jedoch sie widerstand der Versuchung. Thomas mochte es nicht, wenn sie Unordnung in seine Haare brachte. Wie Carl wohl reagieren würde? Da drehte er erneut den Kopf, seine Augen blitzten Isabel an, seine Lippen bewegten sich, als wolle er sagen: Ich fühle mich wunderbar. Und du? Doch er sagte nichts. Isabel hätte nicht eindeutig antworten können. Viel zu groß war der Aufruhr in ihrem Innern.

»Bitte lass mich hier raus«, brachte sie schließlich hervor, als sie vertrautes Terrain erreicht hatten. Carl fuhr den Wagen an die rechte Straßenseite.

»Schlaf gut und träum von mir!«, rief er ihr nach, als sie die Türe bereits geöffnet hatte.

An Schlaf konnte Isabel nicht denken, und nach Hause gehen konnte sie auch nicht sofort. Ein nie gekanntes, tiefes Glücksgefühl hatte sich jeder Zelle ihres Körpers bemächtigt. Trotzdem: Wie hatte sie es so weit kommen lassen können? Wie sollte das weitergehen? Sie holte ihr Handy und wählte Lenas Nummer. Bitte geh ran, flehte sie, aber nach einigen Klingeltönen meldete sich die Mailbox. Isabel hörte sich die gesamte Ansage an und war danach nicht fähig zu sprechen. Lena würde sehen, dass sie angerufen hatte und sich melden, falls sie noch wach war. Zur Sicherheit tippte sie eine Nachricht: »Bitte ruf mich an.« Danach schlenderte sie ziellos durch die Stadt. Nach einer halben Stunde probierte sie es erneut. Wieder die eiserne Minna. Ausgerechnet jetzt, wenn sie die Freundin dringend brauchte, war sie nicht zu erreichen. Auf einmal fand sich Isabel am Ufer wieder und setzte sich auf eine Bank. Der Mond stand hoch am Himmel, auf der Wasserfläche zog eine milchige Spur bis zu ihr. Sie saß einfach da, versuchte regelmäßig und ruhig zu atmen und blickte auf das Wasser. Unendlich langsam kam das Gedankenkarussell in ihrem Kopf zur Ruhe. Carl. Wenn Sehnsucht einen Klang hatte, dann war es der Klang seiner Stimme. Wenn Sehnsucht einen Duft hatte, dann war es der Duft seines Körpers. Wenn Sehnsucht eine Farbe hatte, dann war es die Farbe seiner Augen. Sie vergaß die Zeit und alles um sich herum. Immer noch hielten die Glückshormone ihren gesamten Körper in Wallung. Nach und nach breitete sich tiefe Zufriedenheit und Wohlgefühl in ihr aus. Als plötzlich das Telefon klingelte, zuckte sie förmlich zusammen.

»Was ist denn passiert?«, fragte Lena.

Isabel überlegte kurz, bevor sie sagte: »Etwas wundersam unbeschreiblich schrecklich Schönes, Irreales.«

»Hä? Hast du was getrunken? Wo bist du?«

»Ja. In Friedrichshafen«, antwortete Isabel folgsam.

»Was ist los? Nun sag schon.«

»Nein, nicht am Telefon. Hast du morgen Zeit?«

»Ja. Kannst du zu mir kommen, wegen Ben?«

»Klar. 18 Uhr?«

»Okay.«

»Lena, es ist so unglaublich, so unfassbar, so ungeheuerlich.«

»Mach's halt nicht so spannend! Erzähl!«

»Morgen. Schlaf gut«, unterbrach Isabel die Freundin. Sie blieb noch eine Weile sitzen. Als sie zu frösteln begann, erhob sie sich und konnte endlich nach Hause gehen.

KAPITEL 22

Als Isabel am nächsten Tag die Dienststelle betrat, schlug ihr bereits lautes Lachen entgegen. Sie hatte wenig und unruhig geschlafen und fühlte sich doch jung und leistungsfähig wie seit Langem nicht mehr.

»Was ist denn hier los?«, fragte sie und blickte neugierig in die fröhlichen Gesichter der Kollegen. Alle Diensthabenden hatten sich im Aufenthaltsraum versammelt, Carl war nicht dabei. Hatten sie etwas mitbekommen? Lachen die wegen Carl und mir? Isabel zupfte nervös an ihrem Pferdeschwanz. Sie musste so schnell wie möglich mit Carl reden.

»Ihr hättet die Damen sehen müssen, wie sie plötzlich anfingen, an ihren Blusen rumzunesteln, ha, ha ha«, trompetete Timo und alle prusteten erneut los.

»Was gibt's denn so Lustiges heut?«, fragte Isabel nochmals in die Runde. Es konnte gar nicht sein, niemand hatte sie gesehen. Auch auf ihrem Gesicht zeigte sich nun ein zaghaftes Lächeln.

»Dir wäre das bestimmt nicht passiert, Isabel!« Auch Markus erntete mit seinen Worten sofort schallende Lachsalven.

»Was denn nun?« Fragend blickte Isabel von Markus zu Timo, dann in Frieders Gesicht, aus dessen Augen vor lauter Lachen Tränen kullerten. Auch Cheyenne konnte kaum an sich halten, über ihre Wangen lief in schwarzen Streifen ihr Augen-Make-up.

Endlich setzte Markus zu einer Erklärung an: »Gestern

war's tagsüber ruhig, da genossen wohl alle das schöne Wetter. Abends nahmen Timo und ich das Auto und fuhren gerade Streife als …«

»Da kam über Funk die Meldung, dass sich jemand gestört fühlte, weil es in der Nachbarwohnung so laut zuging«, unterbrach Timo und lachte herzhaft.

»Kein Wunder, wie wir jetzt wissen, ha, ha«, tönte der Bootstechniker und stieß Cheyenne in die Seite. Sie kicherte und versuchte mit einem Finger die zerfließende Tusche abzuwischen.

»Lasst doch den Markus mal ausreden, sapperlot!« Isabel verstand noch immer nicht, was es zu lachen gab.

»Wir fuhren zur angegebenen Adresse und klingelten. Ich sag dir, da drinnen ging echt 'ne Party ab. Bis die uns endlich die Türe öffneten, mussten wir einige Male klingeln. Aber dann!«

»Jaa, wie sich die Schwarzhaarige gleich an dich rangeschmissen und dir die Mütze vom Kopf genommen hat, filmreif war das, hey!« Timo schlug sich vor Lachen auf die Schenkel.

»Und wie die andere dich gleich ins Zimmer gezogen hat!« Diesmal war Markus Timo ins Wort gefallen, und sein Gelächter steckte wieder alle anderen an. Außer Isabel, die noch immer nicht begriffen hatte.

»Hä? Unterbrecht bitte nicht dauernd!«

»Da feierte mindestens ein Dutzend Damen den 50. Geburtstag der Wohnungsbesitzerin, und alle waren richtig gut angeheitert. Die wollten ihre Freundin mit etwas Besonderem überraschen!«

»Ist ihnen ja auch gelungen, mit euch beiden, ha, ha …« Wieder allgemeines Gelächter. Isabel rollte die Augen und sah Markus flehend an.

»Also. Die hatten für 22 Uhr zwei Stripper engagiert, und als wir klingelten, haben die gemeint, die sind es.«

22 Uhr? Rebenzeit! Endlich konnte auch Isabel mitlachen: »Habt ihr den Irrtum denn nicht gleich aufgeklärt?«

»Das wollten wir ja, aber …«

»… wir kamen fast nicht zu Wort!«

»Die fanden es sogar megalustig, dass wir den Champagner abgelehnt haben, weil im Dienst …«

»… und unsere Verkleidung fanden sie sehr aufregend!«

Frieder grinste und sagte: »Frauen wollen halt doch beschützt werden.«

Isabel ersparte sich den Kommentar, der ihr bereits auf der Zunge lag, und sagte nur: »Tja, die Polizei dein Freund und Helfer!«

»Das Geburtstagskind steht offensichtlich auf Männer in Uniform!«

»Polizisten sind ja meist auch attraktive Männer. Haben dank Sport eine gute Figur mit sexy Knackarsch.« Cheyenne kicherte und nickte ihren Kollegen anerkennend zu.

»Die Beschenkte hat Markus gleich umarmt und abgeknutscht!«

»Ja und alle haben ihre Handys gezückt und fotografiert.«

»Du hättest Timos Gesicht sehen sollen, als dann ›Je t'aime‹ erklang und zwei Damen ihm die Mütze abnahmen und begannen seine Jacke aufzuknöpfen. Der bekam richtig Panik, das sah so lustig aus!«

»Du, ich fand das irgendwann nicht mehr witzig. Je mehr wir uns gewehrt haben, desto heißer gingen die Mädels ran!«

»Die haben uns echt nicht abgenommen, dass wir wirklich im polizeilichen Einsatz waren.«

»Ach ihr Ärmsten! Und ihr konntet euch gar nicht wehren gegen die Übermacht der Damen?« Endlich konnte auch Isabel in den Ton einsteigen.

»Das war echt nicht mehr komisch.« Markus' Ernst war nicht gespielt, und jetzt waren es Isabel und Cheyenne, die am lautesten lachten.

»Bis dann Markus die rettende Idee gekommen ist und er die Frauen, die ihn umlagerten, gebeten hat, aus dem Fenster zu schauen.«

»Erst als die unseren Streifenwagen vor der Tür erblickten, haben sie von uns abgelassen.«

»Das ging sogar ganz schnell.«

»Habt ihr denn die richtigen Stripper noch getroffen?« Es war Isabel, die sich dafür interessierte.

»Ja, als wir schon wieder im Streifenwagen saßen, hielt ein gelber Maserati-Schlitten mit Konstanzer Nummer vor dem Haus. Zwei junge Männer – wirklich junge! – stiegen aus und gingen rein.«

»Die Herren wurden bestimmt nicht mehr so überschwänglich empfangen wie ihr«, vermutete Cheyenne lachend, »da hätte ich Mäuschen spielen wollen.«

»Wie sahen die aus? Wie hatten sie sich verkleidet?«

»Schwarz. Wir haben dann auch nicht mehr gewartet, bis die wieder runtergekommen sind! Ihre Autonummer haben wir mal vorsorglich notiert.«

Ein Anruf aus dem Führungs- und Lagezentrum Konstanz sorgte für ein abruptes Ende des Stelldicheins und die Kollegen trennten sich – immer noch feixend.

Isabel setzte sich an ihren Computer. Ihre Gedanken begannen, sich wieder um den Abend davor zu drehen. Es half, sich in die Arbeit zu stürzen; sie machte sich an das Protokoll des gestrigen Tages. Im Nachhinein ärgerte sie sich, dass sie sich sofort dazu bereit erklärt hatte, als der Polizeipräsident sie mit charmantestem Lächeln darum bat: »Frau Böhmer, sicher ist es für Sie eine leichte Fingerübung, ein kurzes Ergebnisprotokoll des heutigen Tages anzufertigen und mir zu schicken.« So seine Worte, und Isabel war zu überrascht gewesen, um gleich antworten zu können. Nein, ist es nicht. Ich bin keine Märchenfee, die sich Geschichten mit Happy End aus den Fingern saugen kann. Außerdem hätten Sie mich das wenigstens schon vormittags wissen lassen können! Das hätte sie antworten müssen – wenn es ihr rechtzeitig eingefallen wäre. Wahrscheinlich hätte es das Ende ihrer wasserschutzpolizeilichen Karriere bedeutet, die ja noch nicht einmal begonnen hatte. Ohnehin war ihr sofort klar, dass der Präsident gar keine Antwort erwartete. Er hatte sie eigentlich nur im Vorbeigehen beauftragt, indem er sie am Ärmel zupfte, und war dann mit Carl und zwei weiteren Dienststellenleitern weitergegangen. Und das geschah in der Kaffeepause am Nachmittag, als Isabel sich gerade mit einem Kollegen, den sie aus Tübingen kannte, unterhalten hatte. Sie seufzte. Vieles, das festgehalten werden müsste, gab es ohnehin nicht – außer ihrem Vortrag. Es gelang ihr nur mühsam, sich auf die Arbeit zu konzentrieren. Wohlklingende, aber nichtssagende Sätze zu formulieren, lag ihr ganz und gar nicht. Thomas könnte das besser. Thomas. Als Isabel an ihn dachte, bekam sie ein flaues Gefühl im Magen. Wenn sie sich in letzter Zeit auch manchmal gefragt hatte, ob es noch genügend »wir« in ihrer Beziehung gab: Ihn betrügen war ein absolutes No-Go.

»Kommst du mit in den Außendienst?«

Markus' Frage riss Isabel aus ihren Gedanken. »Ähm,

nein, ich möchte erst das Protokoll von gestern fertig machen!«

»Okay. Ich guck mir ohnehin bloß den Hafen in Langenargen an. Bei dem hohen Wasserstand hat sich vielleicht einiges verändert. Demnächst kommen da mehrere Promis mit dem Schiff an. Ich möchte nicht, dass die eine unliebsame Überraschung erleben.«

»Morgen kannst du wieder auf mich zählen.«

»Du hast noch gar nichts berichtet von der Tagung? War was Besonderes?«

Isabel stockte. »Nein, eigentlich nicht.« Wie würde Markus reagieren, wenn er wüsste, wie der Abend verlaufen war? Sicher wäre er enttäuscht. Isabel beneidete ihn um seine Familie. Vor Kurzem hatte sie bei einer Hockete seine Frau und seine Kinder kennengelernt.

»Kann mir denken, wie die Herren ticken. Ohne Zwang sehen die nicht ein, dass sich im Polizeidienst was ändern muss in Sachen Familienfreundlichkeit?«

»Es sind eben nicht alle Kollegen so wie du. Und die Chefs schon gleich gar nicht.«

»Das glaub ich dir aufs Wort!«

»Für manchen war der Tag gestern einfach eine willkommene Abwechslung und eine nette Dienstreise nach Konstanz.«

»Seien wir einfach mal optimistisch. Schau dir doch die Einstellungszahlen für die Ausbildungsgänge und die der Studienanfänger an. Die Zukunft ist weiblich – auch bei der Schutzpolizei«, lachte Markus.

»Ja, die Zahlen steigen auch im gehobenen und höheren Dienst.«

»Nur an die Führungspositionen traut ihr Frauen euch nicht!«

»Wart's halt ab. Es gibt bei uns ja auch erst seit 30 Jahren Frauen in Uniform – und was sich bewährt hat …«, versuchte Isabel zu scherzen.

»Dass du das noch mit so viel Humor nehmen kannst«, wunderte sich Markus, legte seine Uniform an, nahm die Mütze und sagte: »Also bis später dann.«

Isabel war froh, als sie alleine war. Jedes Gespräch kostete Kraft, wenn die Gedanken irgendwo ganz anders sind. Ihr Blick wanderte zum Fenster hinaus. Carl? Wo war er? Wäre er auf der Dienststelle, hätte er sich bestimmt gemeldet. Wie hatte sie es nur so weit kommen lassen können? Ein Verhältnis mit einem Kollegen oder gar dem Chef war für sie bisher absolut tabu. Jedes Mal, wenn der Flurfunk eine derartige Sache in Umlauf gebracht hatte, reagierte sie verächtlich. Nie hätte sie sich träumen lassen, dass es sie selber einmal treffen könnte. Und nun war es passiert. Ihr, Isabel Böhmer! Ihr Vater würde sich im Grab rumdrehen – falls seine irdischen Maßstäbe noch zählten.

Als sie endlich das Protokoll fertiggestellt hatte und gerade die Datei per E-Mail an Carl schicken wollte, damit er es absegnen konnte, überlegte sie es sich anders. Sie druckte es aus, nahm die Blätter und ging damit klopfenden Herzens zu Cheyenne. Diese blickte erstaunt von ihrem Bildschirm auf, als Isabel fragte: »Ist der Chef zu sprechen?« Isabel merkte, wie ihr heiß wurde: »Ich hab das Protokoll von gestern!«

»Ca…, der Polizeidirektor, ist nicht im Büro. Hat vorher angerufen, dass er heute nicht kommt«, sagte die Assistentin unbekümmert. Dabei traktierte der Stift in ihrer rechten Hand das Shirt über ihrer linken Brust, sodass sich der Ausschnitt merklich vergrößerte. Irritiert starrte Isabel auf ihren Busen. Ich bin nicht die Einzige. Cheyenne hat auch mit dem Chef geschlafen, schoss es ihr plötzlich durch den Kopf, und etwas in ihrem Bauch zog sich zusammen. »Legst du ihm das bitte auf den Schreibtisch? Dann kann er die Seiten durchgehen, wenn er kommt.«

Hastig verabschiedete sie sich und stürmte in ihr Zimmer.

Isabel konnte den Dienstschluss kaum erwarten und fieberte dem Abend mit Lena entgegen. Sie hatte nur kurz in der Wohnung vorbeigeschaut. Jetzt stand sie vorne auf der Katamaranfähre. Der Fahrtwind blies ihr hart ins Gesicht, zog und rüttelte an ihren Haaren, riss einen Teil ihrer widersprüchlichen Gedanken mit sich fort.

»Ich fass es nicht! Du?«, sagte Lena und schaute die Freundin ungläubig an, nachdem Isabel ihr alles erzählt hatte. Sekundenlang hatte es ihr die Sprache verschlagen. In ihrer Praxis hörte Lena täglich Geschichten von untreuen Ehemännern, vernachlässigten Ehefrauen und Partnerinnen, von frustrierten Geliebten. Sie selbst hatte sich nach kurzem Zusammensein von Bens Vater Mirko getrennt. Ihre Mitbewohnerin Natalia und sie – beide selbstständig – waren sich einig: Eine dauerhafte Beziehung zu einem Mann ist viel zu anstrengend und rentiert sich nicht wegen ein bisschen Sex. Wozu gab es schließlich Hilfsmittel? Isabel war anders. Sie hielt sich zwar ebenfalls für eine emanzipierte Frau mit einem Recht auf Sex, auf guten Sex. Sex hatte in ihrem Leben immer eine große Rolle gespielt, immer hatte sie ihn sich geholt, wenn sie Begehren spürte. Isabel stand zu ihrem Bedürfnis nach einem Partner. Für sie war regelmäßiges intimes Zusammensein mit einem Mann wichtiges Lebenselixier. In letzter Zeit war das zu kurz gekommen, was sie der langjährigen Beziehung mit Thomas und seiner komplizierten geistigen Welt zuschrieb. Immer schon war sie in dieser Beziehung der aktivere Part gewesen.

»Du? Mit deinen Prinzipien? Was Thomas betrifft, das ist mir egal …«

»Mir nicht«, sagte Isabel schuldbewusst. »Ich hätte die Hand für mich ins Feuer gelegt. Nie hätte ich gedacht, dass ich mich, solange ich mit Thomas zusammen bin, auf ein Verhältnis mit einem anderen Mann einlasse.« Andeutungen, Belästigungen und Nachstellungen hatte es in der Vergangenheit genügend gegeben. Dank ihres Verstandes und ihrer Schlagfertigkeit hatte Isabel ihren Standpunkt jedes Mal eindeutig klargestellt. Die Männer hatten ihre Haltung stets akzeptiert, sich meist sogar für Übergriffe entschuldigt. Nie war ein Problem daraus geworden.

»Liebst du ihn denn noch?«

»Ja, glaub schon. Egal: Eine Affäre mit dem Chef geht einfach gar nicht, noch weniger als mit einem Kollegen.«

»Eben! Er ist dein Chef! Hättest dir mal besser einen anderen ausgesucht!«

»Ich hab ihn mir nicht ausgesucht, es ist einfach passiert! Glaub mir, ich bin selbst am meisten überrascht über mich. Das ist es ja, was mir so zu schaffen macht. Ach Lena.«

»Du hast deine Regeln außer Kraft gesetzt, das find ich im Grunde gut. Und du bist mal über deinen Schatten gesprungen.« Lena sah die Freundin eindringlich an. Erst nach einer Weile antwortete Isabel:

»Weißt du, es war überhaupt kein Schatten da, über den ich hätte springen müssen. Es ist einfach passiert.«

Sie hatte die letzte Nacht und den Tag über genug gegrübelt und nach dem Warum gefragt. Eine Antwort konnte sie nicht geben – weder sich selbst noch Lena. Ihre Emotionen fuhren immer noch Achterbahn: Zwischen überbordendem Hochgefühl bestrafte sie sich mit Selbstvorwürfen. In den wenigen Minuten, in denen ihr Verstand die Oberhand ergatterte, befahl sie sich: Sofort beenden! Diese Phasen dauerten nicht lange. Bald zeigte sich, wer im Streit zwischen Gefühl und Intellekt als der Stärkere hervorging, und ihr Köper erschauerte vor ungebändigter Sehnsucht. Isabel erfasste nur eines: Das Zusammensein mit Carl hatte sie mehr beglückt als alles Bisherige. Selbst jetzt erfüllte sie anregendes Prickeln. Da stand Lena auf, stellte sich vor das Fenster und sagte: »Eigentlich schön, dass es so was gibt.«

»Schon! Oh Lena, doch warum geschieht das mir? Wenn ich nur an ihn denke, setzt mein Verstand aus. Es ist wundervoll und entsetzlich zugleich.«

»Was hat dieser Carl? Was ist so besonders an ihm?«

»Alles! Seine Augen, seine Stimme, seine Hände … ach Lena!« Isabel sah die Freundin flehend an. »Aber disziplinarrechtlich ist es eine Katastrophe.«

»Na, zuallererst mal für deinen Vorgesetzten! Ich kenn ihn ja nicht, bin mir jedoch ziemlich sicher, dass er sich nicht solche Gewissenbisse macht wie du«, sagte sie skeptisch. »Ist er eigentlich verheiratet?«

»Geschieden, laut Gerüchteküche. Wohnt angeblich allein in einem Haus direkt am Seeufer.« Isabel erinnerte sich, dass Cheyenne mal von seiner Villa geschwärmt hatte, als sie ihm die Post hatte bringen müssen. Warum ließ sich Carl eigentlich von Cheyenne die Post nach Hause bringen?

»Kannst du die Sache nicht einfach als klassischen One-Night-Stand sehen? Quick and dirty! Und zack vorbei! Ist wohl heutzutage an der Tagesordnung so was.«

Lenas Worte kamen zögernd aus ihrem Mund, und Isabel merkte, dass die Freundin selbst nicht überzeugt von dem war, was sie sagte. Sie runzelte ihre Stirn: »Für mich nicht! Ganz und gar nicht. Und für dich auch nicht. Aber du hast recht, es wär das Beste. Nur, das macht die Sache nicht ungeschehen. Auch damit muss ich fertig werden. Es widerspricht meinen Grundsätzen und meiner Erziehung.«

»Deine Grundsätze! Die schmeiß nachher auf der Fähre über Bord – ganz bewusst und einen nach dem anderen! Ist höchste Zeit.« Damit drückte Lena die Freundin fest an sich.

Isabel seufzte und wischte eine Träne fort: »Ich werd's versuchen! Bin so froh, dass ich dir alles erzählen kann. Danke.«

»Du kannst alles abladen bei mir. Guck, wie breit meine Schultern inzwischen geworden sind!«

Bei diesen Worten konnte Isabel sogar lächeln, befreit lächeln. Mit leichten Schritten eilte sie durch das nächtliche Konstanz zum Fährhafen. Als der Fahrtwind im Bug des Schiffes wieder ihre Haare zauste, fühlte sie sich, als habe sie Raum geschaffen, damit etwas Neues in ihr Leben treten konnte. Wie dieses Neue aussehen konnte, darauf wusste Isabel keine Antwort. Noch nicht.

KAPITEL 23

Isabel radelte zum Hafen des Württembergischen Yacht-Clubs und stellte ihr Fahrrad ab. Sie konnte es kaum erwarten, heute löste Timo sein Versprechen zu einem Segelausflug ein. Während des Dienstes – sie waren auf Streife mit dem kleinen Polizeiboot – hatte Isabel sehnsüchtig den Fahrtenjachten zugeschaut und versonnen gesagt: »Sollte ich jemals Kohle haben, dann kauf ich mir ein Segelboot.«

Timo hatte sich nicht mehr getraut, Isabel an seine Einladung zu erinnern, nun witterte er eine Chance: »Wenn du segeln willst, das kannst du haben, jederzeit. Hab ich dir schon mal angeboten. Gilt immer noch.«

»Echt? Cool!«

»Hast du heut Zeit? Gleich nach Dienstschluss?«

Isabel hatte nicht lange überlegt und geantwortet: »Klaro. Segeln geht allem vor. Wann und wo treffen wir uns?«

Und nun stand sie in Top, Shorts, Sonnenbrille und Leinenschuhen am Geländer und hielt Ausschau nach einem schlaksigen jungen Mann. Die Sonne schien von einem makellos blauen Himmel, Wind mit Windstärke um die zwei Beaufort kräuselte die Wasserfläche. Da entdeckte sie Timo auch schon. Mit einem blauen Basecap wedelnd stand er auf dem Vorschiff einer großen Segeljacht. Isabel winkte ebenfalls und schlenderte den Steg hinaus, grüßte ein Paar, das im Cockpit eines Bootes vesperte und ihr zuprostete. Als sie den Typ des Bootes, auf dem Timo stand, erkannte, rief sie begeistert: »Mensch, Timo, eine X-Jacht! Megastark!«

»Findest du?« Timo strahlte.

»Bitte an Bord kommen zu dürfen«, bat sie lachend, als sie über das Heck ins Cockpit kletterte.

»Klar! Willkommen an Bord der Xie. Ich freu mich, dass du da bist.« Verlegen bearbeitete Timo den Schild seiner Kappe.

»Und ich erst! Kann's kaum erwarten.« Isabel ließ ihren Blick über das Vorschiff gleiten, schaute den Mast hoch und wieder zu ihrem Kollegen.

»Timo. Crew Xie«, las sie laut den mit dunkelblauem Garn eingestickten Schriftzug auf Timos weißem T-Shirt.

»Ich lass dir gern eins nähen, wenn du dann öfters kommst«, sagte Timo erfreut.

»Verzichte, wenn du mich auch ohne mitnimmst«, erwiderte Isabel und schleuderte ihren Rucksack auf die Sitzbank.

»Bring den lieber gleich runter. Komm, ich zeig dir erst mal die Kajüte.«

»Oh Mann, das ist ja ein echter Traum«, rief Isabel beeindruckt, als sie den geschmackvoll eingerichteten Salon sah. Teakholz, graublaue Polster, ein grauer Teppich, alles strahlte gediegenen Luxus aus. Der Navigationsbereich war mit modernsten Geräten bestückt. Isabels Blick wanderte zur Pantry, ausgestattet mit Kühlschrank, Backofen und maritimem Geschirr. »Sag mal, wird hier etwa richtig gekocht?«

»Nein, nie, seit vielen Jahren nicht mehr.« Timo schaute Isabel in die Augen und schlug zögernd vor: »Wir könnten ja mal zusammen Spaghetti kochen, mitten auf dem See!«

»Jaa! Arrabiata. Ich bring die Zutaten mit«, rief Isabel und empfand Timos Zurückhaltung geradezu wohltuend.

»Meine Eltern sind nur noch selten am Boot. Meistens steht der Kahn vertäut im Hafen – wie so viele hier.«

»Schade eigentlich.«

»Wir werden das jetzt ändern!« Timo strahlte über sein ganzes schmales Gesicht und stieg vor Isabel wieder die Treppe hinauf. »Lass uns gleich auslaufen. Kannst du auf das Vorschiff gehen und die Festmacherleinen lösen?«

»Aye-aye, Capt'n!«, und schon schwang sich Isabel nach vorne, immer eine Hand an der Reling. Isabels Umsicht war Timo nicht entgangen. Er startete den Motor. Als die Xie die Hafenausfahrt passierte, grüßte der Säntis majestätisch vom anderen Ufer herüber und hieß sie auf dem Wasser willkommen.

»Du hast nicht zu viel versprochen«, sagte Timo erstaunt, als er beobachtete, wie routiniert Isabel die Vorschotleine am Vorsegel befestigte. »Kannst gleich an die Pinne, während ich das Großsegel hisse. Okay?«

Isabel nickte und vergewisserte sich: Wind aus Südwest. Damit Timo das Großsegel leichter hochziehen konnte, steuerte sie die Xie in den Wind. Als sich Großsegel und Vorsegel im Wind blähten, setzte sich Timo neben Isabel ins Cockpit und nahm wieder die Pinne. Ohne die Stellung der Segel aus den Augen zu lassen, fragte er: »Wieso kennst du dich so gut aus mit X-Jachten?«

»Ist einige Jahre her. Die Eltern eines früheren Freundes hatten eine X-99 und wir durften sie nutzen. Ist lange her. Mit ihm zusammen hab ich auch das Bodenseeschifferpatent gemacht. Einen Sommer lang sind wir hier gesegelt.« Isabel erinnerte sich an wilde Partys, die sie damals auf dem Boot gefeiert hatten. Mit Alkohol und lauter Musik, bis sich die Bootsnachbarn beim Hafenmeister beklagt hatten.

»Wo lag das Boot?«

»Im großen Hafen in Kressbronn-Gohren. Vielleicht liegt es heute noch dort. Als die Beziehung in die Brüche ging, war es auch vorbei mit Segeln.«

»Du darfst jederzeit auf einen Schlag kommen.«

»Echt, einfach so?« Isabels Herz hüpfte vor Freude.

»Logo. Meine Eltern sind froh, wenn ich das Boot bewege. Allein macht das wenig Spaß.« Hinter seiner Sonnenbrille schaffte es Timo nun, Isabel direkt anzusehen.

»Könntest du das denn, das Boot alleine bewegen, mein ich?«

»Ja. Gelegentlich geh ich raus, um Abstand zu bekommen von allem. Die wichtigen Arbeiten sind umgelenkt und vom Cockpit aus zu händeln.«

»Wie lange segelst du schon?«

»Seit ich denken kann. Als Jugendlicher hab ich mit meiner Jolle mal eine Landesmeisterschaft gewonnen.« Nun deutete er auf die Pinne und fragte Isabel: »Magst du übernehmen? Dann hol ich uns was zu trinken.«

»Gern, wenn ich darf!« Isabel übernahm und schmiegte ihre Finger um das Holz. Es fühlte sich angenehm warm an. Sie schob ihre Schildmütze hoch, um besser zur Spitze des Mastes sehen zu können. Der Wind hatte zugenommen, die Löffelchen des Windmessers rasten. Sie fiel ein wenig ab und das Boot reagierte sofort auf die Bewegung. Isabel liebte das Geräusch, wenn kleine Wellen am Bootskörper entlang gurgeln. Dann konnte sie alles um sich herum vergessen.

»Mensch, ich hab gar nicht mehr gewusst, was für ein tolles Gefühl das ist«, sagte sie überschwänglich, als Timo mit zwei Flaschen zurück kam und ihr eine reichte.

»Cheers. Auf das Segelduo Isabel und Timo!«

»Cheers!« Und während Isabel verträumt in die Segel blickte, sinnierte sie: »Eine X-99 wäre mein Traumschiff.«

»Echt?« Timos Augen leuchteten, als er nun seine Segelpartnerin musterte. Isabel sieht toll aus, hat was in der Birne, wir haben denselben Beruf, dasselbe Hobby … aber dass sie auf einen Typen wie mich steht, kann ich mir nicht vorstellen. Wär zu schön, um wahr zu sein, dachte er und stammelte: »Was, was … findest du denn so toll an der?«

»Na, die Segeleigenschaften!«, antwortete sie, immer noch die Pinne in der Hand und die Stellung der Segel im Auge. «Und dann den Komfort an Bord. Da stimmt doch alles – Problem ist nur der Preis!«

»Oder unser Gehalt!« In Isabels Gegenwart konnte Timo Späße machen. Bei anderen Frauen war er nie so unbefangen.

»Meine wird »4relax« heißen«, träumte Isabel laut und zeichnete mit dem Zeigefinger der freien Hand eine Vier in die Luft.

»Warum 4relax und nicht einfach 2relax?«

»Weil ich erstens eine 2relax schon gesehen hab und zweitens, weil die X-99 ein Familienschiff ist«, sagte Isabel bestimmt.

»Möchtest du denn eine Familie?« Timos Hände krallten sich in den Hals seiner Flasche und sein Herz begann zu klopfen, als Isabel sich Zeit ließ mit einer Antwort.

»Ja, natürlich.« Isabel fragte sich nun selbst, ob es für sie tatsächlich so natürlich war, eine Familie zu gründen. Für Thomas ja, obwohl sie bezweifelte, dass er sich der Konsequenzen bewusst war. Ihre Haltung war auf einmal gar nicht mehr so eindeutig. Deshalb fügte sie einfach an: »Wer soll denn sonst mal unsere Pensionen bezahlen?«

»Soweit denk ich noch nicht, die erleb ich sowieso nicht«, sagte Timo leichthin – froh, dass Isabel die peinliche Situation gerettet hatte. Durch die Sonnenbrille betrachtete er seine Bordfrau und in diesem Moment wurde ihm siedendheiß bewusst: Er hatte sich verliebt. Er nahm einen Schluck und lehnte sich zurück. Beide genossen die Stille.

Isabel steuerte Kurs Arbon und inzwischen hatten sie fast das gegenüberliegende Ufer erreicht. »Lass uns eine Wende machen«, schlug sie nun vor. Timo nickte und löste bereits die Vorschotleine.

»Klar zur Wende?«

»Klar!«

»Re!«

Das Manöver klappte auf Anhieb, die Xie nahm rasch wieder Fahrt auf und im Abendwind segelten sie zurück. Timo gefiel Isabels Begeisterung und bereitwillig überließ er ihr das Ruder. Wieder machte er es sich gemütlich und überlegte, wann er Isabel wieder einladen konnte. Baldmöglichst sollte es sein, auf jeden Fall. Die Xie steuerte erst den Hafen an, als der Feuerball der Sonne sich hinter die Hügel des Hegaus zurückzog und Land und See rötlich schimmernd zurückließ. Als sie den Liegeplatz erreicht hatten, versorgten sie gemeinsam die Jacht. Timo war erstaunt, wie sicher sich Isabel auch hier anstellte. Viele Handgriffe kannte sie und was sie nicht mehr wusste, erklärte er ihr stolz. Dann fuhren beide nach Hause – jeder glücklich auf seine Art. Die Sache mit Carl hatte Isabel während der vergangenen Stunden nicht einmal beschäftigt. Erst als sie allein in ihrem Bett lag, dachte sie wieder an ihn. Sie schloss die Augen und spürte seinen Körper so deutlich, als läge er neben ihr. Doch ihre Hände griffen ins Leere.

KAPITEL 24

Noch immer hatte Isabel kein Lebenszeichen von Carl. Wieder war er nicht in der Dienststelle erschienen. Cheyenne, bei der Isabel unter einem Vorwand nachfragte, saß freudlos hinter ihrem Schreibtisch. Auch sie wusste nicht, wo er war.

»Kann sein, dass er einen Termin im Ministerium wahrnimmt, aber das weiß man beim Chef nicht so genau«, sagte sie bekümmert. Der Postkorb stand gut gefüllt auf ihrem Beistelltisch, auf dem sie die Chefsachen deponierte. Isabel überlegte, ob sie eine Nachricht hinterlassen sollte. Doch was sollte sie schreiben? Abhaken sollte sie die ganze Sache am besten, Lenas Rat befolgen. Abhaken als die kürzeste, wundersamste, intensivste Episode ihres Lebens. Abhaken, möglichst schnell und weiterarbeiten, als ob nichts geschehen wäre. Ihr Herz brannte.

»Im Gegensatz zu mir sind unsere Kollegen meistens ganz froh, wenn sich der Chef nicht blicken lässt«, setzte Cheyenne hinzu, da Isabel immer noch im Zimmer stand und den Postkorb anstarrte. Mit einem Mal bildete sie sich ein, dass in ihm eine Nachricht für sie wartete, gelesen zu werden.

»Ist nichts Wichtiges drin, hab alles durchgesehen. Mach dir keine Sorgen.« Konnte Cheyenne ihre Gedanken lesen? Rasch verließ Isabel das Büro.

Drückende Schwüle lag in der Luft, als Markus fragte, ob Isabel mit auf Streife gehe. Froh, der Enge des Büros entkommen zu können, bejahte Isabel.

Nun verließ die 21 den Hafen. Erste Schäfchenwolken stiegen über den österreichischen Bergen auf. Sie waren noch nicht weit draußen, da nahmen sie ein Motorboot ins Visier, auf dem mehrere Kinder herumturnten und ihre Freude daran hatten, vom Bug aus ins Wasser zu hüpfen. Offensichtlich war der Bootsführer der einzige Erwachsene an Bord. Erwartungsvoll platzierten sich die Jungen auf dem Vorschiff, als sich das Polizeiboot näherte.

»Übernimm du mal kurz das Steuer«, sagte Markus, verließ das Steuerhaus und rief dem Mann zu: »Kleiner Badeausflug, was?«

»Ja, Kindergeburtstag! Mein Sohn und acht Freunde.«

»Wie viel Schwimmwesten haben Sie an Bord?«

Der Bootsführer stutzte, überlegte, reckte dann drei Finger und antwortete: »Drei!«

»Zu wenig!«, schrie Markus und fügte mit Blick auf das Wolkenband hinzu: »Wem ziehen Sie die an, wenn's brenzlig wird?«

»Oh! Das hab ich nicht bedacht!«, gab der Mann betroffen zurück. »Kommt alle zu mir nach hinten«, schrie er den Jungen zu und machte kehrt.

Markus schüttelte nur den Kopf und kam wieder herein. »Unverzeihlicher Leichtsinn! Dafür hab ich keinerlei Verständnis!«

Er wischte sich den Schweiß von der Stirn und steuerte die 21 in Richtung Seemitte. Isabel stand neben ihm, das Fernglas vor den Augen. Sie gab sich heute ungewöhnlich wortkarg. Immer wieder beobachtete Markus seine Kollegin aus den Augenwinkeln. Er merkte wohl, dass irgendetwas Isabel beschäftigte. Vielleicht hatte sie Probleme mit ihrem Freund. Von dem erzählte sie ohnehin nur selten. Markus wollte nicht indiskret sein, es ging ihn nichts an.

Er fing an zu pfeifen und schaute Isabel von der Seite an. Auch auf ihrer hellblauen Bluse zeichneten sich dunkelblaue Flecken ab. Gerade hatte sie erneut das Fernglas an die Augen genommen und studierte mit gerunzelter Stirn das Wolkenband, das nun den Wölkchen gefolgt war. Markus sagte: »Die künden Föhn an. Wird nicht mehr lange dauern, dann geht's zur Sache.«

»Meinst du? Ein bisschen Wind würde guttun.« Wieder wandte sie sich der glänzenden Wasserfläche zu. Sie beobachtete einen Mann, der gerade von einem Segelboot aus ins Wasser sprang. Die Segel hingen nur notdürftig versorgt herunter. »Ganz schön mutig, der Knabe! Aber ich würde gern mit ihm tauschen!«

Markus folgte ihrem Blick und stöhnte: »Ich auch. Abkühlung! Komm, den schauen wir uns mal genauer an«, drückte schon den Gashebel und nahm Kurs. Er verlangsamte dic Geschwindigkeit erst, kurz bevor sie die Jacht erreicht hatten.

Der Badende hatte das Polizeiboot offensichtlich bemerkt und war hastig zur Heckleiter geschwommen. Jetzt saß er im Cockpit und trocknete sich ab. Nach einem Wink von Markus verließ Isabel das Steuerhaus, nahm zwei Fender, band sie an die Reling, während Markus das Polizeiboot längsseits neben die Segeljacht legte. Als der Mann die junge Polizistin sah, schwang er hastig ein Handtuch um seine Lenden und grüßte herüber.

»Na, ist das Wasser erfrischend?«

»Ja, herrlich!«, antwortete er verdattert.

»Bitte zeigen Sie uns mal die Bootspapiere und Ihren Führerschein.« Isabels Worte klangen freundlich und sachlich.

»Moment.« Die nassen Füße des Mannes hinterließen dunkle Abdrücke auf dem Teakholz, als er ins Innere der

Jacht stieg und nach kaum einer Minute mit den Papieren in der Hand hochkam. Er reichte sie Isabel mit den Worten: »Ich hätte den Ring ins Wasser werfen sollen. Das wäre sicherer gewesen, ich weiß, ich weiß!«

»Warum haben Sie's dann nicht gemacht? Sind sie allein an Bord?«

Er nickte.

»Dann war es allerdings mehr als gedankenlos.«

»Nach dem Bad wollte ich die Segel bergen.«

»Wär der Föhn inzwischen gekommen, hätten Sie das Boot womöglich gar nicht mehr erreicht. Schönen Abend!«, sagte Isabel und gab ihm den Bootsführerschein zurück.

Markus drehte ab und Isabel band die Fender los. Sie betrat das Steuerhaus, fuhr sich mit der Hand über den schweißnassen Nacken und nahm einen Schluck aus ihrer Wasserflasche. Auch Markus trank und sagte dann: »Souverän, wie du das gemacht hast!«

»Danke, kleinste Übung.«

»Hast dich gar nicht irritieren lassen von seinem Anblick?«

»Nein, sollte ich?«

»Durchtrainierter muskulöser Körper. War doch schön anzugucken!«

»Na und? Ich bin umgeben von schönen Männern, nichts Neues also.«

So locker wie Isabel sich gab, war ihr nicht zumute. Wo steckte Carl? Warum ließ er nichts von sich hören? Die Ungewissheit nagte an ihr.

»Na, wenn das so ist!« Markus schaute sich um. Einige Boote näherten sich den Häfen, im näheren Umkreis war kein anderes Boot zu sehen. Noch lag der See ruhig da.

Markus stellte den Motor ab und fing an, sein Hemd aufzuknöpfen. »Kannst du hier mal alles im Blick behalten? Auch den Funk, bitte.«

Als Isabel nickte, begann er, den Gürtel von der Hose zu lösen. Er legte ihn beiseite und zog sich komplett aus. Isabel sah ihm entgeistert zu. Als er splitternackt vor ihr stand, sagte sie: »Sag mal, spinnst du? Was soll denn das jetzt?« Sie hatte schon mit einigen perversen Gestalten zu tun gehabt, aber Markus passte nicht in diese Schublade. Sollte sie sich getäuscht haben?

»Ich geh ins Wasser, du hältst die Stellung!« Damit schnappte er sich einen Putzlappen, drehte sich vor der Tür noch einmal um und sagte: »Kein Wort ins Handy oder ins Funkgerät, kapiert!«

Obwohl Isabel wusste, dass Baden im Dienst verboten war, vertraute sie ihrem Kollegen. Erklären konnte sie sich sein Verhalten absolut nicht. Markus kletterte derweil über die Leiter auf die Heckplattform und glitt ins Wasser. »Superschön«, schrie er herauf.

Isabel mahnte sich zu Besonnenheit. Während ihre Finger das Handy umschlossen, vergewisserte sie sich, dass auch das Funkgerät in greifbarer Nähe lag. Sie sah Markus nicht mehr, sondern hörte nur ein schabendes Geräusch an der Außenwand. Die Schwüle drückte den Schweiß aus sämtlichen Poren, sie fuhr sich mit einer Hand über die nasse Stirn. Das Scharren hielt unvermindert an. Sie griff nach dem Telefon, steckte es in die Hosentasche, stürzte aus der Kabine und schrie: »Markus?«

Mit beiden Händen hielt sie sich an der Reling fest und beugte sich weit hinaus. Da entdeckte sie den Kollegen. Mit einem Arm rudernd hielt Markus sich über Wasser. Mit der anderen Hand rieb er den Schmutz vom Wasserpass ab. Isabel schüttelte ungläubig den Kopf und rief: »Du hast sie echt nicht mehr alle!«

Dann ging sie zurück in die Kabine und wartete. Markus umrundete das Boot und kam anschließend die Stufen herauf. Im Steuerhaus griff er ein Handtuch, trocknete sich ab und sagte, als hätte er gerade das Normalste der Welt hinter sich: »Sehr erfrischend.«

»Das glaub ich jetzt nicht! Du schuldest mir eine Erklärung!«, monierte Isabel.

»Wirklich? Baden ist nicht erlaubt im Dienst, Putzen schon«, sagte Markus mit breitem Lächeln. »Hat mir mein früherer Chef in meinem ersten Sommer am See beigebracht.« Während er sich wieder komplett anzog, fügte er hinzu: »Er hat mir auch eingetrichtert: Egal wie dreckig, verspritzt oder voller Algenbesatz das Blau eines Bootes ist: Wenn der Wasserpass wieder weiß ist, wirkt ein Boot sauber. Ich muss zugeben, er hatte recht, genauso ist es!«

Nun konnte auch Isabel befreit mitlachen. »Das kostet dich mindestens ein Feierabendbier, das sag ich dir!«

»Okay. Gleich nachher von mir aus.«

Er stellte sich wieder ans Steuer und startete den Motor. Isabel fügte hinzu: »Dann musst du mir auch erzählen, woher die Narben auf deinem Körper stammen.«

KAPITEL 25

»Der Chef will dich sprechen. Sofort!« Cheyennes Worte hallten noch in Isabels Ohren, als sie bereits zum Zimmer hinaus und den Flur entlang eilte. Ihr Herz drohte zu zerspringen, vor lauter Aufregung wurde ihr übel. Drei Tage lang hatte Carl W. Dangelmann sich nicht gemeldet. Drei lange Tage und drei endlose Nächte hatte sie sich den Kopf zermartert. Nun stand sie ihm in seinem Büro gegenüber und rechnete mit allem.

Sie hat genug gelitten, schoss es Dangelmann durch den Kopf, als er ihre Gestalt in der Tür erblickte. Genug jetzt. Er lächelte, stürmte ihr entgegen, blieb zwei Schritte vor ihr stehen, sandte Blitze in ihre Augen und wählte einen Ton, von dem er wusste, er wirkte: »Du bist die Frau meines Lebens!«

Aufs Äußerste erregt, fragte sich Isabel, ob sie richtig gehört hatte. Carls Worte wanderten vom Gehörgang direkt in ihr Gehirn. Zuerst in die linke Gehirnhälfte. Kann nicht sein, signalisierte diese. Zeitgleich schaltete sich die rechte Gehirnhälfte ein: Wie wunderbar. Dann senkten sich die Silben hinab in den Bauchraum, dorthin, wo sie ihr vor langer Zeit mit Thomas Schmetterlinge verursacht hatten. Ließen sich nieder, flatterten aufgeregt. Diesmal mussten es Atlasspinner sein, seltene Riesenschmetterlinge. Atlasspinner leben nur kurz. Kaum haben sie ihre Flügel entfaltet, müssen sie auch schon sterben. Das Schulwissen geisterte durch Isabels linke Gehirnseite.

»Du bist die Frau meines Lebens!« Als die Worte Isabel

den Boden unter den Füßen zu entziehen drohten, streckte Dangelmann seine Arme aus und zog sie an sich. Ihre Muskeln und ihr ganzer Körper lösten sich nach den Tagen extremster Anspannung. Sie stöhnte und ließ sich regelrecht in seine Arme fallen. Aller Groll, alle Selbstvorwürfe, alle Zweifel waren wie weggeblasen.

»Bella. Meine Bella. Ich darf dich doch so nennen?«

Tränen rannen über Isabels Wangen, ihr Herz drohte überzulaufen vor Glück. Er drückte sie fester an sich und streichelte ihren Rücken. Dann löste er seinen Oberkörper von ihrem, um Isabel erneut in die Augen blicken zu können: »Ich habe mein Leben lang nach Gold geschürft. Gelegentlich hab ich auch ein kleines Kügelchen gefunden. Nun steht ein gigantisches Nugget vor mir, von seinem Schöpfer vollendet geformt und poliert. Du! Du bist die Frau, die mir ebenbürtig ist!«

Carl überschüttete sie mit Worten, und Isabel war so überwältigt, dass sie sich einfach an ihn schmiegte. Sie sog den Duft seines Körpers ein wie eine Ertrinkende. Jeder Atemzug lud ihren Körper auf. Als sie Carls Lippen erst auf ihrem Hals, dann auf ihrem Mund spürte, übermannte sie Begehren, und ihre Hände begannen, ihm die Krawatte zu lösen.

»Nicht hier, meine Bella. Doch nicht hier«, keuchte er und genoss ihre Erregung. Was für eine Frau! Welch leidenschaftliches Feuer! Ich hab sie unterschätzt, will sie wieder haben, schoss es ihm durch den Kopf. Er ergriff ihre Hand und führte sie an seine Hose. Ein animalischer Laut entfuhr Isabels Mund.

»Du kriegst ihn, aber nicht hier und nicht jetzt. Komm zu mir nach Hause«, flüsterte er heißer.

Mit einem Schlag war Isabel ernüchtert. Sie löste sich

aus seinen Armen und schob Carl von sich. Was war bloß in sie gefahren? Hatte sie vollkommen den Verstand verloren? Noch spürte sie das Ziehen in ihrem Bauch, das unbändige Verlangen. Mit beiden Händen strich sie über ihr Gesicht, ordnete ihre Haare und schob die Bluse in den Gürtel. Als kurz darauf Cheyenne klopfte, um Carl an seinen Termin zu erinnern, saß sie ihm bereits gegenüber, als sei nichts geschehen.

»Was wollte der Chef denn von dir?« Cheyenne hob neugierig den Kopf, als Isabel kurz darauf das Chefzimmer verließ. Isabel überlegte einen Moment, dann antwortete sie: »Wir müssen demnächst die Stellungnahme in Sachen Gender ans Präsidium schicken. Der Chef sagt, du hast die genaue Adresse und weißt, wer den Bericht bekommen soll. Ich komm wieder auf dich zu.«

Damit verließ Isabel das Vorzimmer.

Es war unmöglich, sich auf die Arbeit zu konzentrieren, weshalb Isabel ihren Dienst bald beendete. Mit einem nie gekannten Glücksgefühl schwang sie sich auf ihr Fahrrad und radelte nach Hause. Gerade wollte sie Lena anrufen, da meldete sich Thomas via Skype. Er erzählte begeistert von einem Aufsatz, den er in der Bibliothek ausgegraben habe. Dieser verschaffe ihm endlich Klarheit über Epikurs Philosophie. Nun sei er frohen Mutes und werde an seiner Dissertation weiterarbeiten können. Das Dumme sei nur, er müsse sich erst an die Hausarbeit machen. Isabel hörte nur mit einem Ohr zu. Sie war erleichtert, dass er so viel von sich loswerden wollte und sich nicht erkundigte, wie es ihr gehe. Noch nicht einmal vor sich selbst hatte sie entschieden, ob sie Thomas ihren Fehltritt beichten würde.

Isabel hielt es nicht lange in ihrer kleinen Wohnung. Sie stopfte die Badesachen in ihren Rucksack, zog die Joggingschuhe an und lief durch das Eriskircher Ried. Beim Strandbad hüpfte sie ins Wasser, legte sich anschließend ins Gras und grübelte, während der Wind in den Blättern raschelte, wie es weitergehen sollte. Die widersprüchlichsten Gedanken jagten durch ihre Sinne. Ohne Ergebnis packte sie wenig später ihre Sachen zusammen. Da entdeckte sie kleine Erdbeeren und pflückte eine Handvoll. Sie setzte sich auf einen Baumstamm, steckte eine Frucht nach der anderen in den Mund und drückte sie mit der Zunge gegen den Gaumen. Das süß-saure Aroma zog ihre Wangen zusammen. Der Geschmack meiner Kindheit, dachte sie. Wie oft mussten Karolina und ich mit Mama Beeren sammeln, die sie dann zu Marmelade verkocht hat. Karolina hatte sich bald gewehrt und solange gemotzt, bis Mama nachgab und sie daheim bleiben durfte. Sie selbst war aus Rücksicht auf ihre kränkelnde Mutter weiterhin mitgegangen, obwohl auch sie ihre Zeit lieber mit Freundinnen verbracht hätte. Sie war ein braves Mädchen gewesen, vielleicht ein zu braves.

KAPITEL 26

Am folgenden Tag standen für das Team die jährlichen Kontrollübungen auf dem Plan. Der Dienststellenleiter hatte sich entschuldigen lassen. Die Zugriffstechniken absolvierte Isabel ohne Probleme. Wie man jemanden in den Schwitzkasten nahm, dass er sich nicht mehr wehren konnte, hatte Isabel bei vielen Einsätzen in Tübingen anwenden müssen.

Nun waren die Schießübungen an der Reihe und Frieder Kahle frotzelte: »Jetzt kannscht mal zeigen, Mädle, ob du auch mit 'ner Knarre umgehen kannscht!«

Frauen und Waffen waren für ihn zwei Dinge, die einfach nicht zusammengehörten. Für ihn war in Ordnung, dass Frauen im Polizeidienst bis vor einigen Jahren für Sekretariat – Aktenablage und Kaffeekochen – zuständig waren. Er hätte nichts dagegen gehabt, wenn das bis zur Pensionierung so geblieben wäre. Doch die neue Polizeihauptkommissarin Böhmer war schon öfters für Überraschungen gut gewesen. Er mochte sie und traute ihr zu, dass sie auch schießen konnte. Gespannt beobachtete er, wie sie hinter der Drei-Meter-Mauer in Stellung ging. Dann knallte es mehrmals und er rief erstaunt: »Volltreffer, absolut alle!«

Isabel wich weiter zurück, um die Distanz auf sechs und danach auf 15 Meter zu vergrößern. »Jetzt verdeckt«, schrie der Kollege. Erneut drückte Isabel die Ohrschützer über, duckte sich hinter die Mauer, zielte und drückte mehrmals ab. Erst als das Magazin leer war, schob sie ihren Revolver in den Schaft zurück.

»Mindeschtens so gut, teilweise besser als deine männlichen Kollegen«, stellte Frieder anerkennend fest, als er Isabel das Blatt mit der Dokumentation reichte. »Dir möcht ich nicht in die Quere kommen. Ich werd die Kollegen warnen.«

Isabel fasste seine Worte als Kompliment auf und verließ zufrieden den Schießstand. Die Schreibtischarbeit fiel ihr heute leichter als in den Tagen zuvor. Nach dem Dienst tauschte sie Jeans und T-Shirt wieder in Sportklamotten und Joggingschuhe. Sie spürte die unbändige Lebenskraft der Natur auch in ihrem Körper, fühlte sich fit und voller Tatendrang wie lange nicht mehr. Sie drehte eine große Runde am Seeufer entlang und kam erst nach zwei Stunden völlig ausgepowert, doch überaus glücklich zurück. Dann legte sie ihre Lieblingsmusik ein und zog sich ins Bad zurück.

Als Isabel am nächsten Morgen zur Dienststelle radeln wollte, fielen ihr an den Wänden des Schulzentrums große bunte Buchstaben auf. Die sind ganz frisch, da muss sich heut Nacht jemand ausgetobt haben, dachte sie und stieg ab. Schwarz, umrahmt von grellem Pink sprangen ihr fast zwei Meter hohe Buchstaben entgegen: A. C. A. B. Sie spürte, wie Wut von ihr Besitz ergriff. Seit ihrer Schulzeit hatte sie eine Schwäche für Graffitis. Mit Freunden hatte sie Plätze dezent verschönert. Ihre Clique war bekannt in der kleinen Sigmaringer Szene. Die Stadt hatte damals noch keine Flächen zur Verfügung gestellt, und die Spraykunst umwehte die Aura des Illegalen. Bei einem Besuch in Tübingen hatte Isabel erstmals staunend vor riesigen Masterpieces gestanden. Richtige Kunstwerke waren das und immer mit demselben TAG. Seinerzeit hätte sie sich am liebsten der Gruppe angeschlossen. Nachdem sie sich für den Polizeidienst entschieden hatte, war das natürlich völlig ausgeschlossen. Später, bei der Schutzpolizei in Tübingen, musste sie auch in der Szene ermitteln und lernen, sich zu distanzieren. Sie erinnerte sich: Zwischen den zwei aktivsten Cliquen hatte es immer wieder Rivalitäten gegeben, wenn die eine die gerade geschaffenen Pieces der anderen in der nächsten Nacht übersprayt hatte. Mehrere Mitglieder mussten daraufhin wegen gebrochener Finger behandelt werden und sie hatte die Anzeigen auf den Schreibtisch bekommen.

Was hier die Wände der Schule und der Turnhalle verunstaltete, war keine Kunst. Das war primitive Schmiererei. A. C. A. B. All Cops Are Bastards, hämmerte es in Isabels Kopf. Ihr Schwachköpfe!! All Cops Are Beings! Human Beings, ihr Idioten, wollte sie hinausschreien. Doch sie zwang sich zur Ruhe. Ganz Polizistin stellte sie ihr Fahrrad ab und besah sich die Sudeleien genauer. Total frisch, kein Zweifel, die Writer hatten sich in der vergangenen Nacht ausgetobt. Im zertretenen Gras lagen beschmierte Einmalhandschuhe und Farbdosen. Isabel nahm ihr Handy und machte einige Aufnahmen. Ob wohl bereits eine Anzeige gegen Unbekannt eingegangen war? Dann trat sie wieder in die Pedale, in ihrem Kopf rotierten die Buchstaben rhythmisch im Takt: All Cops Are Beings. All Colours Are Beautiful. Acht Cola Acht Bier. All Cops …

KAPITEL 27

»In welche Granatenscheiße haben Sie mich da gebracht? Ihr seid doch die größten Idioten auf diesem Erdball!« Polizeidirektor Dangelmann drückte seinen Stuhl nach hinten und schoss in die Höhe, außer sich vor Zorn. Seine versammelte Mannschaft einschließlich Isabel saß mit gesenkten Köpfen am Besprechungstisch. Einige kritzelten auf ihren Unterlagen herum, nur um den Chef nicht ansehen zu müssen und um ihre Betretenheit zu verbergen.

Isabel konnte nicht fassen, was da gerade vor sich ging. Noch nie hatte sie ihren Chef so erlebt. Mit hochrotem Kopf stapfte Carl zur Fensterfront und zurück, fuchtelte mit den Armen und spie den Wortschwall aus seinem Mund. Eine Steilfalte bohrte einen Graben von der rechten Nasenwurzel bis zum Haaransatz. Zwei Arterien links und rechts an seinem Hals waren einige Millimeter weit hervorgetreten und drohten, den Hemdkragen zu sprengen.

Markus hatte in den ersten Wochen angedeutet, dass der Boss gelegentlich ausflippte. Das komme auch mal wegen Nichtigkeiten vor. Man müsse lernen, darüber hinwegzusehen. Solange man selbst nicht dran sei, klappe das meist ganz gut. Hinzugefügt hatte er damals: Ich hoffe, dass CaWe sich einer Frau gegenüber zusammenreißt und du verschont bleibst. Nun erlebte Isabel den ersten Zornausbruch live und konnte nicht einmal nachvollziehen, was genau ihn ausgelöst hatte. Verwundert rekapitulierte sie die vergangenen Minuten, fand aber keinen Grund für eine derartige Reaktion: Timo Fessele hatte von einem Einsatz berichtet. Er war noch nicht zum Ende gekommen, hatte Carl bereits losgepoltert.

Nun saß Timo zusammengekauert wie ein Häufchen Elend auf seinem Platz. Als er einen Kugelschreiber greifen wollte, zitterten seine Hände. Der Stift fiel zu Boden und rollte ein Stück weg. Kreidebleich erhob sich Timo und wollte ihn aufheben, da schrie der Vorgesetzte: »Fessele, setzen Sie sich! Sie sind ein Volldepp!«

Es schien, als würde sich jeder Knochen von Timos dünnem Körper einzeln auf den Stuhl zurückschleichen. Schweißtropfen perlten seine Schläfen hinab. Isabel fühlte sich unbehaglich. Das ging entschieden zu weit! Auch ein Chef hatte nicht das Recht, einen Mitarbeiter so fertigzumachen! Markus neben ihr bemerkte ihr Unwohlsein. Er berührte den Ärmel ihrer Jacke, als wolle er sie beruhigen und sagen: Das geht schnell vorbei. Da hörte sie erneut Carls sich überschlagende Stimme, die eiskalt klang und jegliche Anziehungskraft verloren hatte. »So eine Riesenscheiße, die Sie mir da eingebrockt haben. Wie stehe ich denn jetzt da?«

Mit schnellen Schritten durchmaß der Dienststellenleiter wieder sein Büro. Dann blieb er abrupt vor der Glasfront stehen, fuhr sich über die Haare und blickte auf den See hinaus. Timo nahm seinen restlichen Mut zusammen und versuchte sich zu rechtfertigen: »Es herrschte Sturm, Windstärke zehn, ich …«, seine Stimme versagte.

»Halten Sie den Mund, Fessele!« Nur kurz hatte sich Dangelmann umgedreht, um die Worte seinem Mitarbeiter entgegenzuschleudern. Nun drehte er allen wieder den Rücken zu, gestikulierte zum Fenster hinaus, und der Wortschwall verebbte. Isabel beobachtete Timo. Er fiel regelrecht in sich zusammen. Sie wollte aufstehen, doch wieder legte Markus seine Hand beschwichtigend auf ihren Arm. Isabel schaute ihn verständnislos an.

Es war mucksmäuschenstill, keiner der Kollegen traute sich, ein Wort zu sagen. Nur aus dem Vorzimmer war Cheyennes Stimme zu hören. Offensichtlich telefonierte sie und lachte dabei laut. Nach einer Pause, die Isabel schier endlos vorkam, räusperte sich Markus und sagte mit fester Stimme: »Ich werde mit dem Techniker den Motor inspizieren. Das ist vielleicht nur eine Kleinigkeit, hab da einen gewissen Verdacht.«

Es blieb ruhig. Gespannt warteten alle auf die Reaktion des Dienststellenleiters. Carls Rücken streckte sich, das Hemd über den Schultern spannte. Wieder fuhr er sich mit einer Hand durch die Haare, drehte sich ruckartig um und grunzte seinen Stellvertreter an: »Meinetwegen, Proll, ich verlasse mich auf Sie!« Und mit einem verächtlichen Blick auf Timo brummte er: »Das Meeting ist beendet.«

Dann griff er nach seiner Jacke, setzte die Mütze auf und stürmte aus dem Zimmer. Hastig packten alle außer Timo ihre Sachen zusammen – erleichtert, dass der Jour Fixe vorüber war und das Donnerwetter diesmal sie nicht getroffen hatte. Ohne weitere Worte zu wechseln, verließen sie ebenfalls das Chefzimmer. Isabel überlegte, ob sie sich zu Timo setzen sollte. Da nahm auch er seine Unterlagen und ging mit gesenktem Kopf an ihr vorbei. Kurz streifte sie seinen Arm, trotzdem merkte sie, wie er unter der Berührung zusammenzuckte. Zwei flackernde Blicke trafen sie. Einen Moment lang sah es aus, als wolle er stehen bleiben, dann trottete auch er seinem Zimmer zu.

Markus ließ sich in seinen Bürostuhl fallen und atmete tief aus. Isabel öffnete das Fenster.

»Ich brauch erst mal frische Luft.«

»Und ich Nervennahrung. Magst du auch?« Er bot Isabel die Tüte mit Studentenfutter an, die immer auf seinem Schreibtisch stand, und griff selbst hinein.

»Ja.« Isabel langte kräftig zu.

Markus warf sich gekonnt mehrere Nüsse hintereinander in den Mund und sagte kauend: »Nun hast du das HB-Männchen auch mal live erlebt.«

Isabel war noch immer betroffen und blickte ihr Gegenüber fragend an. »Wie kannst du so ruhig bleiben? Also echt, das war ja so was von daneben!« Das würde sie Carl bei Gelegenheit klarmachen.

»Reiner Selbstschutz. Musste ich auch erst lernen. Hier, greif noch mal rein.« Markus grinste jetzt sogar und reichte ihr wieder das Päckchen: »Du siehst ja bei Timo, wohin es führt, wenn du das an dich ranlässt!«

Isabel spürte, wie zerrissen sie innerlich war. Ihr Körper sehnte sich nach Carl, ihr Sinn für Gerechtigkeit hämmerte ihr ein: Du musst Klartext reden, musst dich einmischen. Sie sagte: »Das geht doch nicht! Das ist nicht nur eine Sache zwischen den beiden!«

»Du hast recht, aber es ist einfacher wegzuschauen. Mit Eingreifen handelst du dir nur Ärger ein. Alle machen es so.«

»Wenn es alle so machen, wird es nicht besser!« Isabels Worte klangen scharf, ihre Augen flackerten. »Du bist sein Stellvertreter! Du hast auch Verantwortung für die Mitarbeiter. Sag was!«

Markus schob sich eine Ladung Nüsse in den Mund und sagte kauend: »Dann bin ich morgen weg vom Fenster. Ich hab ein Haus abzubezahlen und eine Familie zu ernähren.«

»Was ist mit Frieder? Der hat doch nichts mehr zu verlieren.«

»Der denkt, leck mich! Die paar Monate halte ich noch durch!«

»Wenn jeder so denkt, ändert sich nichts. Wir müssen alle zusammenstehen.«

»Mal sehen, was ich tun kann«, sagte Markus kleinlaut.

»Ich geh zu Timo rüber!«, entschied Isabel und erhob sich schon. Seit ihrer Kindheit hasste sie nichts mehr, als ungerecht behandelt zu werden. Wenn die Diskriminierung allerdings vom Chef ausging, war die Sache doppelt schwierig. Sie nahm sich fest vor, Carl zur Rede zu stellen. Und trotzdem fühlte sie sich auch in diesem Moment angezogen von diesem Mann. Sie fragte sich, warum. Vielleicht wusste Lena Rat.

Eigentlich hatte Isabel Cheyenne um einen Termin beim Chef bitten wollen, um ihm ihren Entwurf und ihre weiteren Pläne anzuvertrauen. Doch heute war nicht der richtige Tag dazu. Ihre Empörung war nach dem Besuch bei Timo stärker geworden und immer noch nicht abgeklungen. Sie saß an ihrem Schreibtisch und warf einen Blick auf ihr Handy. Vielleicht hatten Lena oder Thomas eine Nachricht geschickt. Eine Nachricht war angekommen; erstaunt riss Isabel die Augen auf, als sie den Absender sah. Sie las: »Es gibt Kunstwerke auf dieser Welt, einmalige, die mich vom ersten Anblick an fesseln. Die mich begeistern und mein Blut in Wallung bringen. Du!« Einige Kussemoticons folgten. Die Nachricht stammte von Carl, war vor wenigen Minuten eingegangen. Isabel sank in den Stuhl, konnte nicht fassen, was sie gelesen hatte. Reihte die Buchstaben und Worte nochmals langsam aneinander. Gerade, als sie das Handy zurücklegen wollte, ging eine weitere Nachricht ein, wieder von Carl: »Ich muss dich sehen. 20 Uhr.« Wieder mit Kussemoticon. Dieser Mann war ein einziges Rätsel.

Das Telefon klingelte. Der Kollege aus dem Führungs- und Lagezentrum in Konstanz meldete, dass Passanten am Strand beim Campingplatz eine junge Frau aufgefunden haben, die Hilfe brauche. »Hast du die genaue Stelle? Ich schau sofort nach!«

Erleichtert, das Büro verlassen zu können, griff Isabel ihre Jacke und legte bereits im Hinausgehen den Obergürtel an. Kurzerhand entschied sie sich, das Dienstfahrrad zu nehmen. Damit war sie genauso schnell – und die Bewegung würde ihr guttun.

KAPITEL 28

Minuten später hatte Isabel den Ort erreicht. Sie schaute sich um und ging auf Menschen zu, die sich um eine Parkbank gruppiert hatten. Dort kauerte ein junges Mädchen in Röhrenjeans und zerrissener Bluse. Ihr Kinn lag auf der Brust, lange dunkle Haare klebten an den Wangen. Ein älteres Paar redete auf das Mädchen ein. Als die Frau die Polizistin sah, rief sie: »Das ging aber schnell.«

»Haben Sie angerufen?«, fragte Isabel. Der Mann nickte und hob die Hand, in der er noch das Handy hielt. Isabel musterte das Mädchen und fing einen verzweifelten Blick aus tränennassen Augen auf. »Was ist passiert?«

Höchstens 13 Jahre alt. Statt einer Antwort schniefte das Mädchen laut. Die Frau reichte ihr ein Stofftaschentuch und sagte zu Isabel: »Die Kleine hat so geheult, da dachten wir, es ist besser, wenn wir Hilfe holen.«

»Absolut richtig«, antwortete Isabel und taxierte weiterhin das Mädchen. Es wirkte apathisch, und sie überlegte, ob sie einen Krankenwagen rufen sollte, verwarf den Gedanken wieder, da sie keine äußerlichen Verletzungen erkennen konnte.

»Dürfen wir jetzt gehen?«, fragte die Frau. »Sonst verpassen wir unseren Bus und die Gruppe fährt ohne uns weiter.«

»Gehen Sie nur, ich bleibe bei ihr. Bitte geben Sie mir noch Namen und Adresse, falls wir Rückfragen haben.«

Isabel setzte sich zu dem Mädchen auf die Bank. Erneut wurde sie von einem Weinkrampf geschüttelt. Sie schniefte in das Taschentuch, die Wimperntusche hinterließ schwarze Flecken. Am liebsten hätte Isabel den Arm um die Schultern der Kleinen gelegt und sie zu trösten versucht, doch das war im Dienst streng verboten. Geraume Zeit verging, bis das Mädchen in der Lage war zu reden. Isabel erfuhr, dass Pia, so hieß sie, sich vor wenigen Stunden mit einem Mann getroffen hatte, der über ein Internetforum Kontakt mit ihr aufgenommen hatte. Er hatte sie aufgefordert, heute statt der Schule in den Stadtpark zu kommen und sich mit ihm zu treffen. Erst habe sie ihn gar nicht erkannt, denn auf den Fotos habe er viel jünger ausgesehen. Dann seien sie gemeinsam hier runtergegangen, er habe ihr etwas zu trinken gegeben, woraufhin ihr ganz komisch geworden sei. Plötzlich habe er an ihrer Bluse rumgemacht und ihr zwischen die Beine gefasst. Sie habe Angst bekommen und geschrien. Er habe versucht, ihr das Getränk einzuflößen, doch sie habe ihm die Flasche aus der Hand geschlagen. Isabel sah sich suchend um und entdeckte zwischen Scherben den Boden einer Glasflasche, in dem sich ein Rest bräunlicher Flüssigkeit befand. Wahrscheinlich mit K.-o.-Tropfen versetzt, sicher interessant für die Spurensicherung. Isabels Magen krampfte sich zusammen, nicht schon wieder, dachte sie. Einmal war sie selbst mit dem Teufelszeug in Kontakt gekommen, als sie mit Bekannten einen Club besucht hatte. Obwohl alle ihre Getränke in der Hand behielten, hatte es eine Freundin erwischt. Von einer Minute auf die andere war sie nicht mehr ansprechbar, und die Begleiterinnen mussten sie ins Krankenhaus bringen. Das Schlimmste für Isabel war damals, wie sie von den Ärzten behandelt wurden. Die gingen offensichtlich davon aus, dass sich die Mädchen die Kanne gegeben hatten und eine wegen zu viel Alkohol ins Koma gefallen war. Erst das Ergebnis der Blutuntersuchung brachte Gewissheit. Weil der Stoff bis zum Herzstillstand führen kann, musste die Freundin die Nacht im Krankenhaus verbringen.

Leises Wimmern holte Isabel in die Gegenwart zurück. Sie beobachtete Pia. Heute wusste Isabel, dass die Zusammensetzung der Tropfen dem eines Felgenreinigers entspricht, der in jedem Supermarkt zu haben ist. Ihre Finger umfassten den Griff ihrer Pistole. Männer, die das Zeug zweckentfremden, wissen gar nicht, was sie anrichten. Diese Mistkerle, dachte Isabel. Sie hatte sie besonders dicke, denn meist mussten die Anzeigen gegen Unbekannt nach einiger Zeit eingestellt werden. Hoffentlich hatte Pia mehr Glück.

»Es war so schrecklich«, winselte Pia. »Als die alten Leute hereilten, ist er abgehauen.«

»Welche Richtung?«, fragte Isabel und griff zum Telefon. Die Kollegen mussten sofort eine Fahndung veranlassen, falls es nicht bereits zu spät war. »Wie sieht der Mann denn aus? Kannst du ihn beschreiben?«

Ein erneuter Weinkrampf schüttelte Pia. Die Wortfetzen, die aus ihrem Mund brachen, versuchte Isabel zu deuten, um sie weiterleiten zu können. Auf einmal schluchzte das Mädchen laut auf: »Meine Eltern …« Ihre Stimme versagte.

Jetzt legte Isabel doch einen Arm um die dünnen Schultern. »Kann mir schon denken, dass die keine Ahnung haben. Aber wir müssen sie anrufen. Wir müssen auch eine Anzeige aufnehmen. Sonst macht der das noch öfters.«

»Oh Gott!« Das Mädchen hob den Kopf, und ihre rotgeweinten Augen flehten die Polizistin an.

»Soll dich ein Streifenwagen zur Dienststelle bringen oder kannst du gehen? Es ist nicht weit.«

Plötzlich krallte sich eine Hand in Isabels Arm fest. »Ich möchte bei Ihnen bleiben«, bettelte Pia.

Isabel reichte ihr ein frisches Taschentuch und sagte: »Okay. Dann komm mit, doch zieh dich erst mal an.« Sie streifte die Bluse über Pias Schulter und hob die Schultasche auf das Fahrrad. Als Pia aufstehen konnte, gingen sie die kurze Wegstrecke nebeneinander her. Nur wenige Menschen flanierten auf der Fußgängerzone. Trotzdem trafen neugierige Blicke die beiden Frauen und sie waren froh, als sie die Dienststelle erreicht hatten.

Markus war nicht im Büro. Isabel dirigierte Pia an den Besuchertisch, holte ihr ein Glas Wasser, setzte sich an den Computer und nahm eine Anzeige auf.

KAPITEL 29

»Dr. L. K.« Isabel schob den Efeu beiseite und ließ ihre Hand über das Moos des Steins wandern, in den die bronzene Tafel eingelassen war. Dann fuhr sie mit dem Zeigefinger die dunklen Buchstaben nach und strich über den blank gescheuerten Klingelknopf. Ein massives Tor verwehrte ihr den Zutritt, an das sich rechts und links hohe Thujahecken anschlossen. Isabels Herz schlug heftig gegen ihre Rippen, als sie zwei Pflanzen auseinanderbog, um hindurchspähen zu können. Zwischen Rasengrün wand sich ein breiter Kiesweg einen Hang hinab. Geschickt angeordnete Koniferen verhinderten das Eindringen neugieriger Blicke. Der Abendwind spielte mit den Blättern von mächtigen Birken und Buchen und schickte ein Rascheln an Isabels Ohr. Über den Wipfeln zogen einige Krähen krächzend ihre Runden, ansonsten war kein Laut zu hören. Sie zögerte kurz, drückte dann den Klingelknopf. Nichts rührte sich. Sie vergewisserte sich nochmals. Die Adresse stimmte – wenn auch nicht die Buchstaben. Wohnte Carl wirklich hier in diesem Park? Wenn ja, mit wem? Sie schaute auf ihre Uhr und stellte zufrieden fest: in der Zeit. Lass andere nicht warten, sei pünktlich, hörte Isabel auch jetzt die mahnende Stimme ihrer Mutter. Schnell drängte sie die Erinnerung beiseite, drückte ein weiteres Mal die Klingel.

»Ja bitte.« Die Stimme klang blechern. War das Carl oder hatte sie sich geirrt?

»Entschuldigung, ich …«, stammelte sie. Da setzte sich mit leisem Surren das Tor in Bewegung. Was mach ich mit dem Rad?, überlegte Isabel, griff nach dem Lenker und schob es den Weg entlang. Kies knirschte unter ihren Sohlen. Sie passierte eine Gruppe immergrüner Sträucher und blieb wie angewurzelt stehen. Ein altes Herrenhaus hatte sie erwartet – majestätisch mit Erkern und Türmchen und efeubewachsen wie in den Filmen von Rosamunde Pilcher, die sie oft mit ihrer Mutter im Fernsehen geschaut hatte, aber nicht das: ein weißer Würfel, aufgesetzt auf makellosem Rasengrün. Modern, absolut schlicht, minimalistisch. Isabel blinzelte ungläubig, setzte langsam einen Fuß vor den anderen und ging geradewegs auf ein weißes Eingangsportal zu. Nichts rührte sich. Sie stellte ihr Fahrrad vor ein ebenfalls weißes Garagentor.

Während sie ihre Haare lockerte, stieg sie zwei flache Stufen empor. Neben dem Eingang entdeckte sie eine Tafel, ebenfalls weiß, darauf Buchstaben aus Edelstahl: »Carl W. Dangelmann«. Isabel tippte auf die rechteckige Fläche der Klingel und unterdrückte den Reflex, die Zunge zu zeigen, als sie in die Kamera der Sprechanlage blickte. Mit jeder Sekunde wurde sie unsicherer, blickte zu ihrem Fahrrad hinüber. Was tue ich denn eigentlich? Ich gehöre hier nicht her, sollte mich um Thomas kümmern. Eben, als ihr diese Gedanken durch den Kopf rasten, öffnete sich die Haustüre. In weißem Poloshirt und Jeans stand Carl vor ihr, die nackten Füße in Ledersandalen. Eine Sonnenbrille steckte in seinen nassen Locken. »Endlich! Meine Bella«, stöhnte er, zog sie ins Innere und umschlang ihren Körper mit beiden Armen.

Als sie seine Lippen an ihrem Hals spürte, waren alle Zweifel wie weggeblasen und sie wollte nur noch eines. Carl schubste mit einem Fuß die Türe zu, und sie ließen sich einfach auf den weichen Teppich sinken. Isabel gab sich ihm hin, fassungslos.

»Bin ich in der Karibik?«, fragte Isabel und zwinkerte ungläubig, als sie ihre Augen wieder öffnete. Neben ihr schwammen bunte Fische, wie sie sie nie zuvor gesehen hatte. Bezaubert hielt sie den Atem an, streckte ihren Arm aus und streifte mit den Fingern zaghaft eine Glasscheibe entlang. Sofort schwammen die Tiere zu ihr und versuchten, an ihren Fingerkuppen zu knabbern. Neugierig setzte sie sich auf. Ein Meerwasseraquarium mit verschiedenen Pflanzen, mit Korallen und Fischen spannte sich eine Wand entlang. Carl erhob sich ebenfalls, registrierte zufrieden Isabels Erstaunen und sagte wie beiläufig: »Hab ich mir vor ein paar Jahren einbauen lassen.«

»Wunderschön. Ich komme mir vor wie bei einem Tauchgang im Meer.«

Dangelmann zuckte unmerklich zusammen. »Genau so will ich es, so soll es sein«, antwortete er.

Isabel horchte auf, seine Stimme hatte einen eigenartigen Klang angenommen. Nun streckte er Isabel eine Hand entgegen, sagte »Komm, Bella« und zog sie zu sich hoch.

Gemeinsam standen sie nun vor dem Aquarium und beobachteten die Fische, die ihre schillernden Körper munter hin und her bewegten. »Sind die nicht einmalig, meine kleinen Lieblinge?« Zärtlichkeit schwang in seiner Stimme. »Schau, da kommt mein arabischer Kaiserfisch, ein sehr seltenes Exemplar. Ich bin stolz, dass er mir gehört.«

»Und was ist das für einer?« Isabel deutete auf ein leuchtend blaues Exemplar mit gelber Schwanzflosse. Ein schwarzer Strich zog sich vom Auge den ganzen Körper entlang.

»Ein Paletten-Doktorfisch, Paracanthurus hepatus«, sagte Carl und setzte einen Finger auf die Scheibe. Sofort kam das Tier angeschwommen. Dann deutete Carl mit einer Hand auf eine weiß lackierte Treppe: »Geh du schon mal nach unten, ich muss kurz pinkeln.« Er öffnete eine Tür, die Isabel bisher nicht bemerkt hatte, da sie fast verschmolz mit der weißen Wand, und verschwand. Isabel griff nach ihrem Shirt. Während sie sich ankleidete, ahmte sie die Bewegungen der Fischmäuler nach, die sich neugierig an der Scheibe des Aquariums tummelten. Da Carl noch nicht wieder aufgetaucht war, setzte sie einen Fuß vor den anderen und stieg die weiß lackierte Treppe hinunter. Unten angekommen stockte ihr erneut der Atem. Vor ihr breitete sich ein Wohnraum aus, überdimensional hoch, rund 100 Quadratmeter groß mit weißem Fußboden und weißer Decke und umsäumt von einer ebenfalls weißen Terrasse. Ein leises »Oh!« entfuhr Isabel. Sie hatte überhaupt nicht das Gefühl, in einem Raum zu sein. Bodentiefe Fenster über drei Seiten erlaubten einen einzigartigen Blick in den Garten und hinunter zum See. Isabel kam sich vor, als gäbe es gar keine Glaswand, die das Innen vom Außen trennte. Nichts beengte, der Raum ging quasi über in den Garten, den Kiesstrand und das Wasser.

Als Carl kam, stand Isabel immer noch wie angewurzelt mit nackten Beinen und blickte fasziniert nach draußen. Leise stellte er sich hinter sie, strich über ihre Schenkel und berührte mit seinen Lippen ihren Hals. Erneut durchfuhr Isabel ein heißer Strahl voller Leidenschaft und Verlangen. Sie drehte sich zu ihm, er streifte ihr Oberteil ab und begann, ihre Brüste zu liebkosen.

Später, Isabel saß in einem weißen Sessel mit Stahlgestell, kam ihr alles noch fantastischer vor. Sie blickte auf die einzige Wand, die es im Raum gab. Zur linken Fensterfront hin war diese in einem warmen Braunton gestrichen, in der Mitte goldfarben und auf der rechten Seite weiß. »Ist das echtes Gold, was da so strahlt?«, fragte sie.

Carl saß neben ihr und lehnte sich in seinem Sessel zurück. Zufrieden beobachtete er sie. Sie bombardierte ihn mit kindlicher Neugier mit immer neuen Fragen. »Ja. Die Wand ist mit hauchdünnen Blättchen aus Blattgold beschlagen«, antwortete er – bemüht, seine Stimme so normal wie möglich klingen zu lassen: »Es ist eine Schiebetür, mit der mach ich die Küche zu, wenn ich sie zuhaben will.«

Isabel hielt es nicht mehr auf ihrem Platz. Sie sprang auf, fragte, ob sie sie anfassen dürfe. Carl nickte belustigt: »Klar, sie ist lackiert.«

Achtsam ließ Isabel ihre Finger über die goldene Fläche gleiten, besah sich danach ihre Fingerkuppen und bewegte schließlich die Tür vorsichtig mit beiden Händen. Dann rief sie: »Wunderschön und dazu praktisch! Wenn du gekocht hast und alles voller dreckiger Töpfe steht, schiebst du einfach die Türe zu und alles ist verschwunden.«

Ich koche nicht selbst, auch hier lasse ich kochen, wollte Carl sagen, verkniff sich aber die Worte und erkundigte sich, was Isabel trinken wolle. Sie schien ihn gar nicht zu hören und fragte: »Kann man sie auch putzen?«

»Oh, da spricht meine kleine Hausfrau!« Er grinste amüsiert. »Weiß ich nicht, hab ich noch nie gemacht.«

Isabel stutzte, stellte sich vor, wie dieser attraktive Mann sich schwitzend mit umgebundener Schürze in der Küche abmühte oder sogar den Putzlappen schwang. Undenkbar. Sie musste lächeln. Erst jetzt bemerkte sie mehrere zierliche, anthrazitfarbene Säulen. »Und diese Pfeiler? Tragen die etwa das ganze Dach?«

»Ja! Diese Vierkantsäulen halten das gesamte freischwebende Dach – selbst mit Schneelast, das habe ich schon getestet«, verkündete Carl stolz.

»Kaum zu glauben, die fallen gar nicht auf.«

»Liebe Bella, sie sind ein Meisterwerk! Schau mal da oben«, er zeigte an die Decke. »Sie sind beim Einmünden in Decke und Fußboden noch mal zurückgenommen. So erscheinen sie noch leichter«, erklärte er.

Wieder ließ Isabel ihre Blicke durch den Raum gleiten. Hier war offensichtlich nichts dem Zufall überlassen worden. Alles war perfekt, nichts störte die Harmonie. Da fiel ihr auf: »Es gibt keine Bilder an der Wand. Ich dachte, du liebst moderne Kunst?«

»Die Wand hat einen speziellen Putz, fein marmoriert und extrem verdichtet. Das verleiht ihr diese besondere Struktur, und die ist Bild genug. Dazu die Goldwand. Wenn ich dazu Kunst aufhängen würde, wäre das zu viel.«

Isabel nickte: »Das Haus ist ein architektonisches Gesamtkunstwerk. Wer hat das denn entworfen?«

Nun verfinsterte sich Carls Miene, er zögerte kurz, bevor er mit kalter Stimme antwortete: »Ein Freund. Ein früherer Freund. Genau genommen ein Freund meiner Ex. Aber nach meinen Vorgaben!«

Isabel schauderte. Unschlüssig, ob sie weiterfragen durfte, sagte sie schließlich: »Auf jeden Fall hat er ungewöhnliche Ideen verwirklicht. Toll! Ich habe so was überhaupt noch nie gesehen.« Selbst die Villa von Thomas' Eltern konnte nicht mithalten.

»Schätzchen, wenn du genügend Kleingeld hast, ist alles möglich! Du hast mir noch immer nicht gesagt, was du trinken möchtest.«

»Gibt es hier Wasser, gewöhnliches, kaltes Wasser?«

»Ja klar, Sprudelanlage eingebaut«, sagte Carl und ging zu einer weißen Wand in der Küche, in die offensichtlich ein Eisschrank eingelassen war. Isabel folgte ihm und drückte ihre Brust gegen seine Rückenmuskeln.

»Kneif mich bitte mal. Ich glaub, ich bin im Märchen.« Da drehte Carl sich um, gab Isabel lächelnd ein Glas, kniff mit der freien Hand ihre Brustwarze, sodass sie leise aufschrie, ging wieder in den Wohnraum und sagte lapidar: »Schön, wenn dir meine Hütte gefällt.«

Isabel folgte ihm. Nun streifte ihr Blick suchend die großen Fensterfronten ab. »Es gibt hier doch bestimmt einen Zugang in den Garten, oder?«

»Selbstverständlich, Bella.« Mit diesen Worten ging er zu dem Pfeiler an der Wand und betätigte einen von mindestens 15 Schaltern, die dort in Dreierreihen angebracht waren. Wie von Geisterhand schob sich nahezu lautlos ein Glaselement zur Seite und gab den Weg nach draußen frei.

Vogelgezwitscher drang herein. Isabel setzte einen Fuß auf die Terrasse und suchte in den Kronen ausladender

Bäume, woher die Stimmen kamen. Schlanke Koniferen und dichtes Buschwerk säumten die Grundstücksgrenze bis hinab zum Ufer und verhinderten störende Blicke von Neugierigen. Ein Rasenroboter zog seine Runden. Am Ufer glänzte die Fassade einer Bootsgarage im Abendlicht. Daran angebaut lud ein von Reben überschatteter Sitzplatz zum Verweilen ein.

»Lass uns da unten den Sonnenuntergang genießen«, sagte Isabel fasziniert und zog Carl hinter sich her. Das kurz geschorene Gras kitzelte ihre nackten Füße. Sie ließ sich in die Polster eines halbrunden Zweisitzer-Sofas aus geflochtenem Kunststoff fallen, atmete tief ein, stöhnte und sagte zu Carl, der sich zu ihr gesetzt hatte: »Das ist so schön, dass es wehtut.«

Der Blick über die Wasserfläche überwältigte Isabel vollkommen. »Sieht aus wie goldener Wackelpudding mit Sanddornsoße«, sinnierte sie, »und je näher bei der untergehenden Sonne wird sie mehr und mehr zur Erdbeersoße.«

Carl beobachtete Isabel von der Seite und lächelte zufrieden. So mochte er das, wenn die Frauen überschäumten vor Glück.

»Bin ich die Goldmarie im Märchen? Bin ich eine Prinzessin?«

»Eine Prinzessin! Meine Prinzessin! Und ich bin der Prinz, der Herr des Bodensees! Zumindest des schwäbischen Teils«, rief er im Brustton der Überzeugung. Isabel horchte auf. Carls Tonfall verriet Eitelkeit, Selbstgefälligkeit. Während er ein Kästchen öffnete, ihm zwei Gläser und eine Flasche mit bernsteinfarbenem Inhalt entnahm, überlegte sie, ob er das mit dem Herrn des Bodensees ernst gemeint hatte.

»Stößt du an auf mein Wohl, Prinzessin?« Er drückte Isabel ein Glas in die Hand. Sie sah ihn prüfend an, entdeckte Fältchen, wenn er seine Augen so wie jetzt zusammenkniff: »Auf den Prinzen!«

Sie hob ihr Glas, ein rauchiger Geruch stieg in ihre Nase. Sie nahm einen Schluck, die Flüssigkeit brannte ihr die Speiseröhre hinunter, sie hustete und verzog das Gesicht. Carl lachte.

»Das ist richtig guter Schottischer Whisky, 21 Jahre alt. Soll ich deinen mit destilliertem Wasser verdünnen? Aber wär schade.«

Carl war sich offensichtlich sicher, dass er Isabels Geschmack getroffen hatte, denn er reagierte überrascht, als sie sagte: »Das Wasser von vorhin würde mir vollkommen reichen.« Dennoch sprang er auf, um es ihr zu holen.

Als er wieder neben ihr Platz genommen hatte, monierte er: »Wärst du nicht so unersättlich gewesen, meine Wildkatze, hätten wir den Sonnenuntergang hier in voller Länge beobachten können.«

Isabel trank, stellte ihr Glas ab, feixte: »Na warte!« Sie zerzauste ihre Löwenmähne, spreizte ihre Finger zu Krallen, setzte sich auf seine Oberschenkel, fuhr ihm über die Brust bis hinunter zur Gürtellinie und fauchte: »Der Tiger war genauso triebhaft und unersättlich. Er hätte ja kein weiteres Mal angreifen müssen.«

Die Sonne war längst untergegangen, der See lag dunkel in seinem Bett, als sie immer noch am Ufer saßen. Etwas beschäftigte Isabel, deshalb fragte sie direkt: »Carl, wie kommst du zu dieser Villa und diesem Grundstück?«

Augenblicklich tat es ihr leid, denn seine Miene verfinsterte sich. Die Mundwinkel zuckten, er nahm einen weiteren Schluck, erst danach antwortete er spöttisch: »Durch kluge Verhandlungen, Frau Hauptkommissarin. Meiner Exfrau konnte die Scheidung nicht schnell genug gehen. So blieb ihr nur, meine Forderungen zu akzeptieren.«

Es war das erste Mal, dass Carl Persönliches erzählte. Isabel ging so vieles durch den Kopf, doch sie wusste, dass sie behutsam vorgehen musste. »Deine Forderungen?«

»Ja. Dieses Haus am See samt Personal. Allein kann ich den Kasten ja wohl nicht bewirtschaften.«

Wäre Isabel nicht gefangen gewesen in ihrem Liebesrausch, hätte sie den Hass in seinen Augen bemerkt. Doch so stellte sie sich Carl nackt in der Küche vor und scherzte: »Nein, das geht ja mal gar nicht!« Dabei fuhr sie durch seine Haare.

Carl schüttelte sich, als wolle er eine lästige Fliege verscheuchen, rückte ein Stück von ihr ab, strich mit seiner Hand die Haare wieder glatt, schaute Isabel durchdringend an und griente: »Haushälterin, Gärtner und Taschengeld. Ich weiß schließlich, wie die Firma brummt!«

Jetzt nahm Isabel die Eiseskälte in Carls Augen wahr. Oder war es der abendliche Landwind, der vom See her wehte und sie frösteln ließ?

KAPITEL 30

»Na, wie läuft's mit deinem Lover?«

Empört stieß Isabel die Freundin von sich, die sie zur Begrüßung wie üblich umarmte. Sie schluckte: »Lass das! Lover! Wie sich das anhört!«

»Was ist er dann?«

Lena grinste, doch als sie Isabels Gesichtsausdruck sah, tat ihr leid, was sie so flapsig dahergesagt hatte. Offensichtlich war Isabel nicht nach Späßen zumute. Ihre Bewegungen wirkten irgendwie fahrig. »Entschuldige, war blöd von mir.«

Sie wählten eine Ecke des Gartenrestaurants, von der sie auf die Fußgängerzone und auf den See blicken konnten, und bestellten Eiskaffee.

»Kann mir schon denken, dass die Gedanken in deinem Kopf Karussell fahren.« Lena legte ihre Hand auf den Arm der Freundin und sah ihr ins Gesicht.

»Das ist nicht nur ein normales Karussell Lena! Das ist eine Krake mit vielen Armen. Und die laufen nicht rund, sondern ziehen in verschiedene Richtungen. Ein Arm zieht nach rechts, der andere nach links. Einer hebt mich in den Himmel hoch, der andere zieht mich in Abgründe, von denen ich bisher nicht geahnt habe, dass es sie gibt.« Isabel seufzte. »Wie gut, dass ich mit dir reden kann, Lena. Ich versteh ja selbst nicht, warum mir so was passiert. Verstehst du's?«

»Da gibt's nichts zu verstehen. Das ist keine Sache des Verstandes!« Lena zögerte. »Was glaubst du, wie oft ich in meiner Praxis damit konfrontiert werde?«

»Das will ich gar nicht wissen. Du bist nicht meine Therapeutin! Du bist meine Freundin«, entfuhr es Isabel. »Ich brauch keine Therapie. Bei Carl und mir ist das etwas anderes. Etwas ganz Besonderes, glaub mir. Carl braucht mich noch nicht mal zu berühren, wenn er mich nur ansieht mit seinen meerblauen Augen. Da treffen mich Messer … oder Speere, und jede Speerspitze trifft einen Nerv in meinem Körper, und die Nerven vereinigen sich und ich hab nur noch das Verlangen, mit diesem Körper zu verschmelzen.«

Isabels Augen hatten zu leuchten begonnen. Lena merkte, wie gut Isabel das Erzählen tat. Trotzdem fiel ihr bei der Freundin nicht leicht, die Distanz einzuhalten, die sie in der Praxis an den Tag legte. Isabel wollte keinen Rat von ihr, sie wollte reden. Lena hoffte, dass die Freundin allein dadurch ihre Gedanken ordnen und wieder Herrin ihrer selbst werden konnte.

»Er ist ein fantastischer Liebhaber und nicht nur das. Carl nimmt mich wahr als Frau. Das tut mir richtig gut. Er kennt die Bedürfnisse meines Körpers besser als ich selbst. Er ist aufmerksam und liebevoll, ach …« Isabel stockte. Ihr Gesicht hellte sich mehr auf: »Ich bin glücklich, sehr glücklich gerade, so wie es ist.«

»Mit zwei Männern gleichzeitig!« Lena lachte. Sie lernte die Freundin gerade von einer neuen Seite kennen.

»Ja! Ob du es glaubst oder nicht, ich liebe Thomas immer noch, auf eine Art. Er ist belesen, wir führen gute Gespräche, die möchte ich nicht missen. Wir tauschen uns intellektuell aus. Ich bin an ihm gewachsen die letzten Jahre, dafür bin ich dankbar.«

Isabel schaute versonnen auf den See hinaus. »Als ich mal zu ihm gesagt hab, ich sei glücklich und wünschte, das möge immer so sein, da hat er mit einem seiner Philosophen geantwortet: Glück müsse vergänglich sein, sonst würden wir es gar nicht als Glück empfinden. Dieser Satz schwirrt mir in letzter Zeit wieder im Kopf herum.«

Isabel blickte Lena an, und ohne eine Antwort zu erwarten, sprach sie weiter: »Ja, ich bin glücklich mit beiden! Jeder gibt mir etwas von dem, was ich brauche. Keiner allein kann das. Weder der eine noch der andere.«

Lena war klug genug, still und aufmerksam zuzuhören, als es weiter aus Isabel heraussprudelte: »Ich will so glücklich sein wie jetzt! Und das für immer und ewig, verstehst du?« Nun flackerten Isabels Augen voller Leidenschaft.

Lena musste lächeln über die kindliche Naivität ihrer Freundin. Da war sie wieder, die Lebenslust und Lebensfreude, die Lena an ihr bewunderte und die sie zuletzt vermisst hatte. Sie warf ein: »Also gut: Bestellung ans Universum: Glück für immer und ewig! Wie die Esoteriker!«

Isabel stutzte. »Kein Problem, wenn ich dadurch besser akzeptieren kann, dass zum vollkommenen Glück zwei Männer nötig sind!«

Mit einem Mal verfinsterte sich ihre Miene und eine Steilfalte zog sich neben der Nasenwurzel hoch in die Stirn. »Zwei Beziehungen parallel. Wo ich das für mich doch immer ausgeschlossen habe, bisher. Auch ohne Trauschein.«

»Ich auch. Andenken an unsere erzkatholische Erziehung. Mir zumindest hat die ein aktives Liebesleben versaut.« Lenas Blick verlor sich in der Weite des Sees.

»Eigentlich geht das gar nicht, was ich gerade performe. Es widerspricht meinen Werten. Ich erwarte ja auch Treue von Thomas«, sagte Isabel mit einem Anflug von Panik in der Stimme.

Diesmal erwiderte Lena nichts, sondern grübelte über

Isabels Bekenntnis und ihre Zweifel, die auch sie nur zu gut kannte.

»Es ist unglaublich! Kannst du dir vorstellen, dass seit Carl auch die Beziehung zu Thomas wieder besser läuft? Macht das mein schlechtes Gewissen? Bin ich nachsichtiger? Sag du es mir«, bat Isabel. Als die Freundin stumm blieb, fügte sie hinzu: »Sag mir, wie lange das gut gehen kann?«

Lena zuckte mit den Schultern, beide hingen ihren Gedanken nach. Plötzlich spürte Lena Isabels Hand auf ihrem Arm. Sie beugte ihren Kopf, deutete zum Gehsteig und flüsterte: »Da ist er!«

Lena begriff nicht sofort. Dort ging ein Paar, das in eine lebhafte Unterhaltung vertieft war. Die Frau trug ein elegantes Kostüm in sattem Dunkelgelb und schwarze Pumps, deren Absatzhöhe Lena schon beim Anblick schwindlig machten. Ihre blonden Haare lagen in gleichmäßigen Wellen auf einem gelb-schwarz gemusterten Schultertuch. Eine Sonnenbrille ruhte auf der schmalen Nase und verdeckte den Großteil eines elfenbeinfarbenen Gesichts. Die schwarze Handtasche hob und senkte sich mit den Bewegungen ihres Arms. Fischer, ganz eindeutig Fischer, schoss es Lena durch den Kopf. Dieses perfekte Outfit konnte nur aus dem Nobelladen in der Rosgartenstraße stammen, in dem vornehme Schweizerinnen das Vermögen ihrer Männer für Kleidung verschleuderten. Lena schätzte die Frau auf Ende 40. Kosmetikerin, Schönheitschirurg und Disziplin bei Sport und Ernährung ließen sie jedoch jünger erscheinen. Gerade schnitt sie mit einer Hand den Luftraum zwischen ihr und ihrem Begleiter in Scheiben, und bestimmt prasselten ihm aus ihrem Mund nicht sehr freundliche Worte entgegen.

»Das ist Carl!«, flüsterte Isabel aufgeregt. Lena konzentrierte sich nun auf den Mann. Er war größer als die Frau, trug ebenfalls eine Sonnenbrille, und sein Kopf mit den grauen, gelgebändigten Locken, fixierte die schwarzen Lackschuhe. Ein perfekt geschnittener Anzug aus feinstem dunkelgrauem Zwirn, Schnitt body-fit, zeichnete seine kräftige Oberkörpermuskulatur nach. Noch bevor die Frau ihren Arm gesenkt hatte, fing er an zu gestikulieren. Da waren die beiden auch schon um die Ecke verschwunden. Das Paar war so mit sich selbst beschäftigt gewesen, dass sie keine Notiz von den Gästen im Straßencafé genommen hatten.

»Holla! George Clooney in jungen Jahren!« Sofort merkte Lena, dass sie sich im Ton vergriffen hatte. Versöhnlich fügte sie an: »Na ja, verliebt haben die zwei jedenfalls nicht ausgesehen!«

Isabels Herz klopfte wie wild gegen die Rippen. Plötzlich hatte sie es eilig, wieder nach Friedrichshafen zu kommen. Auf dem Heimweg überlegte sie, wer die Frau an Carls Seite gewesen sein könnte und worum es bei dem Disput wohl gegangen war.

KAPITEL 31

»Hochziehen und kurbeln«, schrie Frieder Kahle Isabel zu. Der ältere Kollege hatte darauf bestanden, mit dem großen Boot rauszufahren, um einige Übungen zu absolvieren. Nun lag die 21 mitten auf dem See zwischen Friedrichshafen und Arbon. Die Junisonne zeigte einmal mehr, wie viel Energie in ihr steckte, und brannte vom blauen Himmel. Gerade wies Frieder Isabel ein, wie das Rettungsboot mit dem Kran zu Wasser gelassen wird.

»Das muscht du draufhaben Mädchen, wenn's mal ernscht wird, glaub das deinem Bärenführer.« Isabel grinste, während sie den Kran bediente, und scherzte: »Bärenführer. Das Wort habe ich lange nicht gehört. Zuletzt von meinem Papa.« Ihr Vater hatte so die Praxisausbilder tituliert, die Neulinge in den Beruf einführen.

»Ha ja. Mir Alte müsset den Jungen doch beibringe, wie's geht!«

Isabel machte ihre Sache gut. Bald konnten sie eine Pause einlegen. Frieder stöhnte unter der Hitze, nahm seine Mütze ab und setzte sich neben Isabel. »Ich trau der Ruhe nicht. Da kommt heut noch was runter, schau dir mal die Wölklein an über den Alpen.«

Isabel studierte die kleinen weißen Sprenkel, die wie Gerippe über den österreichischen Bergen hingen. »Die sehen eigentlich ganz harmlos aus.«

»Des sind Föhnlinse – untrügliche Zeiche für Wetteränderung.«

Isabel hatte gelernt, dass der Föhn am See gefährlich

werden kann und auch, wie er entsteht. »Der Wind steigt auf der Alpensüdseite auf, wird im Rheintal gebündelt und kann bis zu Orkanstärke anschwellen. Stimmt's?«

Frieder nickte: »Ja. Wenn dann die Fallböen aufs Wasser knallen, solltet Wassersportler schleunigscht den nächschten Hafen aufsuchen. Aber die Amateure gucken oft gar nicht! Die haben nur Augen für ihre Bordfrau und verlasset sich drauf, dass mir zur Stelle sind und die rausziehet.«

Isabel grinste. Sie blickte noch einmal zum Himmel. Die weißen Flecken über der Alpenrepublik hatten sich vergrößert, reichten bis zu den Hängen der Schweiz. Eine Frage trieb sie schon längere Zeit um: »Sag mal, Frieder, welche Rolle spielt eigentlich der Schmuggel auf dem See?«

»Meinscht du Drogen, Waffen oder Waren? Fascht keine mehr, höchschtens Schwarzgeld. Unsere Schweizer Kollegen vom Zoll sind oft an Land und in den Häfen zugange. Wenn da jemand was einlädt, merken die das. Und auf'm Wasser wäret die Schmuggler ja lang auf freier Fläche unterwegs und mir würdet sie sehn.«

»Hast recht. Da ist es einfacher, man fährt gleich mit dem Auto über die Grenze, da wird ja gar nicht mehr kontrolliert.«

Frieder lehnte sich zurück, nahm einen Schluck aus der Wasserflasche und schmunzelte: »Früher, als ich ein junger Beamter gewesen bin, war das andersch. Da ging echt noch was, etwa in der Rolexbucht!«

»In der Rolexbucht?«

»Ja. So habet mir gesagt zur Bucht hinter der Mainau. Da liegen heut oft Boote, hascht du beschtimmt schon gesehe. Des war eine richtige Schmugglerecke, drum heißt die so: Schwarzgeld, Uhren, Zigarre …«

Frieder hatte sich richtig in Fahrt geredet, seine Augen leuchteten. »Oder auf dr Schussen. Da wurdet immer Zigarette und Kaffee getauscht. Das Wasser ischt dort so flach, da sind mir mit unserm große Polizeiboot gar nicht reinkommen und das wusstet die Ganoven. Heut kannsch Warenschmuggel vergessen.«

»Darum kontrollierst du heute am liebsten Motorboote, auf denen sich Pärchen vergnügen«, witzelte Isabel, denn sie kannte Frieders Marotte inzwischen, war sie die letzten Wochen doch einige Male mit ihm auf Bootsstreife gewesen. Mit diebischer Freude reagierte er, wenn er Sonnenanbeter, die sich nackt auf ihren Booten aalten, ein lautes »Bootskontrolle« zurufen oder ein Liebespärchen in flagranti überraschen konnte.

»Ach gönn mir halt die Freud. Komm du erscht mal in mein Alter, dann verstehscht du mich.« Vergnügt zwinkerte er Isabel zu. »Wenn die eigene Kraft nachlässt, muss man sich eben mit Zugucke begnüge. Des wirkt wie ein Aphrodiasikum oder wie das blöde Wort heißt.«

Isabel lächelte. Keiner der Kollegen wusste viel über Frieders Privatleben. Er sprach nie von einer Familie. Frieder war wohl verheiratet, doch niemand hatte seine Frau jemals zu Gesicht bekommen. Nicht mal Eugen. Mit dem Bootstechniker sah man ihn nach Dienstschluss gelegentlich ein Bier trinken. Aber auch da redeten sie nicht viel, bis jeder seiner Wege ging.

»Da sind wieder zwei. Die sind fällig!« Frieder strahlte, und der Schalk sprach aus seinen Augen, als er die Maschine startete und auf eine Motorjacht zusteuerte. Ein Paar sonnte sich nackt auf dem Vordeck. Sie hatten das herannahende Polizeiboot noch nicht bemerkt. Frieder war zum Heck gefahren und lenkte das Boot längsseits. Isabel befestigte zwei Fender. Als Frieder laut »Bootskontrolle« rief, schreckten die beiden auf. Dem Mann fiel vor Schreck seine Zigarre ins Wasser. Er band sich hastig ein Handtuch um seine massigen Hüften und fragte unwirsch: »Was wollen Sie denn sehen?«

»Papiere, Rettungsmittel, Feuerlöscher«, rief Frieder. Der Mann hastete ins Innere. Isabel beobachtete belustigt, wie Frieder hinter seiner Sonnenbrille die Frau musterte. Sie legte sich gerade ein Tuch um ihren schlanken Körper, lehnte dann lässig einen Arm über die Reling und blickte den Polizisten frivol an.

»Moment noch«, klang die Stimme aus der Kabine. Ich hab alles dabei.« Keine Minute später hetzte er schnaufend heraus. Während er Frieder die Unterlagen reichte, löste sich der Knoten seines Badetuchs. Frieder unterdrückte ein Grinsen mehr schlecht als recht. Dann deutete er zu einem Tischchen, auf dem eine Flasche Champagner und zwei Gläser standen, und fragte: »Herr Brehm, habet Sie die geleert?«

»Wir beide.«

»Sie wisset, die Grenze liegt bei 0,8 Promille.«

Während Frieder am Feuerlöscher hantierte, ging der Mann nochmals ins Innere und kam mit einer Badehose bekleidet wieder hoch. Frieder monierte: »Das Datum ischt bereits abgelaufen. Den müsset Sie sofort zur Kontrolle bringen.«

Herr Brehm versprach, das Gerät überprüfen zu lassen, und war sichtlich erleichtert, als das Polizeiboot ablegte.

»Na Mädle, hascht du gesehe, wie man des macht«, schmunzelte Frieder. »Die Junge war gewiss nicht dem sei Frau.

»Meinst du?«

»Wenn bei der Angetrauten der Lack ab ischt, kauft sich der Herr eine Jacht mit allem Schnickschnack. Einmal fährt er raus mit der Alten, ein einziges Mal, wenn's so richtig kachelt. Windschtärke sieben oder mehr. Dann will die nie mehr mit und er hat sein Liebesnescht.«

»Ach so läuft das! Von dir kann man echt was lernen.« Isabel überlegte, wie Frieder wohl reagieren würde, wenn er von Carl und ihr wüsste.

»Für heut lasset mir's gut sein. Bischt einverstanden, wenn mir reinfahret?«

Ohne Isabels Reaktion abzuwarten, steuerte Frieder das Boot Richtung Hafen. Da schrillte das Handy. Als er die Meldung entgegennahm, verdüsterte sich seine Miene schlagartig. »Wo genau soll die Stelle sein? Mir sind gleich dort.«

Als er Isabels fragenden Blick auffing, sagte er: »Nix mit Feierabend! Vorm Hafen vom Württembergische Yacht-Club treibt eine Leiche!«

Isabel erschrak. Sofort tauchten Bilder ihrer ersten Wasserleiche aus der Erinnerung auf. Diese hatte schon lange im Neckar gelegen und ganz furchtbar ausgesehen: aufgedunsen, mit Fischfraß und voller Moos. Allein, wenn Isabel daran dachte, wurde ihr übel.

»Nimm mal's Fernglas!« Frieders Worte rissen Isabel aus ihren Gedanken. »Mir müsset uns beeile, sonscht ischt die weg. Wenn die kei Luft mehr habet in der Lunge, im Mage oder der Kleidung, gehet die manchmol ganz schnell unter.«

»Da vorne treibt was«, sagte Isabel und deutete Richtung Kaimauer. Frieder steuerte auf ein längliches Etwas zu. »Könnte auch ein Baumstamm sein.«

»Wär kein Wunder, bei dem Gewitter geschtern in de

öschterreichische Berg. Da bringt der Rhein so einiges mit rein.«

Isabel ließ den Gegenstand nicht aus den Augen und rief auf einmal: »Ist kein Stamm. Ich sehe Stoff. Einen bunten Rock und dunkle Haare. Muss eine Frau sein.«

Der Körper trieb mit dem Rücken nach oben im Wasser. Die langen Haare lagen wie ein Kranz um den Kopf.

»Mischt. Jetzt wär's besser, wenn mir des kleine Schlauchboot hättet.« Frieder überlegte. »Gib mir mal eine Leine, und dann achtescht du drauf, dass sich das Boot nicht bewegt.« Er machte eine Schlinge, kletterte die Leiter hinunter und kniete sich auf die Plattform. Trotz geringen Wellengangs fiel es Isabel nicht leicht, das Boot an der Stelle zu halten. Frieder beugte sich vor, bemühte sich, die Schlinge über Kopf und Schulter der Leiche zu legen, und fluchte dabei ohne Unterbrechung. Nach mehreren vergeblichen Versuchen hatte er es geschafft. »Ja leck mi doch am Arsch! Des isch keine Frau, des isch ein Mann«, keuchte er, als er die Leine festgezurrt hatte. »Ein Mann mit Vollbart und Dirndl!«

Unter dem weiten Rock, der sich über die Wasserfläche ausbreitete, baumelten behaarte Beine. Um einen Fuß hatte sich der Schnürsenkel eines roten Schuhs gewickelt.

»Und was machen wir mit ihm?«, rief Isabel und schaute den Kollegen fragend an, als er zum Steuerhaus kam.

»Ganz langsam in Hafen reinziehe und warte, bis die Kollege von der Kripo und dem Erkennungsdienscht kommet. Die sind scho verständigt.« Frieder stellte sich wieder ans Steuerrad und war so ruhig, als würde er jeden Tag eine Wasserleiche bergen.

»Sind da nicht zu viele Gaffer?« Isabel beäugte den Körper und drehte nervös an ihrem Pferdeschwanz.

»Mal sehen. Bischt bissle kribbelig, Mädle, was? Hascht gedacht, ich geh da mal zur Entenpolizei und jetzt so was. Ischt des dei erschte Wasserleich?«

»Nein, aber an die erste habe ich schreckliche Erinnerungen.«

»Du darfscht den Kerle nicht aus de Auge lasse und muscht mir sofort sage, wenn die Leine verrutscht«, ordnete Frieder an, während er vorsichtig den Gashebel drückte. Isabel ging zum Heck und fixierte die Leiche. Die Strömung drückte Haare und Kleidung an den Körper. Die Haut sieht dunkel aus. Hat sie sich verfärbt oder zogen sie einen Körper hinter sich her, der von Natur aus stärker pigmentiert war? Während Isabel überlegte, fluteten Bilder der Neckarleiche ihre Sinne.

Ein Suizid damals. Obwohl Isabel wusste, damit musste sie in ihrem Beruf klarkommen, hatte sie das Erlebte tagelang beschäftigt. Schließlich erzählte sie Thomas davon. Das kam selten vor. Thomas hatte sie tröstend in den Arm genommen und erst geduldig zugehört. Dann hatte er argumentiert: Als Philosoph spreche er lieber von Freitod als von Selbstmord. Das sei der einzig zutreffende Begriff. Selbstmord unterstelle Mord, Mord sei strafbar und verboten. Isabel empfand das damals als Wortklauberei. Sie wollte sich nur das Erfahrene von der Seele reden und sich nicht mit Begrifflichkeiten aufhalten.

Das folgende Gespräch hatte sie so aufgewühlt, dass es sich unauslöschlich in ihr Gedächtnis eingebrannt hatte: Thomas sagte, er verstehe, wenn jemand den Freitod wähle. Der Freitod sei durchaus eine Option, sein Leben zu beenden. Isabel war entsetzt: »Sag mal, spinnst du? Findest du das etwa okay, wenn sich einer umbringt?«

Thomas hatte sich nicht aus der Ruhe bringen lassen:

»Ja nun. Der Freitod ist der einzige Moment der absoluten Freiheit, den ein Mensch für sich realisieren kann.« Er nannte einen Philosophen namens Améry und erklärte etwas von der Logik des Lebens und der Logik des Todes: »Die Logik des Lebens besteht darin, dass der Mensch von Geburt an gefesselt ist in gesellschaftlichen Normen und Konventionen. Deswegen kann er niemals frei sein. Er ist gefangen in dem Netzwerk von Erwartungen. Von Kindesbeinen an werden sie an uns herangetragen von Eltern, Lehrern, Nachbarn: Pinkle nicht in den Garten, nimm nur eins, sei artig und so weiter.« Isabel hing verständnislos an seinen Lippen und wagte nicht, ihn zu unterbrechen. »Anders ist die Logik des Todes. Wir wissen nichts vom Tod. Er ist widersinnig – darin besteht seine Faszination.« Als Isabel den Kopf schüttelte, hatte er einen Kuss auf ihre Nasenspitze gesetzt, ihre Wange gestreichelt und gesagt: »Oft ist doch das Unbekannte, das Abenteuer, das, was Leidenschaft im Menschen erweckt. Das, was reizvoll ist, will man erkunden. Da stimmst du mir sicher zu.«

Darauf hatte Isabel genickt. »Aber der Tod wird von unserer Gesellschaft an den Rand verlagert. Über Altern und Sterben redet man nicht. Die gesellschaftlichen Konventionen – unsere Logik des Lebens – Moral, Ethik, Religion, das findet Améry verwerflicher als nur das instinktive Wissen von Gut und Böse. Jeglicher Dogmatismus ist für ihn der Grund allen Übels. Verstehst du?«

Isabel verstand nicht ganz und schüttelte wieder den Kopf.

»Auf der anderen Seite steht die Logik des Todes. Das ist eine radikale Position, doch für mich nachvollziehbar. Schau: Derjenige, der den Freitod wählt, hat unserer Logik des Lebens den Rücken zugekehrt. In so einer Welt kann doch niemand frei sein! Durch die Freiheit zum selbstbestimmten Tod befreit er sich auch von gesellschaftlichen Zwängen. Es ist der einzige Moment absoluter Freiheit.«

»Hast du wirklich noch alle Tassen im Schrank?« Isabel war aufgesprungen und im Zimmer auf und ab gelaufen. Thomas' Haltung und die seiner geistigen Vorbilder stand in eklatantem Widerspruch zu ihrer Erziehung und zur Bibel, die verbot, Hand an sich zu legen. Sie protestierte: »Ich bin der Meinung, dass sich ein Mensch nur dann umbringt, wenn er krank ist, depressiv! Suizid ist nie eine gesunde Endscheidung! Das ist immer krank! Und Krankheit ist auf jeden Fall eine Einschränkung der Freiheit!«

Isabel nervte die stoische Ruhe ihres Partners, die ihr sonst so gut tat, nur noch. Sie hielt es nicht mehr aus, nahm ihre Laufschuhe und lief, den Kopf voll wirrer Gedanken, durch Tübingens Straßen. Ihr war klar: Intelligenz wirft auch Abgründe auf, der Grat zwischen Genie und Wahnsinn ist schmal. Viele Philosophen haben einen Hang zum Extremen, sind Außenseiter. Ihr Vater hatte ihre Beziehung zu Thomas nie unterstützt und sie gewarnt: »Ein Geisteswissenschaftler und du, die Bodenständige aus dem Beamtenhaushalt? Das kann auf Dauer nicht gut gehen. Denk an das alte Sprichwort: Schuster, bleib bei deinen Leisten!« Ach Papa, meistens funktioniert es, Thomas hilft mir auf seine Art, Krisen zu meistern, hatte sie damals in den Abendhimmel geschrien. Je länger sie ruhelos die Stadt durchquerte, desto mehr hatte sie für sich annehmen können: Es kann durchaus legitim sein, wenn jemand sein Leben beendet, das nur noch Last bedeutet.

Das alles ging ihr durch den Kopf, als sie jetzt die Wasserleiche fixierte, die Frieder und sie in den Hafen zogen.

Würde Thomas ihr Verhältnis mit Carl auch mit der Faszination der Logik des Todes begründen? Könnte er so ihr Verlangen, Leidenschaft zu spüren, auslegen? Ihre Lust, Grenzen zu überschreiten, verstehen? Doch dieses Mal wollte sie Thomas nicht behelligen. In ihrem Fall würde er wahrscheinlich nicht emotionslos, ruhig und distanziert argumentieren.

»Hält die Leine?«

Frieders Frage riss Isabel aus ihrer Gedankenwelt. »Ja, alles okay, hält!«

Rock und Haare des Mannes folgten immer noch den Bewegungen der Wellen. Nach Freitod sah das hier nicht aus. Isabel fragte sich, was sie überhaupt an die Diskussion von damals erinnert hatte.

Plötzlich bemerkte Isabel, dass die 21 nicht mehr vorwärts fuhr. Der leblose Körper kam dem Heck gefährlich nahe, schließlich rieb der Kopf an der Plattform. Isabel schaute fragend zum Steuerhaus. »Was ist?«

»Mir wartet, bis das Fahrgaschtschiff aus dem Hafen draußen ischt. Sonscht krieget des hier zu viel von den Gäschten mit«, rief Frieder.

In sicherer Entfernung von Wellenschlag und neugierigen Blicken blieben sie stehen, bis das Schiff der Weißen Flotte weg war. Dann endlich steuerte Frieder in den Hafen, und sie konnten ihren Fund den Kollegen von Feuerwehr und Kripo abgeben.

KAPITEL 32

Diesmal öffnete Carl gleich nach dem ersten Klingeln. Mit einem Plastikrohr, das aussah wie ein Staubsauger, in der einen und einem Eimer in der anderen Hand, stand er vor Isabel. »Hallo, meine Bella. Ich bin gleich so weit«, sagte er, schob ihr einen Kussmund entgegen und stellte den Eimer ab. »Komm her, das muss sofort sein.« Mit dem freien Arm zog er sie an sich und küsste sie so leidenschaftlich, dass ihr Blut in Wallung kam.

»Was machst du denn? Putzdienst?«, keuchte sie atemlos.

»Exakt! Damit sich meine kleinen Freunde wohlfühlen.«

»Mach nur weiter. Ich schau mir solange deine Unterwasserwelt genauer an.«

Isabels Augen leuchteten, als sie die bunt schillernden Fische beobachtete, die sich durch Pflanzen und Korallen schlängelten.

»Hat ein paar Jahre gedauert und viel Zeit gekostet, bis das hier so war, wie ich es wollte.«

»Ich wusste gar nicht, dass Korallen auch in Aquarien wachsen.«

»Du musst nur wissen, welche! Das hier sind großpolypische Steinkorallen und Weichkorallen. Sie brauchen das richtige Licht. Dann helfen sie, das Wasser zu reinigen und das Milieu zu stabilisieren.«

»Da sind ja auch Krebse und ein Seepferdchen.« Die exotische Wasserlandschaft zog Isabel magisch an. Wie ein Kind, das sich freut, wenn es immer wieder Neues entdeckt, drückte sie ihre Nase an der Glasscheibe platt. »Und was sind das für Fische?«

»Anemonenfische und Clownfische. Gehören zur Familie der Riffbarsche, falls dir das überhaupt etwas sagt.«

»Und die bunten daneben?«

»Papageienfische«, sagte Carl und amüsierte sich über Isabels unbefangene Neugier.

»Ui, die haben ja einen richtigen Schnabel. Und die blauen mit den gelben und weißen Streifen?«

»Japanische Doktorfische«, erklärte Carl stolz.

Isabel beobachtete fasziniert, wie sich die kleinen und größeren Exoten munter bewegten und durch die Pflanzen schwänzelten. »Die scheinen sich pudelwohl zu fühlen. Wie schaffst du das?«

»Durch gute Pflege, meine Süße«, flüsterte Carl dicht an Isabels Ohr.

Ein Hauch seines heißen Atems streifte sie und ließ sie erschaudern. »Und woher bekommst du das Salzwasser?«

»Ach, mein kleines Dummerchen. Durch Umkehrosmose! Ich reinige das Leitungswasser und reichere es mit Salz an. Warte nur, gleich wirst auch du angereichert.« Herausfordernd schwang er das Rohr, bevor er seine Utensilien verstaute.

»Angereichert?« Isabel zog das Wort in die Länge und schaute Carl keck in die Augen. »Warum bist du dir da so sicher?«

Carl stutzte. Diese Frau überraschte ihn immer wieder. »Hör mal, du bist schließlich bei Carl! Er gibt nur noch Trockenfutter in den Automaten, dann kommt er zu dir.«

Bald darauf folgte Isabel ihm ins Badezimmer. Es war der einzige Raum im Haus, der von außen nicht einsehbar war. Die Ausstattung stand allem, was sie bisher in dieser Villa gesehen hatte, in Nichts nach.

»Oh!«, entfuhr es Isabel denn auch, als sie die mattweiß schimmernde Badewanne entdeckte. Mit ihrem Einbau aus dunklem Holz nahm sie die gesamte linke Seite in Anspruch. Das riesige Oval erinnerte Isabel an einen aufgeschnittenen Kieselstein. An der rückseitigen Wand züngelten auf einer Länge von zirka zwei Metern die blaugrünen LED-Flammen eines elektrischen Kaminfeuers.

»Lass uns baden«, bat Isabel und fuhr mit einem Finger den Rand der Wanne nach.

»Nicht jetzt. Ich will mir nur kurz die Hände waschen«, sagte Carl, als er vor einem der Waschbecken stand, die ebenfalls die Form eines Kiesels hatten. Er hielt die Hand vor einen Sensor unter dem Wasserhahn. Es war kein gewöhnlicher Hahn, vielmehr eine rund 20 Zentimeter lange Edelstahlleiste, aus der Wasser herausfloss wie ein Wasserfall. Dieser Mann passt hierher, dachte Isabel, als sie Carl so stehen sah, wie er mit Seife aus einem eleganten Seifenspender achtsam seine Hände massierte. Diesen Mann fasziniert das Außergewöhnliche. Diesen Mann reizt nur das Extravagante. Was reizte ihn an ihr? Und wie lange? Ihr Herz begann schneller zu schlagen, ihr Innerstes geriet in hellen Aufruhr. Sorgfältig frottierte er nun seine Hände und kam dann langsam auf sie zu. Jede Zelle ihres Körpers bebte. Als er sie umschloss, waren all ihre Bedenken wie weggeblasen.

Später saßen sie wieder unter dem Rebendach am Ufer, und Isabel fragte: »Kommst du hier mit ins Wasser? Ich hab Lust zu schwimmen!« Schon wand sie ihre Haare zu einem dicken Zopf und knöpfte ihre Bluse auf. Sie ließ sich Zeit und Carl dabei nicht aus den Augen.

»Ich bleib lieber an Land. Ist mir zu schmutzig«, sagte er und beobachtete sie amüsiert. Isabels Brustwarzen hatten sich durch die Bewegung zusammengezogen und ragten nun dunkel und frech in die Höhe.

»Du hast wohl Angst, ein Fischlein beißt sich fest?« Isabels Hand glitt über den Bund seiner Hose. Als sie gefunden hatte, was sie suchte, griff sie zu. Carl stöhnte laut: »Mach weiter, aber langsam.«

»Nein, ich geh schwimmen!« Isabel lachte kurz auf, zog ihre Hand zurück und lief zum Wasser. Carl verfolgte sie mit lüsternen Augen. Vielversprechendes Miststück, meine Wildkatze, dachte er. Übermütig, zügellos und voll ungebändigter Lebenslust. Genau die richtige Mischung. Lange hat mir keine mehr so gut getan. Als Isabel einige Meter geschwommen war, drehte sie sich um: »Komm«, schrie sie, »es ist herrlich!«

Carl schüttelte nur den Kopf und beobachtete, wie sie plätscherte und spritzte, untertauchte und offensichtlich das Nass genoss. Isabel schwamm weit hinaus, ließ sich Zeit zurückzuschwimmen und betrachtete dabei das Anwesen vom Wasser aus. Rechts und links prangten ebenfalls Villen mit parkähnlichen Gärten. In der rechten, einer Jugendstilvilla mit mehreren Türmchen und Erkern, wachten frei laufende Hunde. Links strotzte ein Herrenhaus, behutsam modernisiert. Seeseitig war die ganze Front des Erdgeschosses verglast. Isabel entdeckte keine Menschenseele. Auch dieses Haus musste bewohnt sein, denn auch hier schnurrte ein Rasenroboter. Sie stieg aus dem Wasser und dachte beeindruckt: Selbst der Uferbereich ist von den anderen Grundstücken aus nicht einsehbar. Auf einer Seite schützte eine Hecke aus Schlehdorn und Brombeeren, auf der anderen Seite ein Bootshaus die Privatsphäre. Sie freute sich auf Carl, doch als sie die Holzterrasse betreten wollte, warf er ihr ein helles Stück Stoff zu und flüsterte heiser: »Zieh bitte das da über!«

Isabel stutzte: »Ein Handtuch wär mir lieber. Oder ich komm gleich nass zu dir«, gab sie lachend zurück und erwischte gerade noch die Bluse.

»Bitte Bella, tu's für mich. Und dann gehst du noch mal ins Wasser und kommst ganz langsam zurück!«

Der Herr Carl! Was hat er denn heute wieder für einen ausgefallenen Wunsch?, ging es Isabel durch den Kopf. Mit spitzen Fingern streifte sie sich das dünne, eierschalfarbene Teil über. Die Tunika reichte ihr knapp bis zu den Oberschenkeln. Als sie wieder zum Wasser lief, blickte sie an ihrem Körper hinunter. Warum muss ich den Fetzen anziehen? Ist ihm mein Bauch nicht flach genug? Hängt mein Busen? Wem gehört das Teil überhaupt? Sie warf sich erneut ins Wasser. Der nasse Stoff fühlte sich ungewöhnlich an auf ihrem Körper. Beim Schwimmen spürte sie den zusätzlichen Widerstand, deshalb legte sie sich einfach auf den Rücken und ließ sich treiben. Da erinnerte sie sich an eine Szene in einem Film: Eine Blondine steigt aus dem Wasser, nur mit einer Bluse bekleidet – wahrscheinlich 80er-Jahre. Damals war Carl ein Teenager und sie noch nicht einmal geboren. Jetzt fiel ihr sogar der Name ein. Bo Derek. Diese Bo bewegte sich mit einer Anmut, die Männer verrückt machte. Sie wurde seinerzeit zum Sexsymbol. Sollte ich mich deshalb verkleiden, fragte sich Isabel und schlug mit den Händen auf das Wasser. Okay! Wenn dich das antörnt, das kannst du haben, Carl W. Dangelmann, nur viel besser! Während sie sich in Zeitlupe aus dem Wasser schälte, fühlte sie, wie ihr Blut gegen die Schläfen pochte. Sie straffte ihren Oberkörper, hob ihren

Brustkorb, löste ihre Haare, schüttelte ihre Locken, warf den Kopf zurück und näherte sich aufreizend langsam der Sitzgruppe. Carl stöhnte, und kaum war sie bei ihm, da drang er auch schon in sie ein.

KAPITEL 33

Wenig später saß Isabel neben Carl, nippte an ihrem Glas und beobachtete gerade einen Fischer, der mit seinem Netz hantierte. Da erinnerte sie sich wieder an das Aquarium und fragte: »Du liebst exotische Fische. Tauchst du denn auch gern?«

»Früher ja, heute nicht mehr. Darum habe ich sie mir ja ins Haus geholt«, antwortete Carl zögernd.

»Ich liebe Tauchen!« Isabel breitete ihre Arme aus. »Ich liebe es, unter die Oberfläche zu gucken. Ich liebe die Schwerelosigkeit mit dem Sprung ins Wasser und die Stille um mich. Nichts ist zu hören außer den eigenen Blubberblasen. Es gibt nur Wasser und Weite und Fische. Ich fühle mich, als wäre ich selbst ein Fisch in einem Aquarium.« Isabels Augen glänzten.

Carl musterte sie. »Das hab ich alles schon gehabt. Brauch ich nicht mehr, hat den Reiz verloren für mich.«

Sein Ton hörte sich geringschätzig an. Isabel horchte auf. »Schade. Ich hab gedacht, du könntest mein Tauchpartner sein.« Sie strich mit ihrer Hand über seinen Körper und gurrte: »Ich stell mir gerade vor, wie sexy du in einem eng anliegenden Taucheranzug aussiehst. Wie alle Frauen tauschen möchten mit mir, aber du bist mein Buddy.«

Carl fühlte sich geschmeichelt, sagte aber: »Hör auf damit!«

»Wir würden uns im gleichen Rhythmus bewegen, wären total eingestimmt aufeinander. Einer angewiesen auf den anderen, absolute Harmonie …«

»Du sollst aufhören!« Unwillig schüttelte Carl Isabels Hand ab. »Ich hab dir gesagt, das ist nichts mehr für mich!« Auf seiner Stirn zeigte sich eine Zornesfalte. Überrascht musterte ihn Isabel.

Seine Reaktion erinnerte sie an Wutausbrüche in der Dienststelle. Doch jetzt war nicht der richtige Zeitpunkt, ihm zu sagen, was sein Verhalten bei seinen Mitarbeitern anrichtete. Arglos sagte sie deshalb: »Ich hab mich entschlossen, wenn ich erst mal Wasserschützerin bin, mich für den Tauchdienst zu bewerben.«

Im selben Augenblick wechselte die Farbe in Carls Gesicht von braun in dunkles Rot. Seine Mundwinkel begannen zu zucken, hinter seiner Stirn braute sich etwas zusammen. »Du willst was?« Carl spuckte die Worte regelrecht aus. Er hatte Mühe, sich zu beherrschen, strich sich über die Haare und fuhr bemüht gelassen fort: »Wieso denn das?«

»Wieso? Weil ich das will«, sagte Isabel ruhig und blickte Carl fest in die Augen.

»Hast du deinen Chef schon gefragt, ob er einverstanden ist?«

»Polizeidirektor Carl Dangelmann hat bestimmt nichts dagegen.«

Er musste etwas dagegen haben, denn mit einem Mal war seine Stimmung gekippt. Es blieb Isabel nicht verborgen. Er sah stur auf das Wasser hinaus, trank aus seinem Whiskyglas und mahlte die Flüssigkeit zwischen seinen Kiefern, als kaue er auf Holz.

Was hat er nur? Habe ich etwas Falsches gesagt, fragte sie sich und wollte ihn küssen. Er stieß sie weg und nörgelte: »Ah, deine kalte Haut macht mich frösteln!«

Beide kleideten sich wortlos an. Ohne einander anzusehen, setzten sie sich wieder. Isabel legte ihren Arm auf Carls Oberschenkel, doch mitten in der Bewegung fing er ihn ab, betrachtete ihre Hand und sagte: »Ich stehe übrigens auf schöne Hände mit langen roten Fingernägeln. Solch ungeschmückte sehen derb aus. Sie stoßen mich ab.« Damit ließ er ihre Hand fallen und wandte sich wieder seinem Whisky zu.

Irritiert starrte Isabel auf ihre Nägel und dachte: Bisher hat er das nie bemängelt, warum jetzt? Lange rote Fingernägel im Streifendienst? Undenkbar. Außerdem gefällt mir meine Natürlichkeit, und ich hab weder die Zeit noch das nötige Kleingeld, um stundenlang im Nagelstudio zu sitzen. Sie erhob sich: »Ich tauch sie nächstens in Ketchup oder rote Marmelade. Dann darfst du einen nach dem anderen ablecken.«

Carls Worte hatten Isabel verletzt. Auf dem Heimweg versuchte sie nachzuvollziehen, wie es so weit hatte kommen können. Sie zerbrach sich den Kopf und fand doch keine Antwort. Zu Hause blickte sie auf ihr Handy. Eine

Nachricht von Lena: Das Foto einer übermütig hüpfenden jungen Frau vor einem Rosenbeet mit den Worten »Das Leben will gelebt werden«, darunter ihre Frage: »Hast du mal Zeit für ein Bsüchle?« Die zweite Nachricht stammte von Thomas. »Wie geht´s? War in der Uni. Hab eine Überraschung.«

KAPITEL 34

»Hey super, ihr habt die Xie ja schon segelklar gemacht«, rief Timo begeistert. Er kam geradewegs aus der Steuermannbesprechung und hetzte nun den Steg entlang auf die Segeljacht seiner Eltern zu. Markus und Isabel waren bereits an Bord. Gleich sollte ein Signal den Start der diesjährigen internationalen Polizeiregatta ankündigen. Es war Tradition, dass die Wasserschützer aus Friedrichshafen jedes Jahr teilnahmen. Da der Chef kein Segelboot mehr besaß, hatte er beim letzten Jour fixe gefordert, jemand möge eine Crew zusammenstellen und sich anmelden.

»Ich bin gern dabei, hab aber leider kein Schiff«, sagte Markus in die Runde.

Isabel nickte: »Ich auch, wenn mich jemand mitnimmt.«

Timo wagte einen zaghaften Blick zu seinem Chef und sagte: »Ich kann meine Eltern fragen, ob ich ihr Boot kriege.«

Der Polizeidirektor hatte etwas gemurmelt, das die Anwesenden als Einverständnis werteten. Timos Eltern hatten ihm tatsächlich ihre Segeljacht überlassen, und so stiegen die drei nun als Vertreter der Wasserschutzpolizei Friedrichshafen ins Rennen.

»Wer ist denn sonst noch dabei?«, fragte Isabel interessiert, nachdem Steuermann Timo seine Crew gemeldet hatte. Die Kollegen hatten zwar schon von dem Spektakel erzählt, sie wusste allerdings keine Einzelheiten.

»Es werden wieder um die 40 Boote sein aus Deutschland, Österreich und der Schweiz«, vermutete Timo.

»Und da dürfen nur Boote mitsegeln, deren Crewmitglieder Polizisten sind? So viele sind das doch gar nicht, und der Dienst muss ja weiterlaufen.«

»Na ja, die Hälfte der Besatzung muss aus Polizisten oder Angehörigen der Staatsanwaltschaften und der öffentlichen Verwaltung bestehen. Offiziell jedenfalls, der Veranstalter lässt aber immer auch andere Personen zu. Die Regatta ist auch bei Politpromis begehrt.« Während Timo redete, kontrollierte er Leinen und Segel.

»Da ist mindestens der Innenminister dabei, wenn nicht sogar der Ministerpräsident«, wusste Markus. Er hatte schon öfters teilgenommen – früher auch in der Crew von Dangelmann – und mehrmals zur Siegercrew gehört.

»Können die Promis denn segeln?«, fragte Isabel erstaunt.

»Das ist nicht nötig. Dabei sein ist alles! Die heuern einfach bei einer Spitzencrew mit einem schnellen Boot an.

Wenn du Geld hast oder prominent bist, geht alles«, sagte Markus: Es war nicht zu überhören, was er davon hielt.

»Weißt du noch, das eine Mal, als es endlich mal richtig krassen Wind gab und dem Ministerpräsidenten dann ganz schlecht geworden ist?«

»Ja, der hing wie ein Schluck Wasser in der Kurve im Cockpit und war froh, als alles vorbei war.« Hier draußen konnte Timo scherzen.

»Unsere Kollegin ist auch absolut segelboottauglich«, neckte Markus. »So wie die hinlangt, steht einem Sieg heute nichts im Weg.«

»Weiß ich!« Timo dachte an den Ausflug mit Isabel und freute sich auf die Herausforderung.

»Wir werden sehn. Das berühmte Quäntchen Glück gehört immer dazu. Auf Team Timo«, lachte Isabel und hob die Hand, damit ihre Kollegen einschlagen konnten. Da ertönte das Signal zum Vorbereiten des Starts.

»Kommt, lasst uns draußen weiter quatschen. Leinen los.«

Timo drehte den Zündschlüssel und startete den Motor. Isabel und Markus kletterten auf das Vorschiff, um die Leinen zu lösen, mit denen das Boot festgemacht war. Dann setzte Markus sich zu Timo ins Cockpit. Isabel blieb auf dem Vorschiff stehen und sog die Morgenluft ein. Sie liebte den Moment, wenn ein Schiff aus dem Hafen fuhr und auf einmal die Weite des Sees vor ihr lag, und blickte zum Schweizer Ufer hinüber. Die dunkelgrünen Bäume auf den Hängen der Rorschacher Berge sahen aus wie zottelige Köpfe, mit Nadeln auf die hellgrünen Wiesen gepinnt. Darüber spannte sich das blau-weiß gesprenkelte Tuch des Himmels.

»Hätte nichts dagegen, wenn der Wind ein paar Beaufort zulegen würde«, rief Timo, der einen Blick zum Himmel warf.

»Guck mal, im Westen bilden sich erste Kumuluswolken«, sagte Markus, »laut ›windfinder‹ sollen im Laufe des Tages Gewitterböen auftauchen. Es könnte durchaus noch krachen heute.«

»Hey, du hast also auch im Internet nachgeschaut! Prima, wenn man Profis an Bord hat«, lachte Timo, hob seine Mütze zurück und schwenkte sie übermütig. Zusammen mit mehr als 30 anderen Booten lag nun die Xie in Wartestellung vor dem Hafen. Isabel staunte über Rennjachten mit Crews, alle einheitlich im selben grellbunten Regatta-Outfit gekleidet, und rief:

»Hey Männer, outfitmäßig können wir schon mal nicht mithalten, da müssten wir noch aufrüsten.«

»Unsere Bodys sind auch so windschnittig genug«, scherzte Markus und betrachtete ebenfalls die anderen Schiffe. »Da drüben gibt's auch ganz normale Jollenkreuzer und kleinere Kielboote.«

»Gut, dass in verschiedenen Klassen und nach Yardstickzahl gewertet wird. Bin gespannt, wer am Ende die Nase vorne hat«, rief Isabel übermütig, als sie zurück ins Cockpit stieg.

»Schaut mal, die da drüben lassen es sich gut gehen und machen Frühschoppen«, stellte Markus mit Blick auf eines der Nachbarschiffe fest. Isabel nahm gerade ein anderes Boot ins Visier:

»Ist das auf der First 210 da drüben der Chef der WaPo Konstanz?«

»Ja, kennst du ihn?«, fragte Markus erstaunt.

»Von der Arbeitstagung in Konstanz. Da waren mehrere der Herren!« An Isabels Tonfall merkten Timo und

Markus, dass das ein besonderer Tag für Isabel gewesen sein musste.

Timo nahm sich vor, sie einmal zu fragen. Momentan war er restlos glücklich, dass Isabel bei ihm war. Megacool die Isabel, dachte er, als er zu ihr hinübersah. Wie meistens im Dienst auch hielt ein Gummiband ihre Locken am Hinterkopf zusammen. Heute saß der Pferdeschwanz jedoch weiter oben am Kopf und quoll aus einer blauen Schildmütze, die sie sich tief ins Gesicht gezogen hatte. Ihre Augen konnte er nur erahnen. Sie hatte sie hinter einer Sportsonnenbrille mit reflektierenden Gläsern versteckt. »Ihr wisst ja, wir segeln Up/down-Kurs.«

Die Crew nickte. Da ertönte ein weiteres Signal, und die Boote versuchten, jeweils eine günstige Startposition zu ergattern. Die Xie passierte auf Backbordbug die Startlinie und legte trotz wenig Wind einen guten Start hin.

»Start auf Vorrangkurs war schon mal gut«, sagte Timo zufrieden. »Meine Strategie ist, mit langen Schlägen die Wendeboje zu erreichen. Jedes Manöver nimmt nur Fahrt raus.« Markus und Isabel nickten zustimmend. Die beiden Vorschoter konzentrierten sich auf die Stellung der Segel, um jederzeit auffieren oder dichtholen zu können. Jetzt gab Timo den Befehl zum ersten Manöver: »Klar zur Wende?«

»Klar«

»Re!«

Blitzschnell löste Markus das Vorsegel. Ebenso schnell zog Isabel die Leine auf der anderen Seite fest über die Winsch.

»Ihr seid super! Mit euch könnte es für einen Pokal reichen!« Timo war begeistert, dass auch das Wendemanöver blitzschnell geklappt hatte. Bald wehten die Windfäden an den Segeln wieder aus und zeigten dem Team, dass sie optimalen Kurs fuhren. Auch die folgenden Manöver gelangen tadellos. Bald hatten sie die Wendemarke erreicht. Markus und Isabel bereiteten den Spinnaker vor. Als Timo das Kommando zur Wende gab und die Pinne legte, zogen sie das leichte Vorsegel hoch. Nur wenige Sekunden später blähte der Wind es zum gelborangen Halbrund und schob die Xie der Ziellinie entgegen. Die Crew konzentrierte sich auf die bestmöglichen Stellungen der Segel und bemerkte nicht, dass sich das Polizeiboot aus Friedrichshafen näherte. Es fungierte neben weiteren aus Romanshorn und Bregenz als Begleitboot der Regatta. Fotografen und Promis tummelten sich darauf, um das Regattafeld aus nächster Nähe beobachten zu können. Ein Fotograf schoss ein Foto nach dem anderen, und Team Timo freute sich schon auf die Actionbilder. Die 21 fuhr nun unmittelbar neben der Xie.

Auf einmal hörten die drei eine bekannte Stimme: »Muss der junge Kollege mal körperlich ran? Fessele, passen Sie auf! Bringen Sie Frau Böhmer nicht in Gefahr! Ich brauch sie noch.«

Es war Carl Dangelmann. Alle drei wandten ihre Köpfe. Ihr Chef stand, sich mit beiden Händen auf die Reling stützend, auf dem Polizeiboot. Den Mann neben ihm kannten sie ebenfalls. Es war der oberste Polizeichef in Baden-Württemberg. Er hatte dieses Jahr die Schirmherrschaft übernommen und opferte – wie einige weitere ranghohe Mitarbeiter – einen Arbeitstag, um seinen Schäfchen beizustehen.

»Sei still, sag nichts«, murmelte Markus seinem Steuermann zu. Er ließ sich von der Prominenz nicht beeindrucken und behielt weiterhin ruhig die Leine in der Hand.

Timos Hände umklammerten die Pinne fester. Sein Gesicht hatte eine rötliche Farbe angenommen, aber er schaffte ein Lächeln und grüßte nur mit dem Seemannsgruß.

»Dass der auf dem Boot ist, wundert mich ja.« Timos Stimme klang verächtlich, als er seiner Crew die Worte zuraunte.

»Ungewöhnlich, ja. War er seit Jahren nicht mehr! Ist nur dem Promi geschuldet«, spekulierte Markus und kombinierte: »Erst sollte ich als sein Stellvertreter mich um die Promis kümmern. Doch nachdem du mich angeheuert hattest, musste er wohl selbst rauf.«

Auch Isabel staunte, als sie Carl sah. Carl hatte sich am Montag für den Rest der Woche zu einer Arbeitstagung abgemeldet. Den Abend hatten sie zusammen verbracht, wieder hatte er in seltsam unguter Stimmung geendet. Sie zögerte und winkte dann den Männern auf dem Polizeiboot zu. Carl grüßte und nahm formvollendet eine Hand an die Mütze. Als Isabel seine Blicke auf sich spürte, erinnerte sie sich an die Nachricht, die er ihr Dienstag früh aufs Handy geschickt hatte: »Weißt du, dass guter Sex das Leben verlängern kann? Wenn du dich nächstes Mal geschickt anstellst, mache ich dich unsterblich.« Allein wenn sie jetzt daran dachte, ging eine heiße Woge durch ihren Körper.

»Oh Shit, das lässt er mich wieder spüren.« Timo stöhnte, seine Hände begannen zu zittern. Markus und Isabel, die sich ertappt vorkam, bemerkten, wie auch Timos Beine unruhig auf und ab wippten. Das Polizeiboot kam der Xie gefährlich nahe.

»Hey der Arsch, was macht der denn? Hau ab«, schrie Timo und hob drohend die Hand in Richtung Steuerhaus der 21. Er sah sich genötigt, den optimalen Kurs zu verlassen, um eine Kollision zu verhindern, und bewegte die

Pinne. Endlich drehte das blaue Boot ab. Doch sein schäumendes Kielwasser brachte das Segelboot zum Schwanken, die Segel flatterten für einen Moment, und Timo hatte Mühe, wieder auf den bestmöglichen Kurs zu kommen. Während Markus schnell die Leinen dichter holte, sah Isabel, wie Carl und sein Begleiter grinsend wieder ins Steuerhaus gingen. Es gab ihr einen Stich ins Herz. Sie konnte sich keinen Reim darauf machen, warum das Gästeboot die Xie so nah angesteuert hatte. Um ihr nahe zu sein, wäre es zumindest nicht nötig gewesen.

»Das kostet uns bestimmt eine Minute!« Timos Worte rissen Isabel aus ihren Gedanken.

Der Wind frischte auf, und das Team konzentrierte sich wieder auf die Segelstellung. Als die perfekt war, schaute Isabel Markus an und fragte: »Du sagst, unser Chef ist seit Jahren nicht mehr auf einem Boot gewesen? Was meinst du denn damit?«

Auch Isabel war in den vergangenen Monaten aufgefallen, dass Carl die Arbeitstage am liebsten mit festem Boden unter den Füßen verbrachte. Das war sehr ungewöhnlich für einen Wasserschutzpolizisten.

»Na ja, seit der aus dem Südseeurlaub zurück ist, hab ich ihn nie mehr auf dem Wasser erlebt.«

»Ist mir auch aufgefallen«, warf Timo ein.

»Einer muss ja in der Dienststelle bleiben«, erwiderte Isabel vorsichtig.

»Oder sich zu Tagungen abmelden, damit die Herrenrunde abends einen saufen oder sich in Stripteasebars vergnügen kann!«

Das war Timo, und Isabel blickte ihn erstaunt an: »Wie kommst du darauf?«, fragte sie. Das war eine ganz neue Seite an ihrem Kollegen.

»Na, was denkst du, warum der nie einen von uns dabeihaben will? Nicht mal Markus, seinen Stellvertreter?«

Isabel wusste darauf keine Antwort. Während sie die Leine fester um die Winsch legte, spukte ihr das Gespräch weiter durch den Kopf.

»Ich weiß zwar nicht, warum, aber der versucht, mich fertigzumachen. Hab wegen dem schon Magenprobleme. Doch so schnell kriegt der mich nicht klein.« Timo hatte die Worte in den Wind geschleudert, ohne Markus und Isabel dabei anzusehen. Beide verzichteten auf eine Antwort, machten sich aber ihre Gedanken.

Timo beherrschte sein Boot meisterlich. Sie lagen nun wieder gut in der Zeit. Bald konnte die Xie an mehreren anderen Schiffen vorbeiziehen. Schon steuerte Timo auf die Ziellinie zu. Als sie diese passiert hatten, sagte er zufrieden: »Das müsste reichen für eine gute Platzierung.«

»Warten wir's ab«, riet Markus, während er mit Isabel zusammen den Spinnaker verstaute.

»Meinst du wirklich?« Auch aus Isabels Stimme klang Skepsis. »Das war meine erste Regatta. Danke, dass du mich mitgenommen hast, Timo!«

Timo strahlte: »Lasst uns darauf anstoßen. Trinkt ihr 'n Bier mit?«

Beide nickten und setzten sich ins Cockpit. Isabel warf einen Blick auf ihr Handy und entdeckte eine neue Nachricht von Carl: »Hallo Wildpferd. Du Prachtstück der Natur. Ich möchte dich küssen, bis dir die Luft ausgeht.« Über ihr Gesicht huschte ein Lächeln, und der Schwarm Schmetterlinge in ihrem Bauch flog zum Polizeiboot hinüber, das bereits den Hafen ansteuerte. Rasch steckte sie das Telefon weg.

Timo hatte seine Kollegin nicht aus den Augen gelassen und meinte: »Nimmst du mal kurz die Pinne, Isabel.« Damit erhob er sich und ging in die Kajüte zum Kühlschrank. Isabel schloss ihre Finger fest um das Holz. Ein gutes Gefühl, ich möchte es öfter haben, dachte sie beglückt.

»Auf Team Timo! Yeah!«, sagte Timo, als er mit geöffneten Flaschen nach oben kam. Sie klatschten die Hände zusammen und nahmen einen Schluck.

Timo nahm am anderen Ende der Sitzbank Platz und lehnte sich mit dem Rücken gegen den Aufbau der Kajüte. Er machte keine Anstalten, wieder die Pinne zu übernehmen, sondern fragte: »Wollt ihr schon zurück in den Hafen oder sollen wir die Brise nutzen für einen kurzen Schlag?«

»Von mir aus sehr gerne! Ich genieß es, mal wieder außerhalb des Dienstes auf dem Wasser zu sein. Und auch noch zusammen mit euch auf einer X-Jacht«, verkündete Isabel freudestrahlend.

»Ich muss vor der Siegerehrung meinen Kleinen von der Betreuung abholen. Das hab ich meiner Frau versprochen. Aber 'ne Weile können wir gern noch segeln«, sagte Markus. Sie setzten wieder Segel, und Isabel steuerte mit Halbwind in Richtung Schweiz.

Timos Augen wanderten übers Wasser und zurück zu Isabel. Er freute sich, dass sie das Spiel mit dem Wind offensichtlich genauso faszinierte wie ihn und stellte beglückt fest: »Du machst auch als Steuerfrau eine gute Figur.«

Isabel lächelte, gab jedoch keine Antwort, war sie doch viel zu sehr damit beschäftigt, die Segel in optimaler Stellung zu halten.

»Und du segelst hervorragend, echt klasse. Ich meld uns gleich zur nächsten Regatta an.«

»Bin dabei, wenn der Dienst es zulässt!«

»Ich auch, falls ich nicht störe«, sagte Markus. Sein Gespür verriet ihm, dass Timo sich in Isabel verliebt hatte. Er stieg auf das Vorschiff und machte es sich dort bequem.

Timo hatte inzwischen die Beine auf die Sitzbank gelegt und lehnte immer noch an der Kabinenwand. Mit zurückgeschobener Kappe und geschlossenen Augen hob er seinen Kopf der Sonne entgegen. Nie hatte Isabel ihren Kollegen so entspannt gesehen. Nur das gleichmäßige Gurgeln des Wassers an der Bordwand entlang war zu hören. Sie wollte diese Stimmung intensiv in sich aufnehmen und genoss einfach die Stille. Dann signalisierte ihr ein leises Knistern des Vorsegels, dass sie die Segelstellung ändern sollte. Sie griff die Pinne fester, drückte sie zur Seite, löste die Vorschotleine und sagte zu Timo: »Ich mach eine Wende, damit wir rechtzeitig zur Siegerehrung kommen, okay?«

Timo nickte, zog die Leine auf der anderen Seite fest und sagte anerkennend: »Tadellos. Chapeau. Auf meinem Boot segelt die beste Steuerfrau des ›Schwäbischen Meeres‹!«

Die Siegerehrung sollte auf dem Gelände des Yacht Clubs Langenargen stattfinden und war auf 15 Uhr angesetzt. Damit die internationalen Gäste bei Musik und Tanz wetterunabhängig feiern konnten, hatten die Mitglieder des Yacht Clubs ein Zelt aufgebaut. Schon von fern hörten Timo, Markus und Isabel Stimmen und Musik aus den Lautsprechern. Die drei machten das Boot an den Dalben eines freien Liegeplatzes fest.

»Markus, schau, dass du bald wieder hier bist, sonst wirst du leider die Grußworte verpassen«, sagte Timo augenzwinkernd, als der sich anschickte, das Boot zu verlassen. »Wenn Isabel und ich die Xie versorgt haben, gehen wir schon mal rüber.«

Kurze Zeit später betraten Timo und Isabel das Festzelt. Viele Bänke und Tische waren bereits besetzt mit erwartungsvollen Seglern und Gästen. Die meisten kannten sich offensichtlich, denn die Stimmung war ausgelassen. Als der Alleinunterhalter einen musikalischen Tusch spielte, prostete man sich fröhlich zu. Isabel hatte Carl sofort entdeckt. Er saß am Promitisch und hob just in dem Augenblick den Kopf, als Isabel an Timos Seite eintraf. Beide nickten ihm zu, doch sein Gesichtsausdruck versteinerte binnen Sekunden und verzerrte sich zu einer Fratze. Isabel erschrak, was hatte er nur? Sie setzte sich neben Timo an einen Tisch im hinteren Teil, von dem aus sie den Eingang des Zeltes im Blick hatten. Bald kam Markus und schlenderte, mehrmals andere Kollegen grüßend, auf die beiden zu.

Dann kündigte ein Tusch die Siegerehrung an. Der oberste Dienstherr nahm sie persönlich vor, Polizeidirektor Dangelmann assistierte. Teilnehmer um Teilnehmer wurden aufgerufen, bei der Crew der Xie wuchs die Spannung.

Als der Innenminister schließlich verkündete: »Der erste Platz in der Gruppe Yardstickzahl bis 97 geht an die Xie mit Steuermann Timo Fessele, den Vorschotern Isabel Böhmer und Markus Proll«, erklang tosender Beifall. Timo sprang auf, gab Isabel einen leichten Klaps, nickte Markus zu und sagte: »Los, kommt mit!« Gemeinsam marschierten sie an den klatschenden Kollegen vorbei zur Bühne.

»Ein tolles Ergebnis. Ich gratuliere Ihnen. Eine solche Leistung ist nur möglich, wenn die Zusammenarbeit stimmt im Team«, lobte der Minister und fuhr, zu Dangelmann gewandt, fort: »Hab ich recht, lieber Carl?«

Es war Dangelmann, der den Pokal überreichte. Zuerst schüttelte er Isabels Hand. Als sie ihn anstrahlte, bemerkte sie, dass seine Augen nicht lächelten. Verwundert ließ sie die Hand sinken. Freute er sich denn nicht, dass seine Mitarbeiter den Sieg geholt hatten? Als er vor Timo trat und ihm den Pokal entgegenstreckte, zuckten seine Mundwinkel. Timo griff nach der Trophäe, seine Hand zitterte. Er senkte den Kopf, um seinem Chef nicht in die Augen sehen zu müssen. Die andere Hand streckte er ihm entgegen. Der Vorgesetzte griff nach ihr und ließ sie so schnell wieder los, als hätte er sich an einer heißen Kartoffel verbrannt. Begleitet vom Jubel der Gäste nahmen sie wieder Platz.

Nun eröffnete der Polizeipräsident den gemütlichen Teil und lud zum Mitsingen und Tanzen ein. Manche Kollegen ließen sich nicht zweimal bitten. Sie strömten zu den wenigen Frauen, die gekommen waren. Schon bat der Chef der WaPo Konstanz Isabel um einen Tanz, und sie mühten sich, auf dem kiesigen Untergrund einigermaßen anmutige Figuren zu tanzen. Carl blieb bei den Promis am Tisch sitzen und warf nur gelegentlich einen Blick auf Isabel. Timo war nicht nach Feiern zumute, weshalb er sich bald verabschiedete.

KAPITEL 35

»Unter uns Pfarrerstöchtern: Heute machen wir mal richtig einen drauf!« Lena wählte bewusst die Formulierung, die sie in Tübinger Zeiten für Mädelsabende gewählt hatten, und fügte hinzu: »Ben ist bei seinem Vater.«

»Ich bin dabei. Wir rocken Konstanz!« Obwohl Isabel müde war, freute sie sich auf einen unbeschwerten Abend.

»Und das Thema Männer lassen wir heute außen vor!«

Ausgelassen wie zwei Teenager zogen die Freundinnen los. In der ersten Kneipe hielten sie sich an ihre Abmachung. In der zweiten saß ein Mann an der Theke, dessen Gestalt Isabel an Carl erinnerte. Als Lena zur Toilette ging, zog Isabel ihr Handy hervor und las nochmals die Nachricht, die sie am späten Nachmittag erhalten hatte: »Du willst mich doch nicht etwa eifersüchtig machen mit dem Würstchen? Komm zu mir. Ich bin alles, was du brauchst. CD.« Dabei hatte sie nur beiläufig erwähnt, dass sie Timo schätzte.

Die dritte Lokalität war ein angesagter Club. Lena, die inzwischen bemerkt hatte, dass die Freundin etwas beschäftigte, spendierte Isabel einen Drink und sagte: »Los, nun sag schon, was Sache ist!«

Erst wollte Isabel nicht mit der Sprache herausrücken, doch dann zogen sie sich in eine ruhigere Ecke zurück, und sie erzählte von Carl und seinen zwei Gesichtern. Lena hörte aufmerksam zu, runzelte von Zeit zu Zeit die Stirn und sagte schließlich: »Das Verhalten den Mitarbeitern gegenüber ist cholerisch. Eindeutig. Dir gegenüber scheint noch eine gehörige Portion Narzissmus dabei zu sein.«

»Narzissmus? Und was soll ich tun?«

»Den privaten Kontakt abbrechen und zwar schnell.«

»Jetzt? Wo ich gerade wieder angefangen habe zu leben!«

»Wenn du schon jemanden brauchst, der dir sagen muss, wie gut du bist: Such dir wenigstens einen ebenbürtigen Partner.«

»Wie? Ich hab doch schon einen zu viel!« Isabel sah die Freundin fragend an, während sie an ihrem Strohhalm sog.

»Du brauchst einen Partner, mit dem du auf Augenhöhe kommunizieren kannst. Menschenskind, du bist so eine tolle Frau. Wo bleibt dein Selbstwertgefühl? Warum lässt du dich von deinen Männern immer dominieren, auch von Thomas? Du lässt dich immer unterbuttern!«

Isabel schaute die Freundin wortlos an. Die roten Flecken, die sich auf ihrer Brust, ihrem Hals und den Wangen zeigten, verrieten Lena, dass ihre Worte getroffen hatten. Der Alkohol tat ein Übriges. Isabel wich zurück, schluckte und sagte gekränkt: »Und du stülpst deine Erfahrungen als Psychotherapeutin und deine Lehrbuchmeinungen über mein Privatleben! Darauf kann ich gern verzichten!«

»Hey, komm wieder runter, reg dich ab. Ich meins doch nur gut«, versuchte Lena sie zu beruhigen.

Indessen vergrößerte sich Isabels Unmut, wütend schleuderte sie der Freundin entgegen: »Bei dir? Läuft's bei dir etwa besser? Partner auf Augenhöhe? Da seh ich keinen – weit und breit nicht!« Isabel wusste, dass das gemein war, aber momentan ertrug sie die gut gemeinten Ratschläge einfach nicht. »Meld dich, wenn dir einer auf Augenhöhe für mich über den Weg läuft«, rief sie beleidigt, schnappte ihre Tasche, stand auf und eilte zum Ausgang. Auf keinen Fall würde sie die Nacht bei Lena bleiben. Jetzt sofort würde sie mit dem Katamaran nach Hause fahren.

Während der Rückfahrt stellte sich Isabel wieder auf den Bug und ließ ihren Tränen freien Lauf. Der kühle Wind machte sie mit einem Schlag nüchtern und sie erschauderte. Um Himmels willen, was hab ich Lena an den Kopf geworfen? Lena ist meine einzige Vertraute. Wir kennen uns so lange, wir mögen uns. Wie konnte ich es nur so weit kommen lassen? Streit mit meiner besten Freundin. Und das wegen einem Mann, vielmehr wegen zweien. Voller Gewissensbisse tippte Isabel eine Nachricht in ihr Handy: »Sorry Lena. Tut mir sooo leid. Ich brauch dich. Kussemoticons. GLG Isa.«

Lenas Antwort kam prompt: »Carl ist nur eine Mission, damit du von deinem Thema wegkommst.« Mein Thema? Was meinte die Freundin denn damit? Während Isabel überlegte, tippte sie eine Nachricht mit drei Fragezeichen. Wieder verstrichen nur wenige Sekunden bis zu Lenas Antwort: »Manchmal ist das gefährlichste Tier für einen Menschen der Schmetterling im Bauch. GLG Lena.«

Ohne zu überlegen, wählte Isabel zwei Smileys mit großen Augen für Erstaunen und schrieb: »Können Papillons im Bauch auf den Magen drücken? Kussemoticon. GLG Isa.«

Erst danach hob sie ihren Kopf wieder in den Wind und dachte über Lenas Satz nach: Wie können Schmetterlinge im Bauch gefährliche Tiere sein? Manchmal die gefährlichsten? Lena musste sich irren und zwar gewaltig. So ein Blödsinn. Schmetterlinge im Bauch machen erst lebendig! Wenn die gefährlich wären, müssten sie einem Schaden zufügen, einen in Not bringen können. Der leise Ton des Handys riss Isabel aus ihren Gedanken. »Müsstest du eigentlich wissen, seit du mit Ben ›Die kleine Raupe Nimmersatt‹ gelesen hast.«

Lenas Nachricht spukte Isabel noch im Kopf herum, als sie die Wohnungstür öffnete. Raupe Nimmersatt? War sie, Isabel, die Raupe Nimmersatt? Fraß sie sich von einem zum andern? Sie holte sich gerade von jedem Mann das, was sie brauchte: Liebe, Wertschätzung, Zärtlichkeit, Sex. Die Erkenntnis traf Isabel wie ein Schlag, und sie ließ sich auf einen Stuhl fallen. In einer Fortbildung, bei der das Verhalten von Menschen besprochen wurde, hatte sie gehört: Bedürfnisse, die nicht erfüllt werden, verstärken sich. Schaffen sich ein Ventil, äußern sich unkontrolliert. Traf das auf sie zu?

Sie sprang auf, ließ sich ein Glas Wasser ein, leerte es in einem Zug und setzte sich wieder. Ihre Mutter kam ihr in den Sinn und ihre Schwester. Karolina hat immer schon gelebt, was ich leben wollte. Sie war immer schon diese selbstbewusste Madonna, auch wenn ich gedacht hab: blöde Kuh. Karolina tobte sich aus, probierte sich aus. Ich hab Rücksicht genommen auf Mama und mich vernachlässigt, mich vielleicht selbst verloren. Bin ich deshalb anfällig für Carl? Ich, die ich mir doch immer gesagt hab, solche Playboys werden mich nie beeindrucken. Genau auf so einen bin ich reingefallen. Hatte richtig Lust reinzufallen. Genau der hat meinen Körper angezogen wie ein Magnet, hat ihn erobert mit seinem Sexappeal. Ob er mein Herz, meine Seele erobert hat, weiß ich nicht. Doch mein Körper ist willenlos, will sich ihm nur hingeben und mit ihm Lust spüren, unbändige Lust. Carl wird niemals der Mann fürs Leben, das ist mir klar. Er ist ein Lebemensch. Ein Hedonist, wie Thomas sagen würde. Der lebt nach dem Lustprinzip, und wenn ich mit ihm zusammen bin, kann ich das auch. Aber ich betrüge Thomas. Thomas hat einen guten Charakter, war ein toller Lebensbegleiter die letzten Jahre. Er spürt einfach nicht, wann ich Zärtlichkeit und Zuneigung brauche. Er ist so ein analytischer, logischer Typ, kann das gar nicht nachempfinden. Und weil er das selbst gar nicht in sich hat, kann er es mir nicht geben. Sie seufzte. Thomas so weit zu bringen, dass er meine Bedürfnisse wahrnimmt und erfüllt, wäre eine Lebensaufgabe für mich. Trotzdem ist es schwer, von ihm wegzukommen. Liebe ich ihn denn noch oder bin ich nur zu feige, mich zu trennen? Will ich ihm nicht wehtun oder habe ich Angst, alleine zu sein?

Isabels Blick blieb an ihrem kleinen Sofa hängen. Sie fühlte sich gut hier, vermisste nichts, obwohl sie den Luxus von Thomas' Elternhaus kannte und auch in Carls prächtiger Villa. Dies hier habe ich mir selbst erarbeitet und das macht mich zufrieden. Neidlos zufrieden. Was, wenn ich an mir arbeiten würde und es mir gelänge, das, was ich brauche, mir selbst zu geben? Wenn ich nicht mehr die Bestätigung von außen, von einem Mann, bräuchte? Vielleicht hatte Lena recht und der Schmetterling im Bauch mutierte wirklich zu einem gefährlichen Tier.

Die Gedanken schwirrten Isabel durch den Kopf, als sie ihr Bad betrat und sich Wasser ins Gesicht schöpfte. Noch das Handtuch in der Hand lief sie zu ihrem Handy und tippte: »Liebe Lena, hab das Gefühl: Meine Zeit als gefräßige Raupe ist abgelaufen. Meine Flügel wachsen, sind bald fertig. Ich werde versuchen zu fliegen. Schmetterling und Kussemoticon.«

»Viel Glück!« und ein hochgereckter Daumen kamen zurück.

KAPITEL 36

»An Bord der MS Baden befindet sich ein Sprengsatz! Bald wird die Bombe die Ungläubigen dahin befördern, wo sie hingehören: in die Hölle!«

Isabel kannte den Text inzwischen auswendig. Während der letzten Minuten hatte Markus ihn wieder und wieder abgespielt. Er surrte in ihrem Kopf, es fiel ihr schwer, sich zu konzentrieren. Neben den Wasserschutzpolizisten saßen auch die Kollegen der Kriminal- und Schutzpolizei um den Besprechungstisch. Nachdem um 20.11 Uhr der Anruf eingegangen war, hatte Markus alle Diensthabenden zusammengetrommelt. »Denke, die Drohung müssen wir ernst nehmen«, sagte er, und stummes Nicken folgte seinen Worten. Frieder Kahle, der bisher schweigend vor sich hingestarrt hatte, meldete sich: »Die MS Baden ist heute ›Torture-Ship‹. Da ist Lack und Leder angesagt!«

»Ach deshalb!« Ein Raunen ging durch den Raum. Frieder Kahles Gesicht hellte sich auf, als er fortfuhr: »Ich war vorher vorne am Hafen. Hunderte von Schaulustigen waren dort und haben geklatscht und gejohlt, als die SMs an Bord gegangen sind.« Er grinste breit: »War echt sehenswert, wie knapp bekleidete Dominas ihre Begleiter an Ketten über die Gangway gezerrt haben.«

»So ein Blödmann. Droht mit einer Bombe! Kann denn der die Typen nicht einfach machen lassen, solange die friedlich sind. Jedem Tierchen sein Plaisierchen.« Mit diesen Worten erhob sich Carl W. Dangelmann und alle Blicke wandten sich ihm zu. Interessant, wie locker du damit umgehen kannst, schoss es Isabel durch den Kopf. Sofort zensierte sie sich selbst: Ich darf Dienstliches nicht mit Privatem vermischen.

»Nur ist für uns die Sache damit nicht erledigt.« Es war Markus, der das seinem Chef entgegnete.

»Denke auch, wir müssen uns das Schiff genauer anschauen«, brummte Frieder, der kaum verbergen konnte, dass er sich auf den Einsatz freute und hoffte, der Dienstgruppenleiter pflichtete ihm bei.

»Da sind laut Veranstalter 700 Leute drauf«, gab Markus zu bedenken.

»Für die ist die Party zu Ende. Die müssen wir runterholen!« Carl Dangelmanns Stimme klang ernst.

»Dann bringt doch mal in Erfahrung, wo das Schiff gerade ist«, ordnete Markus an.

»Position der MS Baden ziemlich genau Seemitte zwischen Langenargen und Arbon!«, antwortete Timo wie aus der Pistole geschossen. Er hatte sich mit einem Kollegen der Kripo bereits schlaugemacht.

Nun war es wieder der Polizeidirektor selbst, der sich einmischte: »Der Anleger in Langenargen ist ungeeignet für eine Evakuierung. Wir müssen die hierher nach Friedrichshafen lotsen.«

»Ich informiere den Kapitän«, entschied Markus und hatte bereits das Telefon in der Hand.

»Damit keine Panik entsteht, soll er verkünden, dass sie ein technisches Problem mit den Motoren haben«, ordnete Carl W. Dangelmann an.

»Gut. Geb ich so weiter«, Markus nickte und telefonierte.

»Die Kollegen rundum sind informiert und bereits unterwegs, ebenso Taucher und Sprengstoffspürhunde«, verkündete ein Kollege der Schutzpolizei, der soeben ins Zimmer kam.

Isabel bewunderte, wie reibungslos alle Hand in Hand arbeiteten. Jetzt sagte sie: »Und was machen wir mit den Gästen, wenn sie von Bord kommen?«

»Gute Frage, Frau Kollegin. Ich sehe, Sie denken weiter«, sagte Dangelmann, überlegte und schaute Isabel an. Ein winziges Blitzen in seinen Augen, das nur Isabel sah, ließ ihr Herz hüpfen. Dann fuhr er fort: »Die Passagiere müssen …«

»Der Kapitän ist fix und fertig, aber das Schiff nimmt schon Kurs Friedrichshafen«, fiel Markus seinem Chef ins Wort.

»Was, wenn sich der Terrorist selbst an Bord befindet?« Isabels Einwand kam spontan.

»Gehen wir«, rief der Polizeidirektor und zog bereits seine Jacke an. Die Wasserschutzpolizisten sahen sich erstaunt an. Frieder, Timo, Isabel und auch Markus waren davon ausgegangen, dass der Chef wie üblich die Stellung halten würde. Doch Dangelmann bestimmte: »Fessele bleibt hier. Das ist nichts für dich, Junge! Ein paar Kollegen der Kripo unterstützen dich.« Der boshafte Ton in seiner Stimme ließ die Kollegen aufhorchen. Timo warf seinem Chef einen finsteren Blick zu. Als dieser bereits aus dem Zimmer war, knallte er seine Mütze auf den Tisch und ließ sich wieder in seinen Stuhl fallen.

»Wir berichten dir«, flüsterte Isabel ihm zu, gab ihm einen Klaps auf die Schulter und eilte mit den anderen zu den Autos. Zu Fuß wären sie zwar genauso schnell vor Ort, jedoch sollten die Wagen zum Absperren eingesetzt werden.

Die Kollegen der Schutzpolizei waren bereits dabei,

den Platz vor dem Landesteg abzusperren. Erst wenige Stunden zuvor, zum Start der MS Baden, waren die rotweißen Gatter hergekarrt worden. Wie jedes Jahr wollten viele Menschen Zeugen sein, wenn die Sadomaso-Freaks an Bord gingen.

»Du glaubst gar nicht, woher die SMs überall kommen! Nicht nur aus ganz Deutschland, aus Amerika, aus Russland und sogar aus Japan reisen die an. Das gibt es sonst ja kaum irgendwo auf der Welt«, hatte Markus Isabel auf der kurzen Anfahrt erzählt. »Da sind auch Persönlichkeiten aus Politik und Gesellschaft dabei, du erkennst sie nur nicht, weil sie irgendeine Maske aufhaben, einen Pferdekopf oder so was.«

»Oh mein Gott. Ich staune wieder mal, welch Parallelwelten es gibt, von denen ich keine Ahnung habe«, sagte Isabel und kam sich wie so oft als langweiliges Sigmaringer Provinzei vor.

»Ich will das alles gar nicht wissen. Mir reicht, wenn ich im Job die menschlichen Abgründe mitbekomme«, sagte Markus. »Ne, ne, ich bin ganz zufrieden, so wie es ist. Da hat CaWe schon recht: Jedem Tierchen sein Plaisierchen.«

Isabel überlegte, welche Plaisierchen Carl von ihr erwartete, wischte den Gedanken schnell beiseite, als sie ausstiegen. Sie schloss ihre Jacke, denn eine kühle Brise wehte inzwischen vom See her. Die Wasserfläche glänzte silbern im Mondlicht. Ein hell erleuchtetes Fahrgastschiff näherte sich mit rascher Geschwindigkeit der Hafeneinfahrt. Isabel spürte bereits das Dröhnen der Bässe in ihrem Bauch. »Bitte gehen Sie weiter«, rief sie einer Gruppe von Jugendlichen zu, die mit Flaschen und Musikgeräten in den Händen neugierig hinter dem Zaun stehen geblieben war.

»Du hast uns gar nichts zu sagen, auch wenn du eine Uniform trägst. Geh nach Hause und besorg's dem Papi!« Ermuntert vom Grölen seiner Gang wagte der Anführer starke Worte. Isabel wollte verbal zurückschlagen, ließ es aber bei einem verächtlichen Blick bewenden, und die Gruppe zog weiter.

Nur wenige Fußgänger waren noch unterwegs. Dafür bevölkerten mehr und mehr Polizisten den Platz, als die MS Baden mit lauter Musik anlegte. »Das Lack- und Lederschiff ist umstritten, genauso wie das Swingerschiff, das nicht mehr ablegen darf. Das Torture-Ship hier wurde offiziell als Tanzschiff genehmigt, allerdings ohne Darkroom«, klärte Markus seine Kollegin auf.

Als Isabel ihn fragend ansah, fügte er vielsagend hinzu: »Der könnte zu sexuellen Handlungen einladen.«

»Als ob sich da jemand abhalten ließe, wenn die gut drauf sind«, flüsterte Isabel, neugierig, was geschehen würde. Markus grinste nur, hob einen Finger und bedeutete Isabel zuzuhören.

»Verehrte Gäste«, ertönte die Stimme des Kapitäns, »es kommen jetzt Techniker an Bord, um die Motoren zu überprüfen. Bitte verlassen Sie das Schiff, aber bleiben Sie in der Nähe. Bald geht es weiter und dann gibt es Freibier.« Matrosen rollten die Gangway heran, und Isabel staunte, wie viele Menschen in schrillen und fantasievollen Gewändern oder äußerst knappen Kostümen nun nacheinander die Treppe betraten. Gut gelaunt schwangen sie Flaschen oder Ketten, Geißeln und andere Spielzeuge aus Baumarkt oder Sexladen.

»Auf das Schiff darf nur, wer in Schwarz, Lack- oder Latexkostüm oder in Dessous erscheint«, raunte Markus Isabel zu, während er an seinem Megafon hantierte.

Mama würde den Glauben an die Menschheit verlieren, wenn sie das hier sehen könnte, schoss es Isabel durch den Kopf, als sie die Figuren genauer betrachtete. Im Grabe würde sie sich umdrehen oder, falls sie da oben ist, von ihrer Wolke plumpsen. Isabel erinnerte sich, wie sich ihre Mutter empört hatte, als Karolina – gerade 15 Jahre alt geworden – in ihrem neuen Lederminirock zum Fasnetsball gehen wollte. Es war das einzige Mal, dass ihrer Mutter die Hand ausgerutscht war und sie Karolina geohrfeigt hatte. Die jüngere Schwester war weinend in ihr Zimmer gerannt. Als Papa zu Weihnachten einen neuen Fernseher mit Satellitenschüssel erworben hatte und die Familie neben den öffentlich-rechtlichen Programmen dann auch RTL 2 und Co. empfangen konnte, hatte Mama geschimpft: »Sodom und Gomorrha! Der Anfang vom Ende.« Das waren damals Kinderprogramme gegen das hier. Papa war bei seiner Dienststelle in Sigmaringen mit Ähnlichem sicher nicht konfrontiert worden.

»Bleiben Sie zusammen«, mahnte Frieder Kahle nun mittels Megafon. An vorderster Front dirigierte er die Menschen von Bord. Polizeidirektor Dangelmann stand auf der anderen Seite des Ausstiegs.

»Bin überrascht, wie diszipliniert die Evakuierung vonstattengeht«, sagte Isabel, die mit Markus das Geschehen in einiger Entfernung im Auge behielt. Bald war die MS Baden geräumt, und eine Horde von Fachleuten konnte das Schiff von oben bis unten inspizieren. Die Gäste unterhielten sich, tranken fröhlich weiter, und nur ein paar wunderten sich, dass auch Spürhunde im Einsatz waren. Keiner von ihnen hatte bemerkt, dass mehrere Taucher jeden Zentimeter des Unterwasserschiffes untersuchten. Schon nach knapp einer Stunde konnte der Polizeidirektor Entwarnung geben. Nirgends hatten die Spezialisten etwas Verdächtiges gefunden oder den angedrohten Sprengsatz entdeckt.

»Die Party geht weiter«, verkündete der Kapitän und ließ die Musik aufdrehen. Da betrat das bunte Völkchen tanzend wieder die MS Baden, die rasch ablegte. Bald erinnerte nur noch das Dröhnen der Bässe an den unfreiwilligen Zwischenstopp.

»Die feiern jetzt bis in die Morgenstunden!« Markus gab den Kollegen des Streifendienstes ein Zeichen und wandte sich zum Gehen.

»Da möchte ich Mäuschen spielen«, witzelte Isabel, als sie dem sich bewegenden Lichtermeer auf dem Wasser nachblickte.

»Echt? Ich teil dich nächstes Jahr an dem Termin nicht zum Spätdienst ein, dann kannst du dich einbuchen«, scherzte Markus und sah zu einer Gruppe Taucher hinüber, die sich gerade aus ihren Anzügen schälten. »Die haben sich ihren Samstagabend bestimmt anders vorgestellt, sind alle extra für diesen Einsatz aus ihrem Wochenende geholt worden.«

KAPITEL 37

Hinter Isabel fiel die Tür der Dienststelle ins Schloss. Sie kniff die Augen zusammen, die Sonne stand schon tief und färbte den See golden. Sie musste sich beeilen, wenn sie den Sonnenuntergang joggend erleben wollte. Sie sah auf ihr Handy. Zwei neue Nachrichten. Zuerst öffnete sie die von Carl: »Meine Sonne, meine Luft zum Atmen. Tankstelle für meinen Körper und meine Seele. Hab Auftanken nötig. Wann kommst du?« Smileys. Sofort spürte Isabel den Aufruhr in ihrem Bauch. Die Atlasspinner mussten sich vermehrt haben, inzwischen musste es ein riesiger Schwarm Schmetterlinge sein. Laufen, duschen, zu Carl radeln. So Isabels Plan. Sie tippte weiter zur nächsten Nachricht. Thomas schrieb: »Liebe Isabel, habe eine Riesenüberraschung. Setze mich gleich ins Auto. Kauf Champagner! Bis später.« Isabel rätselte. Riesenüberraschung? Was konnte er damit meinen? Einen lukrativen Auftrag für ein Essay? Hatte er seine Promotion unter Dach und Fach? Eine Stelle an der Uni? Was konnte so wichtig sein, dass er die Fahrt von Tübingen nach Friedrichshafen auf sich nahm? Bereits vor zwei Stunden hatte er die Nachricht abgeschickt. Es dauerte demnach nicht mehr lange, bis er hier war. Sie tippte ihm eine kurze Nachricht, setzte den Helm auf und schwang sich auf ihr Fahrrad. Beim Supermarkt hielt sie an. Bestimmt hatte Thomas den ganzen Tag nichts gegessen und würde mit einem Riesenhunger ankommen. Dann stand sie vor dem Regal mit den Schaumweinen. Der Markt hatte drei verschiedene Champagnersorten im Angebot. Zwischen 21 und 48 Euro pro Flasche. Isabel kratzte sich ratlos an der Stirn. Ihre Hand griff zur Flasche für 34 Euro. Sie zögerte, zog ihre Hand zurück. Ihr Beamtengehalt ließ eine solche Ausgabe eigentlich nicht zu. Echten Champagner hatte sie bisher erst ein einziges Mal gekauft. Die Zusage für die Stelle bei der WaPo am Bodensee war ihr diese Ausgabe wert gewesen. Genossen hatte sie ihn zusammen mit Thomas. Beide waren damals enttäuscht. Geschmacklich konnten sie kaum einen Unterschied zu gutem Sekt feststellen, der für unter zehn Euro pro Flasche zu haben war. Unentschlossen wanderte ihr Blick zum schier endlosen Angebot an Schaumweinen und Proseccos. Schließlich entschied sie sich für eine Flasche Bodensee-Secco für knapp acht Euro. Mit dem lokalen Bezug würde sie ihre Wahl bei Thomas begründen können. Sie erstand noch Brot, Gemüse von der Reichenau und zwei Filetsteaks vom Rind, die Thomas liebte, bepackte ihren Rucksack und radelte nach Hause. Als sie die Sachen im Kühlschrank verstaut hatte, schaute sie auf das Handy. Thomas hatte ihre Nachricht nicht gelesen. Sie öffnete nochmals seine. Mit welcher Riesenüberraschung würde Thomas ankommen?

Dann klingelte es an der Tür. Es war Thomas, der Isabel sofort an sich drückte – heftig, wie sie es von ihm gar nicht kannte. »Gut siehst du aus, Isa.«

Isabel lächelte dankbar, gab ihm nochmals einen Kuss und fragte: »Was ist passiert? Was ist so wichtig, dass du heute extra herfährst?«

Thomas schob seine verrutschte Brille zurecht und antwortete gelassen: »Kann ich einen Schluck Wasser haben? Die Fahrt hat mich ziemlich angestrengt.«

»Ja klar, komm erst mal rein.«

Zögernd betrat er das Zimmer, während Isabel seinen skeptischen Blick erhaschte. Hatte er Bedenken, dass der Raum zu klein war für sie beide? Sie holte die Wasserkaraffe und schenkte Thomas ein. Der trank, füllte ein weiteres Glas und trank es in aller Ruhe aus. Nun saßen sie sich an dem kleinen Tisch gegenüber. Isabel wurde langsam ungeduldig: »Jetzt sag schon, was bringst du für eine Überraschung mit.«

»Hast du Champagner kalt gestellt?«

»Jaaa! Sag endlich.« Sie konnte Thomas' Besonnenheit fast nicht mehr ertragen.

»Dann darfst du ihn nun servieren!«, sagte er feierlich. Während sie zwei Gläser füllte, monierte sie: »Spann mich nicht so auf die Folter. Hat dir dein Prof im Institut eine Stelle angeboten?«

»Nein«, sagte Thomas und grinste. Er schien jeden Buchstaben einzeln auszukosten. Dann legte er eine Hand auf Isabels Arm, erhob sein Glas und sagte: »Ich habe eine Wohnung.« Triumphierend schaute er in Isabels Gesicht. Sie stutzte: »Wie? Du hast eine Wohnung? Klar, hast du eine, das weiß ich doch.«

»Ja nun, ich habe eine Wohnung für uns!«

Isabel merkte, wie sie innerlich zusammenzuckte: »Du meinst – für uns beide?«

»Ja!«

»Wo?«

»Hier! Hier in Friedrichshafen!«

Isabel war ehrlich erstaunt und schluckte: »Wie hast du denn das geschafft?«

Thomas lehnte sich zurück, kostete seinen Triumph sichtlich aus und begann feierlich: »Du weißt, ich glaube nicht an Zufall, aber sie ist mir zugefallen – in des Wortes wahrstem Sinne. Ich habe bereits für morgen einen Besichtigungstermin vereinbart.« Freudestrahlend streckte er ihr ein Blatt Papier entgegen.

»Wann? Ich hab Dienst.«

»Gleich morgens um 9 Uhr.«

»Passt. Hab Spätschicht.« Isabel hatte auf einmal das Bedürfnis nach frischer Luft. Sie wandte sich zum Fenster, öffnete es und atmete tief. Die Wohnung war in der Tat zu klein für sie beide. Konnte eine Wohnung überhaupt noch so groß sein, dass sie genügend Platz für sie beide bot?

Thomas war hinter sie getreten, legte sanft seine Hand auf ihre Schulter und massierte sie. »Freust du dich denn überhaupt?«

»Ich … bin einfach überrascht. Ich weiß ja, wie leer gefegt der Wohnungsmarkt gerade ist.« Insgeheim gestand sie sich ein, dass sie sich hier wohlfühlte und ganz zufrieden, so wie es jetzt war. Allein, ohne Thomas. Sie brauchte nicht zu kochen, wenn sie keine Lust dazu hatte. Ihre Wäsche und der kleine Haushalt waren schnell gemacht. Trotz ihres anstrengenden Fulltimejobs konnte sie joggen und radeln, wann immer sie Lust dazu hatte. Mit Timo konnte sie segeln gehen, und Lena konnte sie treffen, wann immer sie wollte. Das wäre alles schwieriger, wenn Thomas hier wäre. Und dann war da ja auch noch die Sache mit Carl. Nein, so richtig freuen konnte sie sich nicht.

»Weißt du, manchmal hab ich das Gefühl, du hast nicht nur den Reiz der neuen Arbeitsstelle gesucht.«

Isabel horchte auf, ihr Herz schlug heftig gegen die Rippen. Das waren ganz neue Töne. Hatte Thomas sich nicht nur mit seinen Geistesgrößen beschäftigt, sondern sich auch Gedanken über ihre Beziehung gemacht? Wie hatte er sich entschieden? Sie spürte die Wärme von seiner Hand auf ihrer Schulter. »Das kommt einfach so überraschend. Wie bist du denn an die Wohnung gekommen?«

»Ja nun. Vom Konzert des Lebens bekommt eben niemand ein Programm. Niemand weiß, ob es mehr heitere oder mehr ernste Melodien bereithält, ob sie eher klassisch streng oder verspielt barock sind«, philosophierte Thomas.

Isabels Ungeduld wuchs, ihr war nicht nach geistigen Höhenflügen zumute. Sie spürte ein Kribbeln bis in die Fingerspitzen und drehte sich zu ihm um. Thomas erzählte mit feierlicher Miene weiter: »Niemand weiß, welche Solisten und Begleitinstrumente im Laufe des Lebenskonzerts auf der Bühne erscheinen und wann sie sie wieder verlassen …«

Thomas schaute Isabel direkt ins Gesicht. Sie fühlte sich ertappt. Ahnte er etwas von Carl? Isabels mahnendes »Thomas!« veranlasste ihn, nun doch konkret zu werden: »Ja nun. Also. Vor Kurzem hat sich in der Mensa ein Mann zu mir an den Tisch gesetzt und sich vorgestellt. Wir kamen ins Gespräch. Professor Hotz erzählte, dass er neu in Tübingen sei. Bisher habe er an der Universität Konstanz, Sektion Abendländische Philosophie, gelehrt. Nun sei er dem Ruf an die Eberhard Karls Universität nach Tübingen gefolgt. Er hat eine Professur an der Philosophischen Fakultät.«

»Aha!« Isabel trippelte von einem Fuß auf den anderen, als hätte sie glühende Kohlen unter sich. Endlich kam Thomas auf die Wohnung zu sprechen: »Professor Hotz bedauerte, dass er sein Dreizimmerappartement in Friedrichshafen aufgeben müsse, denn seine Frau und er hätten sich am Bodensee sehr wohlgefühlt. Dann schrillten bei mir sämtliche Glocken und ich hab ihm von dir, von uns erzählt. Spontan sagte er daraufhin: Herr von Harnsfeld, Ihnen als quasi zukünftigem Kollegen würde ich das Appartement gerne überlassen, sofern es Ihnen und Ihrer Partnerin zusagt. Ist das nicht ein absoluter Glücksfall?«

Isabel fuhr sich durch die Haare, sie brauchte Distanz und ging die paar Schritte zum Schrank, öffnete und schloss eine Schublade, ohne etwas zu entnehmen. »Hast du nach der Höhe der Miete gefragt? Drei Zimmer. Können wir uns das Appartement überhaupt leisten?«, fragte sie skeptisch,.

»Natürlich ist sie sehr hoch. Aber ich hab mit Vater gesprochen und ihm klargemacht, wie wichtig es mir ist, wieder mit dir zusammenzuleben. Und wenn ich über ein separates Arbeitszimmer verfüge, kann ich mich weiterhin ungestört meinen Studien widmen.« Nach einer kurzen Pause fügte er hinzu: »Annerose war zwar nicht begeistert, doch Hubertus hat sich schließlich bereit erklärt, meinen Anteil zu übernehmen. Wegen der höheren Lebenshaltungskosten am Bodensee legt er sogar ein ordentliches Sümmchen drauf.

»Ich weiß nicht, ob ich das möchte.«

»Ja nun. Viel mehr, als er die letzten Monate für die Wohnung in Tübingen hingeblättert hat, ist es ja nun auch wieder nicht. Immerhin bin ich sein einziger Sohn. Er hat gemeint, dass es ja nur noch eine Frage der Zeit sein könne, bis ich meine Promotion in der Tasche habe.«

Lange nachdem Thomas eingeschlafen war, lag Isabel wach und grübelte. Sie hatte die vergangenen Monate gerne hier gelebt. Alleine. Und dann Carl. So vieles hatte sich geändert in der kurzen Zeit. Thomas hatte ein feines Gespür. Vielleicht hat er Bedenken, dass unsere Beziehung die räumliche Trennung auf Dauer nicht aushält. Vielleicht hat auch er gespürt, dass sie nicht mehr tragfähig genug ist. Vielleicht ist er nur mit mir zusammen, weil er nicht allein sein will. Vielleicht hat er gemerkt, dass sein Leben wesentlich weniger angenehm und komfortabel ist, seit ich ausgezogen bin und er sich um vieles selbst kümmern muss. Im Prinzip mach ich immer nur, was er will. Ich bleibe auf der Strecke. Mir fehlt die Wärme, die Harmonie. Ich bin ihm gegenüber einfach nicht stark genug. Isabel drehte sich von einer Seite auf die andere. Lena. Sie musste der Freundin von der neuen Situation berichten. Sie stand auf, holte ihr Handy und entdeckte eine Nachricht von Carl: »Meine Bella, warum lässt du deinen Carl warten? Morgen?« Kussemoticons.

KAPITEL 38

Am nächsten Morgen standen Thomas und Isabel pünktlich an der angegebenen Adresse. Das Haus lag nicht weit entfernt von Isabels Wohnung, doch Thomas hatte trotzdem seinen Mercedes genommen. Auch einen Parkplatz musste er nicht lange suchen, zielsicher stellte er das Auto vor einer Garage ab. Sie blickten am in freundlichem Gelb gehaltenen Gebäude hoch. Im Edelstahl der Balkongeländer spiegelte sich die Sonne.

»Schätze mal, das Haus ist höchstens zehn Jahre alt«, sagte Isabel, als Thomas eine der sechs Klingeln drückte. Eine weibliche Stimme fragte: »Ja bitte?« Gleich nach »Thomas von Harnsfeld« und »Erster Stock« erklang der Summton.

Bestimmt war es Thomas' Name, der ihnen die Tür öffnete – im sprichwörtlichen Sinn, ging es Isabel durch den Kopf, als sie die Treppe hochstiegen. Das Treppenhaus roch förmlich nach Sauberkeit. Am Boden glänzten grau-weiß-gesprenkelte Granitplatten, die weißen Wände zierte kein einziger dunkler Strich, geschweige denn ein Abdruck einer Kinderhand. Ganz anders als bei mir, dachte Isabel und verlangsamte ihre Schritte unbewusst. Auch Carls Villa ist so makellos. Da griff Thomas nach ihrer Hand und blickte sie aufmunternd an. Oben erwartete sie bereits die makellos schöne Frau des Professors und führte sie durch die geräumigen Zimmer. Isabel bemühte sich, dass ihre Schuhsohlen nicht mehr als nötig den Parkettboden berührten. Die Räume waren geschmackvoll mit Antiquitäten und Designermöbeln ausgestattet. Das Badezimmer verdiente die Bezeichnung Zimmer und stand dem in Carls Villa kaum nach: Weiße Kacheln zierten Wände und Fußboden. Zwei runde Waschbecken, eine ausladende Badewanne und eine begehbare Dusche strahlten Großzügigkeit aus. Die Küche, ganz in Chrom, Glas und Edelstahl gehalten, beherbergte sämtliche Geräte.

»Die Küche ist eine Maßanfertigung. Ein Designer hat sie nach meinen Wünschen gestaltet«, klärte Frau Hotz auf. »Sie sollten sie übernehmen, das hat sicher mein Mann so mit Ihnen besprochen, Herr von Harnsfeld.«

Thomas nickte und Isabel schluckte, als sie weitergingen. Zwei Balkone, einer vor dem großen Wohnzimmer und einer vor dem Zimmer, das Thomas' Arbeitszimmer sein würde, erlaubten einen Blick auf den Bodensee und auf einen kleinen Park.

»Seeblick aus der eigenen Wohnung: Morgens, mittags, abends, nachts! Davon hab ich immer schon geträumt.« Isabel strahlte, ihre Vorbehalte schmolzen. Thomas legte einen Arm um sie und gab ihr einen Kuss. Dann nahm er seinen Füllfederhalter aus dem Etui und setzte seine Unterschrift unter den vorbereiteten Mietvertrag. Vielleicht würde ja doch noch alles gut werden.

KAPITEL 39

Sie waren übereingekommen, dass sie das Appartement beziehen wollten, sobald es frei würde. Die wenigen Sachen, die Isabel aus ihrer Wohnung mitnehmen wollte, konnten sie mit dem Auto zur neuen Bleibe bringen. Thomas würde seine Wohnung in Tübingen auflösen und einen Großteil der Möbel, die bis auf das Bett ohnehin seinen Eltern gehörten, nach Friedrichshafen bringen lassen. Alles schien aufs Vortrefflichste geregelt, doch wollte sich in Isabel keine rechte Freude einstellen. Sie versuchte, sich auf den Dienst zu konzentrieren. Dann eröffnete ihr Cheyenne, dass in Kürze ein weiterer Block ihrer Fortbildung beginnen werde. Nachdem sie die Neuigkeit verdaut hatte, erschien ihr der Termin gar nicht ungelegen. Diesmal würde Thomas den Umzug bewerkstelligen müssen.

Irgendwie musste sie davor Carl beibringen, dass sich ihre Lage dramatisch ändern würde. Als Isabel nach dem Dienst an seiner Tür klingelte, wollte sie das sofort hinter sich bringen. Er machte es ihr schwer, wieder einmal überraschte er sie. Nachdem er sie mit einer stürmischen Begrüßung umarmt hatte, löste er ihre Haare, streichelte über ihren Körper, der unter der Berührung erbebte, und griff nach ihrer Hand. Seite an Seite liefen sie durch den Garten hinunter zum Freisitz. Dort wartete ein Aperitif. »Setz dich und genieß, meine Bella. Ich weiß, das hier gefällt dir. Ich komme gleich zurück.«

Noch während Isabel grübelte, wie sie beginnen sollte, kam er – ein Tablett mit Kaviar-, Roastbeef- und Käsehäppchen balancierend: »Heute mach ich dich unsterblich«, raunte er ihr ins Ohr und prostete ihr zu.

Unmöglich konnte Isabel den wahren Grund ihres Besuchs loswerden, und so nutzten sie die Zeit, in der See und Landschaft ihr lilafarbenes Abendkleid anlegten, für ihre Zweisamkeit. Beim Liebesspiel mit Thomas wusste Isabel meist nicht, wohin mit ihren Armen. Sie waren ihr irgendwie immer im Weg. Mit Carl war das anders. Ihre Arme und Hände fanden ganz selbstverständlich ihre Richtung und umschlangen seinen Körper. Irgendwann im letzten Licht zog draußen ein Segelboot vorbei und Isabel schwärmte: »Mit keinem möcht ich jetzt tauschen, höchstens mit dem da draußen.«

Carl schwenkte sein Glas mit der bernsteinfarbenen Flüssigkeit und sinnierte: »Du hast recht, Bella. Segeln ist allemal besser als schlechter Sex. Ich war schon auf fast allen Weltmeeren unterwegs.«

»Wirklich?« Isabel setzte sich überrascht auf. »Davon hast du noch nie erzählt! Wo liegt deine Jacht?«

»Ein tolles Schiff, eine Faurby 36. Hab sie nicht mehr.«

Seine Miene verfinsterte sich, doch Isabel fragte weiter: »Wow, toll! Warum hast du sie nicht mehr?«

Sein Gesichtsausdruck verdüsterte sich weiter, als er sagte: »Erinnere mich bitte nicht daran. Eine meiner Ex hat mich ausgenutzt. Bin reingefallen auf das Miststück. Hab ihr die Segeljacht überlassen – obwohl sie vom Segeln noch weniger Ahnung hat als vom Vögeln.«

Isabel hielt es für ratsam, nicht weiterzufragen. Wortlos saßen sie und blickten auf das dunkle Wasser. Dann fasste Isabel Mut und bekannte: »Mein Freund will zu mir an den Bodensee ziehen.«

»Ach richtig, du hast ja einen Lover. Wie heißt der Knabe gleich?«

»Thomas. Wir werden bald hier zusammen wohnen.«

»Keine Angst, Bella, ich werde euch nicht besuchen.«

Der hochmütige Ton in Carls Stimme missfiel Isabel. »Das hab ich auch nicht erwartet«, sagte sie verblüfft. Carl ging offensichtlich davon aus, dass die Tatsache nichts an ihrem Verhältnis ändern würde. Er schien überhaupt nicht auf die Idee zu kommen, dass sie Probleme mit der Situation haben könnte. Während sie grübelte, blitzten seine in der Dunkelheit funkelnden Augen Isabel an und er fügte siegessicher lächelnd hinzu: »Du denkst ohnehin Tag und Nacht an mich, kleine Bella, das zu wissen, gefällt mir.«

Wieder nippte er an seinem Glas, drehte dann seinen Kopf erneut dem See zu und sagte: »Früher gab es mal eine Werbung für bestimmte Mittel zur Körperpflege. Kennst du nicht, bist zu jung. Eine Frau bekannte – und den Spruch solltest du dir merken: An meine Haut lasse ich nur Wasser und CD!«

KAPITEL 40

»Du bist die schönste, klügste Frau der Welt. Die eine von sieben Milliarden«, las Isabel und steckte die Karte, die sie auf ihrem Schreibtisch vorgefunden hatte, schnell weg, als Markus das Büro betrat.

Arglos begann er: »Du hast mir doch mal verraten, dass du auch tauchst. Ich hab mich morgen zu einem Tauchgang angemeldet. Ganz privat. Eigentlich wollten mein Tauchpartner und ich von Überlingen aus mal wieder rüber zum Teufelstisch. Nun kann er nicht. Hast du Lust?«

»Ich? Ja klar, wenn du mich mitnimmst.« Isabel freute sich auf die Abwechslung.

»Aber Tauchen hier am Bodensee ist was ganz anderes als im Meer.«

»Tauchen ist tauchen.« Sie lehnte sich in ihrem Stuhl weit zurück, breitete die Arme aus und schwärmte: »Man kann sich total elegant bewegen und gleitet mit ein paar Flossenschlägen ganz gemütlich dahin. Herrlich!«

»Ja, ja! Beim Sporttauchen im Urlaub! Da liegst du im klaren, warmen Wasser und genießt die bunte Unterwasserwelt.«

»Machen wir das etwa nicht?«

Markus lachte: »Schlecht möglich hier. Wenn wir ins ›Schwäbische Meer‹ abtauchen, fischen wir im Trüben. Und Polizeitaucher suchen sowieso nur nach Schiffen, Autos, Fahrrädern oder Diebesgut! Morgen wäre das ganz privat.«

»Ich komm trotzdem gern mit. Vom Teufelstisch hab ich schon gelesen.«

»Nee, da nehm ich dich nicht mit! Ist mir zu heikel. Da sind schon viele verunglückt.«

»Schade. Wo gehen wir dann runter?«

Markus überlegte: »Du hast doch gesagt, du würdest gern mal das Wrack der Jura besichtigen.«

»Ja, in den Foren schwärmen die Freaks davon. Das würd mich reizen!«

»Ist auch nicht ungefährlich. Da haben schon mehrere ihr Leben gelassen. Ich will erst mal einen Blick in dein Logbuch werfen und sehn, ob das passt.«

Es passte. Sie verabredeten sich für den nächsten Tag und fuhren in die Schweiz. Während der Fahrt fragte Isabel: »Hast du als Polizeitaucher schon mal nach Leichen suchen müssen?« Die Dirndl-Leiche kam ihr in den Sinn und verursachte Grimmen in ihrem Bauch.

»Das gehört zum Job, ist aber eher selten. Wenn die mal untergehen, hast du fast keine Chance mehr, die zu finden.«

»Dann sind wir beim Schwimmen ja in guter Gesellschaft«, scherzte Isabel.

»Ja, denke so an die hundert sind da schon unten. Zumindest werden so viele Personen vermisst. Aber die lassen uns in Ruhe!«

Im Hafen von Bottighofen wartete bereits ein Schlauchboot. Als Markus und Isabel samt Ausrüstung an Bord waren, startete der Kapitän.

Das Tauchen am Wrack der Jura war für Isabel kein Tauchgang, wie sie ihn aus dem Meer kannte. Während der Fahrt steuerte der Kapitän auf eine rote Boje zu und die beiden zogen ihre Tauchjackets an. Der Kapitän machte an der Boje fest, Markus und Isabel schlossen ihre Masken und steckten das Mundstück des Atemteils in den Mund. Sowohl an der Boje als auch am Schiffswrack war ein Seil befestigt. Markus hatte Isabel erklärt, dass sie an diesem abtauchen müssten. Sie war richtig aufgeregt, als sie sich über Bord fallen ließen. Während der ersten Meter konnte Isabel noch etwas erkennen, aber bald wurde es stockdunkel unter den Flossen. Markus bedeutete ihr, dass sie die Lampe einschalten sollte. Sie hangelte sich am Seil entlang nach unten und sah nur, was der Leuchtkegel erhellte. Gespenstische Stille umgab sie, sie vergewisserte sich, dass Markus in der Nähe war. Irgendwann entdeckte sie Holzbretter, algenbesetzte Planken. Das Wrack! Isabel und Markus trafen sich am Radkasten auf der Backbordseite und umrundeten gemeinsam das Heck. Die Jura musste ein großes Schiff gewesen sein. Isabels Augen traten staunend hinter der Brille hervor.

Schon kurze Zeit später zeigte Markus auf seine Uhr und deutete mit der Hand nach oben. Offensichtlich ging bald die Luft zur Neige. Er wollte kein Risiko eingehen, sie mussten wieder hoch.

»Na, bist du enttäuscht? Das ist nicht so spektakulär, wie zwischen Korallen und bunten Fischen zu tauchen oder?«, fragte er, als sie bereits wieder im Boot saßen und der Kapitän zum Hafen fuhr.

»War trotzdem eine gute Erfahrung! Ich hab die Schwerelosigkeit genossen.«

»Eigentlich bist du ja gar nicht schwerelos. Die Schwerkraft wirkt ja immer noch!«

»Ja, ich weiß. Aber ich spüre mein Gewicht nicht mehr. Und ich war an der Jura«, jubelte Isabel.

»Hast du übrigens gesehen, dass das Ruder ganz eingeschlagen war? Der Kapitän wollte offensichtlich den Zusammenstoß mit dem anderen Schiff verhindern.«

»Leider zu spät.«

»Jetzt kannst du dich immer noch entscheiden, ob du dir die Ausbildung zur Polizeitaucherin zumuten willst.«

»Mal sehen. Hab ja noch Zeit. Erst mal den nächsten Kurs absolvieren.«

Den Rest des freien Tages wollte Isabel mit Carl verbringen. Schon bei der Begrüßung fiel sie mit der Tür ins Haus und sagte begeistert: »Stell dir vor, ich war heute tauchen!«

Carls Atem stockte, als er das hörte: »Tauchen? Du warst tauchen?« Ungläubig blickte er Isabel an.

»Ja. Markus Proll hat mich mitgenommen zum Wrack der Jura«, erwiderte sie unbefangen. Spöttisch verzog Carl seinen Mund: »Wrack Nummer eins in Süddeutschland! Titanic vom Bodensee! Ich versteh gar nicht, was da so toll sein soll.«

»Logisch ist Tauchen im warmen Meerwasser reizvoller. Doch ich hab's auch dieses Mal genossen.«

»Also wer hier am Bodensee taucht, ist nicht ganz bei Trost! Das denk ich jedes Mal, wenn ich die Verrückten sehe mit ihrem Haufen Zeugs um sich herum. Liegen wie Maikäfer auf dem Buckel, können sich kaum bewegen – und das alles wegen einer Menge schnödem Modder! Nein danke!« Angewidert wandte sich Carl ab.

»Es ist einfach eine ganz andere Welt da unten«, schwärmte Isabel noch immer.

»Jetzt hör mal zu, Kleine!« Carl wurde heftig. »Ich bin getaucht in allen Weltmeeren, wo sich das wirklich lohnt. Hab alles gesehen. Ich tauch doch nicht am Bodensee in dieser kalten trüben Brühe!«

Isabel rechtfertigte sich: »Das war kein gewöhnlicher Tauchgang: Wir haben uns vorbereitet wie auf einen Nachttauchgang. Am Ankerseil ab- und auftauchen war echt eine Herausforderung.«

»Ach? Auch für meine Bella?« Isabel entging nicht der Sarkasmus in seinen Worten, und sie antwortete: »Also ich war echt aufgeregt, als es auf einmal stockdunkel wurde. Es dauerte, bis wir das Wrack entdeckten.«

»Vermoderte Planken! Da gibt's überhaupt nichts Interessantes mehr zu entdecken. Taucher haben längst alles mitgenommen, was nicht niet- und nagelfest war.« Carl gähnte, um Isabel zu demonstrieren, dass ihn das Thema langweilte: »Bitte erzähl mir doch Angenehmeres. Zum Beispiel, dass du es kaum erwarten kannst …«

Isabel zog einen Schmollmund und sagte leicht pikiert:

»Jedenfalls erkennt man am Bug des Schiffes noch, warum es innerhalb weniger Minuten gesunken ist. Da klafft ein riesiges Loch.« Dann beugte sie sich zu Carl, fügte aber an: »Leider mussten wir viel zu früh wieder hoch. Wir wollten ja keinen Tiefenrausch riskieren.«

Als Carl das Wort »Tiefenrausch« hörte, zuckte er zusammen, seine Miene verschleierte sich. Isabel, immer noch erfüllt von den Eindrücken des Tages, bemerkte es nicht. Carl fuhr sich mit der Hand übers Gesicht und versuchte, seine Stimme unbefangen klingen zu lassen: »Es schlummert so manches in den Tiefen des Bodensees. Wenn du alle Autos, Flugzeuge, Panzer, Fliegerbomben inspizieren willst, bleibt für den armen Carl gar keine Zeit.«

»Ach du Schwerenöter«, sagte Isabel lächelnd und begann ihn zu streicheln. Carl griff ihre Hand und führte sie an die Stelle, wo er sie am liebsten fühlte: »Ich ziehe es vor, wenn du meinen Körper inspizierst statt der Wasserleichen, die dort unten auch schlummern.«

KAPITEL 41

Immer war Isabel klar gewesen, dass die Fortbildungen sie fordern würden. Die aktuelle in Überlingen brachte Isabel sogar an ihre Belastungsgrenze, körperlich und mental. Isabel war mit Leib und Seele Polizistin, gehörte gerne der Institution an, die das Recht verkörperte, die half, Unrecht zu vermeiden und Opfern zu helfen. Es war auch nicht die Praxis, die ihr zusetzte. Schwierigkeiten hatte sie momentan, sich im theoretischen Unterricht zu konzentrieren. Die Gedanken kamen und gingen unkontrollierbar. Nie war Isabel innerlich zerrissener. Zusätzlich belastete sie, dass sie wenig Kontakt mit Lena hatte – weniger als vor ihrem Disput.

Isabel hatte gehofft, dass der räumliche Abstand zu Carl während des Blockunterrichts ihr helfen würde, wieder Ordnung in ihr Leben zu bringen. Bisher vergeblich. Gerade erklärte der Referent für Wetterkunde mittels eines Videos das Phänomen von Gewittern. Der Beamer warf eine dicke schwarzgraue Wolke an die Wand. Isabels Gedanken verselbstständigten sich: Das Dunkel erinnerte sie an Carl, und sie schämte sich, als sie bemerkte, wie ihr Körper zu kribbeln begann bis in die Zehenspitzen. Schon bei ihrer ersten Begegnung hatte sie das Gefühl gehabt, dass etwas passieren würde, unausweichlich. Wie diese Gewitterfront, völlig unvorhersehbar, hatte er sich in ihr Leben geschoben, unaufhaltsam, mit Blitz und Donner.

»Ein Blitz ist ein Stromschlag. Bevor er einschlägt, erzeugt er einen Blitzkanal, in dem in Bruchteilen von

Sekunden extrem hohe Temperaturen entstehen.« Die Worte des Referenten drangen wie von fern an Isabels Ohr. »Die Luft heizt sich auf, bis zu 30.000 Grad und das in so kurzer Zeit, dass sie sich gar nicht so schnell ausdehnen kann. Ein immenser Druck entsteht, bis die zusammengedrückte Luft dann mit Überschallgeschwindigkeit explodiert. Die damit verbundenen Schallwellen erzeugen den Donner.«

So ist das also. Bei Gewittern. Und bei Carl und mir. Die Entladung ist eine logische und notwendige Reaktion. Isabel fürchtete sich nicht vor Gewittern. Im Gegenteil, sie mochte, wenn es stürmte, blitzte und krachte. Sie setzte sich sogar gern den Gewalten der Natur aus, um zu spüren, dass sie lebte. Es ist also ein Naturgesetz: Gewitter kommen unerwartet, und niemand kann die Einschläge genau vorausberechnen. Gewitter bringen frischen Wind, und der vertreibt ja auch Wolkendecken, die sich hartnäckig gehalten haben. Gewitter ziehen meist schnell vorüber. Gewitter reinigen die Luft, danach zeigt sich der Himmel klarer. So weit ist es bei mir noch nicht, das Gewitter tobt noch immer in mir, dachte sie, und wenn sie es sich eingestand, genoss sie es sogar. Ihre Sicht war nicht frei, aber das Gewitter hatte zumindest den Nebel vertrieben, die graue Schwere, die Thomas in letzter Zeit über ihr Leben gebreitet hatte. Sie seufzte. Irgendwann hatte sie dieses bisschen Nebel gebraucht. Damals, als ihre Liaison mit dem Oberaktiven in die Brüche gegangen war. Damals war Thomas plötzlich der ruhige und verlässliche Pol, der sichere Anker. Die ersten Jahre hatte sie das strahlende Blau des Himmels nicht vermisst. Es gab immer genügend Licht, sodass sie sich geborgen fühlen konnte. Irgendwann hatte sie dann instinktiv gefühlt: Immer leicht bewölkt konnte auch nicht das richtige Wetter sein für ein ganzes Leben lang. Das musste bereits in Tübingen passiert sein. Sonst hätte sie wahrscheinlich gar nicht den Wunsch gehabt, an den Bodensee zu ziehen. Und dieser Wunsch war immer mächtiger geworden in ihr.

Der Kollege neben Isabel klappte seinen Ordner zu, und das Geräusch holte sie aus ihrer Vorstellungswelt zurück. »Kommst du mit zum Mittagessen?«, fragte er.

Isabel verneinte, sie wollte lieber alleine sein. Ein Spaziergang würde ihr guttun. Sie verließ den Raum und blinzelte in die Sonne. Entgegen ihrer sonstigen Gewohnheit ging sie langsam. Die Gedanken kamen und gingen, mal waren sie klar, mal wirr: Sie zogen vorbei wie kleine weiße Wolken. Carl ist nicht der pure Sonnenschein, das ist sicher. Er ist vielleicht das Gewitter, auf das Sonnenschein folgt. Und braut sich nicht auch in mir so etwas zusammen wie ein Gewitter? Mein Inneres rumort gewaltig. Carl ist der Blitz, der eingeschlagen hat – und seltsam, bei mir liegen zwischen Blitz und Donner nun schon Monate. Manchmal wallen die Emotionen so stark, und ich hab das Bedürfnis, Krach zu schlagen. Dinge zur Sprache zu bringen. Nicht einfach hinzunehmen. Beruflich wie privat. Ansprechen, was mich stört, bevor der Druck zu groß wird und sich unangemessen Luft macht. Auf dem Rückweg zückte sie ihr Smartphone. Mehrere Nachrichten waren eingegangen. Thomas kündigte an, dass er ab 18 Uhr in einem wichtigen Chat mit seinem Professor sein würde. Isabels Herz begann laut gegen die Rippen zu pochen, als sie Carls Nachricht las. »Bin auf dem Rückweg und hol dich gegen 20 Uhr in Überlingen ab.« Das war typisch Carl. Er kommt gar nicht auf die Idee zu fragen, ob mir sein Besuch passt, protestierte ihr Verstand.

Es könnte schließlich sein, dass Isabel abends Unterricht hatte. Oder bereits mit Kollegen verabredet wäre. Oder einfach allein sein wollte. Carl und der hormongesteuerte Teil ihres Körpers wussten, dass sie jeden anderen Termin absagen würde, um mit ihm zusammen sein zu können, und das ärgerte sie.

KAPITEL 42

»Hallo, Tom«, rief Isabel, als sie die Wohnung betrat und ihre Schuhe abstreifte, »bin wieder da!« Während sie die Windjacke auszog und an die Garderobe hängte, sah sie zur geöffneten Tür des Badezimmers. Thomas' Socken lagen samt Unterhose auf dem Teppich vor der Badewanne. In der Küche stand seine Teetasse neben einem Teller mit angebissenem Sandwich. Vorsichtig öffnete Isabel die Tür zu seinem Arbeitszimmer. Es war leer. Isabel trat an den verwaisten Schreibtisch. Oben auf einem Stapel Zeitungen lag die neueste Ausgabe des Magazins, für dessen Feuilleton Thomas gelegentlich Artikel verfasste. Hatte er es geschafft, den Essay fertigzustellen? Vor Wochen hatte

Isabel den Abgabetermin verlängern lassen und den Kulturchef auf den heutigen Tag vertröstet.

Der PC surrte, und als sie eine Taste berührte, zeigte der Bildschirm einen Greis, unter dessen Antlitz stand: Epikur, der Lebenskünstler, Philosoph der Freude und der Lust. Isabel erinnerte sich an den Abend, an dem Thomas ihr seine Philosophie verständlich machen wollte: Anfang und Ende eines glückseligen Lebens ist für Epikur die Lust. Die Lust ist oberstes Prinzip eines guten Lebens. Je mehr sinnliche Genüsse wir empfinden, desto besser geht es uns. So hatte Thomas ihr damals seine Lehre erklärt, woraufhin Isabel ihn augenblicklich sehr wörtlich genommen hatte. Während er sich verbal über Lust ereiferte, hatte sie die Lust körperlich gespürt, jedes seiner Worte steigerte ihr Begehren. Bei »alle anderen Werte, auch die moralischen, müssen sich der Lust unterordnen« hatte sie geflüstert: »Du hast soo recht« und begonnen, ihn zu streicheln und zu küssen. Sie öffnete bereits seinen Gürtel, doch er stammelte etwas von falschem Bild, denn Höchstmaß an Lust bedeute, Unlust durch Genügsamkeit zu vermeiden. Isabel demonstrierte ihm seinerzeit, dass pralles, sinnliches Vergnügen der Genügsamkeit widersprach. Schließlich hatte er kapituliert und sich ihrer Lust hingegeben. Sie seufzte. Das lodernde Feuer von damals war zu einem kleinen Flämmchen geschrumpft, das nur noch selten aufflackerte. Überhaupt: Wo war Thomas? Isabel griff nach ihrem Handy. Keine Nachricht von ihm. Sie tippte eine neue Mitteilung und erkundigte sich, wo er sei und wann er komme. Während sie ins Wohnzimmer ging, sinnierte sie: Lieber Epikur, mehr als jemals zuvor fühle ich mich dir in jüngster Zeit verbunden. Wir sind Zwillinge im Geist. Doch vielleicht sollte ich mich mal mit dem weiteren Teil deines Leitbildes vertraut machen, sollte mich auf andere Freuden des Lebens besinnen. Sie nahm einen Apfel vom Obstteller und ließ sich auf die Couch fallen. Wie still es hier ist, nur das Mahlen ihrer Zähne war zu hören, als sie wieder herzhaft zubiss. Über die Lehne eines Stuhles hing Thomas' blaue Strickjacke. Einer seiner Hausschuhe lugte unter einer Tasche aus hellem Segeltuch hervor, die er achtlos abgestellt hatte. Isabel erhob sich, nahm die Jacke, hielt mitten in der Bewegung inne und warf sie zurück. Bin ich denn bescheuert, dachte sie kopfschüttelnd, soll er die doch selbst wegräumen! Eins zu null für dich, Mama, ich bin wieder auf dem Weg, den ich nie mehr beschreiten wollte.

Die Wohnung kam Isabel mit einem Mal groß vor, zu groß, viel zu groß. Zweifellos profitierte auch Isabel wieder vom Reichtum der Familie von Harnsfeld. Mit ihrem Beamtengehalt könnte sie sich diese Bleibe keinesfalls leisten. Sie betrat die Küche, nahm einen Becher Buttermilch aus dem Kühlschrank und öffnete die Tür zum Balkon. Leises, doch forderndes Piepsen drang an Isabels Ohr. Sie blickte in die Baumkronen, in denen mehrere Vogelpaare Nester gebaut hatten und nun fleißig den hungrigen Nachwuchs versorgten.

Das Tor der Garage stand offen, Thomas war offensichtlich mit dem Daimler unterwegs. Durchaus möglich, dass er nach Konstanz gefahren war. Isabel setzte sich in den Sessel draußen und legte die Beine auf das Geländer. Letzte Sonnenstrahlen stahlen sich zwischen die Giebel der Nachbarhäuser. Sie versuchte, ein paar Strahlen zu erhaschen, atmete tief und schloss die Augen. Wahrscheinlich sitzt Thomas in der Bibliothek über irgendeinem alten Wälzer und hat die Zeit vollkommen vergessen. Wenn er kommt, wird er wie selbstverständlich fragen: Was gibt's zum Abendbrot? Heute würde sie – mit einem Lächeln auf dem Gesicht – antworten: Genau das wollte ich dich auch fragen! Ja, genau das würde sie heute sagen. Einen Moment lang überlegte sie, ob sie ihre Laufschuhe anziehen sollte, doch als sie die Umzugskartons sah, siegte die Vernunft.

Zwei Stunden später, in denen Isabel Kartons geschleppt und ausgepackt hatte, standen Gläser und Geschirr in der Vitrine, Schuhe und Krimskrams in den Regalen, lagen Pullover und Hemden im Schrank. Sie warf einen Blick auf ihr Handy. Keine Antwort von Thomas. Ihre Nachricht war zugestellt, das bezeugten zwei dunkle Häkchen, aber nicht gelesen. Erschöpft ließ sie sich auf die Couch fallen. Ich bin nicht viel weiter als vor einigen Monaten. Will ich es wieder so haben wie in Tübingen, fragte sie sich und kontrollierte erneut ihr Handy. Sie versuchte, Lena zu erreichen. Enttäuscht legte sie auf, als sie die Stimme der Freundin auf der Mailbox hörte. Da meldete sie: »Bin auf Fobi. Abendprogramm. LG Lena.« Das hatte Isabel total vergessen, und dabei hatte Lena doch gesagt, dass sie sich auf den mehrtägigen Psychologenkongress freute. Enttäuscht, da sie gern mit jemandem geredet hätte, überlegte sie kurz, ob sie Carl anrufen sollte, verwarf den Gedanken jedoch schnell wieder. Er hatte gebeten, sich nur im Notfall bei ihm zu melden.

Isabel erhob sich, trank in der Küche ein Glas Wasser und verzog sich ins Badezimmer. Mit 18 Quadratmetern war es größer als ihr bisheriges Wohnzimmer. Hinter der Tür stand ein Schrank mit Glastüren, den sie von den Vormietern übernommen hatten. Die Körperpflege- und Schminkutensilien ihrer gesamten früheren Klasse des Mädchengymnasiums würden hier Platz finden. Sie streifte mit einer Hand über den hellen Naturstein, in den zwei Waschschüsseln eingelassen waren. Er fühlte sich trotz der Wärme im Raum kalt an. Isabel setzte sich auf die Toilette und bestaunte die begehbare Dusche gegenüber: Sie konnte wählen, ob sie sich von oben berieseln lassen wollte wie im Regenwald, von den Seiten aus mehreren Positionen und in verschiedenen Stärken, oder ob sie sich traditionell mit der Handdusche abspritzen wollte. Momentan konnte sie sich nicht entscheiden und empfand Lust, den Luxus, der so unerwartet über sie hereingebrochen war, aus einer anderen Perspektive zu betrachten. Ihr Blick wanderte weiter zur ovalen Badewanne. Sie stieg die zwei Stufen zur Wanne empor, drehte den Wasserhahn auf, ließ Schaumbad einrieseln, legte sich in das wohlriechende Nass, zählte die winzigen Astlöcher der Decke aus Zedernholz und stellte sich vor, wie sie sich in einigen Jahren gemeinsam mit ihrem Mann und ihren Kindern hier drin vergnügen würde.

KAPITEL 43

Ausgeträumt, vorbei auch Isabels Traum, die ganze lange Lebenslinie mit demselben geliebten Menschen zu teilen, schoss es Lena durch den Kopf, als sie die Freundin neben sich beobachtete. Sie schaute ebenfalls dem weißhaarigen Paar nach, das händehaltend an ihnen vorbeischlurfte und sich gegenseitig Halt und Stütze gab. Die alten Leutchen riefen Ben etwas zu, der vorausfuhr und nun sein Fahrrad gestoppt hatte, um sie passieren zu lassen. »Hast du Troubles?«, fragte Lena und legte ihre Hand auf Isabels Arm. Isabel blickte sie an und stöhnte:

»Lena, du kannst Gedanken lesen. Weißt du, Thomas hat sich die ganze Zeit kaum gekümmert. Nicht mal meine Prüfungstermine hatte er auf dem Schirm. Der hockt nur am Schreibtisch oder in der Bib und verlässt sich darauf, dass ich mich um den ganzen Alltagskram kümmere.«

»Das hast du doch auch gemacht, als ihr in Tübingen zusammengelebt habt!«

»Ja schon. Jetzt, mit den neuen Aufgaben und der großen Wohnung, hätte ich allerdings gern Unterstützung.«

»Ja, dann erklär das mal deinem Pascha.«

»Stell dir vor, nach der Abschlussprüfung schickt er mir eine Nachricht, dass er was kochen will für uns. Extra auf dem Markt wollte er einkaufen, damit alles besonders frisch ist.«

»Und?«, fragte Lena, während sie ihren Sohn im Auge behielt.

»Ich hab mich auf einen entspannten gemeinsamen Abend gefreut. Aber als wir seine Kreation verspeist hatten, eröffnete er mir, dass er noch arbeiten müsse, und hat sich in sein Zimmer verzogen. Als ich die Küche aufgeräumt hab, lag im Müll ein Karton: »Menue Surprise« von irgend so einem blöden Lieferservice. Dabei hat er früher öfters gekocht.«

»Tja, mein Kollege Eckart von Hirschhausen hat schon die Frage gestellt: Was geschieht mit der Liebe, wenn sie einmal durch den Magen durch ist?« Lena beschleunigte ihre Schritte, denn Ben war ein gutes Stück vorausgeradelt und hatte bereits das Betriebsgelände des Jachtcharters erreicht. Nun fragte sie: »Läuft's wenigstens mit George juni … äh Carl mit C?«

Bevor Isabel antworten konnte, hörten sie einen lauten Knall und sahen, wie eine rot-weiß gestreifte Holzstange vor Ben auf den Weg fiel und ihn zum Anhalten zwang. Fast gleichzeitig traf ihn ein Wurfgeschoss. »Aua«, schrie er und wandte sich Hilfe suchend zu den beiden Frauen um. Ein Mädchen, das nicht viel größer war als er, kam auf ihn zugelaufen.

»Halt. Das ist mein Revier! Hast du einen Ausweis? Oder Führerschein?«, fragte die Kleine und schwenkte ein ausgewaschenes Stück Wurzelholz in der rechten Hand. Ben versuchte, sich unbeeindruckt zu geben. »Krass, der Ast. Hat dein Papa die Schleuder gebastelt?«, fragte er.

»Ich hab die gemacht. Ausweiskontrolle!« Das Mädchen stand nun direkt vor ihm. Sandkörner und nasse Matschbrocken fielen ab, als sie auf ihre Kleidung klopfte. Ihre nackten Füße steckten in bunten Gummistiefeln und ihre Haare standen wirr um ihr Gesicht. Ben krustelte in seiner Hosentasche und zog das Stückchen Verpackungspapier eines Lollys hervor, zeigte es ihr und forderte: »Da. Lass mich jetzt rein!«

Die Kleine blitzte ihn aus dunklen Augen an und guckte gar nicht mehr böse. Inzwischen waren auch Lena und Isabel angekommen.

»Mama ist nicht da!« Der Ton, in dem das Mädchen die Frauen ansprach, machte ihnen deutlich, dass sie nicht das erste Mal Besucher empfing.

»Und dein Papa?«

»Auch nicht. Der ist in der Werkstatt.«

»Bist du ganz alleine hier?« Isabels Stimme klang besorgt. Sie schätzte das Mädchen auf höchstens sieben Jahre.

»Ja, aber Paul kommt gleich.«

»Ist Paul dein Papa?«

»Ja.«

»Und wie heißt du?«

»Lilli.«

»Dürfen wir solange hier warten?«

Das Mädchen schaute die Frauen prüfend an und sagte nach einer kleinen Pause: »Klaro. Und der da auch.«

Damit hatte Lilli das Interesse an den Frauen verloren und wandte sich Ben zu. Lena und Isabel schauten sich auf dem Gelände um. Neben der Slipanlage für kleinere Boote luden ein Tisch und Bänke aus massivem Holz zum Verweilen ein. In den Blumenkästen daneben blühten bunte Sommerblumen. Ihr Duft mischte sich mit dem Geruch von Enten und Fischen, der vom Wasser her in ihre Nasen stieg. An einer Leine baumelten große und kleine Wäschestücke. Lena und Isabel setzten sich und betrachteten die Gebäude. Entlang der landwärtigen Seite standen einstöckige Schuppen und Hütten aneinander. »Das sieht hier alles recht provisorisch aus.«

»Ich frag den Paul nachher besser nicht nach Baugenehmigungen.« Isabel scannte die Umgebung, wie sie es in ihrem Beruf gewohnt war, und runzelte die Stirn, als sie einen Haufen mit Fässern, Kanistern, altem Holz und Plastikplanen entdeckte.

Das hatte Lena natürlich bemerkt und sagte deshalb: »Lilli macht keinen unterernährten oder verwahrlosten Eindruck, mal abgesehen von den schmutzigen Kleidern! Auch geistig scheint sie fit zu sein und sie fühlt sich offensichtlich wohl.«

»Sag's direkt: Du meinst, ich soll nicht das Jugendamt informieren!«

»Bingo«, schnippte Lena und schaute wieder lächelnd zu den Kleinen. »Du bist nicht im Dienst, willst nur ein Boot chartern für deinen Chef und Ben gefällt's hier. Nach einer Pause fügte sie hinzu: »Wir sind doch nur neidisch, wir hätten auch gern so viel Freiheit gehabt.«

Auch Isabels Blick ruhte nun auf den beiden. Mag sein, dachte sie. Auf jeden Fall hätte ich gern ein Kind. Egal, ob Mädchen oder Junge, ein Kind einfach. Sie seufzte. Wenn das so einfach wäre. Ein Kind braucht einen Vater. Carl kam nicht infrage. Thomas? Als Vater denkbar. Aber dann würde sie als Mutter mit ihm zusammenleben. Etwas in ihr sperrte sich gegen diese Vorstellung, und auf einmal krampfte sich ihr Magen zusammen. Sie wollte nicht enden wie ihre Mutter. Modell Lena? Wäre alleinerziehend eine Option? Als hätte Lena ihre Gedanken erraten, sagte sie: »Ein Kind alleine großzuziehen ist alles andere als vergnügungssteuerpflichtig. Die sind heute nicht mehr so pflegeleicht wie wir damals.« Lächelnd beobachtete sie, wie Lilli und Ben gerade mit Keschern aus einer Blechwanne einen kleinen Fisch herausholten:

»Ist eine Trüsche. Kann man essen, schmeckt aber nicht«, erklärte Lilli.

»Ich mag keine Fische essen!« Damit trottete Ben davon.

»Soll ich dir mein Haus zeigen?« Schon zog Lilli ihren Spielgefährten zu einem rosaroten Bauwagen mit der Aufschrift »Villa Kunterbunt«. Die Farbe war an vielen Stellen bereits abgesplittert. Ein verblichenes Segeltuch spannte Schatten spendend vor der Tür. Lilli setzte sich auf die unterste Treppenstufe und befahl: »Schuhe ausziehen.« Sie schleuderte ihre Stiefel in hohem Bogen von den Füßen. Sie landeten mitten auf der asphaltierten Fläche im Hof.

In diesem Moment fuhr ein Lieferwagen vor und ein Mann stieg aus. Als er die beiden Frauen sah, wischte er seine Hände an der Hose ab und fragte: »Wollen Sie zu mir?«

»Wenn Sie der Inhaber des Charterbetriebs sind, dann ja«, antwortete Isabel und deutete auf das Schild am Zaun.

»Wie der Nikolaus seh ich eher nicht aus«, sagte er ohne sich vorzustellen. »Ich vermiete auch keine Tretboote.«

Isabel verkniff sich die Antwort, die ihr auf der Zunge lag, und sagte stattdessen: »Ich möchte im Auftrag meiner Kollegen für einen halben Tag ein Motorboot mieten.«

»Wie viel?«

»Was wie viel? Eines! Wir sind zehn Personen.«

»Geht doch, genau das wollte ich wissen. Mit oder ohne Skipper?«

»Ohne. Wir sind Wassersportler!«

»Wann?«

»Am 23. August ab 14 Uhr.«

Aus der Seitentasche seiner Cargohose zerrte der Mann ein Notizbuch. Ungeachtet seiner schmutzigen Hände blätterte er darin und sagte: »Die ›Amareno‹ wäre frei.«

»Ist das der Kahn da drüben?« Isabel zog die Augenbraue hoch und zeigte auf ein bereits in die Jahre gekommenes angegilbtes Boot, Typ Verdränger. Das war bestimmt nicht das, was sich die Kollegen vorgestellt hatten. »Ein Sportboot wäre uns lieber, ehrlich gesagt.«

»Wenn so viele Personen drauf sollen, kommt nur die ›Amareno‹ in Frage.«

Isabel zögerte und flüsterte Lena zu: »Kennst du in Konstanz einen weiteren Betrieb, der Schiffe vermietet?« Die Freundin schüttelte den Kopf. Ein Vercharterer am Ostufer des Sees kam nicht in Frage. Der kannte sämtliche Polizisten der WaPo, und das wäre bestimmt nicht im Sinne der Kollegen. Sie hätten doch besser ein anderes Geschenk aussuchen sollen. Isabel und Elisabeth Kluge waren ohnehin skeptisch gewesen, als Frieder den Vorschlag mit dem Bootsausflug gebracht hatte, aber die anderen hatten sofort begeistert reagiert. Schließlich sagte sie: »Dann eben die ›Amareno‹. Brauchen Sie eine Unterschrift?«

»Wozu? Bringen Sie zur Abholung einen Bootsführerschein mit, sonst bekomm ich Ärger.«

Isabel nickte und sagte: »Klar, verstehe.«

In diesem Moment hörten sie Kindergeschrei, die Türe der »Villa Kunterbunt« flog auf: »Mama! Lilli will mir die Haare schneiden«, kreischte Ben, stolperte die Treppenstufen hinunter und landete geradewegs in Lenas Armen. In diesem Augenblick erschien Lilli im Türrahmen, in der erhobenen Hand eine große Schere: »Du wolltest doch Bald Cartoons spielen«, rief sie beleidigt.

»Zieh deine Schuhe an, wir gehen jetzt«, befahl Lena, da Lillis Vater keine Anstalten machte einzuschreiten. Solange die Frauen auf Ben warteten, fragte Isabel: »Bald Cartoons? Davon hab ich vor Kurzem gelesen. Da mussten Comicfiguren ihre Haare lassen, stimmt's?«

Lena nahm ihren Sohn bei der Hand und erklärte: »Ja, richtig. Auf dem Kindergeburtstag gestern war ein krebskranker Junge. Der hat seit einer Chemo keine Haare mehr. Da haben die Kids ein Video mit Garfield oben ohne angeschaut. Soll kranken Kindern Mut machen, wenn andere sie anstarren.«

»Find ich eine tolle Idee.« Isabel griff Bens freie Hand und rief: »Engelein flieg!« Die beiden Frauen hoben Ben in ihrer Mitte hoch, wie es ihre Mütter schon mit ihnen getan hatten. Bens fröhliches Quieken drang noch an Lillis Ohr, als die drei längst das Gelände verlassen hatten. Sie schrie ihnen nach: »Kannst wieder kommen, Ben!«

KAPITEL 44

»Komm schon, setz dich. Die grauen Schlieren sind eingetrocknet, er ist sauber!« Isabel strich ihr Kleid glatt und setzte sich auf den Sitz mit der Nummer 216. Die Wärme des Tages hatte sich in den Schalen aus hellgrünem Kunststoff gespeichert und kroch über Isabels Oberschenkel und Rücken in ihren Körper. Thomas stand neben ihr und überlegte, wie er sich setzen sollte, um die Hose seines schwarzen Anzugs nicht zu beschmutzen.

»Mama bringt immer Sitzkissen mit. Du hättest die Decke aus dem Kofferraum mitnehmen können!« sagte er, als er sich widerwillig niederließ.

»Du doch auch«, entgegnete Isabel leicht genervt. Sitzkissen, die fehlten ihr gerade noch. Sitzkissen sind etwas für ältere Leute mit Hämorrhoiden, nicht für sie. Und wenn Thomas Angst um seine gute Hose hatte, warum hatte er nicht selbst ein Kissen eingepackt. Aber mit einem solchen Teil unter dem Arm wäre er nie und nimmer durch die Menschenmenge hierhergelaufen. Nicht ein Thomas von Harnsfeld! Einmal mehr fiel ihr auf, wie sich durch die räumliche Distanz der vergangenen Monate auch ihre innere mehr und mehr vergrößert hatte. Oder war sie eine andere geworden? Seit Neuestem hinterfragte sie die göttliche Ordnung: Warum sollte sie immer dafür sorgen, dass andere sich behaglich fühlen konnten? Auch Carl erwartete von ihr inzwischen, wenn er sie zu sich gebeten hatte, dass sie ihn umsorgte. Etwas schnürte ihr auf einmal die Kehle zu.

Gestern hatte Thomas Isabel mit zwei Karten für die Premiere der Bregenzer Festspiele überrascht. Annerose hatte sie ihm geschenkt, weil sie wusste, wie sehr er klassische Musik liebte. Eigentlich hätten seine Eltern die »Carmen« auf der Seebühne erleben wollen, doch Annerose lag mit einer Sommergrippe im Bett, und Hubertus von Harnsfeld mochte nicht ohne weibliche Begleitung nach Bregenz fahren. So kamen Thomas und Isabel in den Genuss.

Isabel konnte Thomas unmöglich erzählen, dass auch ihr Chef sie zum Spiel auf dem See eingeladen hatte. Wie hätte sie das begründen sollen, ohne dass er misstrauisch geworden wäre? Dabei war Thomas überhaupt nicht eifersüchtig. Er war sich Isabel so sicher, dass er gar nicht auf die Idee kam, sie könnte sich für einen anderen Mann interessieren. Carl war da anders. Isabel hatte ihm erklärt, dass sie nicht mit ihm zu den Festspielen könne, und er war sehr wütend geworden. Das Blau seiner Augen gefror zu Eis, als er ihr entgegenschleuderte: »Wie kannst du diesen Thomas mir, Carl Dangelmann, vorziehen? Diesen verkopften, verkorksten, verhinderten Herrn Doktorstudenten!« Noch mehr Unflätigkeiten hatte Isabel sich anhören müssen und das in einer Lautstärke, dass die diensthabenden Kollegen die Ohren spitzten.

Ganz ruhig war sie geblieben, obwohl es sie enorm viel Kraft gekostet hatte. In einer seiner Atempause sagte sie: »Lass mich rufen, wenn du dich beruhigt hast. So reden wir nicht weiter!« Aufrecht hatte sie sein Büro verlassen.

Während des ganzen Tages hatte Carl nichts mehr hören lassen. Als sie gerade den Computer herunterfahren wollte, um früher nach Hause zu gehen, kam Elisabeth Kluge. Sie musste wieder einmal die kranke Cheyenne vertreten, legte ihr eine Akte auf den Tisch und sagte: »Eiliger Auftrag vom Chef. Er möchte ausdrücklich, dass du das erledigst, und zwar heute noch.«

Isabel kochte innerlich vor Wut. Sie empfand diese Anordnung als reine Schikane. Warum machte Carl das? Warum reagierte er beleidigt wie ein kleines Kind, dem man sein Spielzeug wegnimmt, wenn etwas nicht nach seinem Willen geschah? Ihre Wut steigerte sich, als sie sah, um was es sich handelte. Diebstahl einer Motorjacht. Trotz Fluchtgefahr hätte die Bearbeitung einen Tag länger Zeit. Isabels Pflichtbewusstsein drängte sie jedoch, die Aufgabe zu erledigen. Sie würde Carl beweisen, wie effektiv sie arbeiten konnte. Bereits kurze Zeit später wollte sie die fertige Arbeit abgeben. Sie klopfte an die Tür des Vorzimmers und drückte die Türklinke, weil niemand sie hereinbat. Die Tür war verschlossen, Carl hatte offensichtlich bereits Feierabend gemacht. Was bin ich für eine Idiotin, warum habe ich das mit mir machen lassen, fragte sich Isabel, als sie in ihr Büro zurückging, die Unterlagen auf ihren Schreibtisch knallte und eine E-Mail mit der Datei ohne höfliche Anrede und Erklärung an carl.w.dangelmann abschickte. Dann packte sie rasch zusammen und radelte so schnell nach Hause wie nie zuvor. Die Bewegung tat ihr gut und brachte ihr Inneres wieder ins Gleichgewicht.

Nur ein paar Minuten blieben ihr, um sich zu duschen und ausgehfein zu richten. Für das kleine Make-up mit leichtem Puder, Wimperntusche und zartem Lippenrot reichte es trotzdem. Mehr war auch nicht notwendig. Schnell streifte sie sich das dekolletierte lachsfarbene Wickelkleid über, das sie sich für Lenas Scheidung zugelegt hatte, und schlüpfte in ihre Riemchensandaletten. Als sie gerade mit einer Hand ihre Locken löste und mit der anderen nach einer passenden Handtasche kramte, stand Thomas schon im Türrahmen. Das Lächeln, das sich auf seinem Gesicht ausbreitete, zeigte, dass sie ihm gefiel. »Gut siehst du aus, lass uns gehen«, sagte er.

Die Fahrt am Bodensee entlang zog sich in die Länge. Thomas hatte sich einschlägig informiert und schwärmte die meiste Zeit von den Wiener Symphonikern und der weltweit einzigartigen Tontechnik der Seebühne. Isabel blickte zum Fenster hinaus auf den vorbeiziehenden See.

Vor vielen Jahren hatte sie einmal ein Schauspiel hier verfolgt, allerdings als Zaungast. Nun würde sie zum ersten Mal vor der Bühne sitzen und »Carmen« live erleben. Sie dachte an Carl, ihre Wut war mittlerweile verflogen. Würde sie ihn zu Gesicht bekommen? Wer würde ihn begleiten?

»Mal sehen, ob das Spiel auf dem See heute trocken über die Bühne geht. Meine Wetter App sagt pünktlich zum Start ab 21 Uhr Regen mit einer Wahrscheinlichkeit von 50 Prozent voraus«, unterbrach Thomas ihre Gedanken. Isabel betrachtete den Abendhimmel. Der Westwind trieb dunkle Wolken Richtung Berge. »Egal, ich hab vorgesorgt für uns beide«, antwortete sie und klopfte mit der Hand gegen ihre Umhängetasche. »Ich freue mich riesig.«

Hand in Hand spazierten sie zum Platz der Wiener Symphoniker, den Hunderte von Menschen bevölkerten. Isabels Blick wanderte über die vielen Köpfe. Carl konnte sie nirgends ausmachen. Sie bewunderte die eleganten Roben vieler Damen, die in hochhackigen Schuhen über das Pflaster trippelten, und sagte: »Komm, lass uns ein Glas Sekt trinken, ich lad dich ein.« Sie prosteten sich zu. Jetzt ertönte eine erste Ansage aus den Lautsprechern. Erwartungsfroh strömte die Menge zum Festspielhaus. Isabel hakte sich bei Thomas unter. Ihre Augen leuchteten, als sie die Treppe emporstiegen. Das Bühnenbild wirkte aus dieser Perspektive noch eindrucksvoller. Während der letzten Monate hatte Isabel die Entstehung mehrmals vom See aus beobachtet, als sie mit dem Polizeiboot Streife fuhr. Interessiert hatte sie durch das Fernglas verfolgt, wie zwei Frauenarme aus dem Wasser wuchsen. Nun drückte sie Thomas' Arm und raunte ihm zu: »Bestimmt ist jeder 20 Meter hoch.« Isabel konnte sich nicht sattsehen: Die Hände warfen Spielkarten in die Höhe. Trotz der gigantischen Dimensionen wirkte alles leicht und wie zufällig. Die vielen schwebenden Karten, die eingefrorene Bewegung: Sinnbild für das Leben. Das Leben, ein Spiel mit ungewissem Ausgang. »Der Bühnenbildnerin ist ein großer Wurf gelungen, im wahrsten Sinne des Wortes«, entfuhr es Isabel.

»Sie heißt Esmeralda Devlin. Sie ist Britin und hat nicht nur für große Opernhäuser gearbeitet, sondern auch für Popstars wie die Rolling Stones«, steuerte Thomas bei. Isabels Spannung wuchs. Im Gegensatz zu Thomas war sie kein ausgesprochener Fan von klassischer Musik. Nur wenige Klassik-CDs hatte sie in den ersten gemeinsamen Haushalt mitgebracht – darunter die Instrumentalversion von Bizets »Carmen«. Die berauschenden Klänge legte sie ein, wenn sie sich mal den Luxus gönnte und mit einem Buch zurückzog oder einfach in Ruhe nachdenken wollte. Als Thomas ihr von den zwei Freikarten erzählte, hatte sie die Musik sofort aufgedreht. Danach war ihr die Hausarbeit viel leichter von der Hand gegangen und ihre Vorfreude gewachsen.

Als sich Thomas endgültig auf seinem Platz eingerichtet hatte, ertönten auch schon die ersten Klänge. Blau gekleidete Fabrikarbeiterinnen bevölkerten die Spielkarten am Boden der Bühne und schäkerten mit den Soldaten.

»Hast du ein Opernglas mit?«, flüsterte Thomas ihr zu, als Carmen die Bühne betrat. Isabel schüttelte den Kopf. Ein Opernglas. Ein solches Teil besaß sie gar nicht. Nur ein schweres Fernglas konnte sie ihr eigen nennen. Ein Opernglas wäre gut, schoss es ihr durch den Kopf. Ich könnte besser die Ränge durchgehen und schauen, ob Carl da ist. Sie wandte den Kopf einmal nach rechts und einmal nach links, um Ausschau zu halten nach dem grauen Lockenschopf. Aussichtslos bei 7.000 Köpfen, davon mehr als die Hälfte in Friedhofsblond. Sie wandte sich wieder dem Geschehen auf der Bühne zu. Auf zwei der Spielkarten wurden Herzdame und Pik Bube projiziert. Carmen schmetterte ihre berühmte »Habanera« und sang in klarstem Mezzosopran: »L'amour est un oiseau rebelle que nul ne peut apprivoiser ...« Ja, die Liebe ist ein wilder Vogel, den kein Mensch jemals zähmen kann, übersetzte Isabel in Gedanken. Ich habe erst vor Kurzem seine Bekanntschaft gemacht, dachte sie belustigt.

»Et c'est l'autre que je préfère, il n'a rien dit mais il me plait ...« Ihr Schulfranzösisch reichte kaum, um Carmens Worte zu übersetzen: Es ist der andere, den ich bevorzuge, er sagte nichts, doch er gefällt mir. Isabels Gedanken flogen zu Carl, die Schikane vom Nachmittag war vergessen. Er gefällt mir sogar sehr. Doch ist er es wirklich, den ich bevorzuge? Genieße ich momentan nicht die Vorzüge von beiden? Nun meldete sich ihr Gewissen: Wie kann ich das nur zulassen? Was würde Mama sagen? Unterdessen sang Carmen erneut: »L'amour est un oiseau rebelle que nul ne peut apprivoiser ...«

Nur mit geteilter Aufmerksamkeit konnte Isabel das Geschehen auf der Bühne verfolgen. Viel zu sehr war ihr Inneres aufgewühlt und gefangen von ihren Gewissensbissen. Ich sollte lernen, das Leben so leicht zu nehmen wie diese Carmen. Das Leben als Spiel, als gigantisches Spiel, dessen Ende niemand voraussagen kann, dessen Ende nur die Karten wissen. Ein Schauer durchzog ihren Körper vom großen Zeh bis unter die Haarspitzen. Jedes einzelne Härchen an ihrem Körper richtete sich auf. Sie begann zu beben, als Carmen trällerte: »Si tu ne m'àimes pas, je t'àime. Mais si je t'àime, prends garde à toi.«

Wie gerne hätte sie ein bisschen mehr von dieser frivolen Zigeunerin, die die Liebe, die Männer, so leicht nehmen konnte. Und das schon vor 200 Jahren. Je mehr sich die Musik steigerte, desto mehr klopfte Isabels Herz, und sie glaubte, zerspringen zu müssen: Das Erwartungskorsett war auch heute noch zu eng. Dabei waren es nicht nur die Erwartungen der Gesellschaft, das wusste Isabel. Sie stand sich selbst am meisten im Weg mit ihren Vorstellungen von Anstand, Moral und Sitte, die die erzkonservative Erziehung angerichtet hatte. Sie war selbst diejenige, die sich, die das Leben immer wieder ausbremste. Brave Mädchen kommen in den Himmel, andere überallhin …

Isabel seufzte und versuchte, sich mehr auf die Bühne zu konzentrieren. Stierkämpfer Escamillo, der Unwiderstehliche, war inzwischen aufgetreten und schmetterte sein Lied: »Auf in den Kampf, Torero!« Auch er war gewohnt, dass ihm sämtliche Frauenherzen zuflogen – wie Carl. Selbst Carmen kann nicht widerstehen, die Schöne, Verführerische. Hätte sie Carl widerstehen können, wenn sie es denn gewollt hätte? Den Abend in den Reben hatte sie nicht voraussehen können, sie hatte keinen Seitensprung im Sinn, geschweige denn geplant. Aber sie hatte sich auch nicht gewehrt. Eine Lust, eine ungezügelte Lust, ein maßloses Verlangen, hatte sich ihres Körpers bemächtigt, von jeder Zelle Besitz ergriffen, war über sie hereingebrochen. Ja, regelrecht hereingebrochen und sie war gar nicht fähig gewesen, sich zu wehren. Wenn sie es sich eingestand: Sie war es bis heute nicht. Wie ein wildes Tier, das Witterung aufnimmt und dann seinen Instinkten folgt, folgen muss, unausweichlich, so fühlte sie sich jedes Mal, wenn Carl in ihrer Nähe war. Und allein, wenn sie jetzt daran dachte, kam ihr Blut in Wallung und sie wäre am liebsten aufgestanden und hätte in die Menge gerufen: Carl, wo bist du? Lass uns gehen! Auf in den Kampf, Torero. Ein Kampf, ja ein Kampf war es jedes Mal, wenn sie sich in den Armen lagen. Ein Ringen, das weder Sieger noch Verlierer kannte und deshalb umso heftiger und lustvoller ausfiel. Isabel bemerkte das Ziehen in ihrem Bauch, ihr hüpfendes Herz und drehte den Kopf, suchte die unteren Ränge ab. Sie spürte Carls Nähe körperlich, roch seinen Duft, seinen Atem, als säße er neben ihr. Bestimmt saß er auch in einem der Blöcke mit den teuersten Karten. Etwas anderes käme für ihn überhaupt nicht in Frage.

»Schau, Carignani im Festspielhaus drüben gibt mal wieder sein Bestes«, unterbrach Thomas Isabels Gedanken und deutete auf einen Bildschirm am Rande der Bühne, der den Dirigenten bei der Arbeit zeigte. Bisher hatte Isabel diesen genauso wenig wahrgenommen wie die Bildschirme mit den Texten. »Der Klang kommt nicht zentral. Wir hören die Sänger von da, wo sie stehen. Das ist einmalig.«

Die technischen Details des Bregenzer Soundsystems interessierten Isabel wenig, weshalb sie zum deutschen Ufer des Bodensees hinüberblickte, um wieder zur Ruhe zu kommen. Die Sturmwarnung in Lindau schickte nun im Sekundenrhythmus grelle Blitze übers Wasser und verwandelte die schwarzen Wellen für kurze Momente in orangefarbene Schlangen, die nach wenigen Metern untertauchten. Wer von den Kollegen hatte heute Nacht wohl Dienst und war mit dem Boot irgendwo da draußen? Am Himmel jagte ein Wolkenband das nächste. Vor den Bregenzer Bergen regneten sie oft ab, bis jetzt hielten sie dicht. Isabel fröstelte, wenngleich der Westwind an diesem Abend erstaunlich warm wehte. Hohe Frauenstimmen lenkten Isabels Aufmerksamkeit wieder auf das Geschehen auf der Bühne: Carmens zwei Freundinnen legten sich die Karten und jubelten, nachdem diese beiden Reichtum und Liebe prophezeit hatten. Auch Carmen tat es ihnen gleich und griff zu den Karten. Einmal mehr sagten sie ihr den Tod voraus. La Mort. La Mort. Das Wort schwirrte in Isabels Kopf und schmerzte. Wie wird es weitergehen mit ihr? Mit Carl? Mit Thomas? Im Gegensatz zu Carmen war sie nicht bereit, sich einfach in ihr Schicksal zu fügen. Sevilla vor 200 Jahren war anders als das Hier und Heute.

»L'amour est un oiseau rebelle que nul ne peut apprivoiser …« Erneut erklang die Melodie und schnürte Isabels Herz. Ich werde eine Entscheidung treffen müssen. Nicht sofort, irgendwann. Sie seufzte und widmete sich dem Stierkampf auf der Bühne. Fasziniert verfolgte sie die Projektionen auf die Karten, die noch mehr Farbe und Leben auf die Bühne zauberten. Sie hielt den Atem an. José drückte seine Geliebte unter Wasser. Carmen wehrte sich, schlug wild um sich. Es nützte ihr nichts: José ersäufte sie schließlich im Wasser des Bodensees, die Wellen schlugen über ihr zusammen. Als José sich nach langem Kampf erhob, wehte ein Windstoß über die Bühne und ließ die Zuschauer zusätzlich schaudern. Isabel war gefangen von dem Geschehen, konnte sich nicht abwenden, Tränen liefen über ihre Wangen. Da sagte Thomas: »Ein genialer Einfall des Regisseurs, findest du nicht? Der Holten hat die Chance genutzt, den Bodensee mitspielen zu lassen.« Er erhob sich bereits für den Schlussapplaus.

Isabel schloss für einen Moment die Augen. Ja, das Wasser hatte eine Hauptrolle gespielt und eine ganz besondere, eigenwillige Faszination ausgeübt. Wasser war Sinnbild für das Leben von Carmen selbst: Nach der Arbeit in der Tabakfabrik, als sie ihre »Habanera« gesungen hatte, ließ sie sich erfrischen. Später tanzte sie im Regen, lustvoll drehte sie ihren Körper im Nass, das von den Karten herabrann. Wasser spiegelte ihre Launen und ihre Gefühle. Und am Ende, als Don José sie ertränkte, wurde sie schließlich eins mit dem Wasser. Tod durch Ertränken. Wie würde sie enden? Daran wollte Isabel jetzt nicht denken. Langsam erhob sie sich und klatschte begeistert mit. »Einmalig! Dieser Ort, diese Aufführung, ein Gesamtkunstwerk!« Tosender Applaus setzte ein, als sich die Hauptdarsteller einzeln vor dem Publikum verneigten. Nur um etwas zu sagen, plapperte Isabel weiter: »Die Schminke hielt erstaunlich gut. Ich hab nie gesehen, dass ihr Wimperntusche übers Gesicht lief.«

»Da kennst du dich besser aus.« Thomas hatte nicht bemerkt, dass Isabel in Gedanken weit weg gewesen war. Isabel griff nach einem Taschentuch, wischte sich über die Augen und flüsterte, als sie das Tuch betrachtete: »Die muss schon sehr wasserfest sein. Und wie schnell sich Carmen umziehen musste, erstaunlich.«

»Da stehen hinter der Bühne viele Helfer bereit. Unter dem letzten Kleid haben die bestimmt eine Pressluftflasche mit Mundstück versteckt. Ich hab es blubbern sehen, als sie da so lange im Wasser lag.«

Ach Thomas, warum bist du kein bisschen romantisch, wollte Isabel tadeln, doch da meldete sich auch in ihr die Ermittlerin, die kombinierte: »Zum Schlussapplaus hat sie sich noch einmal umziehen müssen. Das Kleid, das sie gerade trägt, sieht trocken aus, es klebt nicht an ihr.«

Langsam verließen die Akteure die Bühne. Isabel warf

einen letzten Blick auf die Kulisse, rieb ihre vom Klatschen schmerzenden Hände und ging dann hinter Thomas zum Ausgang. Als sie im Festspielhaus mit Hunderten anderen Besuchern zur Treppe drängten, sah sie in der Menge einen grauen Lockenkopf. Carl? Sie heftete ihren Blick auf den Rücken des Mannes. Neben ihm ging eine zierliche Frau, mit Seidentuch um die Schultern und kunstvoll hochgestecktem blonden Haar. Isabel drängelte, doch angesichts der vielen Menschen gelang es ihr nicht, näher an die beiden heranzukommen. Sie erreichten nun den Platz der Wiener Symphoniker, und die Menge löste sich in verschiedene Richtungen auf. Thomas nahm Isabels Hand und schlug den Weg zum Parkplatz ein. Der Mann und seine Begleiterin stiegen die Treppe zum Restaurant des Casinos hoch. War es Carl? Isabel drehte sich nochmals um, doch die beiden waren auf der Terrasse des Casinos verschwunden.

»Lassen wir den Abend im Casino ausklingen«, schlug sie Thomas spontan vor.

Überrascht schaute er auf seine Armbanduhr und antwortete: »Seit wann interessierst du dich für Glücksspiel? Ja nun, es ist schon spät, ich möchte lieber gleich heimfahren.« Damit reihten sie sich in die Menschenmenge ein, die sich zu den Parkplätzen schlängelte. Auf der Heimfahrt redeten sie wenig. Thomas stellt nüchtern fest, dass Bizet gar keine andere Wahl hatte, als Carmen am Ende sterben zu lassen. Das musste zwangsläufig so sein, denn das sei ungehöriges Verhalten gewesen für eine Weibsperson zur damaligen Zeit. Das gehörte sich nicht, und deshalb sei die feine Pariser Gesellschaft nach der Erstaufführung auch so empört gewesen. Es war nicht das, was Isabel hören wollte, und sie hing wieder ihren Gedanken nach.

KAPITEL 45

»Ihr seid doch die allergrößten Trottel, die je auf Gottes Erdboden gelebt haben! Wie steh ich denn jetzt da vor dem Polizeipräsidenten?« Der Polizeidirektor schnellte von seinem Stuhl hoch und durchmaß mit großen Schritten sein Büro. Seine Stimme überschlug sich, mehrere Locken waren bei den heftigen Kopfbewegungen in die Stirn gerutscht und bedeckten sie wie Korkenzieher. Mit einer wütenden Handbewegung streifte er sie zurück. Die weiteren Worte spuckte er regelrecht aus seinem Mund: »Wenn nur ein Fünkchen Verstand in euren Schädeln wäre, hättet ihr wissen können, dass das schiefgeht! Schiefgehen muss! Gefundenes Fressen für die Presseheinis!«

»Das haben wir schon hundert Mal so gemacht«, wandte Markus mit ruhiger Stimme ein. Er wusste, auch diesmal würde die Vorstellung vorübergehen. Alle Diensthabenden saßen um den großen Besprechungstisch im Chefbüro. Aus den Mienen ihrer gesenkten Köpfe war nicht ersichtlich, was schlimmer für sie war: Das Geschehene oder die Reaktion des Chefs, der immer noch im Zimmer auf und ab stürmte und tobte.

»So ist das also, wenn man aus Gutmütigkeit Nieten beschäftigt! Statt sie zu feuern. Was längst überfällig wäre. Es gibt Hunderte, die euren Job besser machen würden«, wütete Carl W. Dangelmann, während die Adern an seinem Hals dick hervortraten.

Isabel blickte kurz auf. Untragbar, dieses Verhalten eines Chefs! Keiner, der es nicht selbst erlebt hat, kann das glauben. Obwohl: Laut Lena sei es gar nicht so selten, dass Führungspositionen mit Cholerikern und Psychopathen besetzt sind. In ihrer Praxis hatte sie regelmäßig mit den Opfern dieser Männer – es waren vor allem Männer – zu tun. Meist sind sie kompetent in ihrem Fach, aber nicht in der Lage, Menschen zu führen. Vom Peter-Prinzip hatte sie mal gesprochen. Jeder wird solange befördert, bis er auf einem Posten landet, für den er absolut unfähig ist. Isabel schielte zu Timo hinüber, der zusammengesunken auf seinem Platz saß und in den Händen mit rasender Geschwindigkeit einen Stift rotieren ließ. Er tat ihr leid. Nun kannte sie Carl ja auch von einer ganz anderen Seite. Zwei Männer waren das, wie sie unterschiedlicher nicht sein konnten. Zwei Seelen mussten schlagen in seiner Brust. Zwei Seelen, statt einem Herz und einer Seele …

Eine erneute Schimpfkanonade beendete Isabels geistigen Ausflug: »Das eigene Schlauchboot mitsamt dem Auto versenken! Blöder geht's nicht mehr! Wie steh ich denn jetzt da? Aus der Nummer kommen Sie nicht raus, aus der nicht! Das versprech ich Ihnen, so wahr ich Carl W. Dangelmann heiße!«

Keiner sagte ein Wort. Statt ihn zu beruhigen, brachte das Schweigen den Polizeidirektor noch mehr in Rage: »Wer war eigentlich am Steuer? Lasst mich raten?« Blaugrüne Giftpfeile stoben aus seinen Augen, als er weiterschrie: »Sicher der junge Kommissar Fessele!« Höhnisch zog Carl W. Dangelmann die letzten Worte in die Länge, eilte mit ein paar Schritten zu seinem Mitarbeiter und blickte auf ihn herab. Sein Arm zuckte und stieß gefährlich in die Höhe. Alle hielten den Atem an. Isabel befürchtete, dass Carl gleich auf Timo eindreschen würde. Schon schob sie ihren Stuhl nach hinten, bereit, um aufzuspringen und Carls Arm festzuhalten, da senkte er ihn und vergrub ihn in der Hosentasche.

Timos Gesichtsfarbe glich dem Stapel Papier, den jetzt seine Hände haltsuchend umklammerten. Der Stift war ihm aus den Fingern gefallen und kullerte am Boden entlang. Hätte man Timo gepikst, kein Tropfen Blut wäre herauszupressen gewesen. Er rutschte auf seinem Stuhl noch weiter nach unten, und Isabel sah große dunkle Schweißflecken unter seinen Armen. Der ganze magere Leib zitterte.

»Ha, das war doch mal ganz klar! Wie kann eine Niete wie Sie bloß zum Polizeidienst zugelassen werden? Zum gehobenen! Und ich hab die Flasche am Hals, ich!« Carl Dangelmann schnaubte und schäumte außer sich. In seinen Mundwinkel bildeten sich weiße Perlen.

Markus konnte die Kränkung nicht länger mitansehen und kam Timo zu Hilfe: »Die Handbremsen waren angezogen, beide! Beim Auto und beim Anhänger«, sagte er ruhig.

Für einen kurzen Moment stockte Dangelmann. Die Blitze aus seinen Augen trafen nun seinen Stellvertreter: »Pah! Proll! Klar, dass Sie den Trottel auch noch verteidigen! Sie waren wahrscheinlich auch dabei, Sie, Sie!«

Markus sah seinem Chef kampfeslustig ins Gesicht, blieb jedoch gelassen und sprach bedächtig: »Warten wir die Ergebnisse der Ermittlungen ab.«

Carl W. Dangelmann zischte: »Egal, was die Fuzzis feststellen! Das wird auf jeden Fall auf mich zurückfallen! Auf mich, Carl Dangelmann, den Leiter! Da nützt auch mein gutes Verhältnis zum Polizeipräsidenten nichts. Ich habe es mir so mühsam aufgebaut.« Bei den letzten Worten war er vor die Glasfront getreten und schaute auf den

See hinaus. Abrupt drehte er sich um: »Das eine sage ich Ihnen: Es werden Köpfe rollen, Köpfe! Das versprech ich Ihnen, so wahr ich Carl W. Dangelmann heiße!« Mit diesen Worten griff er Mütze und Jacke seiner Uniform und stürzte aus seinem Büro.

Endlich Stille. Minutenlang saßen die Kollegen um den Besprechungstisch und schwiegen. Elisabeth Kluge kam durch die offene Türe herein, setzte sich wortlos auf den frei gewordenen Stuhl und blickte in die betretenen Gesichter. Frieder Kahle stieß deutlich hörbar einen langen Atemzug aus, klappte seine Schreibmappe zu und erhob sich.

Der Flurfunk hatte Isabel und den anderen, die nicht vor Ort waren, längst zugetragen, was vorgefallen war: Am frühen Nachmittag hatten Timo und zwei Kollegen ein Schlauchboot einwässern wollen. Damit sollte beim Konstanzer Seenachtsfest die Wasserfläche für das Feuerwerk abgesperrt werden. Eugen, der Bootstechniker, hatte den Motor zuvor überprüft und das Boot samt Trailer an den Geländewagen angehängt. Mit Auto, Anhänger und Boot fuhren sie in den Hafen, um das Boot zu Wasser zu lassen. Timo war am Steuer und rückwärts die Rampe hinuntergefahren. Dann waren die drei Männer ausgestiegen. Plötzlich hatte sich das Gespann auf der mit Algen bewachsenen Rampe in Bewegung gesetzt und war langsam ins Wasser gerutscht. Timo sprang vom Anhänger und wollte vor zum Fahrersitz hechten, rutschte aber auf der glitschigen Anlage aus und erreichte das Auto nicht mehr rechtzeitig. Hilflos mussten er und die Kollegen zusehen, wie zuerst der Anhänger mitsamt dem Boot und danach das Auto immer weiter abrutschte und nach und nach im Wasser versank. Keine Minute später war weder vom

Boot noch vom Geländewagen etwas zu sehen. Nur ein Blubbern ließ erkennen, wo sich das Gefährt jetzt befand. Geistesgegenwärtig hatte Timo sein Handy gezückt und sofort Unterstützung angefordert. Wenig später waren die Kollegen des Technischen Hilfswerks zur Stelle gewesen. Eine gute Stunde später hatten sie das Gespann wieder aus dem Wasser gezogen. In rund drei Metern Tiefe war es zum Stehen gekommen. Boot und Anhänger waren unversehrt, doch das Polizeiauto war vollkommen durchnässt und wohl nicht mehr zu gebrauchen. Genau so wenig wie die drei Polizisten, die unter Schock standen.

Markus Proll hatte Dienst in der Dienststelle geschoben, als Timo ihm vollkommen fix und fertig von dem Unglück berichtete. »Wenigstens seid ihr unverletzt geblieben. Das andere kriegen wir schon irgendwie hin. Mit dem CaWe werd ich fertig«, versuchte er Timo zu trösten. Timo traute sich nicht, nach Hause zu gehen, sondern war bei Markus geblieben und hatte mit ihm die Nacht hindurch freiwillig Dienst geschoben.

Isabel war froh, als sie das Chefzimmer verlassen konnte. Carls Verhalten war absolut inakzeptabel. Wie kann ich ihm klarmachen, dass so was nicht geht – ohne dass er erneut explodiert, fragte sie sich. Da kam Markus mit zwei Bechern Kaffee, stellte einen auf Isabels Schreibtisch, ließ sich in seinen Bürostuhl fallen und klagte: »Rumpelstilzchen live mal wieder!«

»Ach wie gut, dass niemand weiß …« Der Reim aus dem Kinderbuch blieb Isabel im Hals stecken. Hast du Timo beobachtet? Hab befürchtet, der bricht auf seinem Stuhl zusammen.«

Markus nippte an seinem Kaffee: »Ich auch. Der hält das nicht mehr lange durch.«

»Ich geh nachher mal zu ihm rüber. Ist ja auch unentschuldbar, Dangelmanns Verhalten.« Isabel machte sich ernsthafte Sorgen.

»Sag mal was ist denn eigentlich in dir vorgegangen?« Markus blickte Isabel nun direkt ins Gesicht.

»Warum?« Sie spürte, wie ihr heiß wurde, und erhob sich, um das Fenster zu öffnen.

»Nun sag schon, du hast CaWe so seltsam angeschaut.«

»Ich konnte es einfach nicht fassen, dass sich ein erwachsener Mann so wenig im Griff hat«, sagte Isabel und setzte sich wieder. Eisern hielt sie dem Blick des Kollegen stand. Ihr Herz klopfte, und ihr Gefühl sagte ihr, dass Markus eine andere Antwort erwartet hatte. Jetzt fiel ihr wieder der fragende Blick von Markus ein, den sie während Carls Rappel aufgefangen hatte. Konnte er etwas ahnen? Unwahrscheinlich, trotz seines guten Gespürs. Bevor Isabel etwas sagen konnte, kam die Erlösung. Das Telefon klingelte.

»Proll. … Ja, ich komme.« Damit stand Markus auf, griff nach seiner Uniform, schaute Isabel an und verließ das Büro mit den Worten: »Wir reden ein andermal.«

Nun war es Isabel, die lange ausatmete. Sie sehnte sich nach dem Ende des Dienstes und hatte nur das eine Bedürfnis: Laufen, um wieder klar denken zu können. Sie schnürte ihre Joggingschuhe, packte Badesachen in einen Rucksack und lief los.

Schneller als üblich joggte sie durch das Eriskircher Ried. Selbst das half wenig, um das Gedankenkarussell in ihrem Kopf zur Ruhe zu bringen. Carl. Was war er nur für ein Mensch? Seine Reaktionen waren nie vorhersehbar. Was er tat, oft unverständlich. Wie konnte jemand so brutal und kalt sein? Wie konnte er seinem Mitarbeiter derart wehtun und das auch noch vor versammelter Mannschaft? Hatte er keinen Funken Empathie? Da konnte etwas nicht richtig ticken in seinem Kopf. An einer Badestelle stoppte Isabel, streifte ihre Kleidung ab und ließ sich in das warme Wasser des Sees gleiten. Mit kräftigen Zügen schwamm sie, bis sie außer Atem war. Dann legte sie sich auf das Wasser und ließ sich von den Wellen treiben. Sie musste es einfach schaffen, unter vier Augen Carls Ausfälle zur Sprache zu bringen. Jedes Mal, wenn sie bisher damit angefangen hatte, verhielt er sich zuvorkommend und liebenswert, und sie war diejenige, die sich unfair vorkam. Dafür schien er ein Gespür zu haben. Dann beklagte er, wie tief er menschlich enttäuscht und getroffen sei, wenn sie ihn so ungerecht behandle. Er bettelte um Mitleid und Streicheleinheiten wie ein Schuljunge, und Isabel konnte nicht anders, als ihn mit Zärtlichkeiten zu überschütten, um ihn zu trösten. Der Mann war unberechenbar. Sie drehte sich um und schwamm zum Ufer zurück. Thomas kam ihr in den Sinn. Bei ihm wusste sie, woran sie war. Seine Reaktionen waren zwar manchmal auch nicht die, die sie erhoffte, aber sie waren logisch und nachvollziehbar. Er blieb immer ruhig, ruhig und gelassen. Nie hatte sie ihn tobend erlebt. Wenn sie seine reflektierten, distanzierten, von Zitaten geistiger Größen untermauerten Antworten und Reden auch manchmal nervten: Sein Verhalten war vorhersehbar und verlässlich.

KAPITEL 46

Die Katamaranfähre stand schon bereit, und Isabel konnte kaum erwarten, nach Konstanz zu kommen. Die anderen Gäste drängten in die Kabine, Isabel schlängelte sich nach vorne zum Bug. Immer wieder musste sie triefenden Plastikfolien ausweichen, die sich die Menschen übergezogen hatten, um sich vor dem Gewitterregen zu schützen, der plötzlich eingesetzt hatte. Isabel trug zwar nur eine Windjacke, aber sie konnte sich nicht entschließen, sich in die trockene Kabine zu setzen. Ganz alleine stand sie vorne und blickte auf den See. Der Wind trieb den Regen auf den Wellen vor sich her wie graue Schleier. Die Wasserfläche ging nahtlos über in einen Horizont, der die gesamte Graupalette spiegelte. Plötzlich schälte sich aus dem Einheitsgrau ein Schiff. Es war der Katamaran, der in die Gegenrichtung fuhr. Isabel blickte ihm nach und beobachtete, wie die Wolkenwalze des Gewitters abzog und sich vor die Alpen schob. Auch der Regen ließ nach, doch der See hatte sich noch nicht beruhigt. Weiße Wellenkronen, tanzend und tauchend wie Schwäne, verschwanden und tauchten an anderer Stelle wieder auf. Sie blickte wieder nach vorne. In Richtung Konstanz zeigten sich die Wolken bereits hellgrau. Unverkennbar schien über ihnen die Sonne, ihre Ränder leuchteten bereits weiß, und in den Lücken entdeckte Isabel das erste Fleckchen Himmelblau.

Der Fahrtwind trieb ihr Tränen in die Augen. War es nur der Fahrtwind oder waren es die Erlebnisse der vergangenen Stunden? Die Demütigungen, die das Tränenfass zum Überlaufen brachten? Sie dankte dem Fahrtwind, der ihr eine Entscheidung ersparte. Trotzig hielt sie ihm stand und reckte ihm das Gesicht entgegen. So konnte sie ihren Tränen freien Lauf lassen und hatte das Gefühl, jede Träne nahm etwas von dem aufgestauten Druck in ihrer Brust. Mit jedem Tropfen, der ihren Körper verließ, fühlte sie sich leichter, befreiter. Noch war sie viel zu verwirrt, um klar denken zu können. Und jede Minute Fahrzeit brachte sie näher zu Lena.

Endlich schälten sich die markanten Kuppeln aus dem Wolkengrau. Isabel stieg aus und blickte suchend den Steg und die angrenzende Anlage entlang, konnte jedoch nirgends den blonden Strubbelkopf der Freundin entdecken. Sie hatten sich kurzfristig im Stadtgarten verabredet, weil der für Lena am schnellsten zu erreichen war. Isabel hatte es abgelehnt, in die Praxis zu kommen. Wahrscheinlich wurde Lena von einem Patienten länger als geplant in Anspruch genommen. Isabel schritt den geteerten Weg entlang und wischte die letzten Regentropfen von einer Sitzbank. Dann holte sie ihr Handy. Las nochmals die Botschaft, die Carl ihr geschickt hatte, und blickte versonnen auf den See hinaus. Eine Welle nach der anderen kam an, brach sich und brandete mit leisem Bums. Das regelmäßige Geräusch beruhigte ihren Herzschlag. Ein Storchenpaar tauchte die langen Hälse in den Schlick und neckte sich gegenseitig. Enten und Blesshühner machten sich Brotkrumen streitig, die eine Frau ihnen zuwarf. Isabel setzte die Sonnenbrille auf. Lena sollte ihre rotgeweinten Augen nicht gleich sehen. Sie konnte sich nicht erinnern, wann sie überhaupt zum letzten Mal so geweint hatte. War es nach der Bluttat an ihrem Vater oder nach dem Tod der Mutter?

Nun hob sie ihr Gesicht der Sonne entgegen. Die Wärme tat gut. Als sie die Augen öffnete, streckte ihr die Imperia ihren prächtigen Körper entgegen, wobei sie unwillkürlich lächeln musste. Ihr eigener fester Busen konnte mit den drallen Brüsten der Kurtisane nicht mithalten. Und laut Carl auch nicht mit denen von Cheysa und einigen seiner Ex. Ein Stich bohrte sich durch ihr Herz. Wahrscheinlich hast du recht, lieber Carl, aber es interessiert mich nicht. Ich bin zufrieden mit meinem Körper, so wie er ist, meistens zumindest, hatte sie ihm leichthin geantwortet. Und glücklicherweise muss ich mich nicht prostituieren, um meinen Lebensunterhalt zu verdienen. Das war gelogen. Es hatte sie verletzt, zutiefst verletzt, dass er überhaupt auf die Idee kam, sie mit anderen Frauen zu vergleichen. Du bist die Beste von allen! Was sich zuerst wie ein Kompliment angehört hatte, entpuppte sich auf den zweiten Blick als pure Grausamkeit.

Kurze Zeit zuvor hatte sie sich nochmals so richtig verliebt in ihn und jedem Treffen sehnsüchtig entgegengefiebert. Ihre Leidenschaft loderte, doch Carl hatte sich verändert auf eine Art, die sie überhaupt nicht einordnen konnte und ihr unheimlich war. Immer wieder trafen sie seine kleinen, dahingeworfenen Äußerungen wie Nadelstiche. Er gab ihr das Gefühl, dass er unzufrieden war mit ihr, sie ihm nicht mehr genügte. Isabel hatte Angst, dass er ihrer überdrüssig war. Manchmal meldete er sich tagelang nicht. Im Büro wollte Elisabeth Kluge nicht herauslassen, wo sich der Chef aufhielt. Wenn Cheyenne da wäre, ihr könnte sie wahrscheinlich etwas entlocken. Aber Cheyenne war arbeitsunfähig und seit Längerem nicht zum Dienst erschienen. Markus glaubte sie, dass er ebenso wenig wusste wie sie. Isabel wurde täglich nervöser, ihr passierten Fehler im Dienst. Sie machte sich Vorwürfe, nachts plagten sie Angstzustände. Dann endlich, heute Vormittag, die erlösende WhatsApp: »Bella! Ich sterbe vor Verlangen. Komm zu mir.«

Isabel hatte dienstfrei, und Thomas und sie wollten noch ein paar Sachen für die Wohnung einkaufen. Isabel suchte nach einer Notlüge und machte Thomas glaubhaft, dass sie im Büro dringend gebraucht werde. Gar nicht böse darüber zog er sich in sein Arbeitszimmer zurück. Isabel hatte sich rasch zurechtgemacht und war losgezogen. Lustvoll war sie in die Pedale getreten und malte sich schon während der Fahrt ein wunderschönes, erfüllendes Zusammensein aus. Als sie vor ihm stand und ihr Körper vor Verlangen bebte, hatte er plötzlich keine Lust mehr. Mit den Worten »Du beginnst zu versagen, das langweilt mich« stieß er sie von sich wie ein ausrangiertes Spielzeug.

Isabel fiel aus allen Wolken und stammelte verstört: »Was ist los?« Da blickte er auf sie herab, presste seine zuckenden Lippen aufeinander und zischte: »Ich bin sicher, dass du mir etwas vorenthältst! Etwas, das du nur *ihm* gibst!«

Sie starrte ihn fassungslos an und brachte nur ein mühsames »Aha …« hervor.

Er höhnte weiter: »Du solltest dir schon Besseres einfallen lassen, wenn ich dir weiterhin geben soll, was du brauchst, Bella!«

In dem Moment hatte Isabel das Gefühl, eine Maske würde von ihm abfallen. Sie stand auf, schnappte ihre Sachen und flüchtete. Außer Sichtweite hatte sie Lena eine Nachricht geschickt mit der Frage, ob sie sich sehen könnten. Sofort. Es sei dringend. »15 Uhr Stadtgarten«, lautete die prompte Antwort. Lena hatte des Öfteren die Stirn gerunzelt, wenn Isabel von Carl erzählt hatte, und in seinem Verhalten Parallelen zu ihren Patienten gesehen. Isabel hatte sich das verboten, und fast hätte das letzte Treffen wieder im Streit geendet. Gerade noch rechtzeitig kamen sie überein, das Thema Carl zukünftig auszuklammern. Da hörte Isabel die Fahrradklingel, mit der sich Lena ankündigte.

»Hey, was ist passiert? Hab zwei Termine abgesagt, aber jetzt hab ich Zeit, bis ich Ben aus der Kita holen muss«, sagte Lena, nachdem sie sich stürmisch umarmt hatten. Langsam gingen sie nebeneinander her.

»Ach, Lena«, seufzte Isabel und erzählte, was vorgefallen war. »Sein Verhalten ist so unberechenbar! Mal ist er der tollste Liebhaber, den du dir vorstellen kannst. Mal kommt ein Vulkanausbruch, von einer Sekunde auf die andere. Dann wird er richtig böse und gemein. Warum macht er das?«

Lena hatte geduldig zugehört. Was bei ihren Patienten selbstverständlich war, kostete sie bei ihrer Freundin Mühe. Jetzt drehte sie sich zu ihr, wischte ihr die Tränen weg und sagte: »Um Kontrolle über dich auszuüben. Um dich zu manipulieren, damit du tust, was er will.«

»Meinst du?«, schluchzte Isabel. »Wenn sein Zorn mit ihm durchgeht, ist er wie ein Pferd, das aus dem Geschirr läuft und alles niedertrampelt.«

Fast beschwörend antwortete Lena: »Wer nicht Herr seines Zorns ist, ist auch nicht Herr seines Verstandes. Sein Verhalten ist krank, absolut krank! Der braucht das. Der muss andere runtermachen, um sich selbst stark zu fühlen.«

»Warum nur?«

»Damit will er nur seine Minderwertigkeitsgefühle überdecken.«

Isabel schnäuzte sich und sagte mit erstickter Stimme: »Carl und Minderwertigkeitsgefühle? Du musst dich irren. Sein Verhalten ist doch eher … arrogant.«

»Nein, glaub mir. Der will damit seine fehlende Selbstsicherheit kaschieren.«

Isabel schüttelte ungläubig ihre Locken: »Minderwertigkeitsgefühle? Carl? Fällt mir sehr schwer, das zu glauben.«

Lena blieb unvermittelt stehen und hielt Isabel mit den Augen fest: »Wie ich das sehe, ist Dangelmann ein narzisstischer Choleriker. Da ist ordentlich was schiefgelaufen, wahrscheinlich in der Kindheit. Sein Verhalten hat sogar psychopathische Züge. Eine gefährliche Mischung, ein äußerst problematisches Persönlichkeitsbild.«

»Du kennst ihn nicht. Er kann auch ganz lieb und unwiderstehlich charmant sein.« Isabels Herz krampfte sich zusammen.

»Glaub ich dir! Zuckerrohr und Peitsche. Chaos als Strategie, andere zu täuschen. Eigentlich ist Carl ein ganz armer Hund. Der hat einen Gehirndefekt!«

»Harte Geschütze, die du da auffährst.« Isabels Blick wanderte auf den See hinaus, und langsam beruhigte sie sich. Unsicher sagte sie: »Meist ist das Gewitter nach kurzer Zeit vorbei. Aber ich weiß nicht, wie lange ich das noch ertragen kann.«

»Komm, lass uns ein Stück weitergehen.« Lena legte eine Hand auf Isabels Arm und fuhr fort: »Da gibt's nur eines: Distanz. Du musst dich fernhalten von ihm. Als Selbstschutz! Sonst gehst du kaputt.«

»Du meinst, die Beziehung beenden?« Isabels Worte kamen zögernd. Doch Lena nickte und blickte Isabel fest in die Augen. »Ja, ich muss das schaffen irgendwie, irgendwann«, seufzte sie, »aber er ist und bleibt mein Chef. Wie soll das gehen?«

»Da kann ich dir nur raten: Lass dich keinesfalls zu einem Gegenangriff verleiten. Im Dienst musst du lernen, verbal zu schweigen.«

Der Knoten in Isabels Brust löste sich langsam, sie konnte wieder frei atmen. »Carl macht ja auch seine Mitarbeiter runter. Ein Kollege leidet kolossal, der ist fix und fertig. Den schick ich mal zu dir in die Praxis.« Ihre Gedanken waren jetzt bei Timo.

»Hab ich mir schon gedacht. Sag ihm, er soll keinesfalls die Opferrolle annehmen. Das gilt auch für dich! Gib Dangelmann nicht die Chance, sein Lieblingsopfer zu werden«, hämmerte Lena ihr ein.

»Du hast leicht reden!« Isabel dachte an Carls Ausraster und sagte, als sie vor der Terrasse eines Cafés standen: »Lena, ich bin so froh, dass ich dich habe. Komm, lass uns einen Kaffee trinken, ich lad dich ein.«

Damit suchten sie sich an der Theke Obstkuchen aus und setzten sich an einen Tisch, wo sie ungestört weiterreden konnten. Für kurze Zeit aßen sie schweigend. Plötzlich ließ Isabel ihre Gabel fallen, betrachtete das Stück Himbeertorte auf ihrem Teller und sagte unvermittelt: »Guck dir mal die Beeren an. Carl lullt mich ein wie der Tortenguss diese Beeren, legt sich wie eine zweite Haut um jede Zelle … verstehst du, was ich meine?«

Als Lena nicht antwortete, redete Isabel weiter: »Jede einzelne meiner Zellen wird umfangen wie jede dieser Beeren. Eine unsichtbare Hülle. Sie soll Schutz sein, macht allerdings bewegungsunfähig. Sie lähmt! Kapierst du? Sie macht Atmen unmöglich. Ich bekomm keine Luft mehr.«

Mit einem plötzlichen Ruck schob Isabel ihren Teller von sich. »Mir ist der Appetit vergangen.«

Lena lächelte: »Ein guter Vergleich. Freut mich, dass du das selbst erkannt hast.« Sie behielt für sich, dass sie es für ungleich schwerer hielt, das Erkannte in die Praxis umzusetzen, und sagte stattdessen: »Lass dich ins Polizeipräsidium nach Konstanz versetzen. Hauptsache, du bleibst in meiner Nähe!«

Wie auf ein geheimes Zeichen standen beide auf und umarmten sich. Isabel schnappte ihre Tasche und ging zur Toilette. Dort drehte sie den Wasserhahn auf, warf mit beiden Händen kaltes Wasser in ihr Gesicht, trocknete sich ab, legte Lippenstift auf und lächelte dem Gesicht im Spiegel zu.

KAPITEL 47

Alle Polizeidienststellen rund um den See waren in Alarmbereitschaft. Ein Großkampftag für das größte Openair-Festival am Bodensee, das Seenachtsfest in Konstanz, war angesagt. Die Veranstalter rechneten wieder mit bis zu

100.000 Besuchern. Bisher war, auch dank des ruhigen Spätsommerwetters, alles harmonisch verlaufen. Die Kollegen der Schweizer Seepolizei und die Kollegen aus Konstanz hatten nur ein paar kleinere Zwischenfälle gemeldet. In wenigen Stunden würde das Großereignis seinen Höhepunkt erreichen: Von vier Schiffen aus sollte im Hafenbecken vor Konstanz und Kreuzlingen ein Feuerwerk gezündet werden. In der Bucht lagen bereits Hunderte Segelboote und Motorjachten vor Anker, um das Spektakel aus nächster Nähe erleben zu können.

Polizeiboot 20 wartete im Hafen von Langenargen auf Markus und Isabel. Eugen hatte es bereits startklar gemacht und rief gut gelaunt, als die Kollegen den Steg betraten: »Kommt an Bord! Die Bordbar ist gut gefüllt. Es kann losgehen.«

»Ist Frieder Kahle mit dem kleinen Booster draußen?«, fragte Isabel, die ihn vermisste.

»Ja, der inspiziert mit einem Kollegen aus der Frühschicht die Schiffe im Konstanzer Trichter. Und die 21 ist auch schon unterwegs«, antwortete Markus.

»Und Timo?«

»Den hat der Chef zum Revierdienst verpflichtet!«

»Hey, täusche ich mich oder stand das anders im Dienstplan?«, fragte Isabel. Sie hatte bereits begonnen, die Festmacherleinen zu lösen. Da fuhr mit großer Geschwindigkeit ein Polizeiauto vor das Tor. Erstaunt hielt das Trio inne. Die Fahrertür wurde aufgerissen, Carl W. Dangelmann winkte, schrie: »Wartet!« und schritt energisch auf das Boot zu.

»Was will denn der Chef hier?«, entfuhr es Eugen. Markus und Isabel zuckten die Schultern. Isabel überlegte. Es war das erste Mal, dass Carl bei einem Einsatz auf das Boot kam, abgesehen von der Polizeiregatta. Diesmal gab es keine Promis, bei denen er Liebkind machen musste. War er ihretwegen hier? Sie merkte, wie Markus sie beobachtete, zog die Mütze tiefer und wandte den Kopf ab. Er sollte die Röte, die über ihren Hals die Wangen hochkletterte, nicht sehen. Noch wartete sie auf die passende Gelegenheit, Carl zu sagen, dass es so nicht weitergehen konnte.

»Willkommen an Bord«, salutierte Eugen und hob die rechte Hand, bis seine Fingerspitzen den Rand seiner Mütze berührten. Der Polizeidirektor grüßte ordnungsgemäß zurück. Dann griff er mit beiden Hände die Reling, zögerte, schloss für einen Moment die Augen, setzte erst einen Fuß auf das Boot und zog den zweiten nach. Hörbar atmete er aus und ging, ohne seinen Stellvertreter eines Blickes zu würdigen, an Markus vorbei ins Steuerhaus. Markus, als Dienstgruppenführer zuständig für die Erstellung der Dienstpläne, hatte angenommen, dass der Chef wie üblich in der Dienststelle die Einsätze koordinieren wollte. Doch der Polizeidirektor hatte den Namen Fessele gestrichen und durch seinen ersetzt. Ein absolut ungewöhnlicher Vorgang.

Da tönte Dangelmann: »Ich übernehme heute die schwimmende Einsatzleitung!« Mit diesen Worten stellte er sich hinter das Steuerrad, als wäre das sein täglicher Job.

Markus ging mit Isabel zum Bug des Schiffes und flüsterte: »Weißt du, was los ist?«

Isabel schüttelte den Kopf. Sie lösten die Leinen, jeder auf seiner Seite, und Markus lief zurück. Isabel konnte sich nicht entschließen, ebenfalls in die Kabine zu gehen, und blieb auf dem Vorschiff stehen, als die 20 den Hafen verließ. Draußen beschleunigte Dangelmann rasant. Isabel lehnte sich an die Reling und dachte nach. Warum war

Carl an Bord gekommen? Was führte er im Schilde? Sie fand keine Antwort und ließ ihre Blicke über den glatten See gleiten. Der Wind war fast vollkommen eingeschlafen. Wie erwartet, waren viele Boote auf dem Wasser. Die meisten Segeljachten hatten ihre Segel geborgen, und die Mannschaft badete, andere strebten den Häfen zu. Motorboote zogen eine sprudelnde Bahn durch den Obersee, um das Spektakel im Konstanzer Trichter zu verfolgen. Auch das Polizeiboot düste westwärts. Der Fahrtwind zerrte an Isabels Haaren. Isabel wickelte eine Haarsträhne, die sich aus dem Gummiband gelöst hatte, um den Finger und steckte sie hinters Ohr. Sie spürte, wie Carls Blicke ihren Rücken durchbohrten. Hatte er doch registriert, dass er sie beim letzten Treffen verletzt und sie sich deshalb so schnell verabschiedet hatte? Sie fröstelte. Ihre Jacke lag im Steuerhaus, sie drehte sich um und hangelte sich entlang der Reling zurück. Wegen der Kälte zeichneten sich ihre Brustwarzen unter der Bluse ab. Als sie den Steuerstand betrat, hefteten sich zwei Augenpaare lüstern auf ihren Oberkörper. Nur Markus, der mit dem Fernglas Ausschau hielt, beobachtete weiterhin das Geschehen auf dem Wasser.

»Eugen, übernehmen Sie bitte das Steuer. Ich werde mit Frau Böhmer nach unten gehen und ihr die Technik nahebringen«, erklärte Carl Dangelmann, nahm Isabels Hand und zog sie hinter sich die Treppe hinunter. Jede Faser in Isabels Körper war zum Bersten gespannt, ihr Herz hämmerte gegen die Rippen. Unten angekommen, umfasste Dangelmann voller Begierde Isabels Brust, führte ihre Hand an seine Hose und drückte sie gegen die Wand.

»Nicht hier«, keuchte Isabel und versuchte, sich aus seiner Umklammerung zu lösen. »Die Kollegen sind nicht blöd!«

»Ich bin der Chef! Und du willst es doch auch«, stöhnte er.

»Ja, nein, nicht hier. Lass mich los! Denk an die Kollegen oben!« Da ertönte ein lauter Hupton, und Isabel nutzte Carls Moment der Verwunderung, befreite sich und stolperte die Stufen hinauf. Während sie ihre Bluse ordnete, begegnete sie dem Blick von Markus und wusste, dass er eine Erklärung erwartete. Sie sagte nichts, stellte sich einfach neben ihn. Eugen grinste, hupte erneut und steuerte mit großer Geschwindigkeit auf eine Gruppe von Motorbooten zu, die sich in leichtsinniger Weise aneinander gebunden hatten. Markus verließ das Steuerhaus, kontrollierte die Boote und mahnte die Bootsführer zur Vorsicht. Er war noch beschäftigt, als Carl W. Dangelmann wieder hochkam, Eugen zur Seite zwang und wortlos das Steuer übernahm.

»Jemand 'n Kaffee?«, brummte Eugen und Carl nickte. Auch Isabel spülte den fahlen Geschmack mit der dunklen Flüssigkeit hinunter. Langsam beruhigten sich die Ameisen in ihrem Körper. In Carls Augen erkannte Isabel zwischen feurigen Blitzen blaue Eiskristalle. Markus blickte sie noch genauso fragend an wie zuvor, Eugen grinste wieder. Sie redeten kaum, die Stimmung war angespannt. Dicht an dicht lagen Hunderte von Booten, und die Polizisten waren geradezu froh, wenn sie immer wieder Bootsführer zur Ordnung rufen konnten. Nur einmal verließ Carl den Steuerstand und stellte sich dicht hinter Isabel aufs Vorschiff. Während Tausende Leuchtfeuer in allen Farben und Formen vom Nachthimmel prasselten, flüsterte er ihr zu: »Das Feuerwerk ist wunderschön. Aber nur halb so schön wie meine Bella. Ich kann kaum erwarten, bis wir allein sind.« Die Ameisen erwachten erneut und bevölkerten Isabels Körper. Selbst den Kopf mit dem wachen Verstand besetzten und betäubten sie.

Erst lange nach Mitternacht legte die 20 wieder im Hafen von Langenargen an. Der Polizeidirektor forderte Isabel auf, ihn zurück nach Friedrichshafen zu chauffieren. Markus und Eugen wies er an, das Polizeiboot zu vertäuen.

KAPITEL 48

Die Glückshormone in Isabels Bauch schlugen noch Purzelbäume von der Nacht mit Carl, als Isabel am Sonntagnachmittag Lena begrüßte. Sie hatte kurzerhand ihren Sohn geschnappt und die Fähre nach Friedrichshafen genommen, um dem Rummel in Konstanz zu entfliehen. Thomas war übers Wochenende zu seinen Eltern gefahren. Nebeneinander saßen Isabel und Lena nun auf einer Bank am Rand des Spielplatzes. Während sie Ben beobachteten, erzählte Isabel. Carl habe sich nach seiner Entgleisung entschuldigt. Habe ihr versichert, es würde nie mehr vorkommen. Die vergangenen Stunden mit ihm seien sehr erfüllend gewesen. Lena sah die Glut in Isabels Augen und ihre Befürchtungen bestätigt. Offensichtlich schaffte die Freundin es nicht, das Verhältnis zu beenden. Sie überlegte, was sie noch tun könnte, um Isabel vor einer Enttäuschung zu bewahren, und begann: »Siehst du die Mistel da oben im Baum. Die Mistel ist eine Schmarotzerpflanze, die sich festsetzt und andere aussaugt, ihnen die Kraft entzieht.«

»Was willst du damit sagen?«, fragte Isabel, die Lenas Blick gefolgt war und nun auch auf die vielen dunklen Knäuel guckte, die sich um die Äste klammerten.

»Die Misteln erinnern mich an Carl. Auch er kann nur aus der Kraft der anderen heraus existieren. Sobald er nicht mehr Chef spielen kann, ist er nichts mehr. Ich hab dir schon mal gesagt, er braucht Abhängige. Er ist wahrscheinlich der Überzeugung, dass es sein Recht ist, mit anderen umzuspringen, wie es ihm gerade beliebt.«

»Aha, die Psychologin hat gesprochen, sie muss es ja wissen«, spottete Isabel zwar, doch fielen die Worte in ihrem Gehirn auf aufnahmewilligen Boden.

Lena ließ sich nicht beirren: »Die Psychologin weiß: Beziehungen mit diesen Typen können in einer Katastrophe enden. Ich warne dich nochmals: Halte dich fern von ihm.« Sie schaute Isabel eindringlich an, doch die wollte heute auf diesem Ohr einfach nicht hören.

»Menschen können sich doch auch ändern«, entgegnete sie schwach, entwand sich Lenas Blick und wechselte das Thema. »Ich bin mir echt nicht sicher, ob wir mit unserem Geburtstagsgeschenk Carl eine Freude machen.«

»Wie kommst du darauf?«, fragte Lena. Sie wandte sich nun Ben zu, der vor ihnen mit dem Rest seiner Brezel Enten anlockte.

»Vielleicht sollten wir vom Mietvertrag für das alte Motorboot zurücktreten und ihm statt des Bootsausfluges einen Gutschein vom Aquaristik-Geschäft schenken. Ich hab's den Kollegen vorgeschlagen, aber sie sind nicht drauf eingegangen. Die wollen auch was von dem Geschenk haben.«

In diesem Moment trottete Ben heran. In einer Hand baumelte sein Eimer, gefüllt mit Sand: »Mama, bitte entfüllen!«

»Du meinst leeren«, sagte Lena lachend, nahm das Eimerchen und schüttete den Inhalt in den Sandkasten zurück. Isabel hatte die Szene verfolgt und war dankbar, dass Ben sie auf andere Gedanken brachte. Ihren Mund umspielte ein Schmunzeln, als sie sagte: »Wäre Ben der Sohn von Thomas, würde ihm sein Vater nun einen Vortrag halten, warum es zwar *entleeren* heißt, also warum *leeren* und *entleeren* dasselbe meinen, *füllen* jedoch das Gegenteil von *entfüllen* ist!«

Auch Lena musste lächeln, und Isabel fügte hinzu: »Zu Beginn unserer Beziehung hat mich so was beeindruckt, jetzt sind mir seine Reden oft zu viel.« Sie lehnte sich zurück und fuhr fort, während ihre Augen Ben verfolgten: »Ich frage mich, ob ich die richtige Frau für Thomas bin. Vielleicht möchte er lieber eine mit Studium, mit Geld? Vielleicht würde die besser zu ihm passen. Vielleicht wäre er glücklicher?«

»Frag ihn doch einfach«, fiel ihr Lena ins Wort. »Ich wette, das ist für ihn gar kein Thema. Der ist zufrieden, so wie es ist. Wirf endlich deine Selbstzweifel über Bord und lass uns lieber Kaffee trinken.«

KAPITEL 49

»Ach, noch was: Der Fall ›Dirndl-Leiche‹, den die Kripo an die Kollegen in Österreich abgegeben hat, ist fast geklärt. Es handelt sich um einen Flüchtling aus Syrien. Der hat auf einem Volksfest zu viel Hochprozentigen abbekommen und ist dann wohl über eine Brücke gestürzt. Der Rhein hat ihn bis zu uns angeschwemmt. Unklar ist, ob der Mann den Alkohol aus eigenen Stücken getrunken oder ob jemand nachgeholfen hat.« Mit diesen Worten schob Carl Dangelmann den Stapel Papiere zusammen. Die Sitzung war beendet. Da klopfte es an die Tür. Elisabeth Kluge trat ein und überreichte ihrem Chef unter dem Applaus seiner Mitarbeiter ein Spielzeugboot. In dessen Cockpit stand eine kleine Schatzkiste, und Elisabeth Kluge bat strahlend: »Machen Sie auf, der Inhalt ist für Sie, Herr Polizeidirektor!«

Dangelmann tat wie geheißen, öffnete den Deckel, entnahm dem Kistchen ein Blatt Papier, entfaltete es, las und erstarrte.

»Lesen Sie laut«, forderte Elisabeth Kluge.

Dangelmann schluckte, die dunkelblauen Lettern verschwammen vor seinen Augen: »Gutschein für unseren Chef. Anlässlich seines 45. Geburtstages laden wir Polizeidirektor Carl W. Dangelmann ein zu einem Bootsausflug mit der ›MS Amareno‹ mit allem Drum und Dran auf dem schönsten aller Seen. Es wünschen ihm dabei viel Freude und allzeit gute Fahrt …« Die letzten Silben waren ganz leise über seine Lippen gekommen. Das Geräusch einer

Fahrradklingel unten in der Fußgängerzone zerriss die Stille, die im Zimmer eingetreten war. Carl Dangelmann räusperte sich, strich sich mit der Hand von der Schläfe bis zum Hinterkopf über seine Locken und sagte eine Spur zu forsch: »Danke. Vielen Dank! Wann stechen wir in See?«

Seinen Kopf trug er hoch erhoben, seinen Rücken so gerade, als habe ihm jemand eine Eisenstange durch den Körper gerammt. In seinem Gesicht, das jetzt einem Zerrbild ähnelte, erkannte Isabel eine immense Anspannung.

Am Tag zuvor, seinem Geburtstag, war er nicht ins Büro gekommen. Eigentlich nichts Ungewöhnliches, keiner seiner Mitarbeiter hatte mit seinem Erscheinen gerechnet. Keiner wusste, wo und wie er den Tag verbrachte. Isabel hatte ihn einmal direkt gefragt, denn sie wäre bereit gewesen, den Tag frei zu nehmen, Thomas eine Notlüge aufzutischen, um mit ihm zusammen sein zu können. Carl erzählte ihr etwas, und im selben Moment wusste sie, dass er sie belog. Deshalb hatte sie nicht mehr nachgehakt. Trotzdem fühlte sie ein Bedürfnis, ihm Gutes zu tun. Sie überlegte: Sollte sie ihn überraschen und am Morgen einfach mit einer duftenden Bäckertüte und den Zutaten für ein Geburtstagsfrühstück zu zweit bei ihm klingeln? Sollte sie in seinem Lieblingsrestaurant einen Tisch reservieren? Ein unbestimmtes Gefühl hatte sie davon abgehalten. Dann erfuhr sie von Markus, CaWe habe ihn aufgefordert, sie zum Spätdienst einzuteilen. Isabel wunderte sich, war hin- und hergerissen. Während des Tages zerbrach sie sich den Kopf, was ihn dazu bewogen haben könnte. Als sie ihm schließlich eine kurze Nachricht übers Handy zukommen ließ, verlangte ihr Körper nach ihm, und sie wünschte nichts sehnlicher, als bei ihm zu sein. Bereits kurze Zeit später hatte er ihre Zeilen gelesen.

Bestimmt würde er gleich antworten, würde sie bitten zu kommen. Sie wartete vergebens, die Dienststunden plätscherten dahin. Immer wieder erhob sie sich von ihrem Arbeitsplatz und schaute auf das Wasser, das von Mal zu Mal sein Kostüm gewechselt hatte: Erst trug der See Blau, dann Gold, dann Purpur und inzwischen helles Violett. Am Schweizer Ufer flackerten die Lichter wie ein Diamantcollier – und auch Isabels Herz begann zu flackern.

Als sie später mit dem Fahrrad heimfuhr, machte sie den Umweg zu Carls Villa. Zu klingeln traute sie sich nicht, sondern mühte sich, durch die Hecke einen Blick auf das Grundstück zu werfen. Mit mäßigem Erfolg. Erst als sie sich so weit nach vorne beugte, dass sie beinahe gekippt und im Gestrüpp gelandet wäre, nahm sie Lichtspiele auf der Wasserfläche vor dem Kubus wahr. Hatte er Besuch? Sie spitzte ihre Ohren, hörte leise Musik. Und dazwischen? War das Lachen? Gläserklirren? Waren es Stimmen? Minutenlang blieb Isabel unschlüssig stehen. Dann meldete sich ihr Stolz zurück. Sie schwang sich auf ihr Rad und fuhr nach Hause.

Das war am Tag zuvor, doch in Isabel wurmte es weiter. Jetzt musterte sie Carl. Seine Nasenflügel flatterten. Etwas stimmte nicht mit ihm. Da dröhnte Frieder Kahle: »Gleich heut Nachmittag geht's los! Eugen und ich haben schon genügend Sprit hergerichtet!« Er hob seine Hand zum Mund, als trinke er aus einer Flasche.

»Ja, dann werde ich meinen Termin wohl absagen müssen«, sagte Dangelmann ergeben, wobei seine Stimme jeglichen Schwung verloren hatte.

»Schon erledigt«, flötete Elisabeth Kluge und sah ihren Chef triumphierend an.

Mit schnellen Schritten verließ Polizeidirektor Carl W.

Dangelmann sein Büro und ließ die Türe hinter sich krachend ins Schloss fallen. Die Kollegen wechselten ratlose Blicke und strebten ihren Zimmern zu.

»Irgendwie war CaWe nicht gut drauf, oder?« Markus wirkte nachdenklich.

»Vielleicht hat er Probleme mit dem Älterwerden. Du solltest dich doch auskennen in Sachen Midlifecrisis!« Isabel ließ sich auf den Bürostuhl fallen. Sie wollte so schnell wie möglich unter vier Augen mit Carl reden und hatte keine Lust auf dieses Gespräch.

Markus ging nicht auf ihre Spitze ein: »Meinst du, er freut sich über unser Geschenk?«

»Weiß nicht.«

»Hast du gesehen, wie seine Hände mit einem Mal zu zittern begannen?«

»Nein, hab ich nicht. Ich muss jetzt dringend arbeiten.« Isabel vermied es, Markus nochmals anzusehen, und wandte sich dem Computer zu, als gäbe es nichts Wichtigeres. Kurze Zeit später surrte der Drucker. Isabel entnahm ihm ein Blatt Papier und sagte bereits im Hinausgehen. »Bin kurz beim Chef!«

Das Papier diente nur als Vorwand, um zu Carl zu kommen. Sie hätte es sich sparen können, denn Frau Kluge saß nicht an Cheyennes Platz. Auch wenn sie die Liaison in nächster Zeit beenden sollte, heute auf keinen Fall. Isabel klopfte leise an Carls Tür und trat dann einfach ein. Carl saß an seinem Schreibtisch und starrte auf den Bildschirm. Leise schlich Isabel durch das Büro, trat hinter ihn, schlang ihre Arme um seinen Oberkörper und drückte ihre Lippen in seinen duftenden Haarschopf. Er zuckte zusammen, und da entdeckte sie auf dem Bildschirm einen Artikel mit der Überschrift: »So besiegen Sie Ihre Tiefenangst!«

Die Buchstaben sprangen Isabel förmlich entgegen. Bevor Carl sich umdrehte, um ihren Kuss zu erwidern, drückte er die Seite weg.

»Nochmals alles Liebe zum Geburtstag!«

»Dachte schon, du hast mich vergessen!« Vorwurfsvoll sah er Isabel an.

»Ich hab gearbeitet bis in die Nacht.« Dafür hast du ja gesorgt, wollte sie hinzufügen, aber sie verkniff sich die Bemerkung. Auch, dass sie danach zu seiner Villa geradelt war, behielt sie lieber für sich. Stattdessen sagte sie: »Ich hoffe, du hast wenigstens ordentlich gefeiert.« Vielleicht würde sie erfahren, mit wem er den Abend verbracht hatte.

»Da gibt es nichts zu feiern. Ich bin ein Jahr älter geworden, das ist alles.«

»Du hattest doch ein gutes Jahr, zumindest die letzten Monate.« Liebevoll strich sie über sein Gesicht und erwartete, dass Carl sie ebenfalls berührte. Einladend streckte sie ihm ihren Körper entgegen. Carl schob sie zur Seite, stand auf und klagte mit Blick auf den Bodensee: »Für dich war es gut. Für mich hätte es noch einiges bedürft, damit ich es als gut bezeichnen würde. Zum Beispiel hätte mein 911er Porsche ausgeliefert werden können.« Isabel stellte sich wieder hinter ihn und strich über seinen Rücken, um ihn zu trösten.

»Wenn es stimmt, dass jeder Mensch im Leben das bekommt, was er verdient, hab ich noch einiges gut. Wenn ich es nicht von dir bekomme, dann von anderen. Im Notfall werde ich so stark sein, dass ich der Gerechtigkeit nachhelfen kann.« Abrupt ließ Isabel ihre Hände sinken. Diese Denkweise war ihr vollkommen fremd. Noch während sie überlegte, was sie antworten sollte, drehte Carl sich zu ihr. Sein Blick flackerte, als er fragte: »Wer hatte eigentlich diese blödsinnige Idee mit der Bootsfahrt?«

»Alle! Wir wollen dir mit dem Ausflug eine Freude machen …«

»Mit einem Bootsausflug? Was seid ihr bloß für Schwachköpfe!«

Isabel dachte an Lena. Keine Konfrontation. Sie lächelte geheimnisvoll, doch mühsam kamen die Worte über ihre Lippen: »Mein Geburtstagsgeschenk für dich bleibt eine Überraschung! Vorerst. Du darfst es erst bei unserem nächsten Zusammensein auspacken.« Dabei dachte sie an die sündhaft teure Wäsche, die sie vor Kurzem erstanden hatte. »Jetzt lass ich dich am besten allein. Bis später«, flötete sie mit unnatürlicher Stimme und hatte schon Carls Zimmer verlassen.

Ein ungutes Gefühl hatte sie beschlichen. Tiefenangst. Das Wort spukte in ihrem Gehirn herum. Sie hatte es aus dem Mund eines Tauchlehrers gehört. Tiefenangst hat ähnliche Ursachen wie Höhenangst, ist nur schlimmer. Es ist die Furcht, die manche Menschen überfällt, wenn sie ins Wasser schauen und Panik bekommen, weil sie keinen Grund mehr sehen können, hatte er gesagt. Tiefenangst und Tauchen passen nicht zusammen, das müsst ihr euch merken. Wer an Tiefenangst leidet, sollte die Finger lassen vom Tauchsport, hatte er seinen Schülern eingehämmert. Eine Panikattacke unter Wasser ist das Gefährlichste, was beim Tauchen geschehen kann.

KAPITEL 50

»Wie lange wollt ihr eigentlich an Bord bleiben? Der Vorrat reicht ja für mehrere Tage!« Isabel grinste, als sie die Kisten Bier und den Karton Wein sah, die Frieder und Eugen anschleppten und auf dem Steg deponierten. Die Augustsonne brannte vom wolkenlosen Himmel, bunte Hemden klebten an ihren schweißnassen Körpern.

»Mir wollen schließlich nicht verdurschten«, stellte Frieder schnaufend fest, als er krachend die zweite Kiste Bier auf die erste wuchtete: »Die Männer von der Wasserschutzpolizei sind keine Schwachtrinker!«

»Aber die Frauen, meint ihr«, scherzte sie. Dabei betrachtete sie die Kollegen und dachte, wie gnädig Uniformen sein können. Weiße behaarte Beine lugten unter ihren knielangen Shorts heraus, ihre Füße steckten in Socken und Sandalen. Grinsend fragte Isabel: »Gibt es denn auch Wasser?«

Von den Kollegen erntete sie nur schallendes Gelächter. Da schlenderte Timo mit einem Sixpack Mineralwasser den Steg entlang und Isabel feixte: »Primo Timo! Meine Rolle als amtlich bestellte Spaßbremse ist gerettet!«

Jetzt betraten fünf weitere Kollegen den Steg und riefen gut gelaunt »Schiff ahoi!« und »Hoi, a Schiff!« den Wartenden entgegen. Da näherte sich eine große Motorjacht der Anlegestelle. Hinter dem Steuerrad erkannte Isabel Markus, der winkend die fröhliche Gruppe ansteuerte.

»Amareno«, las Timo laut den Namen von der Seitenwand ab. »Oh, das ist ja ein Mordsdampfer!«

»Wer wollt denn so ’nen schwerfälligen Verdränger?«, grinste Eugen und streckte den Arm aus, um Markus beim Anlegen zu helfen.

»Es gab kein anderes Boot bei dem Vercharterer, das für zehn Personen zugelassen ist«, rechtfertigte sich Isabel.

Ohne Probleme gelang das Anlegemanöver. Bald schon konnte die »Amareno« beladen werden. Markus war direkt nach dem Frühdienst nach Konstanz gefahren und hatte das von Isabel gecharterte Boot in Empfang genommen. Allein war er von Konstanz hergeschippert, um in Friedrichshafen seinen Chef und die Kollegen samt Gepäck und Proviant aufzunehmen.

»Wenn jetzt der Chef auch noch kommt, sind wir aber elf! Ui, ui, wenn des die WaPo erfährt«, schmunzelte Frieder.

Noch war der Polizeidirektor nicht eingetroffen. Gerade, als alles an Bord verstaut war, näherte sich ein Polizeiauto mit Blaulicht und Martinshorn und bremste vor dem Steg. Carl W. Dangelmann stieg aus und schimpfte: »Diese lahmen Kisten sind eine echte Zumutung!« Aufrechten Ganges schritt er über den Steg und kam auf das Boot zu. Seinen Hut hatte er tief in die Stirn gezogen, sodass sein Gesicht keine Regung erkennen ließ. Isabel bemerkte sein kurzes Zögern, bevor er den ersten Fuß auf das Boot setzte. Erneut beschlich sie ein seltsames Gefühl, das Wort »Tiefenangst« hämmerte in ihrem Kopf.

Dangelmann setzte sein undefinierbares Lächeln auf, stieg die wenigen Stufen hoch, schleuderte seine Sporttasche ins Cockpit und rief laut: »Es kann losgehen!«

»Zuerscht einen Begrüßungsschluck«, ordnete Frieder an. »Bier oder Wein, was darf’s sein? Hmm, reimt sich sogar!« Belustigt über seine eigenen Worte, nahm er mehrere Flaschen Bier und bot sie an.

»In dieser Reihenfolge bitte«, scherzte Carl W. Dangelmann, nahm eine Flasche, öffnete den Bügel mit lautem Plopp, hob sie den Mitarbeitern entgegen und schrie: »Prost, auf die beste Mannschaft, die ich habe, und auf den besten Kapitän.«

Isabel nahm sich eine Flasche mit weniger gehaltvollem Inhalt. Die Kollegen prosteten sich zu und leerten die erste Flasche in einem Zug. Das kann ja heiter werden, dachte Isabel. Es wäre klüger gewesen, sich eine Ausrede einfallen zu lassen und zu Hause zu bleiben, wie Elisabeth Kluge es vorgezogen hatte.

»Das Boot ischt überladen und ich trag mehr dazu bei als die junge Kollegin hier«, scherzte Frieder. »Hoffentlich geraten wir in keine Bootskontrolle!« Markus legte ab. Die »Amareno« verließ mit zehn Männern und einer Frau an Bord den Hafen. Der See zeigte sich von seiner besten Seite, das Wetter hätte nicht einladender sein können für einen Badeausflug mit dem Boot.

Die Mannschaft war bereits beim zweiten Bier angekommen, als Markus nach rund zwei Seemeilen den Motor abstellte und »Badepause« rief. Das Schiff trieb auf dem Wasser, nur vorbeirauschende Motorboote brachten es für kurze Zeit in Bewegung. Die Kollegen mussten ihre Getränke in die Hände nehmen, um die Flüssigkeit vor dem Überschwappen zu sichern. So saßen sie in feuchtfröhlicher Runde beisammen und erzählten Anekdoten von früheren Einsätzen. Je tiefer die Sonne stand, desto mehr Sterne funkelten auf der spiegelglatten Wasserfläche. Bald zog sich ein glitzernder Sternenteppich vom Heck des Bootes über das Wasser bis zur Sonne hinauf.

Isabel beobachtete Carl, der unbewegt in der Ecke des Cockpits saß und sich kaum an der Unterhaltung beteiligte. Er war unter seiner braunen Haut ungewöhnlich fahl im Gesicht. Aus dem Ausschnitt seines Hemdes spitzten Brusthaare. Von Zeit zu Zeit hob er seinen Strohhut und wischte sich den Schweiß von der Stirn.

»Das ischt ja eine Bollenhitze«, stöhnte Frieder mit hochrotem Kopf, »ein Sonnendach wär prima.«

»Da gibt's nur eines: Baden!«, stellte Markus fest, zog sein T-Shirt über den Kopf, knöpfte seine kurze Hose auf und hüpfte ins Wasser.

»Herrlich ist das, kommt doch auch!« Das ließen sich die Kollegen nicht zweimal sagen und taten es ihm nach. Nur Carl und Isabel zögerten.

»Hast du keine Lust zum Schwimmen?«, fragte Isabel vorsichtig.

»Du glaubst wohl nicht im Ernst, dass ich mich vor denen ausziehe und zum Affen mache!«, giftete Carl und beobachtete die im Wasser plantschenden Männer. Isabel fiel die Kälte in seiner Stimme auf, sie prostete ihm zwinkernd zu und trank einen Schluck. Schon kletterten die ersten prustend wieder an Bord, um sich sogleich wieder ihren Getränken zu widmen.

»Prost! Geht ihr nicht rein? Ist 'ne prima Abkühlung!«

»Nein danke! Diese Bodenseebrühe kann mich überhaupt gar nicht reizen. Bin Südseetemperaturen gewohnt ab 25 Grad aufwärts.« Carl ließ seinem Unmut freien Lauf.

»Na denn Prost, auf die Südsee …«

»… und ihre knackebraunen Frauen!«, grinste Frieder vielsagend.

»Ja, die sind topp! Aber woher wollen Sie denn das wissen, Herr Kahle?«

Isabel war froh, dass Carl endlich in den Ton seiner Mitarbeiter einfiel, und prostete ihm wieder zu. Auch ihr machte die Hitze zu schaffen. Carl mochte, wenn sie ihre Haare offen trug, aber die Locken klebten ihr jetzt auf Stirn und Nacken. Sie fuhr mit der Hand unter die Nackenhaare. Wenn doch nur Wind aufkäme, dachte sie und nestelte am Träger ihres Bikinis, den sie unter dem T-Shirt trug. Zu gerne hätte sie es den Kollegen gleichgetan und sich im Wasser abgekühlt. Sie konnte sich nicht dazu entschließen, weil sie wusste, die Kollegen warteten nur darauf, ihren Körper zu mustern.

Die Zeit verging, die Stimmung war dank einiger Flaschen Wein ausgelassener geworden. Eugen und Frieder wechselten sich mittlerweile ab im Erzählen von Witzen. Carl hatte sich nicht von seinem Platz gerührt. Auf seiner Brust bildeten sich dunkle Flecken, auch die Ränder unter seinen Achseln hatten beachtliche Ausmaße angenommen. Den Verlust der Körperflüssigkeit glich auch er durch vermehrte Zufuhr aus.

Bei den meisten Zoten der Kollegen konnte Isabel nicht mitlachen. Sie fühlte sich zunehmend unbehaglich in der Männerrunde. Eigentlich können mir die Blicke der Kollegen egal sein. Meinen Körper brauche ich nicht zu verstecken und Carl kennt ihn ohnehin in- und auswendig. Wo ist denn mein Selbstvertrauen abgeblieben, ärgerte sie sich. Entschlossen erhob sie sich und ging hinunter in die Kabine. Dort streifte sie das T-Shirt über den Kopf, ließ ihre Shorts sinken, nahm Haargummi und Handtuch aus ihrer Tasche und ging wieder zu den anderen. Sofort verstummte das Gespräch, alle Augen richteten sich auf sie. Sie lächelte und warf ihr Handtuch in eine Ecke, blickte zu Carl, hob wie in Zeitlupe die Arme und band ihre Haare zusammen. Dann drehte sie sich um und stieg die Badeleiter hinab. Ihr überhitzter Körper dankte es ihr. Sollten Carl und die anderen doch denken und reden, was sie wollten. Schon wenig später hörte sie wieder das Lachen der Kollegen. Isabel schwamm einige Runden um das Boot, tauchte unter wie ein Fisch und begutachtete den Bootskörper von dieser Position aus. Wie gut tat es, den Kopf unter Wasser zu haben. Ihre Kopfhaut prickelte und ihr Gehirn funktionierte wieder. Dann legte sie sich einfach flach auf das Wasser. Ihr Körper bewegte sich im Rhythmus der Wellen und Isabel fühlte Leichtigkeit. So lag sie einige Zeit und hing ihren Gedanken nach, während das Feiern auf dem Boot weiterging.

»Kennt ihr den? Treffen sich zwei Blondi…« Eugen verstummte abrupt, als sich Isabel an der Leiter wieder hoch ins Boot zog. Sie spürte die Blicke wie Nadelstiche auf ihrer Haut und versuchte, sich möglichst unbefangen zu bewegen. Auch Carl starrte sie an. Sie griff nach ihrem Handtuch und trocknete sich sorgfältig ab, öffnete ihren Haargummi, die nasse Mähne klatschte auf Brust und Schultern. Sie bückte sich vornüber und frottierte auch ihre Haare. Ein paar Strähnen streiften Carls Oberschenkel. Bald hatten die Kollegen ihre Stimmen wiedergefunden und scherzten erneut. Isabel setzte sich auf die Bank und prostete den anderen zu. Dabei streifte ihr Blick auch Carl, der sich gerade den Schweiß von der Stirn wischte. Seine Augen glänzten. War es der Alkohol oder sein Verlangen nach ihr?, überlegte Isabel und ging nach unten in die Kajüte, um sich wieder anzuziehen. Als sie den Verschluss des Bikinioberteils löste, hörte sie, wie sich die Schiebetüre erneut öffnete. Überrascht drehte sie sich um. Carl stand im Türrahmen. Der

Schweiß rann ihm über die Schläfen, doch seine Augen sprühten begehrliche Blitze. Isabel spürte wieder den Sog, die Riesenfalter in ihrem Bauch begannen heftig mit ihren Flügeln zu schlagen. Sie stöhnte und trat einen Schritt auf ihn zu. Carl warf seinen Hut auf den Tisch, kam wortlos auf Isabel zu, umschlang sie und drückte ihren kühlen Körper an seinen heißen, seinen Mund auf ihren. Isabel hörte die Schläge seines Herzens, ihr Blut rauschte in den Adern. Ein kehliges Stöhnen entfuhr seinem Mund, als er ihre Bikinihose abstreifte und sie auf die Sitzbank drängte.

»Nicht, lass es!« Für den Bruchteil einer Sekunde dachte Isabel an die Kollegen oben, dann verabschiedete sich ihr Verstand, unbändige Lust überkam auch sie.

Als Carl, der sich den ganzen Nachmittag nicht vom Fleck gerührt hatte, sich plötzlich erhoben hatte und Isabel nach unten folgte, grinsten die Männer und vielsagende Blicke trafen sich. »Da war doch mal was. Proscht alter Sack«, prostete Eugen Frieder zu. Die anderen zählten eins und eins zusammen, erhoben ihre Flaschen und tranken mit.

Markus nahm ebenfalls einen Schluck, fühlte sich aber unbehaglich. In den vergangenen Wochen hatte er bemerkt, wie Isabels Augen leuchteten, wenn sie von CaWe sprach. Längst hatte er befürchtet, dass das kein alltägliches Chef-Mitarbeiterin-Verhältnis war. Etwas lief da so was von schief. Von unten drang kein Geräusch nach oben, allerdings reichte seine Fantasie und die der Kollegen aus, um sich vorzustellen, was vor sich ging. Die Männer grinsten und tranken. Markus suchte nach Worten, um die Situation erträglicher zu gestalten. Er beobachtete Timo, der seinen Sitzplatz verlassen hatte und wie ein gefangener Tiger nervös der Reling entlang ging. Da erhob sich auch Markus, ging zum Steuerstand und sagte, um die gierige Stille aushalten zu können: »Kommt lasst uns ein paar Runden drehen«, startete den Motor und drückte den Gashebel. Der Motor heulte auf und das Boot setzte sich Richtung Seemitte in Bewegung.

»Magst du mal testen, was der alte Kasten drauf hat«, rief Markus Timo zu und machte eine einladende Bewegung. Timo nickte, seine Unruhe war wie weggeblasen, als er das Steuerrad umklammern konnte.

»Auf die Liebe!«, rief Eugen nun in die Runde. Das spornte die Fantasie der Männer offensichtlich noch mehr an, sie prosteten sich wieder zu.

»Zieh mal Kreise, bring bissle Bewegung in die Sache rein!«

Auf diese Aufforderung hin drehte Timo das Steuerrad und jagte das Boot über die eigenen Wellen. Von Minute zu Minute fühlte er sich besser. Der Bug durchkämmte weiß schäumende Wassermassen und sorgte an Bord für Turbulenzen. Die Männer johlten und grölten, erhoben sich von ihren Sitzen und hielten sich an der Reling fest.

»Lasst uns doch mal gucken, was da unten abgeht«, schrie Frieder übermütig gegen den Lärm des Motors an. Er verließ das Cockpit, setzte einen Fuß nach dem anderen auf das schmale Teakdeck und versuchte, durch eines der Fenster in die Kabine zu spähen. Eugen folgte ihm, klopfte ihm auf die Schulter und rief: »Da kannscht bestimmt noch was lernen, alter Knabe!«

Zwei weitere versuchten ebenfalls einen Blick durchs Fenster zu erhaschen. Markus schaute den Kollegen nach und begann an seiner Mütze zu nesteln. Er fühlte sich unbehaglich, hob und senkte die andere Hand. Timo verstand das Zeichen und verringerte die Geschwindigkeit, doch Markus erschrak, als er Timos Gesichtsausdruck sah. Was ist denn mit dem los, dachte er. Der junge Kollege umklammerte das Steuerrad und wirkte geistesabwesend. War er wirr? Oder irr?

»Lass mich mal wieder übernehmen«, sagte Markus. Timo nahm seine Worte gar nicht auf, konnte sie gar nicht aufnehmen. Viel zu sehr war sein Gehirn damit beschäftigt, sich auszumalen, was Dangelmann mit seiner geliebten Isabel da unten veranstaltete. Schon wollte Timo erneut den Gashebel drücken, da entriss Markus ihm das Steuer. Timo taumelte gegen die Sitzbank und sackte regelrecht in sich zusammen. Das Schiff kam mit der nächsten Welle in eine gefährliche Schieflage, in letzter Sekunde gelang es Markus gegenzusteuern.

Die Kollegen der anderen Schicht wurden nun zusehends unruhiger und grölten durcheinander: »Wir wollen auch was mitbekommen!«

»Ja genau!«

»Lass mich auch!« Und mit diesen Worten kletterten sie auf das Dach und spähten nach unten.

»Sagt mal, habt ihr sie noch alle? Kommt sofort zurück«, forderte Markus.

»Seht ihr was«, fragte Eugen, der sich neben Frieder duckte.

»Nein, der Scheiß Vorhang ist im Weg«, tönte es von oben.

»Müssen wir eben bissle nachhelfen!«

»Los! Alle zusammen: Hau ruck, hau ruck, hau ruck!« Sie bewegten ihre Körper im selben Rhythmus vor und zurück und brachten mit diesen Bewegungen das Schiff zum Schaukeln. Auf einmal spritzte Wasser gegen den

Rumpf. Markus rief: »Hört auf!« Aber es gelang ihm nicht, die angeheiterten Männer zur Vernunft zu bringen.

»Und vor … und zurück!«, schrien sie im Chor.

Immer weiter schaukelte der Bootskörper ruckartig von einer Seite auf die andere. Das schwere Boot ächzte und schwankte. Schon schwappte Wasser auf das Deck und hinterließ dunkle Flecken.

»Hau ruck, hau ruck!« Jetzt bekamen sie auch noch Unterstützung durch den Wellenschlag eines Fahrgastschiffes, das in einiger Entfernung Richtung Schweiz unterwegs war.

»Lasst das endlich! Hört auf damit!« Markus' Schreie verhallten ungehört. Verzweifelt schaute er zu Timo hinüber. Apathisch hockte der auf seinem Platz. Von ihm konnte er keine Hilfe erwarten.

»Hau ruck, hau ruck, hau ruck!«

Das vielstimmige Kommando hallte in Markus' Ohren.

Die Schaukelbewegungen wurden noch heftiger. Die Männer auf dem Dach waren ebenfalls in den Rhythmus eingefallen. Durch ihr Gewicht hatte sich auch der Schwerpunkt des Schiffes verlagert. Fieberhaft überlegte Markus: Konnte er sich bei Isabel bemerkbar machen? Wie CaWe warnen? Wie?

»Hau ruck, hau ruck, hau ruck!«

Die Befehle steigerten sich abermals und mit ihnen das Schaukeln. Wassermassen schlugen gegen die Seitenwand und spritzten hoch bis zum Dach.

»Hau ruck, hau ruck, hau ruck!«

Plötzlich neigte sich das Boot auf die Wasserfläche und … kippte. Die Männer konnten sich nicht festhalten und rutschten über Bord. Frieder und Eugen versuchten, sich an der Reling festzukrallen, aber auch sie wurden nacheinander ins Wasser katapultiert. Die Fliehkräfte beförderten auch Timo hinaus. Markus, der sich am Steuerrad hatte festhalten wollen, wurde als Letzter weggeschleudert.

Von all dem hatten die beiden in der Kajüte nicht viel mitbekommen, waren sie doch viel zu sehr mit sich selbst beschäftigt. Der plötzliche Aufprall auf dem Wasser riss Isabel und Carl jäh auseinander. Ihre Körper schlugen gegen eine Wand, kullerten weiter. Geschirr und Gläser zerbarsten mit lautem Knall, als sie aus ihren Regalen purzelten. Scherben trafen Carl und Isabel, sie schrien. Taschen, Kameras, Handys – sämtliche Gegenstände, die nicht festgezurrt waren, flogen ihnen entgegen. Isabel hob schützend ihre Arme vors Gesicht. Dann rappelte sie sich auf und sah: Wasser. Es drang durch die offene Türe, flutete die Kabine. Sie suchte Carls Hand. Fast gleichzeitig erkannten beide die Gefahr.

»Hilf mir!«, brüllte Carl, sein Körper mit den vor Entsetzen geweiteten Augen wurde hochgedrückt. Während er regungslos blieb, stemmte sich Isabel auf und versuchte, zur Tür zu gelangen. Ein ungeheurer Druck riss die Türe ganz auf, und noch mehr Wasser quoll herein. Isabel brachte es nicht fertig, nach draußen zu kommen. Hilfe suchend drehte sie sich zu Carl und erschrak, als sie ihn sah. Vollkommen apathisch hing er da und starrte auf das eindringende Wasser.

»Carl«, schrie Isabel, »komm. Wir müssen raus, sofort!« Aber wie, fragte sie sich, als ihr schlagartig klar wurde, von Carl konnte sie keine Hilfe erwarten. Tiefenangst, also doch. Tiefenangst! Und das bei einem Wasserschutzpolizisten!

Das Wasser stieg von Sekunde zu Sekunde, reichte ihnen bereits bis zu den Hüften. Carl saß noch immer bewegungslos da, ließ sich vom Wasser mittragen. Das Fenster, schoss es Isabel durch den Kopf, als sie den Blick von ihm abwandte und nach oben schaute. Das Fenster, ich muss versuchen, das Fenster zu öffnen. Einen Griff gab es nicht. Der Feuerlöscher. Sie griff nach der roten Flasche und schlug wie wild gegen die Scheibe. Das Rauschen des durch die Tür einströmenden Wassers verschluckte das Geräusch von berstendem Glas. Sie hämmerte weiter. Inzwischen war das Loch groß genug, um hindurchkriechen zu können. Sie blutete, winkte Carl und schrie: »Los, komm, schnell!« Doch Carl glotzte sie aus riesigen Augen ungläubig an und machte keinerlei Anstalten, sich gegen das aufsteigende Nass zur Wehr zu setzen. Isabel kämpfte sich zu ihm, ergriff seinen Arm und versuchte, ihn hochzuzerren. Einen kurzen Moment sah es aus, als ob Carl begriffen habe, und er ließ sich ein Stück weit hochziehen. Dann sackte er wieder ab. Der Pegel war inzwischen bereits bis knapp unter das Fenster gestiegen.

Nun kam Isabel ihre Erfahrung als Rettungsschwimmerin zugute. Sie schnappte Carl, abwechselnd schob und zog sie seinen Körper durch das Fenster nach oben. Dann gab sie ihm noch einen Schubs, füllte ihre Lunge mit Luft und war endlich draußen. Carl, schwimm nach oben, signalisierte sie ihm mit Händen und Füßen. Doch Carl blieb reglos, sein Körper wollte sich der Schwerkraft hingeben. Erschrocken schwamm Isabel zu ihm, schüttelte ihn und griff erneut nach seinem Oberkörper. Carl begann um sich zu schlagen. Mit Armen und Beinen versuchte er, Isabel abzuschütteln. Hör auf, wollte sie schreien, wollte kämpfen, merkte, dass ihr die Luft knapp wurde. Der Druck in ihren Lungenflügeln nahm zu, wurde unerträglich. Sie musste schleunigst nach oben. Los, hoch jetzt! Die Worte hallten durch ihren Kopf, als Isabel Carl einen kräftigen Stoß in den Rücken versetzte, der ihn ein Stück nach oben beförderte. Dann schwamm sie mit kräftigen Bewegungen dem lichten Grau entgegen. Wo blieb Carl? Sie drehte sich nochmals um. Sah, wie sein Körper taumelte, Arme und Beine sich unkoordiniert bewegten. Carl! Verdammt, schwimm nach oben, wollte sie ihm zurufen, doch als sie den Mund öffnete, strömte Wasser herein und erstickte ihre Stimme. Für einen kurzen Moment kam sie in Versuchung, nochmals zu Carl hinabzuschwimmen. Sie hielt inne und ahnte im nächsten Augenblick, sie würde es nicht schaffen. Ich kann nicht zurück, kann nicht noch mal da runter. Komm schon Carl, dachte sie verzweifelt. Ein weiteres Mal schaute sie nach unten, in ihrem Kopf dröhnte nur noch das eine Wort: Tie-fen-angst! Hilflos musste sie mitansehen, wie Carl in die trübe Tiefe sank. Sie fühlte sich, als wolle ihre Lunge den Oberkörper sprengen. Jetzt, sofort musste sie sich nach oben stemmen. Sie mobilisierte die letzten Kraftreserven. Das Grau um sie herum wurde heller, wich einem lichten Graugrün. Endlich an der Oberfläche. Sie schrie, ihre Lunge schmerzte, sie schnappte nach Luft, atmete tief ein, breitete ihre Arme aus und blieb reglos, aber keuchend, auf dem Wasser liegen. Minutenlang. Ihr Schädel brummte. Ein gleichmäßiges Geräusch drang an ihre Ohren. Als sich ihr Körper einigermaßen erholt hatte, erhob sie den Kopf und schaute sich um. Die Wasserfläche lag ruhig da, nichts ließ erahnen, dass sie wenige Minuten zuvor ein fast zehn Meter langes Motorboot verschluckt hatte. Halb volle Flaschen schwammen herum und Sitzkissen.

Das Geräusch wurde lauter. Ein Motor? Langsam gelang Isabel, klarer zu denken. Wo sind die anderen, fragte sie sich. War sie nicht mit Kollegen auf dem Wasser gewesen? Auf einem Motorboot? Oder hatte sie nur schlecht geträumt? Wann würde sie erwachen aus diesem Albtraum? In diesem Moment hörte sie ein Rufen und wusste, sie hatte nicht geträumt. Sie drehte sich und sah das Heck eines Segelboots. Verschwommen nahm sie eine Person wahr, die sich gerade an der Badeleiter hochzog. Sie schloss für einen Moment die Augen, öffnete sie wieder. Ein großer Mann, schlank. War das Timo? Warum ließ ihr Gedächtnis sie im Stich? Wenn es Timo war: Das Boot hatte nicht das Heck einer X-Jacht. Sie sah Männer im Cockpit, sie winkten, riefen ihren Namen. Da erkannte sie Markus. Wo war Carl? Wie in Zeitlupe schwamm sie auf das Boot zu, griff nach dem Holm der Leiter. Blut rann an ihrem Arm hinunter. Markus sah es, er stand auf der Plattform, nahm ihren Arm und zog Isabel hoch. Die Wunde klaffte nicht, stellte er erleichtert fest.

Oben im Cockpit wartete Timo mit einem Badetuch. »Du lebst! Komm!«, rief er erleichtert aus. Isabel nickte und wickelte mit zitternden Händen das Tuch um ihren nackten Körper. Dann ließ sie sich erschöpft auf die Sitzbank sinken. Als sie, erfüllt von neuem Leben, wenig später wieder die Augen öffnete, blickten ein Mann und eine Frau auf sie herab. Sie trugen trockene Kleidung.

Das Paar war mit dem Segelboot unterwegs gewesen und hatte in einiger Entfernung die schaukelnde Motorjacht beobachtet. Als sie sahen, wie sie umkippte und kenterte, setzten sie sofort einen Notruf ab und baten telefonisch um Hilfe. Umgehend bargen sie ihre Segel und fuhren unter Motor zu der Stelle. Als sie die Männer im Wasser sahen, ließen sie die Badeplattform nach unten, und die Verunglückten kletterten einer nach dem anderen triefend und zitternd die Stufen hoch. Die Frau fragte: »Können Sie mich verstehen?«

Isabel nickte. Da beugte sich auch Markus über sie: »Dangelmann? Was ist mit ihm?«, fragte er fast tonlos. Als die nackte Isabel die Leiter hochgekrochen war, hatten die Kollegen schuldbewusst weggeblickt. Jetzt drehten sie ihre Hälse und blickten Isabel aus großen Augen an. Gewissensbisse plagten sie, realisierten sie doch, dass sie mit ihrer Neugier und ihrem Verhalten das Kentern des Bootes verursacht hatten.

Isabel schaute einen nach dem anderen an und sagte: »Ich weiß es nicht.« Ihre Stimme klang matt, als sie mit den Schultern zuckte und den Kopf schüttelte. Sie nahm alle verfügbaren Kräfte zusammen, richtete ihren Oberkörper ein Stück auf und suchte mit den Augen die Wasserfläche nach Carl ab. Auch Markus und die Retter hielten Ausschau nach einem Lebenszeichen. Nicht weit entfernt blubberten Luftblasen an die Oberfläche. Vermutlich war es die Stelle, an der die »Amareno« vollgelaufen und untergegangen war.

Von Ferne hörten sie nun ein bekanntes Geräusch. Christoph 45, der Rettungshubschrauber, erhob sich über Friedrichshafen und steuerte auf sie zu. Fast gleichzeitig schoss aus dem Hafen das kleine Polizeiboot mit Blaulicht, ein weiteres Boot der DLRG folgte. Beide nahmen Kurs auf das Segelboot.

Markus sprach jetzt in das Handy, mit dem die Retter die Kollegen verständigt hatten. Die Frau ging in die Kajüte und sagte zu Isabel, als sie wieder nach oben kam: »Ziehen Sie das mal an!«, und reichte Isabel ein T-Shirt und eine kurze Hose. Isabel nahm die Sachen dankbar an, wollte rasch hineinschlüpfen, doch jeder Knochen schmerzte.

Mit den Kollegen beobachtete sie dann bang das Szenario, das sich vor ihren Augen abspielte. Markus sprach immer noch in das Handy. Der Pilot des Hubschraubers hatte auf der Wasserfläche ein Sitzkissen und eine Kiste ausgemacht und dirigierte die beiden Boote nun zu der Stelle. Auf dem Polizeiboot machten sich zwei Polizeitaucher bereit zum Einsatz. Begleitet von vielen Augenpaaren auf dem Segelboot ließen sie sich nacheinander über Bord fallen und glitten hinab in die Tiefe.

Im Cockpit des Segelbootes saßen die Gestrandeten dicht beieinander. Das Boot war nicht ausgelegt für so viele Menschen. Eugen und Frieder kletterten auf das Vorschiff, wo bereits einige Kollegen saßen, und beobachteten gebannt die anrückenden Einsatzkräfte.

»Hoffentlich kommen die noch rechtzeitig«, brummte Frieder. Auch ihn plagte sein Gewissen und er befürchtete das Schlimmste.

Der Kapitän des Segelbootes wunderte sich, dass der Mann, der ihn um sein Telefon gebeten hatte, die Polizisten und Rettungskräfte mit einem vertraulichen Du anredete. Weder er noch seine Partnerin ahnten, wen sie da an Bord genommen hatten. Er wusste jedoch, dass sein Boot mit einem Dutzend Personen an Bord überladen war. Deshalb schlug er vor: »Ich steuere den nächsten Hafen an. Einverstanden?«

Markus warf Isabel einen unschlüssigen Blick zu und überlegte. Am liebsten wäre er bei den Tauchern geblieben. Er hatte sie erkannt, es waren sehr erfahrene Kollegen. Aber seine Ausrüstung lag im Spind, und ihm blieb nichts anderes übrig, als ihnen zu vertrauen. Deshalb nickte er dem Segler zu und sagte zu Isabel: »Die Kollegen brauchen uns nicht. Wir können nichts tun, nur hoffen!«

KAPITEL 51

Einige Zeit später legte das Segelboot mit den zwölf Menschen an Bord im Hafen des Württembergischen Yacht-Clubs in Friedrichshafen an. Während der Fahrt hatte keiner ein Wort gesprochen. Jeder bangte um den Chef. Nicht mal Timo, der ihn in letzter Zeit öfters zum Teufel gewünscht hatte, wünschte ihm so ein Ende, wie sie es nun alle befürchteten.

Einer nach dem anderen verließ das Boot. Mehrere Polizeiautos und ein Krankenwagen standen bereit. Isabel nahm das Papiertuch ab, das sie sich auf den rechten Arm gedrückt hatte. Glasscherben hatten die Haut vom Handrücken bis zur Elle geschlitzt. Die Wunde war nicht tief und blutete nur noch wenig. Trotzdem ließ sich Isabel von den Sanitätern versorgen.

Die Polizisten spürten die Blicke von Gaffern auf ihren Rücken, als sie die Autos bestiegen. Timo gingen die Nerven durch, er zeigte einem Passanten eine Grimasse. Isabel sank ermattet auf die Rückbank und dachte: Ob man uns ansieht, dass wir Polizisten sind? Dann fuhren die Polizeiautos ohne Blaulicht zur nahen Dienststelle. Markus führte Isabel hinein. Sie war noch immer total erschöpft und kaum in der Lage zu gehen.

Nachdem alle Verunglückten trockene Kleidung aus ihren Spinden geholt hatten, trafen sie sich im Aufenthaltsraum. Mit betretenen Gesichtern umklammerten sie ihre Kaffeebecher. Geredet wurde wenig. Stumm suchten Isabels Augen Kontakt zu Markus. Er erkannte ihre Angst und ihre Verzweiflung und nickte ihr zu. Schließlich räusperte er sich und sagte: »Egal, ob und in welchem Zustand die Taucher Carl Dangelmann bergen, die Kollegen werden ermitteln. Wir kennen das ja.« Eindringlich blickte er in die Runde und fuhr fort: »Wenn die uns befragen, muss jeder von uns dasselbe antworten. Ist das klar?«

Die Köpfe hoben und senkten sich in stillem Einverständnis. Dann sprach er weiter: »Man kann bei einseitiger Gewichtsverlagerung und beim Zusammenwirken unglücklicher Umstände ein formstabiles Schiff wie die ›Amareno‹ zum Kentern bringen. Das wissen wir – und die Kollegen wissen das auch!«

Wieder erntete er einvernehmliches Kopfnicken. Isabels Herz raste, als Markus nun die Mannschaft beschwor: »Also, wir geben zu, dass an Bord Alkohol konsumiert wurde und das nicht wenig. Wir geben zu, dass wir aus Übermut das Schiff zum Schaukeln gebracht haben und es dadurch Schlagseite bekommen hat. Das geben wir zu, und ich nehme noch einen Fahrfehler auf mich. Mehr sagen wir nicht! Klar?« Alle nickten stumm.

Plötzlich meinte Isabel, in dem Raum nicht mehr atmen zu können. Sie bot sämtliche Kräfte auf, erhob sich und spürte beim Hinausgehen die Blicke, die sich wie Messer in ihren Rücken bohrten. Hals über Kopf verließ sie die Dienststelle, drängte zum See und blickte hinaus auf das Wasser. Die Sonne stand bereits tief und färbte von Westen her die Wasserfläche rot, blutrot. Isabel berührte ihren Verband, dachte an das zerborstene Glas. Was, wenn die Taucher Carl nicht finden würden? Was, wenn er nicht mehr am Leben war? So panisch, wie er um sich geschlagen hatte, musste sie mit allem rechnen. Tiefenangst. Warum hatte er nie darüber gesprochen? Warum hatte er sich nicht einmal selbst diese Schwäche eingestehen können? Höllenqualen musste er durchlitten haben, jedes Mal, wenn er keinen festen Boden mehr unter seinen Füßen spürte.

In einiger Entfernung konnte Isabel nun ein großes Polizeiboot ausmachen. Sie kniff die Augen zusammen, um genauer sehen zu können. Es war die 20 aus Langenargen. Da registrierte sie: Die kleinen Boote sind nicht mehr draußen. Weder das kleine graublaue, mit dem die Taucher gekommen waren, noch das rote der DLRG konnte sie entdecken. Hatten sie Carl gefunden? Sind die wieder im Hafen?, schoss es ihr durch den Kopf. Schon begannen ihre schmerzenden Füße zu laufen. Im Gondelhafen lagen das Schlauchboot der Polizei und auch das Boot der DLRG vertäut an ihren Plätzen. Der Krankenwagen? Wo war der Krankenwagen mit den wartenden Sanitätern? Isabels Augen suchten die Promenade ab. Der Krankenwagen stand nicht mehr an der Stelle, wo er vor wenigen Stunden gewartet hatte. Hatten die Taucher Carl gefunden? Hatten sie ihn bergen können? Lebend? Möglich, dass die Kollegen in der Dienststelle mittlerweile mehr wussten. Isabel musste Klarheit haben. Sie wollte zurück zum Büro laufen, da drohten ihre Beine den Dienst zu versagen. Sie besann sich anders. Langsam, sorgfältig einen Fuß vor den anderen setzend, überquerte sie die Uferpromenade und steuerte auf die Grünfläche des angrenzenden Parks zu. Ein Seufzer verließ ihren Mund, als sie ihren geschundenen Körper unter einem großen Baum fallenließ und bäuchlings im Gras ausstreckte. Sie trommelte mit den Händen gegen das Gras. Nun brach die angestaute Verzweiflung aus ihr heraus. Tränenüberströmt lag sie und schluchzte, bis nur noch ein Wimmern blieb. Schließlich nahm sie ein Rascheln wahr. Sie drehte sich um und öffnete die Augen. Ein Eichhörnchen kletterte den Baumstamm hinauf und verschwand. Isabels Blick verfing sich im Blätterdach, und sie merkte, wie sie zur Ruhe kam. Der Geruch von getrocknetem Gras stieg in ihre Nase, es duftete nach Heu und nach Sommer.

Bevor sie Klarheit über Carls Schicksal haben musste, musste sie erst einmal Klarheit über sich selbst haben. Sie musste sich klar werden, wie ihr Leben weitergehen sollte. Sie musste wissen, was sie selbst wollte, was ihr wichtig war. Dazu musste sie sich endlich entscheiden. Während die Vögel in den Bäumen über ihr zwitscherten, schloss sie die Augen wieder und ließ ihr Leben Revue passieren. Sie dachte an ihre Eltern, die ihr viele Entscheidungen abgenommen hatten. Vor allem ihr Vater, der ihr beigebracht hatte, was Gut und was Böse ist und dass es sich lohnt, für das Gute, für Recht und Gesetz einzutreten. Der dafür sein Leben lassen musste. Sie dachte an ihre erste Arbeitsstelle in Tübingen, an ihren Wunsch, sich zu verändern und zur Wasserschutzpolizei an den Bodensee zu gehen. Sie dachte an Thomas, der zu Hause an seinem Computer saß und nicht ahnte, was geschehen war. Er würde ihr geduldig zuhören, wenn sie ihm alles erzählen würde. Vielleicht würde er mit Immanuel Kant antworten: Man sollte es nicht für möglich halten, aber auch die Tugenden müssen ihre Grenzen haben. Wahrscheinlich würde er sein typisches »Ja nun« voranstellen. Wahrscheinlich würde er sie sogar verstehen. Vielleicht könnte er ihr sogar verzeihen. Doch sie würde ihm nichts erzählen. Und es interessierte sie auch nicht, was seine geistigen Größen zu sagen hatten. Sie würde sich nun ihre eigene Meinung bilden. Sie würde leben.

Isabel spürte, wie etwas über ihren Handrücken krabbelte, und öffnete die Augen. Eine Ameise schleppte ein Stück Brotkrume. Isabel blies sie ins Gras, richtete stöhnend ihre Knochen etwas auf und lehnte sich mit dem Rücken an den Stamm. Ein kleiner Junge trieb ein Entenpaar vor sich her, das schnatternd und watschelnd davonlief. Als es den kleinen Beinchen zu schnell zu werden drohte, erhoben sie sich und flogen davon. Isabel verfolgte das Paar, bis die beiden Punkte am Horizont verschwunden waren.

Die untergehende Sonne breitete nun ihren rötlichen Schleier auch über die Berge am anderen Ufer. Alles sah so friedlich aus, so stimmig. Auch der Aufruhr in Isabels Innern legte sich. Von Minute zu Minute konnte sie leichter atmen und spürte: Es ist richtig, dass ich hier am Bodensee lebe. Es ist richtig, dass ich hier als Polizistin bei der Wasserschutzpolizei arbeite. Das alles fühlte sich stimmig an, nach wie vor. Alles andere in ihrem Leben – Partner, Familie – würde sich geben oder auch nicht. Jedenfalls gab es kein Zurück mehr, weder zu Carl noch zu Thomas. Mit dieser Erkenntnis erhob sie sich und tappte zur Hafenmauer. Zum ersten Mal seit langer Zeit fühlte sie sich wirklich frei. Dankbar hieß sie die Kraft in ihrem Inneren willkommen, die nötig war, um zu neuen Ufern aufzubrechen. Sie hob den Kopf und sah den Katamaran, der sich Friedrichshafen näherte. Lena! Sie würde erst mal nach Konstanz fahren. Wenn sie sich beeilte, könnte sie die Fähre noch erreichen.

DANK

Zum Gelingen dieses Buchs haben viele Menschen beigetragen.

Allen voran danke ich Heinz Unglert für sein Vertrauen, das mir Einblicke in die Arbeit der Wasserschutzpolizei ermöglichte, und die Geduld, mit der er meine Fragen beantwortet hat.

Julia Maria Grötzinger hat mir Augen und Herz für die großen Fragen des Lebens geöffnet und mich mit philosophischem Gedankengut vertraut gemacht. Ich wünsche ihr weiterhin viel Erfolg bei all ihrem Schaffen.

Wertvolle Tipps und Anregungen gegeben haben mir auch Ellen Bartsch-Sontheimer, Barny Bitterwolf, Silvio Blatter, Klaus Eckardt, Ludwig Gebhard, Christoph Mandalka, Cordula Ludwig-Martin, Ingrid Paulus, Barbara Piazza, Elisabeth Ott, Klaus Völker und einige mehr, bei denen ich mich herzlich bedanke.

Nicht zuletzt sage ich Dankeschön meiner Lektorin Claudia Senghaas und den Mitarbeitern des Gmeiner-Verlags, die immer ein offenes Ohr für mich hatten.